고전 詩·歌·謠의 시학과 활용

고전 詩·歌·謠의 시학과 활용

초 판 인 쇄	2017년 02월 10일
초 판 발 행	2017년 02월 17일
저　　　자	고 순 희
발 행 인	윤 석 현
발 행 처	도서출판 박문사
책 임 편 집	최인노
등 록 번 호	제2009-11호
우 편 주 소	서울시 도봉구 우이천로 353 성주빌딩 3층
대 표 전 화	02) 992 / 3253
전　　　송	02) 991 / 1285
홈 페 이 지	http://www.jncbms.co.kr
전 자 우 편	bakmunsa@hanmail.net

ⓒ 고순희, 2017. Printed in KOREA

ISBN 979-11-87425-26-7　93810　　　　　　　　　　정가 26,000원

고전 詩·歌·謠의
시학과 활용

고순희 저

박문사

이제 또 한 권의 책을 펴내게 되었다. 필자의 연구 작업 중에서 가장 열정을 쏟고 고민이 많았던 주제들을 모아 책으로 묶어 내니 시원섭섭하다. 열정만큼 연구의 질이 시원찮아 자신한테 섭섭하고 고민의 질곡에서 벗어나게 되어 시원하기도 하다. 그러나 그 동안 겪은 극심한 산고와는 별도로 이 책은 세상 밖으로 나온 자식이니 필자에게는 더없이 소중하다.

이 책의 제1부 '고전 詩·歌·謠의 시학'에서는 '-네'로부터 출발한 필자의 문제의식과 연구 주제를 다루었다. 필자는 그 동안 연구와 강의를 하면서 민요, 시조, 가사, 한시 등 전통시대 운문 장르와 관련하여 한 가지 문제의식을 갖게 되었다. 얼마 전까지만 해도 현대시나 대중가요에서 서술종결어 '-네'가 흔하게 쓰였지만 이제는 거의 쓰이지 않고 있다. 이 '-네'가 어디에서 연유한 것인지에 대해 문제의식을 갖게 된 것이다. 그리하여 이 '-네'가 민요의 가장 특징적인 서술종결어 문체임을 알 수 있었다.

그런데 여기서 필자는 또 한 가지 문제의식을 갖게 되었다. 한시의 우리말 번역시에서 이 서술종결어 '-네'를 매우 많이 쓰고 있는

데, 과연 민요의 특징적인 서술종결어를 한시의 번역시에서 취하고 있는 것이 합당한 일인가?라는 강한 의문을 품게 된 것이다. 그리하여 필자는 이 '-네'가 한시의 우리말 번역시에 쓰이게 된 과정을 살펴볼 필요가 있었다. 그리고 조선시대에 한시의 우리말 번역에서 문체적 특성이 어떻게 변화되었는지도 살펴볼 필요가 있었다. 그리하여 현재 이루어지고 있는 우리 한시의 번역 문체가 어떠해야 하는지에 대해서 진지하게 고민해 보았다.

이 책의 제2부 '가사의 시학과 활용'에서는 가사문학을 중심으로 한 주제들을 다루었다. 가사문학은 조선시대를 거쳐 1950년대까지 꾸준하게 창작되고 향유되었다. 필자는 이러한 가사 창작의 유구성이 기본적으로 가사의 담당층이 가사를 운문으로 인식했기 때문에 가능했던 것으로 보고 있다. 그리하여 가사문학이 지닌 운문으로서의 장르적 시학을 밝히기 위해 문체적 특성을 세밀하게 분석할 필요가 있었다. 그리고 가사문학은 전통시대의 특수한 문화적 환경 속에서 창작되고 향유되었다. 그리하여 가사문학은 기록문학이지만 독특하게도 구비적 성격을 매우 많이 지니고 있어 이것을 자세히 분석할 필요가 있었다.

한편 필자는 가사문학이 평면적이고 천편일률적인 내용을 담고 있음에도 불구하고 현대적 의미에서 중요한 문화적 의미를 지닌다고 생각했다. 현대에 이르러 대부분의 사람들은 생활적 글쓰기를 거의 하지 않게 되었다. 반면 우리 선조들은 인문학적 글쓰기를 생활화하여 수많은 가사문학을 남겼다. 이런 점에서 가사문학은 인문학

6

적 가치를 지닌 우리의 훌륭한 정신적 문화자원이다. 가사문학의 인문학적 가치를 재정립하여 이것을 현대사회에서 활용하는 데에도 관심을 기울일 필요가 있다.

이 책의 출판을 도와주신 분들께 감사의 말씀을 드리고 싶다. 책의 출판을 독려해주신 박문사의 권석동 이사님께 감사의 말씀을 드린다. 그리고 언제나 꼼꼼하게 책의 편집을 맡아주신 최인노선생님께도 감사의 말씀을 드린다. 달인의 손에 의해 이 책의 내용이 환골탈태한 느낌이다. 끝으로 산발한 채 컴퓨터 앞에서 끙끙대는 엄마를 늘 곁에서 지켜봐준 아들에게 무한한 감사의 말을 전하고 싶다.

2017년 1월 25일
광안리 연구실에서
고순희

차 례

머리말 / 5

고전 詩·歌·謠의 시학

제1장 민요 문체의 특징　　　　　　　　　　　　　　15
　　　－어미부 형태를 중심으로－

1. 머리말　　　　　　　　　　　　　　　　　　　15
2. 민요 어미부 형태에 나타난 특성　　　　　　　　18
3. '-네'의 의미와 문체 미학　　　　　　　　　　　32
4. 맺음말　　　　　　　　　　　　　　　　　　　48

제2장 민요 종결어 문체 '-네'와 개화기 시가　　　　　51

1. 머리말　　　　　　　　　　　　　　　　　　　51
2. 찬송가 번역과 '-네'의 확산　　　　　　　　　　54
3. 개화기 시가와 '-네'의 전개 양상　　　　　　　63
4. 한시 번역과 '-네'　　　　　　　　　　　　　　74
5. 맺음말　　　　　　　　　　　　　　　　　　　84

제3장 한시 번역 문체 연구(Ⅰ)   87
　　　 －한시 번역 문체의 사적 검토－

1. 머리말   87
2. 한시 번역의 시대별 양상   91
3. 한시 번역 문체의 사적 흐름과 문체적 성격   112
4. 맺음말   122

제4장 한시 번역 문체 연구(Ⅱ)   125
　　　 －우리 한시 번역의 성격과 번역 문체의 제문제－

1. 머리말   125
2. 우리 한시 번역의 성격   129
3. 우리 한시 번역 문체의 제문제   137
4. 맺음말   158

제2부

가사의 시학과 활용

제5장 가사문학의 문체적 특성   163
　　　 －반복과 병렬의 문체－

1. 머리말   163
2. 반복과 병렬의 구현 양상   169
3. 반복과 병렬의 구조적 문체 효과   183
4. 맺음말   192

제6장 가사문학의 구비적 성격 195

 1. 머리말 195
 2. 作詩의 기록성과 구비적 성격의 발현 199
 3. 演行과 구비적 성격 209
 4. 傳承의 기록성과 구비적 성격의 발현 219
 5. 구비적 성격의 가사문학사적 운동 방향 226
 6. 맺음말 230

제7장 〈相思別曲〉의 유구성과 표현 미학 233

 1. 머리말 233
 2. 〈상사별곡〉 향유의 유구성과 사설의 고정성 237
 3. 〈상사별곡〉 표현의 양상 248
 4. 〈상사별곡〉의 표현 미학 257
 5. 맺음말 263

제8장 안동의 지역성과 만주망명 관련 가사문학 265
 −지역문화 콘텐츠 제안−

 1. 머리말 265
 2. 안동의 지역성 270
 3. 만주망명 관련 가사문학 282
 4. 지역문화콘텐츠 제안 287

제9장 가사문학의 문화관광자원으로서의 가치 293

1. 머리말 293
2. 가사 짓기의 문화 : 인문학적 정신의 생활화 298
3. 장소로의 환원과 정체성 구현 302
4. 문화관광자원으로서의 활용 가능성 314
5. 맺음말 319

제10장 일제강점기 망명 관련 가사에 나타난 만주의 장소성 321

1. 머리말 321
2. 망명지 만주 325
3. 망명자의 만주 332
4. 망명인을 둔 고국인의 만주 341
5. 일제강점기 망명 관련 가사문학과 만주의 장소성 347
6. 맺음말 350

참고문헌 / 353

제1부

고전 詩·歌·謠의 시학

고전 詩·歌·謠의
시학과 활용

제1장

민요 문체의 특징
– 어미부 형태를 중심으로 –

1. 머리말

민요는 공시적으로 광범위한 민중이 참여하고 통시적으로 유구한 전승성을 지님으로써 우리 민족의 기층문화로 있어왔다. 고대시가, 향가, 고려가요, 한시, 시조, 가사, 개화기시가, 현대시 등으로 이어지는 우리 한국시가사의 전개에서 민요는 각 장르의 형성에 기본구조로 작용하여 왔다. 각 시가 장르에 민요가 미친 영향 정도는 고려가요처럼 밀접한 것이 있는가 하면 한시처럼 상대적으로 먼 것이 있다. 그리하여 각 시가 장르는 민요와의 영향 관계의 정도에 따라 각기 다른 시적 특성을 지니며 전개되었다.

그러면 한국시의 기본구조로 작용해온 민요의 시적 특성은 무엇일까. 민요를 민요이게 하는 시적 요소는 여럿이 있다. 창작층과 향유층을 포함한 담당층, 노동과의 관련성, 가창 방식과 선율 구조, 사설의 내용, 형식적·문체적 특징 등의 제요소가 결합하여 민요의 시학을 구성하게 된다. 특히 민요의 형식적·문체적 특징은 민요를 민요이게 하는 매우 중요한 요소이다. 민요의 형식적·문체적 특질을 밝히려는 시도는 매우 활발하게 이루어졌다고 할 수 있지만, 대부분은 운율구조, 표현방식, 문체 등에 집중하여 논의되어 왔다. 민요의 문체적 특질에 대해서는 공식적·관용적·상투적 표현, 후렴의 사용과 반복의 원리, 문답 형식, 대구의 원리, 율격적 제특질, 은유와 환유의 원리, 어휘 중심의 집약적 문체 등 여러 각도에서 심도 깊고 구체적인 분석이 이루어져 탁월한 연구 성과를 보여주고 있다[1].

서술종결어를 포함하는 어미부 형태는 문체 형성에 중요한 요소로 작용한다. 일상대화에서 어미부 형태를 '-ㅂ니다'로 하는 경우와 '-요'라고 하는 경우 그것이 환기하는 정서가 차이가 난다는 것은 주지의 사실이다. 전자와 후자가 각각 남성적·여성적 어감을 나타낸다는 차이뿐만 아니라 점차 구어체 사용으로 가는 세대 간의 차이도 나타내게 된다. 시가사의 전개에서도 각 시가 장르는 저마다 특징적인 서술종결어의 어미부 형태를 띰으로써 각 장르의 독특한 문체를

---

1 대부분의 민요 연구서는 민요의 형식적 특성을 다루고 있다. 그 중 문체와 관련한 연구성과로는 다음과 같은 것이 있다. 고정옥, 『조선민요연구』, 수선사, 1947.; 조성일, 『민요연구』, 연변인민출판사, 1983.; 조동일, 『서사민요연구』, 계명대학교출판부, 1970.; 임동권, 『한국민요연구』, 선명문화사, 1974.; 김대행, 『한국시의 전통연구』, 개문사, 1980.; 김대행, 『한국시가구조연구』, 삼영사, 1976.; 정동화, 『한국민요의 사적 연구』, 일조각, 1981.; 고혜경, 「전통민요 사설의 시적 성격 연구」, 이화여자대학교 박사학위논문, 1990.; 좌혜경, 『민요시학연구』, 국학자료원, 1996.

형성한다. 이렇게 시에서 서술종결어를 포함하는 어미부 형태는 시적 화자가 맞닥뜨리고 있는 세계에 대한 태도에 따라 달리 나타나는 것으로 각 장르의 시적 성격을 형성하는 데 매우 중요한 요소이다.

그런데 민요 문체에 관한 괄목할 만한 연구 성과에도 불구하고 기존의 연구에서는 서술종결어를 포함하는 어미부 형태에 대해서는 주목을 하지 않았다. 서술종결어를 포함하는 어미부 형태가 문체적 특성에 미치는 중요성을 간과했기 때문이다. 서술종결어를 포함하는 어미부 형태의 특징은 민요를 민요이게 하면서 동시에 다른 시가 장르와 변별하게 하는 민요의 시학을 구성한다.

그리하여 이 연구는 민요의 문체를 구성하는 여러 요소 가운데 서술종결어를 포함한 어미부 형태에 주목하고자 한다. 민요의 어미부 형태에 나타난 특성을 밝히기 위해서는 민요의 어미부 형태가 어떻게 쓰이고 있는지 객관적으로 드러낼 필요가 있다. 그리하여 일단 민요를 대표하는 모내기노래와 시집살이요에 한정하여 어미부 형태가 어떻게 나타나는지 통계를 내보았다. 이를 통해 민요 전반의 일반적인 어미부 형태의 특징이 개괄적으로 드러날 수 있을 것이다.

한편 민요의 어미부 형태를 조사한 결과 '-네'가 타시가 장르와 구별되게 민요의 어미부 형태에 특징적으로 나타난다는 점이 드러났다. 그리하여 이 논문에서는 특별히 서술종결어 '-네'에 주목하여, 민요에서의 쓰임을 살피고 그 문체 미학을 규명하고자 한다. 민요의 서술종결어 '-네'는 이미 고혜경의 논문에서 그 쓰임이 깊이 있게 다루어 진 바 있다[2]. 하지만 '-네' 자체의 논의가 전체 논지에 묻혀 민요 문체에서 '-네'가 지니고 있는 의미가 그다지 부각되지는 못하였다.

17

이 연구는 고혜경의 연과 성과를 적극적으로 수용하고자 한다. 한편 민요에서 쓰인 '-네'의 의미를 파악하기 위해서 국어학에서의 연구 성과도 적극적으로 수용할 것이다.

이 연구의 목적은 민요의 어미부 형태 상 특성을 살펴보고, 민요에서 쓰인 서술종결어 '네'의 의미와 문체 미학을 규명하는 데 있다. 우선 2장에서는 민요에서 서술종결어를 포함한 어미부 형태가 구체적으로 어떻게 나타나는지 통계를 내고, 이를 바탕으로 민요의 일반적인 어미부 형태 상의 특성을 개괄한다. 3장에서는 민요의 어미부 형태를 대표하는 '-네'에 대해 집중적으로 다룬다. '네'가 민요에서 쓰인 전개 양상, '네'의 어학적 의미, 그리고 민요에서의 의미와 문체 미학을 고찰한다.

2. 민요 어미부 형태에 나타난 특성

1) 모내기노래와 시집살이노래의 어미부 형태 통계

먼저 이 연구에서 사용하는 어미부 형태라는 용어가 어떤 의미인지 개념부터 정리하고자 한다.

---

2 고혜경, 「전통민요 사설의 시적 성격 연구」, 앞의 논문. pp.40-45, 63-65.

요내절에 모숭구던 처자애기 어디갔노

밀양이라 영남숲에 화초구경 가고없네

위는 4음보의 모내기노래이다. 4음보가 끝나는 마지막 음보인 '어디갔노'와 '가고없네'는 '갔노'와 '없네'로 끝난다. '갔노'는 '가'라는 어근에 'ㅆ'의 과거시제 선어말어미와 '노'라는 종결어미로 구성된다. '없네'는 '없'이라는 어근에 '네'라는 종결어미로 구성된다. 이 연구에서 사용하는 '어미부 형태'라는 용어는 'ㅆ'과 같은 선어말어미와 '네'나 '노'와 같은 종결어미를 모두 지칭하는 포괄적 개념을 지닌다.

민요에서 어미부 형태는 기준 음보가 끝나는 지점에 나타나는 것이 대체적인 경향이지만 모두 그런 것은 아니다. 예를 들어 '외와내자 외와내자 이모판을 외와내자'와 같이 1, 2, 4음보에 각각 '-자'라는 어미부 형태가 나타나기도 하고, '뉘를보고 열려있노 청춘과수보고 열려있네'와 같이 2, 4음보에 '-노'와 '-네'라는 어미부 형태가 나타나기도 한다. 개괄적으로 보면 어미부 형태의 발현이 4음보의 경우 1음보에서부터 4음보에 이르기까지 다양하게 나타나지만 주로 2, 4음보 째에 많이 나타난다고 하겠다.

민요 어미부 형태 상의 특징은 민요에 나타나는 모든 어미부 형태를 통계 처리하면 잘 드러날 수 있을 것이다. 그러나 모든 민요를 대상으로 하는 것은 물리적으로 한계가 있다. 그리하여 이 연구에서는 민요를 대표할 수 있는 모내기노래와 시집살이노래를 대상으로 선정할 수밖에 없었다. 『한국민요집 Ⅰ』의 이앙요와 시집살이요에 한정하여 어미부 형태에 대해 통계를 내보고자 한다[3]. 대상으로 한 이앙요는 총 211편이고, 시집살이요는 총 53편이다. 일단 서법 상 서술형, 의문형, 감탄형, 명령형, 그리고 청유형의 다섯 가지로 분류하고, 그 안에서 다시 동일 어미부 형태로 정리해보았다.

[표 1] 〈이앙요〉

서술형	212	116	① -네(73) -었네(31) -겠네(5) -ㄴ다네(4) -었다네(1) -셨다네(1) -ㄹ네(1)
		55	② -ㄴ다(39) -었다(9) -다(6) -던갑다(1)
		12	③ -요(7) -오(2) -ㄴ다오(2) -었오(1)
		12	④ -ㄹ세(6) -로세(4) -ㅁ세(2)
		17	⑤ -지(13) -데(2) -께(1) -마(1)
의문형	90	31	① -ㄹ가(13) -ㄴ가(10) -ㄹ런가(5) -는가(2) -던가(1)
		18	② -노(9) -었노(9)
		11	③ -나(4) -었나(4) -겠나(1) -려나(1) -ㄹ거나(1)
		11	④ -ㄹ소냐(5) -냐(4) -었느냐(1) -더냐(1)
		9	⑤ -ㄹ고(6) -ㄴ고(1) -었는고(1) -었든고(1)
		10	⑥ -리(4) -었으리(1) -ㄹ레(3) -니(1) -야(1)
감탄형	49	23	① -로다(18) -도다(5)
		15	② -라(9) -더라(4) -었드라(1) -ㄹ레라(1)
		7	③ -구나(4) -었구나(3)
		4	④ -누나(1) -여[야](3)
명령형	48	48	① -라(26) -소(10) -게(9) -시오(2) -구로(1)
청유형	50	50	① -자(28) -세(20) -세나(1) -ㅂ시다(1)
합	449	449	

---

3 임동권, 『한국민요집 I 』, 집문당, 1961. 이앙요는 pp.3-23까지의 총 211편을, 시집살이요는 pp.121-146까지의 총 53편을 대상으로 하였다. 노래의 편수나 실린 쪽수가 차이가 나지만 둘 사이의 비교가 논의의 핵심이 아니라서 문제 삼지 않았다. 민요의 사설에서 어미부 형태가 나타나는 지점은 들쭉날쭉이다. 이번 통계 처리에서는 2음보와 4음보 째에 나타나는 것을 모두 취택했다. 시집살이요의 경우, '채전밭에 보리가 촉트도 아니오네 국솥에 그국안친 국끓어도 아니오네 밥솥에 밥안친 밥 늠어도 아니오네 뒤동산에 우는닭이 해처여도 아니오네'와 같이 반복적인 어미부 형태를 보일 경우 이 모두를 계산하지 않고 3번으로 간주하였다.

[표 2] 〈시집살이요〉

서술형	175	80	① -네(47) -었네(26) -겠네(2) -다네(2) -었다네(2) -라네(1)
		50	② -ㄴ다(21) -다(13) -었다(7) -ㄴ단다(2) -나이다(2) -겠다(1) -ㅂ니다(1) -ㅂ데다(1) -올시다(1) -오리다(1)
		15	③ -요(7) -오(7) -겠오(1)
		7	④ -ㄹ세(3) -로세(2) -ㅁ세(1) -올세(1)
		23	⑤ -지(9) -소(5) -었소(3) -마(3) -데(2) -르레(1)
의문형	116	26	① -는가(10) -ㄹ가(5) -든가(3) -었던가(2) -ㄹ손가(2) -었는가(1) -었을가(1) -시던가(1) -런가(1)
		20	② -고[꼬](9) -ㄴ고(5) -던고(3) -었던고(2) -런고(1)
		15	③ -나(9) -었나(4) -겠나(1) -데나(1)
		15	④ -더냐(5) -냐(3) -겠냐(3) -ㄹ소냐(3) -었더냐(1)
		8	⑤ -ㅂ데까(7) -오리까(1)
		8	⑥ -노(5) -었노(2) -더노(1)
		24	⑦ -랴(5) -리(4) -니(3) -었니(1) -소(3) -었소(3) -뇨(1) -리오(1) -구나(1) -었구나(1) -런다(1)
감탄형	48	28	① -더라(11) -ㄹ레[러]라(6) -라(4) -고지[저]라(3) -었드라(2) -ㄹ라(1) -어라(1)
		9	② -었구나(6) -는구나(2) -로구나(1)
		4	③ -로다(1) -도다(1) -었도다(2)
		7	④ -ㄴ지고(7)
명령형	76	76	① -라(35) -소(17) -게(8) -다고(5) -려무나(4) -슈(3) -오(2) -시게(1) -게나(1)
청유형	25	25	① -시오(9) -세(7) -소서(3) -ㅂ시다(2) -시오(1) -자시오(1) -자(1) -세요(1)
합	440	440	

시집살이노래는 모내기노래보다 사설이 길지만 사설을 이어 나
가는 연결형의 사용이 많고, 반복적 어미부 형태의 경우 3번으로만

간주하였기 때문에 모내기노래의 449회보다 종결하는 어미부 형태가 440회로 적게 나타났다. 정리한 통계를 [표 1] 〈이앙요〉를 들어 설명해보도록 하겠다. 서술형은 전체 449회 가운데 212회가 사용되었다. 서술형의 ①은 종결어미 '네'로 끝나는 것인데 총 116회가 사용되었다. 어근에 '네'가 붙은 기본형이 73회, 현재진행형 선어말어미와 직서형 종결어미와 더불어 사용한 "-ㄴ다네"는 4회이다. 그 다음이 과거 시제 선어말어미인 'ㅆ'과 더불어 사용한 '었네'가 31회, 과거 시제 선어말어미와 직서형 종결어미와 더불어 사용한 "었다, 셨다"가 33회, 그리고 선어말어미 'ㄹ'과 더불어 사용한 "-ㄹ네"가 1회이다. ①에서부터 ⑤로 갈수록 사용 횟수가 적어지며 ⑤는 기타를 모아 놓은 것이다. 이런 식으로 의문형과 감탄형의 어미부 형태도 정리를 한 것이다. 명령형과 청유형은 상대적으로 어미부 형태가 다양하지 않아서 동일 어미부 형태로 분류하지 않았다.

위의 통계만을 볼 때 모내기노래와 시집살이노래의 상대적 특성이 파악된다. 첫째, 시집살이노래가 모내기노래보다 다양한 어미부 형태를 지닌다. 모내기노래에서 어미부 형태는 총 449회 출현에 66종이 쓰였고, 시집살이노래에서는 총 440회 출현에 99종이 쓰였다. 모내기노래와 시집살이노래는 모두 고정사설을 부른다. 그런데 시집살이노래의 어미부 형태가 더 다양하게 나타난 것은 시집살이노래의 창자가 주로 여성이어서 대화체나 일상어에서 사용하는 어미부 형태를 두루 사용했기 때문이다. 그리고 시집살이노래의 구연 형태가 지극히 개인적인 독창이어서 창자에 따라 어미부 형태 상 선택의 폭이 넓었기 때문으로도 보인다. 둘째, 시집살이노래가 의문형의 사용이 훨씬 많다. 이것은 시집살이노래가 서사적이어서 인물 상호 간의 대화를 일상어로 많이 표현했기 때문이다. 셋째, 모내기노래가 시집살이노래에 비해 감탄형의 사용이 많다. 이것은 시집살이노래 가 서사적 성격을 지닌 데 반해 모내기노래는 서정적 성격을 지니고 있기 때문인 것으로 보인다. 넷째, 모내기노래가 시집살이노래에 비 해 청유형의 사용이 많다. 모내기노래가 전형적인 집단노동요이기 때문에 상대적으로 노동과 관련하여 청유형을 더 많이 사용했기 때 문이다.

2) 민요 어미부 형태에 나타난 특성

[표 1]과 [표 2]의 통계치는 모내기노래와 시집살이노래에 한정하 여 추출한 수치라서 모든 민요에 똑같이 적용할 수는 없다. 그러나 모내기노래와 시집살이노래는 전형적인 남성과 여성의 노동요로서 한국 민요를 대표하는 민요의 전형성을 지니고 있는 유형들이다. 따 라서 두 유형에 나타나는 통계치를 민요 전체로 일반화하는 데 그리 무리가 따르지 않을 것이라고 본다. 민요는 자료에 따라 어느 특정의 어미부 형태가 우세할 수도 있고, 전혀 드러나지 않을 수도 있다. 따 라서 이 통계치와 극명하게 차이를 보이는 유형이 있다면 그 차이는 상대적으로 그 유형의 특징을 드러내는 지표가 될 수 있을 것이다[4].

---

4 예를 들어 노동과 직접적인 관련이 없이 대중적으로 부르던 통속 민요에서는 '한 이로다'(노랫가락), '흘러흘러서 가노라'(노들강변), '방아로구나'(방아타령), '아 니 노지는 못하리라'(창부타령), '수심만 지누나'(베틀가), '성화가 났구나'(홍타

통계표를 통해 드러난 민요 문체의 특징을 살펴보면 다음과 같다.

1) 민요는 어미부 형태에 있어서 선어말어미의 사용이 적은 것으로 나타난다. [표 1]에서 서술형으로 나타난 총 212회 사용 중 기본형 외에 과거, 미래, 추측, 경험, 공대 등의 선어말어미를 사용한 회수는 총 50회에 불과하다. 그나마 '었네'와 '었다'와 같은 과거형의 사용이 대부분을 차지한다. 그리고 공대법이 들어간 어미부 형태는 총 449건 가운데 단 3건뿐이다. [표 2]에서는 '시'나 '오' 등을 포함한 공대법이 들어간 어미부 형태는 총 440건 가운데 20건에 불과하다. 그나마 시집살이노래의 화자가 여성이라는 상황에서 빚어진 결과이다.

민요가 어미부 형태에 있어서 선어말어미를 적게 사용함으로써 독특한 특성이 드러나는데, 가장 먼저 들 수 있는 것으로 민요가 현재형을 지향한다는 것이다.

> ① 쿵치치덜썩 잘도도네 한 대방우 건노라네
>   어떡배삐 짖어놓고 나는가네 나는가네 (방아노래)
>
> ② 딸하나를 고이길러 십리밖에 아들여워
>   시집간지 사흘만에 쫓김쫓김 쫓겨왔네

령), '좋구나 매화로다'(매화타령), '생율밤이로구나'(군밤타령), '아니 쓰지는 못하리로다'(수심가), '매맞겠구나'(물레타령) 등 감탄형의 사용이 상대적으로 많다. 통속 민요가 노동의 현장과는 거리가 있고 유흥적 분위기에 영향을 받을 수밖에 없었으므로 그 어미부 형태도 감탄형이 더 많은 특징을 지니게 되었다고 할 수 있다.

울아버지 내다보다 애고애고 내자식아
시집살이 살다못해 쫓김쫓김 쫓겨오냐   (시집살이요)

①에서 방아가 찧어지는 과정이 현재 진행형이고, 일단 찧고 난 후 가는 것도 현재 진행형이다. 이렇게 현재 진행형 서술은 노동요에서는 특징적으로 나타난다. ②의 첫 2행은 딸을 고이 길러 시집을 보냈으나 사흘만에 쫓겨나 친정으로 온 사실을 읊었다. 그리고 마지막을 '쫓겨왔네'로 종결했다. '쫓겨왔네'에서 '왔'은 과거 시제이지만, 뒤에서 논의하겠지만 뒤이은 '-네'가 현재 지각의 의미를 지니고 있어 이 문장은 현재성을 유지한다[5]. 그리고 다음 2행에서 사설은 친정아버지의 대화체로 이어지기 때문에 문장의 현재성은 공고히 유지된다. 이렇게 민요는 아무리 긴 서사민요의 경우라 할지라도 과거형을 거의 사용하지 않고 대화체를 포함한 현재형 진술로 이루어진다.

다음으로 들 수 있는 어미부 형태 상 민요의 특성은 존칭어의 사용이 적다는 점이다. 우리의 일상어에서는 특징적으로 존칭어의 사용을 엄격하게 지킨다. 이런 일상어와는 달리 민요에서는 존칭에 대한 인식이 희박하여 반말체가 주로 쓰이는 가운데 하게체가 병행하여 쓰이고 있다.

① 부음장 왔네 부음장왔네 어마죽어 부음장왔네

---

5 민요에서는 과거시제 선어말어미 '었'이 주로 '-네'와 연결하여 사용된다. 이 점은 '-네'에 대해 다루는 Ⅲ.2에서 자세히 다룰 것이다.

　　　　사랑문을 반만열고 아배아배 시아배야
　　　　큰방문을 반만열고 어마어마 시어마야
　　　　갈라누마 갈라누마 어마죽어 갈라누마　　　　　　（시집살이노래）

　　②　어얼하다 우리님아 기우대가 잦아지고
　　　　하직할줄 왜모리노 문안할줄 왜모리노　　　　　　（청상요）

　　위의 ①과 ②에서 시적 화자는 모두 여성이다. 여성의 가정 내 위치나 처신을 염두에 둔다면 일상대화에서 친정부모나 시부모에 대한 존칭어의 사용은 필수적인 것이다. 그러나 ①의 사설에는 존칭어는커녕 반말투를 그대로 쓰고 있음이 드러난다. 친정어머니가 '돌아가셔'가 아니라 '죽어'로, '시아버님, 시어머님'이 아니라 '시아배야, 시어마야'로, '다녀오겠습니다'가 아니라 '갈라누마'로 표현했다. ②에서는 죽은 남편에 대한 여성 화자의 그리움을 표현했다. 그런데 '님이시여'가 아니라 '우리님아'로, '모르시나'가 아니라 '모리노'로 표현하여 평교간이나 아랫사람에게 하는 말투가 되었다. 대부분의 민요에서 공대법의 표현이 절제된 것은 자수를 맞추려한 이유도 있었다. '왜모리노'에서 '-시-'는 4자로 맞추기 위해서 그냥 무시된 것이다. 이와 같이 민요에서는 공대 의식보다는 음악적·운율적 의식이 더 작용하여 공대를 나타내는 선어말어미의 사용이 적게 나타난다. '우리님은 어데가고 上元인줄 모르신고'에서처럼 님을 향한 화자의 감정을 노래한 경우에 존칭 선어말어미 '-시-'가 사용되기도 한 것은 4자에 아직 한 자의 여유가 있었기 때문이다. 이런 상황에서 겸양

선어말어미인 '-옵-'의 사용은 더더욱 드물었다고 할 수 있다.

이렇게 존칭 선어말어미 '-시-'를 잘 사용하지 않는 가운데 '-시-'의 사용은 경우에 따라서는 뜻밖의 미학적 효과를 자아내기도 한다.

> 나오신다 나오신다 시아버지 나오신다
> 질질끄는 지충짚고 시아버지 나오신다   (시집살이노래)

위의 '나오신다'에서 '-시-'의 사용은 기본 음절수인 4자를 이루기 위해 사용한 것으로 보인다. 시적 화자는 '질질끄는 지충짚고'의 표현으로 볼 때 시아버지에 대한 존칭 의식을 지니고 있었다고 보이지는 않는다. 그러므로 시아버지의 거동을 '나오신다'라고 반복적으로 표현한 데에서 희극적 효과가 빚어진다. 잘 쓰지 않는 존칭어를 굳이 강조해 사용함으로써 시아버지의 존경 받지 못할 실재 행위가 대조적으로 부각되며 희화화되기에 이른 것이라고 할 수 있다.

마지막으로 들 수 있는 어미부 형태 상 민요의 특성은 작가의 의지나 바램, 미래를 나타내는 선어말어미를 거의 사용하지 않는다는 것이다. 민요는 다른 시가 장르와 마찬가지로 보편적인 주제인 님에 관한 정서를 자주 표현했다. 그런데 개인 서정시에서 작가의 의지나 발원을 나타내는 선어말어미를 자주 사용하는 데 비해 민요는 거의 사용하지 않는 것으로 나타난다. 보통 민요의 시적 화자는 같이 있고 싶은 님에 대한 정서의 표현할 때 작가의 의지나 바램을 선어말어미를 통해 나타내지 않고, 대신 대화체를 통해 직접적으로 화자의 의지나 바램을 말하는 청유형 형태로 종종 나타낸다.

27

앉기좋은 청석돌에 어기동동 씻노라니

앉아봐도 님이가고 서서봐도 님이가네

둘러가소 둘러가소 님아님아 둘러가소　　　　　　　　　（시집살이노래）

위는 〈진주낭군가〉이다. 여성 주인공은 빨래를 하다가 남편인 진주낭군이 집에 돌아오는 것을 보게 된다. 이때 여주인공은 오랜만에 온 남편이 자기를 반갑게 대면해줄 것을 기대했다. 그러나 현실은 그렇지 못해 남편은 눈길 한 번 주지 않고 지나가 버렸다. 그러니 여주인공은 남편이 아는 체라도 했으면 하는 간절한 바램을 가지게 되었다. 이때 여주인공은 상대방을 가상으로 끌어 들인 대화체로 청유형 진술을 통해 자신의 바램을 표현한다. 이렇게 님에 대한 자신의 의지나 바램을 상대를 향한 대화체로 전달하는 예는 민요에서 흔하게 발견된다.

이와 같이 민요는 어미부 형태에 있어서 선어말어미의 사용을 자제하고 있는데, 시제 상 현재형을 지향하며, 공대법 상 존칭을 나타내는 '시'나 '오'의 사용이 거의 무시되고 있으며, 의지·바램·미래를 나타내는 선어말어미를 거의 사용하지 않았다.

민요는 민중에게는 노래이자 시였다. 따라서 민요의 사설도 전통시대 한국시에서 일반적으로 나타나는 어미부 형태인 현재형을 지향했다고 할 수 있다. 한편 민요는 노동의 현장성이 창작의 주요 기반이었기 때문에 현재형 진술이 필연적으로 주를 이룰 수밖에 없었던 점도 있었다. 민요의 기본 율격은 3분박 12장단으로 민요의 창자는 이 기본 율격에 맞추어 음절수를 마음대로 놓을 수 있었다. 그러나 전승성이 강한 구전공식구로 이루어진 민요의 경우 전승되면서 4자로 이루어진 보편적인 율수에 무의식적으로 지배를 받는 경향이 있게 되었을 것이다. 그리하여 존칭이나 겸양은 물론 시제를 나타내는 선어말어미는 기본 음절수인 4자가 허락하는 한에서 소극적으로 사용될 수밖에 없었던 것으로 보인다. 그리하여 민요는 복잡한 어미부 형태를 무시한 채 '傳言에 필수적인 어휘를 중심으로 하는 지극히 절약적인 표현이 특징'을 이루게 되었다[6]. 어미부 형태에서 선어말어미의 사용을 절제함으로써 간결하고 절약적인 민요의 문체를 형성했다고 할 수 있다.

2) 민요는 서법 상 다섯 가지 유형을 골고루 사용하고 있는 것으로 나타난다. [표 1]과 [표 2]에서 어미부 형태는 총 449회와 440회 나타나는데, 서법 상 다섯 유형이 차지하는 횟수는 '서술형(212,175), 의문형(90, 116), 감탄형(49, 48), 명령형(48, 76), 청유형(50, 25)' 등이다. 일상대화에서 서법 상 각 유형이 사용되는 비율이 어느 정도가 되는 지 알 수 없어, 민요에서 쓰인 서법이 일상대화에서 쓰는 서법과 같다고는 말할 수 없을 것같다. 그러나 일단은 민요가 일상대화에서 사용하는 서술형, 의문형, 감탄형, 명령형, 청유형 등을 골고루

---

6 이남호, 「민요와 현대시의 어휘에 대하여」, 『제3세대 비평문학』, 역민사, 1987. 이남호는 현대시와 달리 '민요는 삶의 체험에서 창조된 의미가 그대로 들어 있는 어휘를 사용하여, 어휘 중심으로 의미 전달이 되고, 그래서 독립된 어휘가 매우 중요한 역할을 하며 문맥은 그리 중요하지 않다. 그 독립된 어휘를 보다 구체적이고 특수하게 만들어 그 합의를 더욱 선명하고 절실하게 만들려 할 때도 문법적인 문맥을 통해서가 아니라, 그 어휘로 어떤 사건을 구성함으로써 그 어휘의 함의를 더욱 구체화시킨다'고 하였다.

사용하고 있다고는 말할 수 있다. 이렇게 민요의 서법이 일상어에서 사용하는 서법을 포괄하고 있는 것은 민요가 화자 자신의 진술에만 머무르지 않고 구성원을 향한 발언이나 사설에 등장하는 인물의 발언, 혹은 등장인물 상호 간의 발언도 진술 안에 포함했기 때문이다. 이렇게 민요가 일상적인 대화에서 쓰고 있는 어미부 형태를 모두 포괄하고 있는 점은 민요가 공동체 안에서 구성원 간 상호 교감의 수단으로 기능한 공동체 지향의 성격을 지닌다는 것을 단적으로 보여준다.

한편 민요는 서술형을 가장 비중 높게 사용하고 있다. [도표 1]에서 서술형이 212회인 반면 감탄형은 49회에 불과하고, [도표 2]에서는 서술형이 175회인 반면 감탄형은 49회에 불과하다. 민요가 서술형을 제일 많이 사용하고 있는 것은 다른 고전시가 장르와 대조적이다. 시조는 서법 상 '-노라', 가사는 '-도(로)다' 등의 감탄형을 상대적으로 많이 사용하고 있는 것으로 보인다[7]. 상대적으로 시조와 가사는 보다 주정적인 표현을 이루게 되고, 민요는 직서적인 표현을 이루었다고 할 수 있다. 민요는 일상대화와 구별되는 시적 자질의 획득을 서법 상 감탄형보다는 서술형을 많이 사용함으로써 확보하고 있다는 것을 말해준다. 민요가 전통시가임에도 불구하고 상대적

---

7 정확한 통계를 낸 것은 아니고 필자의 경험 값이다. 예를 들어 '梨花에 月白ᄒ고 銀恨이 三更인지 / 一枝 春心을 子規야 알냐마ᄂ / 多情도 病인 양ᄒ여 줌못 일워 ᄒ노라'에서와 같이 '-노라'는 시조 종장의 대표적인 어미부 형태이다. ; 가사의 경우는 '綠楊芳草ᄂ 細雨中에 프르도다 / 칼로 몰아 낸가 붓으로 그려 낸가 / 造花神功이 物物마다 헌ᄉ롭다 / 수풀에 우는 새ᄂ 春氣롤 믓내 계워 / 소릭마다 嬌態로다'에서와 같이 '-도다, -로다'와 같은 어미부 형태를 많이 사용하고 있다.

으로 사설의 현대성을 담보하고 있는 것은 바로 이러한 점 즉, 주정 적인 감탄형을 자제하고 직서적인 서술형을 많이 쓴 점에서 기인한 다고 할 수 있다.

주목할 점은 민요가 서술형 어미부 형태에서 종결어미 '-네'를 압 도적으로 많이 사용하고 있다는 것이다. 다시 한 번 두 민요 유형에 서 상대적으로 많이 사용한 종결어미를 정리하면 다음과 같다.

[표 3]

	모내기노래(449)	시집살이노래(440)
서술형	-네(116) -다(55)	-네(80) -다(50)
의문형	-ㄴ(ㄹ)가(31) -노(18)	-ㄴ(ㄹ)가(26) -고(20)
감탄형	-로다(18) -라(15)	-라(28) -구나(9)
명령형	-라(26) -소(10)	-라(35) -소(17)
청유형	-자(28) -세(20)	-시오(9) -세(7)

위의 표에서 드러나듯이 민요의 어미부 형태 가운데 가장 두드러 지게 쓰이고 있는 것은 서술형의 종결어미인 '-네'이다. '-다'는 민요 에서 뿐만 아니라 시조, 가사, 그리고 현대시에서 가장 흔하게 사용 하는 서술종결어이다. 그런데 이런 '-다'를 누르고 민요에서는 '-네' 가 압도적으로 많이 쓰이고 있음이 드러난다. 모내기노래와 시집살 이노래에서 각각 116회와 80회나 사용하여 55회와 50회를 사용한 '-다'를 2배 가량이나 앞질렀다.

이 수치는 민요의 창자들이 사설을 종결하는 서술종결어로 이

'-네'를 가장 선호하였음을 말해준다. 따라서 이 종결어미 '-네'야말
로 민요를 대표하는 종결어미라고 규정할 수 있다. 이 종결어미 '-네'
는 다른 시가 장르와 특징적으로 변별되는 요소로 민요를 민요답게
하는 기능을 담당한다. 이렇게 '-네'는 민요의 문체적 특징을 이루는
중요한 한 요소라고 규정할 수 있는데, '-네'를 중심으로 하는 민요
문체의 특징은 다음 장에서 작품 분석을 통해 자세히 살펴보기로 하
겠다.

3. '-네'의 의미와 문체 미학

1) '-네'의 전개 양상

민요에서 종결어미 '-네'가 어떻게 쓰이고 있는지 그 전개 양상을
살펴보도록 하겠다. 민요에서 종결어미 '-네'는 종결어미 '-다'가 쓰
일 수 있는 서술형에서 모두 쓸 수 있다. 그런데 특별히 잘 나타나는
곳도 발견되는데 우선 말을 주고 받는 문답체에서이다.

> 물게야청청 헐어놓고 주인네양반 어디갔노
> 문어야전복 손에들고 첩의 방에 놀러갔네 　　　　　(모내기노래)

> 몇대간을 밟어왔노 쉰대간을 밟어왔네

무슨말을 타고왔노 백대말을 타고왔네

무슨안장 실고왔노 순금안장 실고왔네   (놋다리밟기노래)

모내기노래는 주로 고정사설을 교환창으로 부른다. 위에서 선창
자가 '어디갔노'라고 물으니 후창자가 '놀러갔네'라고 답했다. 놋다
리밟기노래 역시 고정사설을 교환창으로 부른다. 선창자가 '몇 대간
을 밟고 왔노'라고 물으니 후창자가 '쉰 대간을 밟어왔네'라고 답하
는데, 이렇게 묻고 답하는 식이 반복적으로 펼쳐지며 '-네'가 계속된
다. 이렇게 민요에서 문답체가 펼쳐질 경우 '-네'가 쓰이는 예를 흔
하게 발견할 수 있다.

오동초야 달은 밝고 임의나 생 생각 절로나 나네

에헤 머리 이히히 헤헤헤야 논 바헤 바헤 헌개로다헤

성제나 성제 몰을 타고 성제나 고 고개를 넘어를 가네

에헤 머리 이히히 헤헤헤야 논 바헤 바헤 헌개로다헤

잉어가 노네 잉어가 노네 장포밭 밭에 잉어가 노네

에헤 머리 이히히 헤헤헤야 논 바헤 바헤 헌개로다헤

(곡성 논매는노래)

곡성 논매는노래는 선후창으로 부른다. 선창자가 의미 있는 사설
을 부르면 후창자가 후렴을 받아 부르는데 앞소리의 종결어가 모두
'-네'이다. 곡성 논매는노래는 채록 당시 선창자가 2인이었는데 이
들 두 창자가 부른 몇 노래에서 '-네'의 사용이 두드러지게 나타나기

도 했다[8]. 창자에 따라서는 이렇게 무의식적으로 가장 흔한 -네'를 반복적으로 사용하기도 한 것을 알 수 있다. 이렇게 '-네'가 묻고 답하는 문답식이 아니고 화자 혼자만의 현재형 진술에서도 사용된 것은 '-네'의 기능과 관련한다. 선창자가 앞소리를 선창하면 그것을 받아 후창자가 뒷소리나 후렴구를 해야 하는 가창 조건이 놓여 있었기 때문에 후창자의 후렴구를 유도하기 위해 공동체 지향의 성격을 지닌 '-네'를 사용한 것이다.

민요에서 후렴은 위에서 인용한 곡성 논매는노래에서처럼 의미가 없는 사설로 나열되는 경우도 있지만, 의미가 없는 구절과 의미가 있는 구절을 혼합한 사설인 경우가 대부분이다. 이 경우 종결어미를 '-네'로 하는 경우가 흔하게 발견된다.

① 쾌지나칭칭나네 　　　　　　　　　　(쾌지나칭칭나네)

　아리아리랑 쓰리쓰리랑 아라리가 났네　　(밀양아리랑)

　아리아리랑 서리서리랑 아라리가 났네

　아리랑 응응응 아라리가 났네　　　　　(진도아리랑)

　에헤요에헤요 에헤야 님만나 보겠네　　(몽금포타령)

　아이고데고 어허 흥 성화가 났네 에　　(남도 흥타령)

8　문화방송, 『한국민요대전2 전라남도 민요 해설집』, 비매품, 1993, pp.142-53. 이 노래의 선창자는 황수성(1921년 생), 김종석(1926년 생) 2인이다. 이들이 같이 혹은 혼자 부른 것을 채록한 것이 7수인데 상당수의 종결어미가 '-네'인 것을 알 수 있다.

② 애롱대롱 지화자 좋네   (나주 풍장소리)

에헤리 실구너 두덩덩기 떴네   (장성 풍장소리)

지와자자자 얼사좋네   (진도 풍장소리)

허렁허렁 허러러러리야

허리강 헐씨구 허러리가 났네   (여천 논매는소리)

비어리어리 비어리어리 비자나무야 비자나무야

비자나무에 연이 걸려 앉네   (신안 비자나무소리)

①은 『한국의 전통음악』 제6장 민요 부분의 사설 가운데서 가려 뽑은 것이고, ②는 『한국민요대전 전라남도 민요해설집』의 사설 가운데서 가려 뽑은 것이다[9]. ①에서 "쾌지나칭칭나네", "아리아리랑 쓰리쓰리랑 아라리", "에헤요에헤요 에헤야", "아이고데고 어허 흥" 등은 의미가 없는 사설이지만 그 뒤에 의미가 있는 사설이 붙고 종결어미 '-네'로 끝맺었다. ②에서도 "애롱대롱", "에헤리 실구너 두덩덩기", "지와자자자", "허리강 헐씨구 허러리" 등은 의미가 없는 사설이지만 그 뒤에 의미가 있는 사설이 붙고 종결어미 '-네'로 끝맺었다. 이렇게 민요에서는 후렴구의 상당수가 '네'로 종결하는 것으로 나타난다.

특히 민요에서 종결어미 '-네'는 AABA형의 공식적 표현에 많이 쓰인다. "비묻었네 비묻었네 갈미봉에 비묻었네", "배꽃일네 배꽃일

---

9 김호성, 이강근 편저, 『한국의 전통음악』, 삼성언어연구원, 1986. ; 문화방송, 『한국민요대전2 전라남도 민요 해설집』, 앞의 책.

네 총각수건이 배꽃일네", "못살겠네 못살겠네 시집살이 못살겠네" 등과 같이 유독 AABA형에 '-네'가 자주 사용되고 있다. 이것은 AABA 형이라는 민요의 공식적 구조뿐만 아니라 종결어미 '-네'까지도 공식성과 관습성을 획득하여 같이 전승되었기 때문으로 볼 수 있다.

2) '-네'의 어학적 의미

종결어미 '-네'는 일상대화에서도 사용된다. 민요에서 쓰인 '-네'의 의미를 파악하기 위해서는 일상어에서 쓰인 '-네'의 의미를 먼저 살펴볼 필요가 있다.

일상대화에서 '-네'는 공대법 상 하게체와 반말체에서 쓰인다. 하게체에서 '-네'는 보통 성년 간에 존비의 격차가 심하지 않을 때 쓰이지만, 화자가 지위나 연령의 관계에 있어서 해라체를 쓸 수 없다고 판단할 때도 쓰인다. 예를 들어 '나 가네, 잘 있게'라고 말하는 경우 보통 어느 정도 나이가 있는 사람이 자기보다 연령이 같거나 조금 낮은 이를 향해 말할 때 쓰이지만, 장인이 사위에게 말할 때처럼 나이 차이가 많이 남에도 불구하고 해라체를 쓸 수 없다고 판단했을 때도 쓰인다. 반말체에서 '-네'는 두 가지 경우로 쓰인다. 예를 들어 '참 이쁘네'라고 말하는 경우 끝을 약간 올려 의문법을 포함하면 연령이 낮은 사람에게 말할 때이다. 반면 끝을 올리지 않으면 청자가 없이 스스로에게 말하는 진술이 된다. 이렇게 하게체에서 '-네'는 '말하는 이가 듣는 이를 의식하고' 말해 반드시 청자가 있어야 하지만, 반말체에서 '-네'는 '말하는 이가 듣는 이를 의식하지 않고 스스

로의 생각이나 느낌을 서술'[10]하기도 해 청자가 없는 단독적 장면에
서도 쓰인다.

어학적 연구에서는 '-네'의 용법으로 크게 두 가지를 지적하고 있
다. 하나는 '-네'가 '말하는 이가 듣는 이를 의식하지 않고 스스로의
생각이나 느낌을 서술'하는 반말체에서 '知覺의 의미'를 지닌다는
것[11]이고, 또 하나는 '-네'가 하게체에서 독자적으로 감탄적 기능을
지닌다는 것[12]이다. 민요에서 쓰인 종결어미 '-네'의 의미를 파악하
기 위해 두 어학적 연구 성과를 간단히 살펴보기로 하겠다.

먼저 반말체에서 '-네'는 화자가 보고 들어서 아는 사실, 곧 감각
적 경험에 의한 앎을 표현하는 것으로, '현재 지각의 의미'를 지니고
있다[13]. 예를 들어 보도록 하겠다.

① 오늘은 순이가 가네
② 오늘은 순이가 갔네
③ 오늘은 순이가 가겠네

①, ②, ③은 모두 화자가 현재 시점에서 말하고 있는 것이다. ①은

---

10 한길, 『국어 종결어미 연구』, 강원대학교출판부, 1991, p.68.
11 장경희, 『현대국어의 양태범주 연구』, 탑출판사, 1985, p.81. 여기서는 반말체에 속
    하는 '-네'의 현재 지각의 의미를 다루고 있다.
12 고영근, 「현대국어의 존비법에 대한 연구」, 『어학연구』제10권 2호, 서울대학교,
    1974. ; 고영근, 「현대국어의 문체법에 대한 연구」, 『어학연구』제12권 1호, 서울대
    학교, 1976. 고영근은 '-네'의 감탄적 기능을 하게체로 설정하고 논의했다.
13 장경희, 『현대국어의 양태범주 연구』, 앞의 책, p.81.

37

화자가 현재 순이가 가는 것을 목격한 지각이 있은 후 말하는 것이다. ②는 화자가 순이가 이미 갔음을 확인한 지각이 있은 후 말하는 것이다. ③은 화자가 순이가 갈 것이라는 것을 확인한 지각이 있은 후 말하는 것이다. 이와 같이 ①, ②, ③은 현재 시점에서 화자의 지각 행위가 있었음을 표현한 것인데, 모두 종결어미 '-네'로 인해 의미가 발생했다. 여기서 ①, ②, ③ 모두는 청자가 있을 수도 있고 없을 수도 있다. 이렇게 종결어미 '-네'는 현재 지각의 의미를 지닌다.

다음으로 하게체에서 '-네'는 독자적으로 감탄적 기능을 지닌다. 하게체 어미부 형태로는 '-네' 뿐만 아니라 '-로세, -는가, -나, -세 등도 있다. 이러한 하게체 어미부 형태는 '獨者, 詩歌 등의 地文과 같은 단독적 장면에서 나타나'[14] 감탄적 용법을 드러낸다. 예를 들어 '산에는 꽃 피네 꽃이 피네'라는 김소월의 시에 쓰인 '-네'는 일상대화에서의 용법들과 달리 감탄적 기능을 보다 많이 지니고 있는 것으로 나타난다[15].

고영근은 하게체가 시에 쓰였을 때에 특별히 일상어에서 지니고 있는 기능 외에 감탄적 기능을 지니고 있다는 점을 주목한 것인데, 일상어에서 쓰이는 어미부 형태가 시에 쓰였을 때 또 다른 의미와 기능을 지니고 있음은 일찍이 언더우드도 논의했다. 외국인으로서 한국어를 연구했던 그는 특별히 한국시에 쓰이고 있는 서술종결어를 포함한 어미부 형태에도 관심을 기울였다. 그리하여 그는 '-네'를

---

14 고영근, 「현대국어의 존비법에 대한 연구」, 앞의 논문, p.19.
15 고영근, 「현대국어의 문체법 연구」, 앞의 논문, p.41.

포함하여 정형시에 지배적으로 나타나는 일련의 어미들을 '시적 형태(poetic form)'라 용어화한 바 있다[16]. 이러한 관점은 시에서 쓰이는 일련의 어미부 형태들은 일상적인 언어에서 쓰는 용법과 전적으로 동일하지는 않고 변형된 용법, 즉 시적 기능을 부여하는 감탄적 용법의 기능을 보다 많이 지니고 있는 점을 주목한 것이다.

3) '-네'의 의미와 문체 미학

민요는 그 어느 장르보다 일상 대화에서 사용하는 서법과 어미부 형태를 모두 활용하고 있는 것으로 나타났다. 그런데 민요의 사설은 어디까지나 시의 언어이다. 그리하여 민요의 사설은 시로서의 성격을 갖추기 위해 일상어의 범주를 넘어서는 시적 장치들을 지니고 있는데, 그 중 하나가 '-네'이다.

민요에서 쓰인 '-네'는 일상어에서 쓰일 때 지니고 있는 의미와 용법을 전적으로 드러내지 않고 제한적으로 드러낸다. 민요에서 쓰인 '-네'는 묻고 답하는 대화체에서 일단 하게체로 쓰인다. 이 경우 대부분은 주로 공대법과 관계가 없는 반말체로 쓰인다. 앞서 살펴 본

---

16 Underwood H,G, 『鮮英文法 션영문법 An Introduction to the Spoken Korean Languages』, 朝鮮耶蘇教書會, 京城, 1915(1sted. 1890). 이 책은 Horace Grant Underwood가 1890년에 간행한 『韓英文法 한영문법 An Introduction to the Spoken Korean Languages』(Yokohama, Shanghai, Hongkong, Singapore, Kelly & Walsh, Ltd)을 그의 아들 Horace Horton Underwood가 부록을 첨가하여 출간한 것이다. 아들 언더우드는 부록에서 조선말의 특수한 용법의 하나로 "시적 형태"를 언급하였다. 따라서 "시적 형태"와 관련한 부분의 논의는 아들인 Horace Horton Underwood의 견해이다.

바와 같이 민요가 공대법 상의 구속이 희박하기 때문이다. 이럴 때 '-네'는 양태범주 상 반말체에서 쓰인 것으로 현재 지각의 의미를 지 닌다. 그리고 '네'는 민요 사설, 즉 시의 단독적 장면에 나타나 감탄 적 의미를 아울러 지닌다. 여기서 민요는 시적 진술이기 때문에 '참 이쁘네'라는 사설의 경우 끝을 올려 읽는 경우는 없다. 이렇게 민요 에 쓰인 '-네'는 의문법의 반말체 진술로는 쓰이지 않는다.

일상어에서 '-네'는 대체적으로 한 상황에 맞는 하나의 의미만을 지닌다. 그에 반해 민요에서 '-네'는 여러 가지 의미를 복합적으로 지니는 것으로 나타난다. 언더우드가 '-네'를 "시적 형태"라고 지적 하고 고영근이 따로 특수한 용법으로 감탄적 기능을 언급한 것은 '-네'가 여러 가지 기능과 의미를 혼합해서 나타내는 양상을 염두에 두었기 때문이라고 할 수 있다. 이렇게 민요에 쓰인 '-네'는 여러 가 지 기능과 의미를 혼합하여 나타냄으로써 민요만의 독특한 미학을 구성한다. '-네'가 구성하는 민요의 미학을 작품 분석을 통해 자세히 살펴보기로 하겠다.

① 술안먹자 맹세터니 술생각이 절로나네
　 주모야 술걸러라 맹세풀이 내할라네　　　　　 (모내기노래)

② 서울갔든 선부들아 우리선부 안오시나
　 오기사야 오오마는 칠성판에 실려오네　　　　 (모내기노래)

①의 전반부 사설은 '술을 먹지 말자고 맹세를 했으나 지금은 술

생각이 난다'고 하는 화자의 현재 지각을 표현했다. 이때의 진술은 어떤 한 청자를 향해 말하는 것이라기보다는 화자 스스로에게 말하는 것이다. 여기서 화자는 맹세를 그렇게 하고서도 술 생각이 나는 자신을 돌아보고 이에 대해 놀라움을 지니고 있는 것을 알 수 있는데, 그래서 이 표현은 화자 스스로 현 상황에 대해서 감탄하는 것이기도 하다. 스스로의 느낌을 표현하는 것이지만 '술 생각이 절로난다'의 직서적 표현에서보다 감탄적 기능이 보다 가미되어 정감적으로 들린다. 후반부 사설은 화자가 주모를 끌어들여 청자를 설정했다. 그때 '맹세풀이 내할라네'는 주모를 향해 하는 발언이 되어 하게체의 진술이 된다. 그리고 이 표현은 비록 자신보다는 지위나 연령이 낮다 하더라도 상대방을 배려한다는 정서가 가미되어 정감 있는 따뜻하고 다정한 표현을 이룬다. 이렇게 전반부와 후반부의 사설에서 쓰인 '-네'는 동일한 종결어미 형태를 취하였지만 반말체와 하게체로, 청자가 있는 것과 없는 것으로 두루 교체되어 사용되었다. 그렇기 때문에 후반부 사설이 전반부 사설에 역으로 영향을 미쳐 전반부의 사설조차 주모를 향해 발언하고 있다는 느낌을 주기도 한다. 그리고 화자 스스로의 현재 지각이든 하게체의 진술이든 보다 정감적으로 들리고 있다.

②의 전반부 사설은 서울에 과거를 보러 갔다가 돌아온 선비들에게 자기의 남편은 오지 않았느냐고 물어보는 대화체 진술이다. 여인이 선비를 향해 물어본 말이기에 후반부는 선비가 여인을 향해 답변하는 말이 이어질 것이라는 기대를 하게 한다. 그래서 '칠성판에 실려오네'라는 진술은 선비가 여인에게 하는 하게체 진술로 들릴 수

있다. 그런데 이 진술은 화자가 기다리던 님이 오기는 왔지만 칠성
판에 실려 죽어 온 남편을 현재의 시점에서 확인하고 지각한 후 스
스로가 감탄하는 서술이다. '-네'가 자기 스스로의 독백적 진술로 쓰
이기 때문이다. 그리고 이 표현 역시 비록 자신보다는 지위나 연령
이 낮다 하더라도 상대방을 배려한다는 정서가 가미되어 정감이 있
는 따뜻하고 다정한 표현을 이룬다.

이렇게 민요의 종결어미 '-네'는 하게체와 반말체에서, 그리고 화
자를 향한 발언과 스스로를 향한 발언에서 서로 넘나들며 쓰이고 있
음이 드러난다. 그리하여 민요에서는 종결어미 '-네'를 통해 앞에 있
는 이들과 대화를 하다가 전혀 표를 내지 않고 화자 스스로의 정서
를 표현하는 데로 옮겨 갈 수 있다. 특히 '-네'는 '언표에 청자가 나타
나지 않더라도 구어적인 성격을 띠어 상관적 장면을 배제하지 않는
효과를 갖게 된다'[17]. 즉 민요에서 종결어미 '-네'로 끝나는 구절은
화자 스스로의 느낌을 서술하는 것조차 불특정 청자를 향해 발언하
고 있다는 느낌을 주게 되어 공감대를 형성하게 만든다. 그리고 화
자의 현재 지각을 나타내고, 감탄의 기능을 지니면서 보다 정감적인
효과를 자아낸다.

이와 같이 민요의 '-네'는 하나의 종결어미로 여러 가지 기능과 의

---

17 고혜경, 「전통민요 사설의 시적 성격 연구」, 앞의 논문, pp.61-65. 상관적 장면이란
발화시 '너'와 '나'라는 관계가 설정되는 경우를 말한다. 예를 들어 '처녀랑 총각이
랑 의논이 좋아 한 이불 밑에 잠을 자네 / 유자랑 석류랑 의논이 좋아 한 꼭지에 둘
이 여네'(모내기노래)의 경우, 언표 행위의 주체인 나와 너가 모두 나타나지 않는
다. 하지만 대상을 인지하는 주체의 존재를 함께 느끼게 되는데 그것은 '네'라는 종
지형에 기인한다고 보았다. 일상어에서 '네'가 상관적 장면에서도 쓰이기 때문에
詩文에 등장하면 상관적 장면을 유추할 수 있다고 보았다.

미를 동시에 지닐 수 있어 포괄적이고도 절약적인 서술 종결어라고 할 수 있다. 민요를 부르는 향유층은 서술종결어에 있어서도 절약적인 문체를 이루려는 의도가 무의식적으로 작용하였다. 그때 민요의 향유층은 하나의 서술종결어로 여러 가지 기능과 의미를 담을 수 있는 가장 포괄적이고도 절약적인 서술종결어 '-네'를 발견해낸 것이다.

민요를 부르는 노동현장에서 주를 이루는 층은 성년층, 특히 청장년층이다. 이들이 모여 민요를 부를 때 공동체의 구성원들에게 두루 통할 수 있는 공대법 상의 체계가 요구된다. 사설이 대화체로 묻고 답하는 식으로 전개될 경우에는 공동체의 구성원 모두에게 적절하게 적용될 수 있는 하게체가 이용되었다. 그리고 화자의 느낌과 정서를 서술하거나 관심 있는 사건을 진술할 때와 같이 시로서의 서정적·서사적 성격을 드러내고자 할 경우에는 공대법과 상관없이 반말체가 쓰이기도 하였다. 이와 같이 '-네'는 공동체 안에서 구성원에게 두루 통할 수 있는 하게체와 시적 성격을 나타낼 수 있는 반말체에 두루 사용하는 요건을 충족시키면서 정감 있는 어미부 형태이기 때문에 민요 담당층에게 선호될 수 있었다고 할 수 있다. '-네'는 민요가 지니는 공동체 지향의 성격을 기본 바탕에 깔고 형성된 서술 종결어인 셈이다.

공동체를 지향하는 '-네'의 모습은 정확한 통계치가 나온 것은 아니지만 모내기노래, 논매는 노래, 풍장소리 등과 같은 논농사노래의 사설에 '-네'가 많이 사용되는 데서도 잘 알 수 있다. 앞서 '-네'의 전개 양상을 살펴보는 자리에서 후렴에 사용된 '-네'의 사례로 인용한 것 가운데 『한국민요대전 전라남도 민요해설집』의 사설 가운데서 가려 뽑은 것들은 대부분 모내기, 논매기, 풍장놀이와 같이 농사일과 관련한 것들이었다. 논농사의 주담당자인 남녀 청장년층이 공동으로 일하는 현장에서 민요는 이들 구성원을 하나로 묶는 기능을 담당했다. 이러한 민요의 기능을 수행하는 한 가지 중요한 장치로 서술종결어 '-네'가 있었다고 할 수 있다.

앞서 Ⅱ.1에서 살펴 본 바와 같이 민요는 현재형 진술을 주로 써서 미래형이나 과거형을 나타내는 선어말어미의 사용이 적은 편이다. 그나마 과거형의 사용은 조금 있는 편인데, [표 1]과 [표 2]에 드러나듯이 과거시제 선어말어미가 들어가는 '었, 었다, 셨다' 등에는 거의 대부분 '-네'를 같이 붙여 쓰는 것이 특징적으로 드러난다. [표 1] 〈이앙요〉에서 '-네'의 쓰임은 "-네(73), -었네(31), -겠네(5), -ㄴ다네(4), -었다네(1), -셨다네(1), -르네(1)"로 나타난다. [표 2] 〈시집살이노래〉에서는 "-네(47), -었네(26), -겠네(2), -다네(2), -었다네(2), -라네(1)"로 나타난다.

여기서 현재형이 가장 많은 가운데 과거형인 '었네, 었다네, 셨다네' 등이 모두 '-네'와 함께 쓰이고 있는 점이 주목된다. '비묻었네 비묻었네 갈미봉에 비묻었네' '못살겠네 못살겠네 시집살이 못살겠네' '해돋았네 해돋았네 동해동산에 해돋았네' 등에서와 같이 AABA형의 구문에서도 대체적으로 과거형의 진술이 '-네'와 함께 쓰이고 있다는 특성을 보인다. 이것은 '-네'가 현재 지각의 의미를 지니기 때문에 과거에 일어난 일이라도 현재의 시점에서 인식하여 나타내고자 하였기 때문이다.

① 찔레꽃을 살금뒤쳐 임의 버선 볼걸었네

　버선보고 님을보니 임줄생각 전혀없네　　　　　　　　(모내기노래)

② 밍타는 열흘만에 나라하네 나라하네

　채리라네 채리라네 구름한쌍 잉에걸려

　앞다릴랑 돋아놓고 뒷다릴랑 낮게놓고

　대추나무 바드집에 알캉달캉 딸치다가

　붐장왔네 붐장왔네 어마죽어 붐장왔네

　사랑문을 반만열고 아배아배 싀아배야

　큰방문을 반만열고 어마어마 싀어마야

　갈라누나 갈라누나 어마 죽어 갈라누나

　애라요년 요망한년 다짜놓고 가라하네

　다짜놓고 가라하니 씻거놓고 가라하네　　　　　　　(시집살이노래)

　①에서 화자가 버선에 찔레꽃을 단 사실은 과거의 일이다. 그런데 화자는 '볼걸었네'라고 하여 과거의 사실을 현재 시점에서 확인하고 지각한다. 과거의 사건이라도 '-네'를 통해 현재의 상황으로 일단 돌려놓고 사건의 출발로 삼는다. 그리하여 화자는 생각해보니 임이 미워서 버선을 주고 싶지 않다는 자신의 감정을 토로한다. 이 노래의 진술은 청자가 없는 화자 스스로의 독백적 진술로 보인다. 그러나 하게체 종결어미인 '-네'로 인해 앞에 누군가에게 말하고 있다는 상황을 동시에 구현한다.

　②의 시집살이노래는 시간적 전개에 따른 이야기를 담고 있다. 어

45

머니가 돌아가신 부음장이 오기 전 화자는 베틀에 앉아 베를 짜고 있었다. 그렇지만 화자는 이것을 과거형으로 표현하지 않았다. '나라하네'와 '채리라네'는 '나라고 하네'와 '채리라고 하네'의 절약적 표현으로 현재형으로 진술하였다. 그런데 화자가 베를 짜고 있는데 부음장이 왔다. 이것은 '붐장왔네'라는 표현으로 나타났다. 과거시제 선어말어미 '았'과 '-네'가 있기 때문에 이미 벌어진 사실을 화자가 확인하고 지각함으로써 현재 화자가 놀라고 있음을 나타냈다. 그 이후 대화체는 '가라하네(가라고 하네)'와 같이 다시 현재형 진술로 이어진다.

이 시집살이노래 유형에 속하는 자료들의 사설을 보면 대체적으로 현재형 진술을 하는 가운데 '부음장 왔네 부음장 왔네 어마죽은 부음장 왔네'의 AABA형에 이르면 모두 과거시제 선어말어미를 사용하는[18] 특징을 보인다. 유독 부음장이 온 사실의 진술에서 과거시제 선어말어미가 쓰이고 있음을 알 수 있다. 친정어머니의 부음장이 화자가 말하고자 하는 이야기의 결정적인 핵심이기 때문에 화자는 이미 일어난 사실이라는 것을 분명히 하고자 '었'이라는 과거 선어말어미를 썼다고 할 수 있다. 그렇지만 화자는 이 사설에서 전체적으로 유지해왔던 현재형의 진술로 돌아가야 했다. 그리하여 과거 선

---

18 『한국민요집Ⅱ』(앞의 책)에 실린 이 유형의 자료는 모두 7편이다. 부음장이 온 사실의 서술은 대체적으로 사설의 도입부에 위치한다. '부고왔네 부고왔네', '어마죽은 부고왔네', '엄마죽은 통분왔네', '붐장왔네 붐장왔네 어마죽어 붐장왔네', '부음장왔네 부음장왔네 어마죽어 부음장왔네', '부고왔네 부고왔네 친정어마니가 죽었다고' 등에서와 같이 7편 중에서 6편이 모두 과거형 '왔' 뒤에 '-네'를 붙였다. 이 각 편의 전승과 관련하여 아예 이 부분의 진술이 '과거형+-네'의 공식성을 획득한 것으로 볼 수 있다.

어말어미에 '네'를 붙여 줌으로써 현재 친정어머니의 죽음을 확인하고 지각하는 현재형으로 돌아온 것이라고 할 수 있다. 그리하여 친정어머니의 죽음 이후에 벌어진 사건이 다시 현재형으로 진술될 수 있었다.

이와 같이 민요의 '-네'는 화자가 과거에 벌어진 일을 진술할 때 매우 유용하게 쓰여졌음을 알 수 있다. 과거에 벌어진 일이라 해도 현재 지각의 의미를 지닌 '-네'로 인해 사설의 현재성을 회복시켜주고 있는 것이다. 전통시대에 시는 산문과 달리 기본적으로 현재형 진술을 유지했다. 이렇게 민요에서 '-네'가 이루는 미학은 현재형을 지향함으로써 민요의 시적 성격을 유지하게 만든다.

민요에서 '-네'가 현재성을 유지하는 데 도움을 주며 널리 쓰이다 보니, 경우에 따라서는 '-네'가 시간 상 논리적인 일탈을 보이는 경우에도 쓰여 현재성을 부여했다. '방실방실 해바라기 해를안고 돌아서네 / 어제밤에 우리님은 나를 안고 돌아서네'에서 화자는 해바라기가 해를 보며 돌아서는 것을 확인하고 지각했다. 그런데 뒤이어 화자는 '어제밤'에 이루어진 사건을 진술하는데, 논리적으로 '돌아섰네'가 맞다. 그럼에도 불구하고 화자는 '돌아서네'라고 앞과 동일한 구절을 병렬시켜 문체적인 효과를 획득했다. '-네'가 현재 지각의 의미를 지니기 때문에 과거에 일어난 일이지만 굳이 '었'을 쓰지 않아도 되었기 때문에 벌어진 현상이라고 할 수 있다. 이와 같이 민요에서는 종결어미 '-네'를 통해 현재 지각의 발화를 구성하여 현재성을 유지한다[19].

이상에서 살펴본 바와 같이 민요에서 쓰인 종결어미 '-네'는 하게

체와 반말체에서, 화자를 향한 발언과 스스로를 향한 발언에서 모두
쓰였다. 민요의 창자는 '-네'를 통해 앞에 있는 이들과 대화를 하다
가도 스스로의 정서를 표현하는 데로 옮겨 갈 수 있었다. 한편 '-네'
는 화자 스스로의 느낌을 서술하는 것조차 불특정 청자를 향해 발
언하고 있다는 공감대를 형성하게 만들었다. 그리고 '-네'는 화자의
현재 지각을 나타내고, 감탄의 기능을 지녀 보다 정감적인 효과를
자아낸다. 이렇게 '네'는 기능의 복합성을 지님으로써 절약적인 문
체를 구성하고자 한 민요의 향유층에게 선호될 수 있었다.

한편 '-네'는 하게체와 반말체에 두루 사용할 수 있어 성년층이 주
를 이루는 노동의 현장에서 노래를 통한 상호 교감을 나누는데 가장
적절한 서술종결어가 될 수 있었다. '-네'가 공동체를 지향하는 민
요의 기본 성격을 담보하고 있다고 하겠다. 그리고 '-네'는 현재성을
획득하는 데 기여하여 민요의 시적 성격을 유지하게 만들었다.

4. 맺음말

이 연구에서는 민요의 어미부 형태 상에 나타나는 개괄적 특징을
살펴, '-네'가 민요를 대표하는 서술종결어임을 규명했다. 그리고
민요의 서술종결어 '-네'와 관련하여 그 의미와 문체 미학을 살펴보

---

19 고혜경, 「전통민요 사설의 시적 성격 연구」, 앞의 논문, pp.42-43.

았다.

서술종결어 '-네'는 오랜 시간에 걸쳐서 민요의 향유층이 형성한 민요만의 독특한 종결어 문체로 민요의 시학에서 매우 중요한 의미를 차지한다. 어미부 형태 상 특징으로 드러난 서법의 고른 사용, 감탄형보다 서술형의 우세한 사용, 시제나 공대법을 나타내는 선어말어미 사용의 자제, 서술종결어 '-네'의 현저한 사용 등은 민요를 민요이게 만드는 어미부 형태 상의 시적 장치들이라고 할 수 있다. 민요의 서술종결어를 포함한 어미부 형태상에 나타나는 이러한 특징들은 민요만의 고유한 것으로 타시가 장르와 변별되는 것이다.

각 시가 장르마다 서술종결어를 포함한 어미부 형태는 각기 다른 특징을 지닌다. 예를 들어 민요와의 연관성이 많다고 보는 고려속요의 경우, 그것이 궁중악으로 재편되어 편사되는 과정에서 사설의 변개 과정을 거쳤다. 그런데 이 과정에서 서술종결어를 포함한 어미부 형태도 상당한 변화 과정을 거쳤다. 고려속요는 언뜻 보기에도 '-시'나 '-옵' 등 존칭과 겸양을 나타내는 선어말어미가 많이 쓰였으며, 더욱이 민요의 전형적인 서술종결어인 '-네'가 쓰이지 않았다. 이렇게 고려속요의 어미부 형태는 민요와 매우 이질적이다. 민요의 어미부 형태와 비교 분석이 이루어질 때 고려속요의 문체적 특성과 시학이 밝혀질 수 있을 것이다. 앞으로 이 논문에서 밝힌 민요의 어미부 형태 상에 나타나는 특징과 문체적 미학은 각 시가 장르의 특징과 문체적 미학을 밝히는 연구에서 기초적 논거로 작용할 수 있을 것이다.

현대에 유행한 대중가요의 가사에서도 '-네'가 쓰였다. 현재 전통가요라고 부르는 초창기 대중가요의 가사를 보면 '-네'가 심심치 않게 사용된 것으로 나타난다. 그러나 어느 시점부터 전통가요인 트롯트에서 '-네'를 쓰는 정도가 현저히 떨어졌다. 시대의 변화에 따라 트롯트가 대중에 맞게 변신을 시도했기 때문으로 보인다.

대중가요에는 많은 하위 장르가 있는데, 각 하위 장르마다 '-네'를 사용하는 정도가 다르게 나타난다. 발라드, K-팝, 힙팝 등 젊은이들이 선호하는 대중가요에서는 '-네'를 잘 사용하지 않는 경향을 보인다. 간혹 힙팝에서 운율을 맞추기 위해 혹은 반복되는 후크송을 넣기 위해 민요의 후렴구를 사용하여 '-네'가 사용되기는 하지만, 전체적으로는 '-네'의 사용이 현저히 줄어든 것만은 사실이다.

한때 '-네'는 절약적인 문체의 기능, 공동체 지향의 성격, 현재형 지향의 시적 성격 등을 지님으로써 대중들에게 받아들여졌다. 하지만 이제는 '-네'가 전통적인 서술종결어라는 의미가 부각되어 대중들에게 더 이상 받아들여지지 않는 것으로 보인다. '-네'가 점차 대중이 선호하는 서술종결어에서 밀려나는 이러한 과정은 민요 장르의 역사적 생명과 관련한다. 이런 의미에서 민요의 서술종결어 '-네'는 역사적인 의미도 아울러 지닌다고 할 수 있다.

제2장

민요 종결어 문체 '-네'와 개화기 시가

1. 머리말

필자는 민요를 민요이게 만드는 서술종결어로 '-네'가 있음을 밝힌 바 있다. 모내기노래나 시집살이노래에 쓰인 어미부 형태에 대해 통계를 내보면 서술종결어 '-네'가 민요의 향유층이 가장 선호하는 서술종결어임이 드러난다. 그리하여 이 '-네'는 민요를 대표하는 서술종결어로서 민요만의 독특한 미학을 구성한다[1].

필자는 민요 문체의 특징을 '-네'와 관련하여 연구하는 과정에서

---

1 민요의 서술종결어인 '-네'의 쓰임, 의미, 문체적 미학 등에 대해서는 이 책에 실린 「민요 문체의 특징 – 어미부 형태를 중심으로」를 참고할 수 있다.

한 가지 흥미로운 사실을 발견하게 되었다. 그것은 바로 현재 이루어지고 있는 한시 번역에서 이 '-네'라는 서술종결어를 가장 선호한다는 사실이었다. 사실 민요의 특징적인 문체의 하나인 '-네'는 비단 민요에만 쓰인 것은 아니었다. 18세기 이후의 시가 장르에서도 이 '-네'가 사용된 예가 보인다. 그러나 평시조, 사설시조, 가사, 잡가 등에서는 '-노라', '-도다', '손가', '-로다', '-이라' 등과 같은 어미부 형태가 지배적으로 쓰이고 있으며, 간혹 '-네'가 쓰이는 정도였다. 민요, 시조와 가사, 그리고 한시로 이어지는 한국 시가사의 전개 구도 속에서 민요와 한시는 담당층의 면에서 서로 대칭점에 놓여 있는 장르이다. 그리고 시조와 가사는 담당층의 면에서 상대적으로 한시와 근접해 있다. 그렇다고 할 때 한시를 번역하면서 민요의 특징적인 서술종결어인 '-네'를 써도 되는 것일까? 전통 장르의 번역이 반드시 전통 장르의 문체를 취해야 하는 것은 아니지만 전통 장르 중에서 고른다면 오히려 시조나 가사에서 쓰인 종결어가 더 적당하지 않을까? 이 연구는 바로 이러한 의문점으로부터 출발하였다.

이 연구는 민요의 서술종결어인 '-네'가 번역 한시에까지 쓰인 과정을 추적하기 위해 개화기 시가에 주목하고자 한다. 개화기는 '19세기 말에서 20세기 초에 이르는 시기'를 지칭하는 용어이다. 개화기의 시가 장르로는 전통적인 시가 장르인 한시, 시조, 가사 등은 물론 노래를 부르기 위해서 혹은 쉽게 전달하기 위해서 새롭게 창작된 찬송가, 구전가요 및 창가식 의병가사, 창가, 번역 한시 등도 있었다. 그리하여 '개화기 시가'는 개화기를 중심으로 활발하게 창작되었던 이 모든 시가 장르를 포괄하는 용어이다.

개화기의 시가문학은 창가와 신체시의 시험을 거쳐 현대시로 옮아가는 과도기적 성격을 지닌다. 개화기의 시가문학이 과도기적으로 전개되었기 때문에 기층문학으로 있어왔던 민요는 이 당시 기존의 시가 장르가 지니는 생명력까지도 수렴하며 그 어느 때보다도 문학적 활동성과 영향력을 크게 발휘했던 것으로 보인다. 특히 민요의 서술종결어 '-네'는 개화기 때 각 시가의 어미부 형태에 적지 않은 영향을 미친 것으로 보인다. 고전과 현대가 맞닿아 있는 개화기의 과도기적 현실에서 민요의 서술종결어인 '-네'가 급속도로 확산되어 급기야 한시 번역의 서술종결어로까지 채택되기에 이른 것이다.

이 연구의 주된 관심은 서술종결어 '-네'가 개화기의 여러 시가 장르에 확산되어 간 과정을 추적하는 데에 있다. 서술종결어 '-네'만을 중심으로 논의가 진행되어 지엽적이고 소재적인 접근에 떨어질 가능성이 있다. 하지만 서술종결어 '-네'가 개화기 시가에 확산되어 사용됨으로써 급기야 한시 번역 문체에까지 이르게 되었음을 객관적으로 드러내기 위한 것으로 반드시 필요한 논의라고 하겠다.

이 연구의 목적은 민요가 활발하게 향유되었던 개화기에 민요의 특징적인 서술종결어 '네'가 다른 시가 장르에 쓰인 양상을 객관적으로 살펴보고, 한시 번역에 '-네'가 편입해 들어간 과정을 추적하는 데 있다. 먼저 개화기 때에 활발하게 번역되어 보급된 찬송가를 살펴볼 필요가 있다. 찬송가가 그 노래말에 서술종결어 '-네'를 지배적으로 사용함으로써 '-네'의 확산에 결정적으로 기여했기 때문이다. 이어 개화기 시가 장르인 구전가요 및 창가식 의병가사, 시조, 가사, 창가, 신체시 등에서 '-네'가 쓰인 양상을 살펴본다. 마지막으로 한시 번역에 '-네'가 쓰이게 된 과정을 살펴보고자 한다.

2. 찬송가 번역과 '-네'의 확산

우리나라에서 최초로 찬송가집이 출간된 것은 1892년이다. 선교사 George Heber Jones와 Louise C. Rothweiler가 공동으로『찬미가』를 편찬한 것이다. 이후 1894년에 Horace Underwood가 편찬한『찬양가』가 가사와 악곡을 동시에 담아 출판되었으며, 1895년에는 G. Lee와 Mrs. M. Gifford 두 사람이 공동으로 편찬한『찬성시』가 출판되었다. 이 3종의 찬송가는 처음 출판된 이래 증보 출판을 거듭했다[2].

세 찬송가집에 실린 찬송가들은 몇 편을 제외하고는 모두 서양 찬송가의 번역이었다[3]. 서양의 찬송가를 번역해서 곡조에 가사를 얹어야 했기 때문에 그 작업은 그리 간단하지 않았으리라 짐작이 된다. 1894년에 간행된『찬양가』의 서문에서 언더우드는 다음과 같이 말하고 있다.

---

2 김병철,「찬송가번역사」,『한국근대번역문학사 연구』, 을유문화사, 1975, pp.72-73.

3 김병철의「찬송가번역사」(앞의 논문, pp.106-109)에 따르면 1895년에 간행된『찬미가』는 81편을 실었는데, 영국 54편, 미국 15편, 한국 4편, 독일 1편, 시편 1편, 창작가 2편, 미상이 4편이다. 1894년에 간행된『찬양가』는 117편을 실었는데, 영국 78편, 미국 24편, 한국 9편, 시편 1편, 주기도문 1편, 미상 4편이다. 1898년에 간행된『찬성시』는 83편을 실었는데, 영국 33편, 미국 22편, 한국 1편, 독일 1편, 일본 1편, 시편 14편, 이사이아서 2편, 창작가 2편, 미상 7편이다.

또 이도는 죠션에 온 지가 오라지 아니ᄒ니 외국 노래를 가지고 죠
션말노 번역ᄒ고 곡됴를 맞게 ᄒ야 칙 ᄒ권을 ᄆᄃ럿시니 이 칙에 잇
ᄂ 찬미가 다 ᄒ 사름의 번역ᄒ 거시 아니라 여러 사름이 번역ᄒ야 모
화둔 거시오 또 이 즁에 뎨ᄉ 뎨이십구 뎨삼십팔 뎨륙십일 뎨구십삼
뎨일빅십삼 뎨일빅십오ᄂ 다 죠션사람이 지은 거시니 그러나 곡됴를
맞게 ᄒ랴 ᄒ 즉 글ᄌ가 명ᄒ 수가 잇고 ᄌ음도 고하쳥탁이 잇셔셔 언
문자 고뎌가 법대로 틀닌 거시 잇ᄂ니 아모라도 잘못된 거시 잇거든
말슴ᄒ야 곳치기를 ᄇ라오며(필자 띄어쓰기)[4]

호레이스 그랜트 언더우드는 1890년에 『韓英文法 한영문법』이라
는 조선말 문법서를 쓴 외국인이다[5]. 외국인으로서 조선말의 문법을
많이 안다고 하더라도 조선말에 맞게 외국어를 번역하는 것이 여간
어려운 일이 아니었을 것이다. 그런 그가 '외국의 노래 가사를 가지
고 조선말로 번역하여 곡조에 얹다 보니 언문자법에 틀린 것이 있을
수 있다'고 한 말은 겸손의 말이 아니라 액면 그대로 조선말을 아는
외국인의 겸허한 토로로 이해된다.

선교사들은 찬송가를 조선말로 번역하는 과정에서 조선의 시가
에서 쓰고 있는 서술종결어에 대한 의식적인 고려가 있었던 것으로
보인다. 부친이 쓴 『韓英文法 한영문법』을 보완하여 그의 아들 언더

---

4 Horace Grant Underwood, 『찬양가』(『한국찬송가전집 1권』), 한국교회사문헌연
구원, 1991.

5 Horace Grant Underwood, 『韓英文法 한영문법(An Introduction to the Spoken
Korean Languages)』, Yokohama, Shanghai, Hongkong, Singapore, Kelly & Walsh,
Ltd, 1890.

우드가 1915년에『鮮英文法 션영문법』을 출간했는데, 아들 언더우드
는 부록에서 다음과 같이 말하고 있다[6].

　　조선시는 때때로 운율과 리듬을 지니며, 거의 동양적 응답송(4구체)
이라고 이름할 수 있을지 모르는 경향성을 보인다. 그래서 많은 정형
시에서는 일상적인 용법에서 다소 일탈된 용법들을 보여준다. --- 따
라서 시에서 '흐네'(서술형) '흐게'(명령형) '흐세'(청유형)는 공대법
상의 낮춤과는 전혀 상관없이 쓰이고 의미한다.

　　응답송에서 전반부의 '홈이여'는 후반부의 '이로다'와 같이 쓰이는
것이 일반적이다. 거의 모든 조선시마다 시의 전반부 끝을 '홈이여'로
하고 후반부 끝을 '홈이로다'로 하며 계속된다. 의문이나 독백은 시적
으로는 '흐는고', '홀고', '-가'로 쓴다. 감탄은 '인뎌', '진뎌'로 흔치 않
게 쓰인다.

　　우리 찬송가에서 적절한 시적 형태에 대한 고려가 없어서 유감이다.
그러나 물론 이것은 곧 그렇게 될 것이다. 우리가 명심해 주어야 할 점
은 조선시는 한 행 한 행 이어서 네 줄을 이루는 외국의 구조를 따르지
않고, 위에 두 줄 그리고 그 밑에 두 줄이 이어지는 규칙을 지닌다는 것
이다. 우리의 찬송가에 이러한 점이 소개되는 것은 시간이 해결해 주
겠지만, 조선어를 배우는 학생들이 이 시적 형태에 대한 특별한 연구

6　Underwood H,G,『鮮英文法 션영문법(An Introduction to the Spoken Korean
　　Languages)』, 朝鮮耶蘇敎書會, 京城, 1915(1sted. 1890).『션영문법』은 아버지의 저
　　술을 아들이 보충하여 출간한 것이어서인지 아버지의 이름으로 출간되었다. 그런
　　데 첨가된 부록은 아들 Horace Horton Underwood이 증보보완한 것이므로 증보
　　분은 아들 언더우드의 견해이다.

가 있기를 희망한다.[7] (필자 띄어쓰기)

언더우드는 첫 단락에서 조선시가 거의 "동양적 응답송"과 같다
고 했다. 그리고 조선시에 쓰인 '하네', '하게', '하세' 등의 하게체 종
결어가 일상적인 용법과 달리 쓰이고 있다고 했다. 하게체 종결어가
시에 쓰였을 때 감탄적 기능을 지니고 있음을 지적한 것이다. 다음
단락에서 언더우드는 조선의 응답송은 전반부의 '함이여'가 오면 후
반부에 거의 전부 '함이로다'가 오며, 의문이나 독백은 '하난고, 할고
- 가'로 쓰고, 감탄은 '인뎌, 진뎌'로 쓴다고 했다. 그리고 마지막 단
락에서 언더우드는 외국 찬송가를 번역할 때 조선시의 시적 형태 즉
"동양적 응답송" 혹은 "위에 두줄 그리고 그 밑에 두 둘이 이어지는
규칙을 지닌" 형태에 대한 고려의 필요성을 주장했다.

---

7 김민수·하동호·고영근 편, 『한국문법대계』제2부 제3책, 탑출판사, 1977, pp.438.
"In Korean poetry which has at times both rhyme and rhythm and which to no small
extent inclines to what might almost be termed Oriental Antiphonies ; many of the
regular forms will be found with slight divergencies from common usages. ---.
Thus in poetry 호네(declarative) 호계(imperative) 호세(propositive) will be freely
used and implies no inferiority at all, in the person addressed or spoken of. In their
Antiphonies the verval noun in 홈 with 이여 in the first part and 이로다 in the
second part will be very common. Verse after verse of their poetry will continue
down with 홈이여 for the end of the first half of the verse, and 홈이로다 for the
second half. Question and soliloquies are poetically put with forms of 호는고, 홀고
and the ending in 가. Eexclamations are not unfrequently given with the forms 인뎌
and 진뎌. It is a pity that in most of our hymnology next to no attention has been paid
to proper poetical forms, but this of course, will come in time. It should also be
borne in mind that Korean poetry does lines following each other as a rule has two
lines each, two lines above, and two lines below. Whether this should be introduced
in our hymnology time alone will show but it is to be hoped that some of the students
of Korean will make a special study of the poetic forms."

언더우드는 서양의 찬송가를 조선인에게 쉽게 다가갈 수 있도록 하기 위해 조선시의 전통 속에서 번역을 시도하려고 노력했음을 알 수 있다. 두 번째 단락에서 '응답송'의 예시로 든 것만 본다면 그가 말한 '조선시'가 매우 한정적인 것으로 보이지만, 시적 형태에 대한 지적을 함께 본다면 당시 개화기 시가 전반을 포괄적으로 염두에 둔 것으로 보인다. 당시 매체를 통해 활발하게 발표되었던 개화기가사, 당시 유행적으로 부르는 창가, 민중적으로 널리 부르던 민요 등이 될 수 있을 것이다. 이와 같이 조선시의 종결어와 시적 형태에 관심을 두고 찬송가를 번역해야 한다는 생각은 전적으로 아들 언더우드의 생각이지만, 찬송가를 직접적으로 번역했던 부친 언더우드의 생각도 이에서 그리 다르지 않았을 것으로 추정된다.

그런데 조선시를 염두에 두고 찬송가를 실제로 번역한 부친 언더우드는 찬송가 가사의 종결어로 '-세'나 '-네'를 가장 많이 쓰고 있다. 이 '-네'는 민요의 특징적인 서술종결어이다. 그가 묻고 답하는 대화체로 이루어진 민요의 시적 형태와 서술종결어 '-네'를 많이 사용하는 민요의 문체를 적극적으로 찬송가의 번역에 수용했음을 알 수 있다. 당대 민중들이 널리 부르고 있었던 민요의 시적 형태와 문체를 찬송가의 번역에 적극적으로 반영한 것이다. 신도들에게 가까이 다가가야 할 당위성이 있는 기독교의 번역자로서는 가장 탁월한 선택이었다고 할 수 있는 것이었다.

조선어 문법책을 발간하기까지 한 부친 언더우드가 번역한 『찬양가』의 가사에 종결어 '-네'와 '-세'가 압도적으로 쓰이고 있음은 다음에서 잘 드러난다.

1. 거록거록ᄒ다 젼능ᄒ신샹쥬/ 일흔아츰에 노래를놉혀들보세/ 거
록거록ᄒ다 어질고능ᄒ신/ 삼위일톄 유복삼일일세 ; 2. 거록거록ᄒ다
셤기ᄂ셩인들/ 통샹압희 면류관을모도밧치네/ 잇던잇ᄂ잇슬 영원ᄒ
쥬압희/ 텬신이업드려 다부복ᄒ네 ; 3. 거록거록ᄒ다 어둠이금최고/
죄인의눈이 쥬의영광을못보나/ 오직거록ᄒ쟈 쥬밧긔ᄂ업서/ 능과의
와 ᄌ비ᄀ득ᄒ네 ; 4. 거록거록ᄒ다 젼능ᄒ신샹쥬/ 텬디만물이 모도ᄒ
샹찬양ᄒ네/ 거록거록ᄒ다 어질고능ᄒ신/ 삼위일톄 유복삼일일세

〈讚頌三一〉

1. 텬ᄉ브름드르샤/ 죄인이은혜닙어/ 새왕의영광치하/ 쥬직와화친
ᄒ네/ 크고적은나라히/ 깃브게화답ᄒ네/ 니러나찬숑ᄒ게/ 벳레헴예수
낫네 ; 2. 예수영싱쥬되니/ 놉흔신몸을보고/ 텬ᄉ가경비ᄒ네/ 만민도
하례ᄒ세/ 의로은혜예수ᄂ/ 만민을빗최시고/ 우리게영싱주니/ 태평왕
치하ᄒ셰 ; 3. 예수춤신외아들/ 하늘셔셰샹ᄂ려/ 쳐녀몸에나시니/ 사
름몸닙으셧네/ 사름죽잔케나고/ 인싱놉히게나고/ 거듧살게나시니/ 태
평왕치하ᄒ셰

〈救主降生〉[8]

위에서 드러나듯이 두 찬송가의 종결어로 청유형의 '세'가 압도적
인 비중으로 쓰이고 있다. 찬송가는 경배와 권면의 내용을 많이 담기

---

8 띄어쓰기는 원기록의 표기를 그대로 옮겨 놓았다. 지면 관계상 행의 구분을 '/'로
표시하였다. 원기록에 의하면 찬송가마다 띄어쓰기의 기준이 들쭉날쭉이다. 이렇
게 된 이유는 곡조의 분절을 고려해서였던 것으로 보인다. 〈찬송삼일〉과 같은 경우
는 곡조와 4음보가 맞아 분절되고, 〈구주강생〉의 경우는 곡조와 2음보가 맞아 분절
이 된다.

59

때문에 '사하여주소서'나 '감사하세'라는 투의 신과 인간을 향한 청유형 종결어미가 많이 쓰이게 됨은 자명한 일이다[9]. 〈讚頌三一〉에서 '삼위일톄 유복삼일일세'나 〈救主降生〉에서 '태평왕 치하하세'는 하게체로 인식되어져 하게체 진술이 강한 문체를 구성한다. 신을 중심으로 모인 신도들 간의 상호 의사소통을 하게체로 진술했다고 할 수 있다.

그런데 위의 두 찬송가에서 서술종결어 '-네'가 압도적으로 많이 쓰이고 있는 점도 드러난다. '천사가 경배하네'에서의 '-네'는 일단은 전체적인 찬송가 진술의 하게체에 준한다. 그러나 '-네'는 서술형의 기능을 수행하는 가운데 벌어진 일에 대해 화자의 현재 인식을 서술하는, 즉 현재 지각의 의미를 지닌다. 그리하여 이때의 '-네'는 하게체가 아니라 공대법과 관계없는 반발체로 쓰이고 있는 경향을 보인다. 서술종결어가 만들고 있는 문체적 특성 면에서 찬송가가 하게체 진술로 이루어지는 일상대화와 다른 시적 자질을 획득하고 있는데, 바로 이 '-네'로 인해서라고 할 수 있다. '-네'는 화자가 현재 시점에서 지각하고 있음을 의미하여 시적 자질인 현재성을 지향하는 것이다. 한편 '-네'는 화자 스스로의 현재 지각을 의미함으로써 개인성을 지니게 되지만, 동시에 공동체 모두에게 발화하는 것 같은 효과도 자아낸다. 이렇게 찬송가는 서술종결어로 '-네'를 압도적으

---

9 예를 들면 〈夕詩〉라는 찬양가의 경우는 다음과 같다.
"1. 오늘저녁여호와의 편홈주심감샤ᄒᆞ세 / 만왕의왕이신쥬ᄂᆞᆫ 어둔밤에빗최쇼셔;
2. 오늘숨고드러난죄 모도샤ᄒᆞ야주쇼셔 / 근심걱정업시ᄒᆞ야 쥬와사롬친케ᄒᆞ세;
3. 쥬ᄢᅴ의탁혼 령혼이 아츰신지편히자네 / 릭일니러나힘잇게 쥬의공부더잘ᄒᆞ세;
4. 잠업시누엇실째에 소리업시긔도ᄒᆞ세 / 하늘도만싱각다가 마귀와쐬거든쫏세;
5. 세샹은붉고어두나 텬당은밤이업고나 / 언제련수곳치잇서 은근이쥬찬양홀가;
6. 우리쥬만복근원을 찬미ᄒᆞ고의탁ᄒᆞ세 / 텬디서로소리놉혀 찬양셩부셩ᄌᆞ셩령"

로 많이 씀으로써 민요 문체와 흡사하게 되었다.

이런 사정은 『찬미가』와 『찬셩시』의 경우에서도 마찬가지로 나타난다. 『찬양가』, 『찬미가』, 『찬셩시』 등 세 찬송가집에 실린 찬송가 중에는 몇 편 되지는 않지만 한국인이 원작자인 것도 있다. 그런데 이 찬송가들도 종결어의 사용은 일반적인 찬송가에서의 경향에서 벗어나지는 않는다[10].

이렇게 조선시의 시적 형식과 문체에 대한 고려는 천주교에서도 마찬가지여서 개화기 선교사들도 찬미가의 서술종결어로 '-네'를 적극적으로 사용했다. 표교 초창기에 천주교는 외래 종교로서 신도들에게 적극적으로 포교를 해야 했다. 이 표교 초창기에 창작된 천주가사에서도 '네'의 사용이 다른 가사에 비해 상대적으로 많이 나타난다. 최초의 천주가사인 이벽의 〈天主恭敬歌〉(1799)와 정약전의 〈十誡命歌〉(1799)를 보기로 한다.

> 어와세상 벗님니야 이니말슴 드러보쇼 / 지본에는 어른있고 느라에
> 는 임군있네 / 네몸에는 령혼있고 흐늘에난 텬쥬있네 / 부모의게 효도
> 하고 임군에난 충성흐네 / 숨강오륜 지켜가즈 텬쥬공경 웃씀일셰
>
> 〈천주공경가〉

> 줄되여서 지복이라 못되며는 놈타시네 / 죄짓고셔 우는즈요 텬지신

---

10 김병철(앞의 논문, pp.86-105)은 세 책에 실린 찬송가의 원작자, 작시년도, 국적, 시형, 및 번역자를 표로 작성해 놓았다. 여기에 의하면 한국인 원작자 곡이 『찬양가』에는 9편, 『찬미가』에는 3편, 그리고 『찬셩시』에는 1편이 실려 있다.

명 외츳ᄂᆞ뇨 / 가ᄂᆞ ᄒᆞ야 굼쥬린ᄌᆞ 조물쥬란 외츳ᄂᆞ냐 / 음양틱극 선비 님네 ᄉᆞ재ᄉᆞ신 의론ᄒᆞ쇼 / 마리닐러 돌ᄅᆞ시ᄃᆡ 이모두긔 텬쥬시네 / 텬 쥬니러 거룩ᄒᆞ샤 ᄃᆡ고말고 론치마쇼 / 금슈굴길 더인고로 스룸굴길 싸로잇네 / 곤경굴쟈 비지몰고 ᄀᆞᄅᆞ침을 씌쳐보세 〈십계명가〉

두 가사의 종결어는 모두 찬미가의 것과 흡사하게 이루어져 있다. '-느냐', '-런가', '-손가', '-쇼', '-뇨', '-냐' 등의 종결어가 쓰인 가운데 '-세'나 '-네'가 자주 사용됨을 알 수 있다. 가사에서 쓰고 있는 종결어 문체를 이으면서도 '-세'와 '-네'의 사용을 더하는 쪽으로 진행이 되고 있음을 알 수 있다. 이러한 경향이 개화기의 찬미가에 이르면 '-세'와 '-네'를 압도적으로 많이 사용하는 쪽으로 나아간 것임을 알 수 있다.

그러면 기독교나 천주교와 마찬가지로 신도를 상대해야 했던 동학가사에서 종결어의 사용은 어떠했을까. 최제우의 『용담유사』에 실린 동학가사에는 '-네'의 사용이 간혹 눈에 띈다. 〈몽즁로쇼문답가〉의 경우 '무가내라 할길 없네', '리ᄌᆡ궁궁 하얏다네', '일일시시 그 쑨일네', '얼푸시 알어내네' 등 총 4회 사용되었다. 그리고 다른 가사에서는 간혹 한 두 번의 사용이 있는 정도이다. 설의법을 포함한 의문형 종결어인 '-런가', '-일고', '-손가', '-말가' 등이 많이 쓰이는 가운데 '-이라' '-로다' '-구나' 등의 종결어가 주종을 이루고 있어 기존의 가사 종결어 문체에서 크게 벗어나지 않았다고 할 수 있다. 최제우는 전통적으로 가사문학의 창작과 향유가 활발했던 경주 지역의 한학자였다. 전통적인 가사문학의 담당층으로 기존 가사문학의 문체에 익숙해 있었던 터라 자연히 이러한 종결어 문체를 형성하였다고 할 수 있다. 외래의 종교인 기독교와 천주교에서는 초창기부터 민중에게 친숙한 민요 문체를 적극적으로 수용할 수밖에 없었던 반면, 최제우는 자신의 가사 창작 관습을 그대로 고수한 것이다. 그러나 후대에 창작된 동학가사는 찬송가나 찬미가처럼 서술종결어로 '-네'를 많이 사용하고 있는 것으로 나타난다.

19세기 말과 20세기 초에 이르는 시기는 일제 강점이 노골화되는 시기였다. 이 시기에 아리랑을 포함한 민요는 일제에 저항하는 민족적 역량을 집결하는 시가로 기능[11]하게 되었다. 민요는 당시 조선인의 기층문학으로서 노동 현장과 유흥 공간에서 활발하게 향유되었다. 따라서 민요의 특징적인 서술종결어인 '-네'는 자연스럽게 일반인들 사이에 시가의 서술종결어로 체득되고 조선시의 대표적인 서술종결어로 인식되기에 이르렀던 것이 아닌가 한다. 이런 가운데 찬송가의 번역이 조선시, 특히 민요를 염두에 두고 이루어져 신도들 사이에서 애창됨으로써 '-네'가 대폭적으로 확산되기에 이르렀던 것이다.

3. 개화기 시가와 '-네'의 전개 양상

찬송가는 당시 기독교인에 국한하여 향유된 것이기는 하지만 우

---

11 김시업, 「근대민요 아리랑의 성격 형성」, 『전환기의 동아시아문학』, 창작과비평사, 1985, pp. 212-257.

리 시가 장르에 적지 않은 영향력을 끼친 것으로 확인된다. 1896년 4월 7일에 서재필이 창간한 독립신문은 애국가류 26편을 실었다. 이 애국가류는 4·4조의 2구가 1행이 되고 대개 그 2행이 한 짝이 되어 연의 구실을 하고 있는 형태의 것, 한 사람이 일정한 가사를 선창하면 복창하는 형식으로 여러 사람이 합창하게 된 형태의 것, 후렴구가 붙은 형태의 것 등 세 가지 형태를 지닌다. 이 세 형태는 모두 가창할 수 있는데, 이 애국가를 지은 서재필이나 작가 대부분이 기독교와 관련성을 지니고 있어, 이들 애국가류의 상당수가 찬송가의 영향을 받아 창작되었음을 알 수 있다[12].

당시 찬송가는 특히 노래로 부를 수 있는 시가 장르에 많은 영향을 미쳤을 것으로 보인다. 19세기 말과 20세기 초에 생산된 개화기 시가에서 서술종결어 '-네'가 어떻게 쓰이고 있었는지 구체적 실상을 살펴보도록 하겠다. 개화기 시가의 서술종결어 '-네'의 쓰임 양상을 살피기 위해 조사 대상 자료는 『계몽기 시가집』[13]으로 하였다. 다만 가사의 경우 개화기가사를 가장 잘 대표할 수 있는 사회등가사를 대상으로 살펴본다. 이들 시가 장르는 작가가 있는 것도 있고 작가

---

12 김병철, 〈초기 한국 찬송가가 초기 애국가류에 끼친 영향〉, 『한국근대번역문학사연구』, 앞의 책, pp.131-150. 여기서 김병철은 『독립신문』에 실린 26편의 애국가류가 찬송가의 영향에 의한 것임을 밝히고 있다. 신문의 주간인 서재필이 기독교인이었고, 애국가류를 쓴 상당수가 젊은 층의 인텔리로서 기독교인 혹은 배재학당도여서 찬송가의 영향을 무시할 수 없다고 하였다. 애국가류의 〈묘동리용우애국가〉, 〈농상공부주사최병헌독립가〉, 〈니필균자쥬독립애국가〉 등을 찬송가와 비교하여 그 영향을 주장하였다.

13 김학길, 『계몽기 시가집』, 문예출판사, 1995. 지면 관계상 『계몽기 시가집』에 실려있는 그대로를 싣지 아니하였다. 실려 있는 것을 기준으로 '/' 표시는 행의 구분을, '//' 표시는 연의 구분을 나타낸다.

가 없이 구전되어 온 것도 있다. 그리고 이 작품들 가운데는 작가가 의도적으로 형식적 실험을 시도하여 독특한 종결어 문체를 형성한 것도 있다. 그러나 여기에서는 종결어의 전체적인 양상을 살피는 데에 주목하고자 한다.

먼저 『계몽기 시가집』에 실린 '구전가요 및 의병가사'에 나타난 '-네'의 양상을 살펴보도록 하겠다. 『계몽기 시가집』에 의하면 구전가요는 민간에서 불렀으나 그 작자와 출처를 알 수 없는 것이고, 의병가사는 농민이 그 기본성원을 이루고 있었던 의병대오에서 불렀던 것이다.

> 우리살면 천백년사나 / 살아생전을 허송을말세 / 유지하야 공유적
> 이면 / 명전천추에 광명이라 / 무정광음이 약류파는 / 우리를 위하야
> 지체않네 // 내나누나요 나니난실나요/ 내나지에루 념불이로다
>
> 〈신산념불〉

> 이팔은 청춘에 소년몸 되어서 / 문명의 학문을 닦아를 봅시다 // 세
> 월이 가기는 흐르는 물같고 / 사람이 늙기는 바람결 같고나 // 천금을
> 주어도 세월은 못사네 / 못사는 세월을 허송을 할가나 // 노지를 말어
> 라 노지를 말어요 / 젊어서 청춘에 노지를 날어라 // 우리가 젊어서 노
> 지를 말어야 / 늙어서 행복이 자연히 이르네 // 청춘에 할일이 무엇이
> 없어서 / 주사와 청루로 종사를 하느냐 // 바람이 맑아서 정신이 쾌거
> 든 / 좋은글 보면은 지식이 늘고요 // 월색이 명랑해 회포가 일거든 / 옛
> 일을 공부코 새일을 배우소 // 근근코 자자이 공부를 하며는 / 덕윤신
> 하고요 부윤옥 하리라 // 우리가 살며는 몇백년 사나요 / 살아서 생전

에 사업을 이루세 // 정신을 깨치고 마음을 경계해 / 이팔의 청춘을 허송치 말어라   〈신이팔청춘가〉

〈신산념불〉은 젊어서 허송하지 말고 문명의 지식을 확충하는 데 게을리 하지 말라는 계몽적인 내용을 담았다. 총 5연 가운데 위에서는 4연을 인용했다. 제목에 맞게 염불을 후렴구처럼 뒤에 놓고 연의 끝을 맺었다. 단순하고 소박한 문체를 형성하고 있는 가운데 계몽기가 요청하는 '-세'와 더불어 '-라', '-로다', '-네'와 같이 가사와 민요에 쓰고 있는 종결어를 혼합해서 쓰고 있음이 드러난다. 〈신이팔청춘가〉는 지방의 선각자나 청년이 지었을 것으로 보이는 구전가요이다. '-고나', '-리라', '-ㄹ가나', '-느냐'와 같은 기존의 가사체형, '-세', '-라', '-소', '-네'와 같은 민요체형, '-ㅂ시다', '-요'와 같은 새로운 종결어형이 쓰임으로써 여러 종결어 문체가 혼합하여 쓰이고 있음이 드러난다. 민요를 포함한 기존의 시가 장르에 대한 향유가 적었던 젊은 층이 지은 경우 이러한 혼합 현상이 빈번하게 일어났던 것으로 보인다[14].

의병대오에서 노래로 부른 의병가사도 이와 비슷한 양상을 보인다. 하지만 농민의 참여가 있었던 때문인 듯 민요적인 소박한 문체가 더 많이 눈에 띈다. 〈독립가〉, 〈독립군가〉, 〈독립군사발가〉, 〈길군

---

14 예를 들어 〈녀자의 설움〉은 한 젊은 여성의 작품인 것으로 보이는데 '떨쳐 버리네', '떨쳐버려요', '모셔왔지요', '허물있어요', '허물이로다', '녀자 아닌가', '허물되느냐', '적실뿐이라', '슬퍼하노라' 등과 같이 종결어 문체에 있어서 통일성이 현저하게 결여된 면모를 보인다.

악), 〈의병대가〉, 〈군바바〉 등에서는 후렴을 둔다든지 하는 형식적 실
험이 동원되기도 하였다. 특히 **AABA**형의 구문을 즐겨 사용했는데,
'죽었다네 죽었다네 사찰관이 죽었다네〈병정가〉', '다달았네 다달았
네 우리나라에 청년의 활동시대가 다달았네〈행보가〉'와 같이 '-네'
가 자연스럽게 사용되었다.

이와 같이 구전가요나 의병가사는 대부분 집단적으로 부르고 전
승된 노래였기 때문에 구성원 간의 대화체 진술에서 흔하게 사용하
고 있는 '-네'를 사용하고 있음이 드러난다. 그리고 가사와 시조에서
쓰고 있는 종결어 뿐만 아니라 새로운 종결어도 가미해 사용함으로
써 백화점식 종결어 문체를 이루고 있는 특징을 보인다.

창가는 대부분 애국과 문명개화의 계몽성을 지닌 사설을 노래하
기 좋게 배열해 단순하고 소박한 문체를 이룬다.

> 봉축하세 봉축하세 아국태평 봉축하세 // 꽃피여라 꽃피여라 우리
> 명산 꽃피여라 // 열매열라 열매열라 부국강병 열매열라 // 진력하세
> 진력하세 사농공상 진력하세 // ---- // 즐겁도다 즐겁도다 독립자주 즐
> 겁도다 // 향기롭다 향기롭다 우리국가 향기롭다 // 열심하세 열심하세
> 충군애국 열심하세 // 빛나도다 빛나도다 우리국기 빛나도다 // 높으시
> 다 높으시다 우리님군 높으시다 // 장성한 기운으로 세계에 유명하야
>
> 〈애국가〉

> 대동학교 학도들아 이내말삼 들어보소 // 태평성대 교육들은 시부표
> 책 공부로세 // 청년문장 로저사업은 진사급제 소욕일세 // 백전풍진

○장후에 삼일유가 영요로다 // 불학무식 호탕자는 차우차필 통사세 //
포식난의 일거하고 신구학문 전매로세 // 감시증광 폐지되니 아자주
사 극난일세 // 국가급업 슬프도다 부문숭상 쓸데없내 // 문명시대 지
식없어 군수관찰 양두하내 // 여차하고 궁곤한들 수원숙우 하잘소냐 //
부패구습 불변하면 국가전도 어이할고 // 어화우리 학도들아 일심쓰
세 일심쓰세 // 삼천강토 오백종사 우리견상 담착일세 // 충군애국 목
적삼아 어서바삐 진보하세   〈권학가〉

〈애국가〉는 애국계몽을, 〈권학가〉는 문화계몽을 목적으로 지은 창
가이다. 〈애국가〉는 민요의 AABA형을 반복함으로써 '봉축하세', '진
력하세', '열심하세' 등에서와 같이 '-세'를 많이 쓰고 있다. 그리고
'즐겁(빛나)도다', '높으시다' 등에서와 같이 가사체 종결어도 많이
쓰고 있는데, '-시다'와 같은 경건체 종결어도 같이 쓰고 있다. 특히
'꽃피어라', '열매열라' 등에서와 같이 기원을 의미하는 명령형 종결
어도 함께 쓰이고 있다. 〈권학가〉는 학도들을 향한 창가이기 때문인
지 전편이 '보소', '일세' 등과 같은 하계체로 진술되었다. 전반적으
로는 '-세', '-로다', '-네', '-소냐', '-르고' 등이 혼합하여 쓰인 것을
알 수 있다.

이렇게 창가는 찬송가와 마찬가지로 '-세'를 압도적으로 쓰고 있
는 가운데, '네'도 더불어 쓰고 있다. 그리고 전통적인 종결어인 '-도
다', '-로다', '-르고' 등의 종결어도 아울러 쓰는 경향을 보였다.

새롭게 등장한 신체시의 종결어는 어떠했는지 살펴보도록 하겠
다. 신체시는 창가, 시조, 가사와 같은 정형시와는 다르게 자수율과

시행 조직에서 자유로운 자유시로 등장하였다. 자수율이나 시행 조직에서의 다양함은 종결어 문체에도 영향을 미쳤다.

> 二[이] 텨……ㄹ썩, 텨……ㄹ썩, 텩, 쏴……아。 / 내게는, 아모것, 두려움업서, / 陸上에서, 아모런 힘과權을 부리던者라도, / 내압헤와서는 쏨짝못하고, / 아모리큰, 물건도 내게는 행세하디못하네。 / 내게는 내게는 나의압헤는 / 텨……ㄹ썩, 텨……ㄹ썩, 튜르릉, 콱。
>
> 三[삼] 텨……ㄹ썩, 텨……ㄹ썩, 텩, 쏴……아。 / 나에게, 멸하디, 아니한者가, / 只今까디, 업거던, 통긔하고 나서보아라。 / 秦始皇, 나팔륜, 너의들이냐, / 누구누구누구냐 너의亦是 내게는 굽히도다, / 나허구 겨르리 잇건오나라。 / 텨……ㄹ썩, 텨……ㄹ썩, 텩, 튜르릉, 콱。

위는 〈海에게서 少年에게〉의 2연과 3연이다. 위에서 알 수 있듯이 종결어가 매우 다양해졌는데, 도치법에 의해 종결어가 뒤에 오는 관습이 깨지고 명사나 호격조사로 종결하는 경우도 있게 되었다. 2연에서 종결어는 단 1회 나타나는데, '-네'가 쓰였다. 3연에서는 종결어로 '-라', '-냐', '-도다', '-나라' 등이 쓰였다. 종결어만 놓고 보면 전통적인 가사 종결어와 매우 비슷하다고 할 수 있는데, 거기에 '-네'를 섞어 썼다고 할 수 있다.

이러한 경향은 〈해에게서 소년에게〉의 다른 연과 그가 지은 다른 신체시에서도 별반 다를 게 없이 나타난다. 최남선의 다른 신체시 〈제목없이〉에서는 '없소', '없네', '못하네', '자일세'가 반복되며, 〈맑은 물〉에서는 '-네'라는 종결어만 쓰고 있어서 민요적 종결어 문체를 이루고 있다. 반면 또 다른 그의 신체시 〈꽃두고〉에서는 '맞노라'가 반복되어 시조의 종결어 문체를 이루고 있다. 이렇게 대부분의 신체시는 새롭게 자유시의 형식을 취하고 있음에도 불구하고 그 종결어 문체는 기존의 가사나 민요의 문체 등을 혼합해 쓰고 있는 경향을 보인다.

그런데 최남선의 신체시에서 특징적으로 드러나는 점은 종결어에 '하세'와 같이 집단적 의지를 고취시키는 청유형이 없는 반면, '오너라', '보아라', '취하라', '펴게 하여라', '굳게 하여라' 등과 같은 명령형의 사용이 잦다는 것이다. 체험세계를 정서화하여 개인의 서정에 호소하고자 한 시인의 의식이 반영된 것으로, 새롭게 창조한 자유시로서의 장르 인식이 종결어 문체에서도 발휘된 것이라고 할 수 있다.

가사는 그 어느 시가 장르보다 개화기의 역사·사회적 현실에 적극적으로 대응한 장르이다. 일제의 노골적인 침략 야욕이 전개되고 개화 문명이 보급되던 개화기의 역사·사회적 현실에 대응한 가사 작품이 신문 지면을 통해 쏟아져 나왔는데, 『대한매일신보』의 사회등 가사가 대표적인 것이다[15].

　　大韓每申 閱覽타가 / 評論欄內 살펴보니 / 自由缸의 文明酒로 / 全國同胞 勸하였네 / 이내一身 微眇하나 / 國民中의 一分子라 / 一擧痛飮 大醉後에 / 胸藏公劍 빼여들고 / 英雄歌를 불렀도다 // 仕宦界의 英雄들아 / 竭誠報國 저血心은 / 忠義一字 目的삼아 / 別般困難 겪드라도 / 百折不屈 勇

15　가사 자료는 『한국개화기 시가집』(김근수 편, 태학사, 1985)에서 인용하였다.

進하소 / 客强主弱 此時代에 / 濟弱扶傾 急해였네 / 文明酒를 痛飮하고 /
國家事業 하여보세   〈대호영웅 제1, 2수〉

　異常하다 그病勢여 / 뎌病人은 精神업고 / 家中들이 沒覺ㅎ야 / 信巫棄
醫 ㅎ얏스니 / 六不治가 이아닌가 / 家中부터 警省키로 / 遠志菖滿 爲君
ㅎ야 / 益智丸을 늬여노코 / 華陀氏를 延接ㅎ야 / 繼續診察 ㅎ여보니 / 頑
梗ㅎ다 그病勢여 / 陳腐朽敗 뎌雜物이 / 胃病中에 積滯ㅎ야 / 新穀物이 一
入ㅎ면 / 呑酸嘈酸 되난고나 / 新空氣를 注入키로 / 石蜜止肉 鍛鍊ㅎ야 /
倒倉法을 늬여노코 / 景岳氏를 延接ㅎ야 / 繼後診察 ㅎ여보니 / 危急ㅎ다
그病勢여 / 元氣空空 뎌腹中에 / 客邪之氣 充滿ㅎ야 / 謔語狂躁 뎌擧動이
/ 怪鬼之象 뿐이로다   〈對症一劑〉

〈대호영웅〉은 8연으로 구성되어 있는데, 제 2수부터 7연까지 '急해
였네 文明酒를 痛飮하고 國家事業 하여보세'를 반복함으로써 민요적인
문체를 차용했다. 그리하여 종결어 '-네'와 '-세'가 반복적으로 나타나
게 되었다. 그러나 사회등가사에서 이와 같은 '네'의 사용은 그리 흔하
지 않은 것으로 나타난다. 종결어 면에서 사회등가사의 일반적인 경
향은 〈대중일제〉에 나타난다. '-ㄴ가', '-ㄴ고나', '-다', '-로다' 등과 같
이 전통적인 가사의 종결어 문체를 유지하는 것으로 나타난다.

이와 같이 개화가사에 나타난 종결어는 전체적으로 기존의 가사
문체를 지키는 경향을 보인다. 그러나 역시 당시의 시대적 요청에
부응한 내용성으로 말미암아 종결어 문체에 '-세'나 '-소'가 많이 쓰
였으며, '-네'도 간혹 침투해 들어가 있는 것으로 나타난다.

71

『계몽기 시가집』에 실린 시조는 내용 면에서 시대적 현실을 반영하는 것이 많다. 그리고 기존의 시조 내용을 패러디한다던가, '홍'이라는 조흥구를 의도적으로 넣는다던가, 자구의 넘나듦에 비교적 자유롭다든가 하는 등 내용적·형식적 실험을 시도한 것도 있다. 그런데 종결어는 '-네'나 '-세'의 사용이 그리 많지 않은 것으로 나타난다.

> ① 초목이 매몰한데 송죽만 푸르렀다
>   풍상이 석거치되 네성질은 불변이라
>   군자의 높은 절개 너뿐인가
>
> ② 고철에 든 부어야 물없다고 한을 마라
>   일시고난 하지마는 어이 매양 그러하리
>   서천에 구름 인다 대우 올 듯

①의 시조에서 초장의 "푸르렀다"에서 서술종결어로 과거형 선어말어미 'ㅆ'을 쓰고 있다. 일반적으로 시조에서는 서술형 종결어에서 과거형을 잘 쓰지 않는다. 종결어 문체에서 새로운 경향을 보인 것이라고 할 수 있다. 그러나 ①과 ②의 시조는 종결어로 모두 '-다', '-이라', '-마라', '-리', '-노라' 등을 써서 기존의 시조 종결어 문체에서 벗어나지 않았다. 그리고 종장의 마지막 구절인 '하노라'를 생략하여 시조의 기본 문체를 고수했다. 시조의 3장 6구라는 형식적 틀이 지니는 견인력이 강해서인지 기존의 종결어 문체를 완고하게 지속하고 있음을 알 수 있다.

이상으로 개화기 시가 장르에서 쓰고 있는 종결어의 전개 양상을 살펴보았다. 개화기 시가 장르는 모두 민족의 위기 상황에서 민족적 역량을 키우고 항일 의지를 고취시키기 위해 종결어에 '-세'를 많이 쓰고 있는 양상을 특징적으로 보여준다.

이런 가운데 개화기 시가는 장르마다 종결어의 전개 양상을 펼치는 가운데 '-네'가 쓰인 정도도 차이를 보인다. 노래로 부른 구전가요 및 의병가사, 그리고 창가는 종결어로 '-네'와 함께 시조나 가사의 것도 두루 사용하는 백화점식 문체를 구성했다. 새롭게 등장한 신체시 역시 민요, 시조, 가사의 종결어 문체를 혼합하여 쓰고 있음이 드러났다. 당대 유행한 구전가요 및 의병가사, 창가, 그리고 신체시는 애초 장르 자체가 지닌 종결어 문체가 없었다. 그리하여 장르 고유의 종결어 문체가 있기보다는 당대 시가 장르의 모든 종결어 문체를 가져다 쓰는 백화점식 종결어 문체를 이루었다.

시조와 가사는 수세기에 걸쳐 창작되고 향유되었던 전통적인 시가 장르로 상대적으로 문체 면에서 장르적 견고성이 강한 장르였다. 그러나 두 장르 모두 시대적 요청으로 널리 쓰이고 있었던 '-세'의 영향에서는 벗어날 수 없었다. 가사와 시조에서 '-네'의 수용 양상은 는 앞서의 시가 장르와 비교하여 상대적으로 '-네'가 절제되어 사용되었다. 그런데 가사와 시조에서 '-네'의 사용 정도는 약간 다르게 나타났다. 가사는 기존의 종결어 문체를 유지하는 경향 속에서도 '-네'의 사용이 간혹 이루어졌다. 반면 시조는 '-네'를 거의 쓰지 않았다.시조가 종결어 문체를 포함한 형식적 고정성이 강하여 '-네'의 확산에 거의 영향을 받지 않았음을 알 수 있다.

이렇게 개화기 시가에서 '-네'의 전개 양상은 장르마다 편차가 있지만, 전체적으로 볼 때 '-네'가 시조를 제외하고 거의 모든 시가 장르에 두루 확산되어 사용되었음을 알 수 있다. 이러한 '-네'의 확산을 촉발한 것은 찬송가였다. 민요의 특징적인 종결어 문체인 '-네'가 대중을 상대로 한 찬송가에 적극적으로 수용되고, 이어 개화기 당시 다른 시가 장르에도 침투해 들어가 널리 확산되기에 이른 것이다.

4. 한시 번역과 '-네'

개화기에 이르러 한시는 이전보다 현저히 창작이 줄어들면서 전통 장르화하게 되었다. 그리고 이와 동시에 한시의 번역이 본격적으로 이루어지게 되었다. 그러면 개화기 당시에 이루어진 한시의 번역에서 종결어는 어떻게 나타났을까.

김억은 1921년에 우리나라 최초의 역시집인『懊惱의 舞蹈』를 펴낸다. 이어 그는 타고르의 시를 번역한『기탄자리』,『신월』등을 출간하여 1920년대 한국문학사에서 근대시 형성에 중요한 역할을 담당하였다. 그는 외국의 시 뿐만 아니라 한시도 번역하여 번역집을 출간했다. 그가 번역하여 출간한 한시 번역집은 한 두 권이 아니었다.『忘憂草』(1934),『同心草』(1943),『꽃다발』(1944),『支那名詩選』(1944),『夜光珠』(1944),『鮮譯愛國百人一首』(1944),『금잔듸』(1947),『玉簪花』(1949) 등 만만치 않은 수의 한시번역집을 출간하여 한시 번역에서 선구자적인 자취를 남겼다.

그는 한시 번역에 심혈을 기울인 만큼 번역시가 독립적인 가치를 인정받아야 함을 주장했다. 1934년에 한시번역집『忘憂草』를 출간하면서 한시 번역이 역자에 따라 얼마나 달라지는지 시조를 한역한 예를 들어 말하고, 이어서 자신이 한시를 번역할 때 주의를 기울인 지점을 다음과 같이 말했다.

> 朝鮮말의 性質上 音響이라는 것이 押韻으로 인하야 얼마나 音調美의 效果를 주는지, 그것은 알 수 없거니와 漢詩譯에는 無視할 수가 없는 일이외다. 그리하야 할 수 잇는 데로는 비록 답지 아니한 無能스럽은 吐의 押韻이나마 實行해 본 것이외다[16].

조선말의 음향이 압운이라는 것으로 음조미의 효과를 얼마나 주는지는 잘 알 수 없다고 했다. 하지만 우리말로 한시를 번역할 때 압운을 무시할 수는 없는 노릇이어서 토의 압운이나마 실행을 해보았다고 했다. 실제로 그는 한시의 매구를 서술어를 통해 연결시키거나 종결시킬 때, 예를 들어 '누니, 하이, 출렁거리니, 없고'에서와 같이 'ㅣ'의 압운을 맞추는 것에서 알 수 있듯이 '토의 압운'을 실행하기 위해 노력했다. 이렇게 김억은 한시를 번역하면서 적어도 토의 압운은 맞추고자 했기 때문인지 '-네'의 서술종결어를 자주 쓰고 있음이 드러난다.

---

16 홍순석 편,『김억한시역집 3권』, 한국문화사, 1987, pp.716.

① 秋風滅滅動梧枝 / 碧落冥冥雁去遲

斜依綠窓人不見 / 一眉新月下西池〈님은 가고〉　　　　(楊士彦小室)

② 갈바람은 우수수 梧桐을 불고 / 먼하늘엔 깜핫케 나는기럭이

홀로窓을 기대니 님 어듸가고 / 初生달만 못우에 고이 어렷네

③ 우수수 갈바람에 梧桐닢 지는고야

하늘엔 기럭이뿐 그님은 간데없고

初生달 못우에 어려 혼자빛을 놋터라[17]

　　김억은 한시를 우리말로 번역하면서 시조로도 번역을 남겼다. ①
은 원래의 한시이고, ②는 우리말 번역시이며, 그리고 ③은 시조로의
번역시이다. ①의 7언절구 4행시를 우리말로 번역한 ②는 넉 줄을 이
루었다. 1행의 '불고'와 3행의 '어듸가고'에서 의도적으로 '고'라는
압운을 두었고, 4행을 '-네'로 종결하였다. 그리고 한시를 시조로 번
역해 창작한 ③에는 종결어로 '-고야'와 '-더라'의 고어투를 썼다. 김
억이 이 번역에서는 시조가 지니고 있는 기존의 문체를 의식적으로
유지하려 한 흔적을 보였다. 앞서 살펴본 바 개화기 시조는 기존의
문체적 견고성이 작용한 결과 '-네'의 사용이 상대적으로 적게 나타
나고 있는 것과 상통하는 지점이라고 할 수 있다.

　　김억이 번역한 한국의 한시는 대부분 허난설헌, 황진이, 매창, 부

17　앞의 책, p.172.

용, 박씨, 정씨, 소옥화, 실명씨 등과 같이 여성의 작품이었다. 따라서 이 한시도 여성지 지은 작품이어서 여성성을 드러내기 위해 의도적으로 '-네'를 사용한 것이 아닐까 생각할 수 있다. 그러나 김억은 여성 작 한시 외의 중국 한시를 포함한 다른 한시의 번역에서도 시조나 가사의 고어투 종결어를 쓰고[18] 있는 가운데서도 '-네'의 종결어를 빈번하게 사용하고 있음이 드러난다.

그리고 김억은 한시를 우리말 시조로 번역할 때 위의 ③에서와는 다르게 '-네'를 많이 사용했다. 그의 시조로의 번역은 주로 한국 한시를 번역하는 데서 이루어졌다. 290여수의 한국 한시를 번역한 우리말 번역 시조에서 그가 사용한 종결어를 조사해보았다. 그 결과 총 36회나 서술종결어 '-네'가 쓰이고 있음을 발견할 수 있었다[19]. 조선조에 한시의 시조화가 활발하게 이루어졌음은 주지의 사실이다. 그런데 이때 이루어진 번역 시조에서는 서술종결어 '-네'가 한 번도 나타나지 않는다[20]. 그리고 앞서 살펴보았듯이 개화기 시조에서 서술종결어 '-네'는 잘 쓰이지 않았다. 이러한 사실들과 견주어 볼 때

---

18 예를 들어 '잘못이 없다해도 風說이 도니 / 이래저래 말성은 더욱이고야 / 뜬시름 가즌怨恨 버릴길없어 / 門을 닫고 病이라 내 누었노라'(梅窓 〈뜬 風說〉의 우리말 역시)같은 것이다. 앞의 책, p.55.

19 『안서김억전집 3권』에 실린 우리말 역시는 297수이다. 그 가운데 역시조는 290수 정도가 있는데 여기서 종결어로 '-네'는 총 36회가 쓰였다. 예를 들어 '아닌 밤 밝은 달이 은근이 窓에 드네 / 집 떠나 먼 서울에 계옵는 우리님이 / 저 달을 홀로 바라며 설어실가 하노라'(三宜堂金氏 〈秋夜月 三〉의 역시조)와 같은 것이다. 앞의 책, p.149.

20 나정순의 「한시의 시조화에 나타난 시조의 특성 연구」(이화여자대학교 석사학위 논문, 1980)에 의하면 고시조 가운데 한시 한 수를 완전하게 인용하거나 해석하여 시조화한 것은 한시에 현토만 한 것을 다시 제외하고 나면 25수 정도가 된다고 한다. 그런데 25수의 한역 시조를 통틀어 서술종결어 '-네'는 한 번도 쓰이지 않았다.

그가 시조로의 번역에서 종결어로 '-네'를 사용한 것은 매우 주목할 만한 점이다. 이렇게 김억이 번역 시조에도 서술종결어 '-네'를 파격적으로 사용한 것은 그 만큼 김억이 서술종결어로 '-네'를 선호하였다는 것을 말해준다.

이와 같이 김억은 우리말 번역 한시에서 뿐만 아니라 문체적 견고성이 강하게 작동하였던 시조로의 번역에서도 서술종결어 '-네'를 파격적으로 사용하고 있음이 드러난다. 그가 특징적으로 한시 번역에서 서술종결어로 '-네'를 선호하였음을 알 수 있다.

한시가 우리말로 번역된 것은 훈민정음이 창제된 직후부터인데, 한국문학사에서 한시의 번역은 『두시언해』에서부터이다. 1632년에 중간본으로 나온 『두시언해』는 17세기 당시의 한시 번역의 문체를 보여준다[21].

① 西蜀櫻桃也自紅 / 野人相贈滿筠籠 / 數回細寫愁仍破 / 萬顆匀圓訝
許同 / 憶昨賜霑門下省 / 退朝擎出大明宮 / 金盤玉筯無消息 / 此日嘗
新任轉蓬   〈野人送朱櫻〉

② 西蜀앳 이스라치 또 제 블그니 / 민햇 사르미 서르 주니 대 籠애

---

21 1632년에 중간본으로 나온 『두시언해』의 번역에서 보여준 종결어 문체의 양상은 15세기에 나온 초간본에서 보여준 것과 그리 다르지 않다. 혹시 이 자료가 중간본이기 때문에 종결어 문체에서 17세기 당대의 것을 새롭게 반영하지 못하고 이전의 것을 그대로 썼을 가능성이 있다. 중간본 『두시언해』가 17세기 한시 번역의 실상을 온전히 담지 않았을 가능성을 배제할 수는 없지만, 여기서는 일단 이 자료가 17세기 당대를 반영하는 것으로 보았다.

ᄀ득ᄒ도다 / 두어 디위를 ᄀᄂ리 브어 지즈르 헐가 시름ᄒ노니 / 一萬 나치 골오 두려우니 더러히 근호믈 疑心ᄒ노라 / ᄉ랑혼 딘 네 門下省애셔 주어시든 霈恩ᄒ야 / 朝會를 믈러 大明宮으로 셔 바다 나오다라 / 金盤과 玉筯왜 消息ㅣ 업스니 / 이 나래 새를 맛보고 다봇 올마ᄃ니 ᄃᆺ 호몰 므더니 너기노라[22]

①은 원래의 한시이고, ②는 우리말 번역시이다. ②에서 종결어는 '-도다', '-노라', '-다라' 등의 감탄형 종결어가 쓰였다. 『두시언해』 전체에 걸쳐 나타나는 종결어는 '-도다', '-노라', '-다라' 등의 감탄 형 종결어가 지배적으로 쓰이고 있는 가운데, '-놋다', '-ᄂ다' 등의 서술형, '-니라', '-호라' 등의 감탄형, 그리고 '-려뇨'의 의문형이 쓰 이는 양상을 보인다. 17세기 경에 이루어진 우리말 한시 번역의 종 결어 문체가 시조나 가사의 문체에 준하여 이루어졌음을 알 수 있다.

이렇게 조선시대에 이루어진 한시 번역의 종결어 문체에도 불구 하고 김억은 매우 다른 양상의 번역 문체를 보여주고 있다. 두보의 한시 〈登高〉를 『두시언해』와 김억이 어떻게 번역하고 있는지를 비교 하면 한시 번역의 종결어 문체가 개화기에 이르러 얼마나 달라졌는 지를 알 수 있을 것이다.

① ᄇᄅ미 샌ᄅ며 하늘히 놉고 나비 되프라미 슬프니
    믌ᄀ이 믈ᄀ며 몰애 힌듸 새 ᄂ라 도라오놋다

---

22 류윤경·조위 등 언해, 『重刊 杜詩諺解』15권:23a-23b, 이회문화사, 1989.

ᄀᆞ업슨 디ᄂᆞ 나못니픈 蕭蕭히 ᄂᆞ리고

다욿 업슨 긴 ᄀᆞᄅᆞ믄 니언니어 오놋다

萬里예 ᄀᆞ올 훌 슬허서 샹녜 나그내 ᄃᆞ외요니

百年ㅅ 한 病에 ᄒᆞ올로 臺예 올오라

艱難애 서리ᄀᆞᆮᄒᆞᆫ 귀 믿터리 어즈러우믈 심히 슬허ᄒᆞ노니

늙고 사오나오매 흐린 숤 盞을 새려 머믈웻노라[23]

② 높은하늘 바람에 원숭이 울고

흰모래 맑은물을 날도는 물새

넓은들엔 우수수 지는 입사귀

긴江은 노래노래 흘너내리고

萬里서 설은가을 마지하는몸

百年시름 외로와 臺에 올으네

쓰린世苦 탓이라 세인이머리

이老衰를 濁酒로 풀어볼거나[24]

①은 『두시언해』의 번역시이고, ②는 김억의 번역시이다. ①에서 행의 끝에 연결어미와 종결어의 짝을 반복하여 배치했는데, 종결어로는 '-놋다', '-오라', '-노라'가 쓰였다. ②에서는 행의 끝에 연결어미 2번, 명사 4번, 그리고 종결어 2번을 배치했다. 김억이 조선시대

---

23 류윤경·조위 등 언해, 『重刊 杜詩諺解』10권:35a-35b, 앞의 책.
24 『안서김억전집 3집』, 앞의 책, p.343.

한시 번역시와 달리 명사어의 종결 문체를 즐겨 쓰고 있음이 드러나는데, 따라서 종결어의 사용이 상대적으로 덜 나타났다. 여기서 김억이 사용한 종결어는 '-네'와 '-거나'이다. 김억이 두 번밖에 쓰지 않은 종결어에서 '-네'를 쓸 정도로 번역시의 종결어로 '-네'를 선호했음을 알 수 있다.

이상에서 살펴본 바에서 알 수 있는 것은 첫째, 조선시대 한시의 번역에서 종결어 문체는 가사나 시조와 유사하여 민요와는 차이가 났다는 점이고, 둘째, 갑자기 개화기의 한시 번역에서 민요 종결어 문체인 '-네'가 사용됨으로써 종결어 문체가 민요와 흡사해졌다는 점이며, 그리고 셋째, 이러한 현상이 한 시인의 주도 하에 이루어졌다는 점이다.

김억은 본격적으로 언문시대가 열리자 오랜 시간 동안 한국의 시 세계를 이끌어 왔던 한시의 문학 세계를 우리말로 번역하여 당시 여러 사람들에게 알리고자 했다. 김억은 당시의 사람들에게 가장 친숙하고 쉽게 다가설 수 있는 번역 문체를 염두에 두었을 것이다. 번역이란 외국의 것이든 오래 전의 것이든 간에 자국이 쓰는 당대의 언어로 이루어져야 하기 때문이다. 그런데 그 당시 민요와 찬송가를 기반으로 하여 개화기 시가에 널리 확산되어 사용되고 있었던 '-네'가 있었다. '-네'는 현재지각의 의미를 지녀 현재형을 획득함으로써 시적 성격을 확충해주며 감탄적 기능까지 아울러 지닌다. 그리고 '-네'는 하계체나 반말체로 공동체의 구성원들 사이에서 대화로 소통하는 것과 같은 효과를 자아내어 정감 어린 문체를 구성한다. 이렇게 복합적인 기능을 지닌 '-네'는 서술형 종결어로서 지극히 개인적인 서정시의 종결어로도 손색이 없는 것이다. 그리하여 김억은 당대 개화기 시가에 두루 사용되어 일반인들에게 친숙해진 이 '네'를 적극적으로 한시 번역에 사용하게 된 것이다. 그의 번역 한시가 쉽고도 자연스럽게 느껴지는 것은 종결어 '-네'가 주는 문체적 효과에서 기인한다.

김억의 한시번역시가 쉽고도 자연스럽게 느껴지는 것은 일단 긍정적인 면이라고 할 수 있다. 쉽고 자연스러운 번역은 분명 한시의 작가와 당대의 독자 사이의 소통을 원활하게 해주는 역할을 했을 것이기 때문이다. 그런데 이와는 별도로 여기서 한 가지 문제점이 발생하게 된다. 즉 그가 번역한 한시의 문체가 결과적으로 민요의 문체와 흡사해졌다는 문제가 발생하는 것이다. 장르 담당층의 계층성 면에서 가장 상층적인 한시의 종결어 문체가 가장 기층적인 민요의 것과 같게 되고 만 것이다.

김억은 일본 유학을 통해 신학문을 배운 현대시인의 한 사람이다. 김억은 당대 상당수 현대 시인들이 그러했던 것처럼 '민족 시형'을 찾고자 노력하여 민요 부흥운동에도 힘을 기울인 바 있다. 그러나 그는 우리의 전통적인 시가 장르가 각 장르마다의 문체적 특성을 지니고 있는 점은 간과했다. 다만 범박하게 전통적인 시가 장르가 정형시 형식을 취하고 있다는 점에만 지나치게 주목한 것으로 보인다. 그는 당대 모든 지식인이 그러했던 것처럼 민요의 기본 율격이 4음보율을 지니고 있는 점은 몰랐으나 4·4조 음수율 형식을 지니고 있는 점은 분명히 알고 있었다. 그런데 4·4조가 주는 단조로움을 피하기 위해 7·5조라는 정형시를 만들어 시창작에 적극적으로 사용했다.

민족의 시형을 찾고자 했으며 민요 부흥운동을 주장했음에도 불구하고 오히려 일본의 하이꾸와 비슷한 7·5조를 사용함으로써 자신의 시가 민요시, 즉 전통시를 계승하고 있는 것으로 여겨지기를 바랬다고 할 수 있다.

우리의 것과 일본의 것에 대해 무감각했던 만치 김억은 전통시대 각 시가의 장르적 특성이나 장르 간의 특징적인 차이에 대해서도 무감각했던 것으로 보인다. 그는 한시이든 민요이든 모두 현대시에 대비되는 전통시가라고만 인식했던 듯하다. 이러한 전통 장르에 대한 범박한 인식은 비단 김억 개인 한 사람만의 것이 아니었고 당대 현대 시인 대부분의 것이었다고 보인다. 전통 장르에 대한 범박한 인식 속에서는 전통 장르의 종결어 문체까지 구체적으로 알기는 어려웠다.

각 시가 장르의 문체는 각 장르를 활발하게 향유하여 체득하지 않으면 잘 알지 못하는 요소가 많다. 가사를 늘 짓고 향유하던 사람은 종결어로 자연스레 '-다', '-라', '-구나'를, 민요를 늘 부르며 향유하던 사람들은 자연스레 '-다', '-네' 등을 쓰게 된다. 한시와 민요는 담당층이 다르니 그에 따라 번역시와 민요의 문제도 달라야 했다. 김억은 이러한 각 시가 장르에 나타난 종결어 문체의 차이를 한시 번역으로까지 연결시키기에는 역부족이었다. 이미 한시를 짓지도 않고 그렇다고 민요를 향유하는 농민층도 아닌 지식인으로서는 그것을 구분해 나타내기가 불가능했을 지도 모르겠다.

5. 맺음말

이 연구는 민요 종결어 문체의 특징이 '-네'라는 것에서부터 출발했다. 먼저 민요가 활발히 향유되었을 것으로 판단되는 개화기를 중심으로 각 시가 장르에서 '-네'가 쓰인 양상을 살펴보았다. 일단 개화기 시가에서는 시대적 요청에 의해 특징적으로 종결어 '-세'를 두드러지게 사용했다. 19세기 말에 찬송가에서는 종결어로 '-네'를 적극적으로 사용했다. 그리하여 서술종결어 '-네'가 시적 종결어 형태의 전형으로 굳어지는 계기가 되었다. 노래로 부른 구전가요 및 의병가사, 창가, 신체시는 민요 문체인 '-네'의 사용과 아울러 시조나 가사의 문체도 두루 사용하여 백화점식 종결어 문체를 구성했다. 한편 가사는 기존의 종결어 문체를 유지하는 가운데서 '-네'를 간혹 쓰는 경향을 보였다. 반면 시조는 '-네'를 잘 쓰지 않아 기존의 문체를 완고하게 유지했다. 이렇게 찬송가에서 적극적으로 사용한 서술종결어 '-네'는 개화기 시가 장르에 영향을 미쳐 확산되기에 이르렀다.

다음으로 한시 번역에서 '-네'가 쓰이게 된 과정을 김억의 한시 번역을 통해 살펴보았다. 김억은 우리말 번역한시에서는 물론 시조로의 번역에서도 종결어 '-네'를 즐겨 썼다. 당대 개화기 시가에 두루 쓰인 '-네'의 영향을 받아 서술종결어로 '-네'를 선호했던 것이다.

이렇게 한시를 번역하기 시작한 초창기부터 서술종결어로 쓰인 '-네'는 지금까지도 번역 한시에서 많이 나타나고 있다. 번역집과 연구 논문에 나오는 번역 한시에서 서술종결어 '-네'가 매우 많이 쓰이고 있다. 그리하여 서술종결어 '-네'는 이미 수십 년간 사용하는 것이 관례가 되어버려 이제 한시번역의 대표적 종결어 문체가 되어버렸다.

이 연구는 민요와 번역 한시의 종결어 문체가 달라야 한다는 문제의식을 가지고 연구를 출발했다. 그리하여 민요와 한시의 종결어 문체가 같아지게 된 과정을 추적하는 것에 논의의 중심을 두었다. 그러면 과연 번역 한시는 어떠한 종결어 문체를 써야 할 것인가? 이에 대해 필자는 서론에서 '전통 장르의 번역이 반드시 전통 장르의 문체를 취해야 하는 것은 아니지만 전통 장르 중에서 고른다면 오히려 담당층의 면에서 한시와 근접한 시조나 가사에서 쓰인 종결어가 더 적당하지 않을까?'라고 언급한 적이 있다. 한시의 번역은 현대의 독자를 대상으로 한다는 조건도 중요하지만 한시의 장르적 특성을 변별적으로 드러내야 할 조건도 충족시켜야 하기 때문이다. 한시의 번역 문체는 단순하게 생각할 문제는 아닐 것이다. 한시 번역의 문체에 관한 종합적인 검토가 별도로 이루어져야 할 것으로 보인다.

고전 詩·歌·謠의
시학과 활용

제3장

한시 번역 문체 연구(Ⅰ)
─ 한시 번역 문체의 사적 검토 ─

1. 머리말

한글이 창제됨으로써 우리나라는 이중문자시대로 접어들었으나, 문자생활의 주도권은 여전히 한자에 있었다. 범동양권 한자문화권을 견고하게 유지하고 있었던 전통사회에서 한자는 외국어로 인식되지 않았다. 이러한 이중문자생활의 특수성 하에서 한자 전적을 한글로 번역하는 작업이 이루어졌다. 그리하여 이때의 번역은 대부분 중국 전적을 한글로 번역하는 일이었는데, '飜譯'보다는 '諺解'라는 용어로 많이 표현되었다.

한시 번역의 최초는 한글이 창제되고 나서 얼마 지나지 않은 1481년에 간행된 『杜詩諺解』가 된다. 이어 『百聯抄解』가 언해되었으며,

조선중기에 이르면『詩經諺解』가 간행되었다. 그리고 간행시기를 알수 없지만『古文眞寶諺解』도 제작되었다[1]. 이러한 한시 언해서들은 조선후기에 이르기까지 여러 판본으로 거듭 출간됨으로써 상당히 오랜 시간에 걸쳐 많은 사람들에 의해 읽혀졌다. 이러한 출간 형식의 한시 언해서 외에 조선후기에 이르면 필사의 형태로 전해지고 있는 언해서도 있는데,『曾祖姑詩稿』가 그것이다. 그리고 한시 장르가 전통장르화하는 현대에 이르러서 본격적으로 우리 한시의 번역이 이루어지게 된 것인데, 이때부터 '언해'라는 용어는 사라지고 '번역' 혹은 '國譯'이라는 용어를 보편적으로 사용하였다.

　그러면 한시의 창작이 왕성하게 이루어졌던 전통시대에 한시의 번역 문체는 어떠했을까? 한시는 우리의 전통문학유산이다. 그렇기 때문에 현대어로 한시를 번역할 때 우리 시문학사의 흐름 안에서 한시가 지닌 장르적 위상을 고려하여 번역이 이루어져야 할 것으로 본다. 만약 이러한 점이 고려되지 않고 우리 한시의 번역이 이루어진다면 번역 한시는 외국의 생경한 시 장르와 다를 바가 없는 것이 되어 버릴 것이다. 전통시대에 이루어진 한시 번역 문체에 대한 이해는 현재의 한시 번역 문체에 대한 시각의 지평을 열어줄 수 있을 것이다.

1　이 논문을 학회지에 투고했을 당시 논문을 심사한 심사자는『고문진보언해』와『학석집』을 다루지 못한 점을 지적해 주셨다.『고문진보』가 14세기에 간행되어 유통되는 가운데, 한글 창제 이후『고문진보언해』가 이루어졌을 것인데, 언해자와 제작년대는 알 수 없다. 현재 남아 있는 판본인 육당문고본은 18세기말에서 19세기 초에, 장서각본은 영조 년간에 필사한 것으로 추정된다. 이와 같이『고문진보언해』는 제작 시기를 조선전기와 후기 가운데 어디에 귀속시킬지에 대한 확신이 없어서 일단은 검토의 대상에서 제외하였다.『학석집』은 논문을 수정하는 짧은 기간 내에 자료를 입수하지 못해 결국 이 논의에서 다룰 수가 없었음을 밝힌다.

이 연구는 한시의 번역에서 한시를 한시답게 하려면 그 번역 문체는 어떠해야 하는가?[2] 라는 문제의식과 맞닿아 있다. 현재 이루어지고 있는 한시의 번역 문체가 어떠해야 하는가에 대한 문제의식을 풀기 위해서는 우선적으로 전통시대에 이루어진 한시의 번역 문체를 구체적으로 검토할 필요가 있다고 판단했다. 그리하여 논문의 제목도 '언해'라는 용어를 피하고 '번역'이라는 용어를 사용했다.[3] 그리고 초창기에 이루어진 한시 번역의 양상에서부터 현대에 와서 최초로 이루어진 한시 번역의 양상까지를 아울러 살펴보고자 했다.

한시를 우리말로 번역할 때 번역해야 할 요소는 내용과 형식 모두를 포괄한다. 그런데 한시의 번역에서 보다 중요하고 복잡한 것은 字句의 내용에 있다기보다는 번역 문체에 있다. 그리하여 이 연구에서는 한시의 번역 문체에 중점을 두고 논의하고자 한다. 우리말로의 번역이 성실한가 혹은 불성실한가, 한자어와 우리말의 사용 정도는 어떠한가, 用事의 이해를 위한 주석의 처리는 어떠한가, 한시의 정형적 형식에 따른 번역의 길이와 율격은 어떻게 처리되고 있는가, 그리고 韻의 재현과 관련한 행의 서술종결어 및 끝말의 처리는 어떠한가 등에 중점을 두고 검토해보도록 하겠다. 이러한 문체를 구성하는 제요소는 현대의 번역 문체에서 문제 삼고 있는 요소들로 설정했다.

---

2 이 책에 실린 「한시번역문체연구 Ⅱ - 한시번역 문체의 제문제」를 참조할 수 있다.

3 과거에는 '번역'이라는 용어보다는 '언해'라는 용어를 보편적으로 사용했다. 지금도 그와 유사한 '국역'이라는 용어를 쓰고 있다. 현대인에게 한시는 이미 외국시보다 낯선 장르가 된 것이 사실이다. 그런 의미에서 한역시를 '번역'의 범주에 넣고 보다 적극적으로 접근해야 할 필요성이 있다.

한시 연구자들은 논문에서 번역 한시를 인용해야 하기 때문에 한시 번역에 관심을 두지 않을 수 없다. 그런데 한시 번역의 문제를 정면으로 문제 삼아 논의한 연구 성과는 그리 많지 않은 편이다. 그 동안 한시를 번역하여 논의했던 축적된 경험을 바탕으로 박유리, 김명희, 박수천, 송준호, 이종묵[4] 등은 한시와 한문의 번역 문제를 심도 깊게 다루는 자리에서 번역 문체에 대한 논의도 있었다. 하지만 한시 번역 문체의 중요성에도 불구하고, 한시 번역 문체를 사적으로 검토한 논의는 없었다고 할 수 있다. 다만 어학 분야에서 중세국어의 양상과 관련하여 한시의 언해 자료를 소개하고 있어서 참고가 될 수 있다[5].

이 연구의 목적은 남아 전하는 한시 번역서들을 통하여 전통시대에 이루어진 한시 번역의 문체가 어떠했는지 시대별로 양상을 살펴보는 데 있다. 조선전기, 조선후기, 개화기 및 애국계몽기, 그리고 현대의 순으로 시기를 설정하여 각 시대의 번역 문체의 전개 양상을 구체적으로 살핀다. 개화기 및 애국계몽기를 살펴보는 것은 현대로 넘어오는 과정을 살펴보기 위한 것이다. 현대기의 번역 양상에서는

---

4 박유리, 「오늘날 한국의 한문 번역의 문제점과 개선 방향에 대하여」, 『부산한문학연구』제8호, 부산한문학회, 1994. ; 김명희, 「난설헌시 선집의 흐름 양상과 번역의 실제」, 『국어국문학』제127호, 국어국문학회, 2000. ; 박수천, 「근체시의 율격과 번역」, 『한국한시연구』제1호, 한국한시학회, 1993. ; 송준호, 「해석과 번역을 위한 몇 가지 제요」, 『한국명가한시선』, 문헌과 해석사, 1999. ; 이종묵, 「두시의 언해 양상」, 『두시와 두시언해 연구』, 한국정신문화연구원 인문연구실 편, 태학사. 1998.

5 안병희, 「諺解의 史的 考察」, 『민족문화』제11호, 민족문화연구소, 1985. ; 안병희, 「중세어의 한글 자료에 대한 종합적인 고찰」, 『규장각』제3호, 서울대학교 도서관, 1979. ; 이현희, 「중세국어자료」, 『국어의 시대별 변천·실태 연구 1-중세국어』, 국립국어연구원, 1996.

현대적 번역의 최초 양상을 보여주고 있는 金億의 번역만을 살펴보기로 한다.

2. 한시 번역의 시대별 양상

1) 조선전기의 번역 양상

(1) 최초의 번역 : 『杜詩諺解』

『두시언해』는 중국 당나라 시인 杜甫의 한시를 우리말로 번역한 언해서로 원제목은 『分類杜工部詩諺解』이다. 두보의 시에 대한 주석은 세종 때부터 행해졌으나 번역은 성종 때 이루어졌다. 성종은 유윤겸 등 文臣과 승려인 義砧에게 두보의 시를 번역하라고 명하여 1481년(성종 12)에 완성된 초간본 『두시언해』가 발간되었다[6]. 이어 이 책은 1632년(인조 10)에 중간본이 간행되었다. 『두시언해』는 문학 작품에 대한 우리나라 최초의 번역서여서 문학사적 의의가 매우 크다. 기술 방식은 원제목, 원시 2행, 그 밑에 상세한 주석, 그리고 언해로 이루어졌는데, 이러한 방식의 언해가 계속 반복되었다. 초간본을 중심으로 그 번역 문체의 양상을 살펴본다[7].

---

[6] 안병희(1979), 앞의 논문, 125쪽.

[7] 유윤겸, 의침 공역, 『分類杜工部詩諺解』1~권, 홍문각, 1985. 〈宿昔〉은 제5권에, 〈堂成〉은 제1권에 실려 있다. 지면 관계 상 原詩의 행은 두 행을 한 줄에 기재했으며,

宿昔靑門裏	녜 靑門 안햇
蓬萊仗數移	蓬萊殿에 儀仗을 ᄌᆞ조 옮기더시니라
花嬌迎雜樹	고지 아ᄅᆞ다온 雜남기 迎逢ᄒᆞ고
龍喜出平池	龍은 즐겨 平ᄒᆞᆫ 모새셔 나더니라
落日留王母	디ᄂᆞᆫ 히예 王母ᄅᆞᆯ 머믈오시고
微風倚少兒	ᄀᆞ마니 부는 ᄇᆞᄅᆞ매 少兒ㅣ 비곗더니라
宮中行樂祕	宮中에 行樂ᄒᆞ샤미 秘密ᄒᆞ실ᄉᆡ
少有外人知	밧긧 사ᄅᆞ미 알리 젹더니라　　　　〈宿昔〉

背郭堂成蔭白茅	城郭을 졋ᄂᆞᆫ 지비 일어ᄂᆞᆯ 힌 ᄯᅱ로 니유니
綠江路熟俯靑郊	ᄀᆞᄅᆞᄆᆞᆯ 버므렛ᄂᆞᆫ 길히 니그니 프른 미홀 디렛도다
橙林礙日吟風葉	橙林이 히를 ᄀᆞ리오니 ᄇᆞᄅᆞᄆᆞᆯ 잎ᄂᆞᆫ 니피오
籠竹和烟滴露梢	籠竹이 ᄂᆡ를 석거시니 이스리 듣든ᄂᆞᆫ 가지로다
暫止飛鳥將數子	잢간 안ᄌᆞ라 ᄂᆞᄂᆞᆫ 가마괴ᄂᆞᆫ 두어 삿기ᄅᆞᆯ 더브렛고
頻來語燕定新巢	ᄌᆞ조 와 말ᄒᆞᄂᆞᆫ 져비ᄂᆞᆫ 새 기슬 一定ᄒᆞ얏도다
旁人錯比楊雄宅	ᄀᆞ싯 사ᄅᆞ미 외오 楊雄의 집과 가ᄌᆞᆯ비ᄂᆞ니
嬾墮無心作解嘲	게을어 解嘲 지술 ᄆᆞᅀᆞ미 업소라　　　　〈堂成〉

　　위에 인용한 한시와 번역시에서 알 수 있듯이 『두시언해』의 번역 방식은 '전체적인 시의를 알게 하는 의역보다는 축자역'[8]이었다. 〈宿

　　　　번역시만 그대로 인용했다. 원시와 번역시 모두 띄어쓰기가 되어 있지 않으나 편
　　　　의상 여기서는 띄어쓰기를 하였다.

　8　이종묵, 앞의 논문, 155-160쪽.

昔)의 제6행 '微風倚少兒'을 'ᄀ마니 부는 ᄇᄅ매 少兒ㅣ 비곗더니라'로, 〈堂成〉의 제5행 '暫止飛鳥將數子'를 '잢간 안ᄌ라 ᄂᄂ 가마괴는 두서 삿기를 더브렛고'로 언해함으로써 매 한자를 따라가며 언해하는 축자형 언해를 이루고 있다. 그리고 축자역의 양상도 원시에 쓰인 한자를 가능하면 우리 고유어로 나타내려 노력했다. 그리하여 몇몇 군데에서 한자어를 쓰고 있기는 하지만 우리말로 온전하게 바꾸려 한 성실한 번역 태도를 보이고 있다. 그리고 〈宿昔〉의 첫 행에서 '此篇은 咏明皇天寶中事ᄒ다 靑門은 長安東門也ㅣ라'와 같이 매 2행마다 주석을 붙여서 시를 이해하도록 하였다. 이와 같은 『두시언해』에서 전고나 용사의 이해를 돕기 위해 주석을 붙인 것은 성실하게 시를 번역하는 태도에서 기인했다고 할 수 있다.

『두시언해』는 원시를 따라가면서 우리말로 축자역을 하는 데 충실하다 보니 우리말 번역시의 길이가 비교적 길게 늘어지는 경향을 보이게 되었다. 그리고 번역시의 길이가 짧기도 하고 길기도 하여 편차가 심하게 나타났다. 〈宿昔〉은 5언 율시인데 우리말 번역시에서 자수가 5자에서 16자까지 편차가 심하게 발생했다. 〈堂成〉은 7언 율시여서 5언인 경우보다 전체적으로 길이가 길어진 가운데 자수가 20자까지 늘어났다. 이렇게 우리말 번역시의 길이가 들쭉날쭉하면서도 전체적으로 길게 나타나는 번역 양상은 『두시언해』 전편을 통해 동일하게 나타난다.

한편 『두시언해』의 우리말 번역시에서 특징적으로 드러나는 점은 우리말의 자수가 전혀 고려되지 않는다는 것이다. 예를 들어 〈堂成〉의 7행은 'ᄀ싯 사ᄅ미 외오 楊雄의 집과 가줄비ᄂ니'로 번역되었다.

그 자수가 '2, 3, 2, 3, 2, 5'로 분절되어, 일부를 붙여서 읽는다 하더라도 '5, 2, 3, 4, 3'이 된다. 흔히 시조나 가사와 같은 우리말 시가는 '3, 4, 3, 4'라는 자수와 음보를 적용하곤 했는데, 위의 번역시에서는 이러한 자수나 음보에 대한 의식이 전혀 작용하지 않았음을 알 수 있다.

우리말 번역시는 2, 4, 6, 8행에서 서술종결어로 끝을 맺었다. 여기서 사용한 종결어는 '-니라, -도다, -호라, -놋다, -로다, -소라' 등이다. 필자는 『두시언해』 6권만 들어 번역시에 나오는 서술종결어를 분석해보았다. 그 결과 '-도다'가 가장 많이 쓰이고, 다음으로 '-놋다', '-니라', '-노라'가 쓰였으며, 기타 '-로다', '-ᄂ다' 등이 쓰여서 매우 다채로운 서술종결어의 양상을 보였다. 그런데 주로 사용한 서술종결어는 '-도다', '-놋다', '-니(노)라' 등으로 나타났다[9].

(2) 성실한 번역 : 『百聯抄解』

『백련초해』는 초학자들에게 한시를 가르치기 위하여 마련한 교육용 책이다. 金麟厚의 편찬이라고 전해지는데, 原刊年代는 명확하지 않지만 임진왜란 이전인 16세기 중엽으로 보고 있다. 임진왜란 이전의 간본은 일본 동경대학교에 소장되어 있다[10]. 칠언고시 중에서 聯句

---

9 '-도다'가 139회, '-놋다'가 56회, '-니라'가 53회, '-노라'가 48회, '-로다'가 22회, '-ᄂ다'가 14회 쓰였다. 의문종결어로는 '-리오'가 18회로 가장 많이 쓰였다. 나머지 사용된 것들은 '-쇼·소·리·더·우·요·호라', '-ᄉ다', '-지어다', 및 '-ㄴ고, -니오, -려뇨, -녀, -리아' 등이다.

10 임진왜란 이후에도 중간본이 여러 종 전하는데 한자의 새김을 없애고 한시 聯句의 순서도 달리 하고 있다. 안병희(1979), 앞의 논문, 143쪽.

100개만을 뽑아서 우리말로 언해를 덧붙였다. 聯句의 매 한자마다 천자문과 같이 우리말 훈과 음을 단 뒤에 언해를 했는데[11], 주석은 붙이지 않았다. 동경대학교 소장본[12]의 우리말 번역 양상을 살펴본다.

> (가) 山影倒江魚躍岫 묏 그름재 フ레 것구러 뎌시니 고기 묏 부리예셔 봄놀오
>
> 樹陰斜路馬行枝 나못 フ늘히 길헤 빗겨시니 ᄆ리 나못가지로 ᄃ니놋다
>
> (나) 山靑山白雲來去 뫼히 프르며 뫼히 희요 ᄆ구루미 오며 가메오
>
> 人樂人愁酒有無 사ᄅᆞ미 즐기며 사ᄅᆞ미 시름흔ᄃᆞᆫ 수리 이시며 업스미로다
>
> (다) 山上白雲山上盖 묏 우희 흰 구르믄 묏오 횟개오
>
> 水中明月水中珠 믌 가온딧 ᄇᆞᆯ근 ᄃᆞᄅᆞᆫ 믌 가온딧 구스리로다[13]

위의 우리말 번역시에서 특징적으로 드러나는 점은 한자 표기는 없고 한글 표기로만 이루어져 있다는 것이다. 그리고 한글 표기에만

---

11 예를 들면 다음과 같은 식이다. "山묏산 影그름제영 倒가ᅀᆞᆯ도 江フ람강 魚고기어 躍봄놀약 岫묏부리슈 / 樹나모슈 陰フ늘음 斜빗글샤 路길로 馬ᄆᆞᆯ마 行녈행 枝가지지"

12 동경대학교 소장본은 『국문학연구』(제4집, 효성여자대학교, 1973)에 영인되어 소개되었다. 영인과 함께 김경숙이 간단히 해제를 하고 활자화해 놓았다.(121~166쪽)

13 원래의 표기는 띄어쓰기를 하지 않았으나 편의상 여기에서는 띄어쓰기를 하여 인용하였다.

그친 것이 아니라 한자어도 완벽하게 우리말로 번역해 놓고 있다[14]. '山影'을 '뫼그림자'로, '岫'를 '묏부리'로 언해한 것은 물론, 서술어인 '倒'를 '것구러 더시니'로, '躍'을 '봄놀오'로, '無窮'을 '그지 업도다' 로 언해하고 있다. 축자에 의한 우리말로의 성실한 번역이 이루어지 고 있는 것을 알 수 있다. 『백련초해』의 聯句들은 초학자를 위해 가 려 뽑은 쉬운 대구 편들이다. 위와 같은 성실한 번역은 상대적으로 쉬운 대구 편들어서 우리말로 옮기기 쉬웠기 때문에 이루어진 것이 라고만 볼 수 없다. 번역자가 완벽하게 우리말로 번역해야 한다는 의식적인 번역 태도에서 비롯된 것이라고 할 수 있다.

『百聯抄解』의 우리말 번역시는 번역자의 축자에 의한 성실한 번 역 태도로 말미암아 그 길이가 대체적으로 긴 경향을 보인다. 그리 하여 같은 7언시의 번역시임에도 불구하고 그 길이가 들쭉날쭉하 여 12자에서 23자까지에 이르는 편차를 보였다. 그리고 음수와 음 보를 적용하려는 의식도 전혀 나타나지 않았다. 나)의 경우 '2, 3, 2, 2, 4, 2, 3'와 '3, 3, 3, 4, 2, 3, 5'로 붙여 읽는다 하더라도 '5, 4, 4, 5'와 '3, 3, 3, 4, 5, 5'가 되어 우리말 자수나 음보가 고려되지 않았음을 알 수 있다.

우리말 번역시에서 사용한 종결어는 '-오', '-놋다, -로다'이다. 『百

---

14 다른 이본에서도 이와 같은 현상은 마찬가지로 나타난다. 예를 들어 규장각소장 『百聯抄』(일사 古 811.03 G42ba)에서는 가)가 "산그림재논강에것구러디니 고기묏 부리에뛰놀고 / 나무그늘이길희빗기니 믈이가지로힝흐는또다"로, 나)가 "산이푸 르며산이희기논 구롬이오락가락흐미오 / 사롬이즐기며사롬이시롬홈은 술이이심 업스미로다"로, 다)가 "산상흰구룸은 산상의개오 / 물가온대블근돌은 물가온대진 쥐로다"로 되어 있다. 규장각소장 『百聯抄解』(古 811.5 B146)에서는 다)가 "묏우희 흰구름믄 묏우흿개오 / 믌가온대블근두른 믌가온닷구스리로다"로 되어 있다.

聯抄解』에 수록된 우리말 번역시 전체를 살펴보면 거의 종결어로 '-놋다, -로다, -도다'를 사용한 것으로 나타나, 종결어가 다양하지 못한 점을 특징적으로 보여준다.

2) 조선후기의 번역 양상

(1) 직역의 대두 - 『詩시經경諺언解히』

『詩시經경諺언解히』는 『시경』에 우리말 음과 토를 달고 우리말로 언해한 책이다. 원래는 선조의 명을 받아 교정청에서 1585년에서 1593년 사이에 언해한 것으로 보이나 간행되지 못하고, 임진왜란 이후에 표기상의 수정을 가하여 1613년(광해군 5)에 간행되었다. 이후 1695년, 1810년, 1820년, 1828년, 1862년 등 여러 차례 간행이 거듭되었다[15]. 여러 판본은 표기상의 차이를 보이는 것 외에 언해의 양상은 비슷하다. 기재의 체제는 제목, 원시, 우리말 번역시의 순서로 되어 있다. 한자가 나오면 우리말 음을 모두 병기해 표기했으므로 원시의 매 한자 밑에도 우리말 음을 달았다. 그리고 원시에는 우리말 음뿐만 아니라 우리말 현토도 달려 있다. 주석은 달려 있지 않다. 원시가 짧기 때문인지 2행씩 문단을 나누어서 언해하는 방식이 아니고 한 편씩 나누어서 언해를 하고 있는 점이 특징이다. 여기서는 1820년 內閣藏에서 간행한 판본[16]을 들어 언해의 양상을 살펴본다.

---

15 한국정신문화연구원, 『한국민족문화대백과사전』 13, 1991, 491쪽.

16 『詩시經경諺언解히』한국고전총서Ⅴ, 대제각, 1976. 원한시는 우리말 음을 제외하고, 우리말 번역시는 우리말 음이 있는 그대로를 인용해 보았다. 원래의 기재 방식

雞旣鳴矣	雞계ㅣ 임의 鳴명ᄒᆞᆫ디라
朝旣盈矣	朝죠의 ᄒᆞᄂᆞ니 임의 盈영ᄒᆞ얏난가 ᄒᆞ니
匪雞則鳴	雞계ㅣ 곧 鳴명ᄒᆞ주리 아니라
蒼蠅之聲	蒼창蠅승의 소ᄅᆡ로다

蟲飛薨薨	蟲츙이 飛비ᄒᆞ야 薨훙薨훙ᄒᆞ거든
甘與子同夢	子ᄌᆞ로ᄃᆞ려 ᄒᆞᆫ가지로 夢몽호믈 甘감ᄒᆞ건마ᄂᆞᆫ
會且歸矣	會회ᄒᆞ얏짜가 쪼 歸귀ᄒᆞ야란
無庶子憎	거의 날로ᄒᆞ야 子ᄌᆞ조차 憎증홈이 업슬가　〈齊風〉

　위의 우리말 번역시를 보면 우선 한자가 많이 쓰이고 있음이 드러난다. 예를 들어 첫수에서 '닭이 이미 울었는지라'로 하면 될 것을 '雞계ㅣ 임의 鳴명ᄒᆞᆫ디라'로 번역했으며, 두 번째 수에서 '조회 갔다 또 돌아오니'로 하면 될 것을 '會회ᄒᆞ얏짜가 쪼 歸귀ᄒᆞ야란'으로 번역하였다. 이렇게 우리말 번역시에서 "雞, 蒼蠅, 蟲, 子" 등의 명사 한자어는 번역을 하지 않고 그대로 썼을 뿐만 아니라, "鳴, 盈, 飛, 夢, 歸, 憎" 등의 동사 한자어는 그것을 그대로 체언화하고 거기에 우리말 토를 다는 식으로 번역이 이루어졌다. 우리말 번역시에서 한자어를 번역하지 않고 그대로 씀으로써 매우 불충실한 번역 태도를 여실히 보여주고 있다.

　은 다음과 같은 식이다. 제목-〈齊제風풍〉; 원시-雞계旣긔鳴명矣의라 朝죠旣긔盈영矣의라ᄒᆞ니 匪비雞계則즉鳴명이라 蒼창蠅승之지聲셩이로다; 번역시-雞계ㅣ 임의鳴명ᄒᆞᆫ디라 朝죠의ᄒᆞᄂᆞ니 임의 盈영ᄒᆞ얏난가ᄒᆞ니 雞계ㅣ 곧鳴명ᄒᆞ주리아니라 蒼창蠅승의소ᄅᆡ로다

4언을 번역한 우리말 번역시의 길이는 역시 들쭉날쭉하여, 7자에서 14자까지 길이가 일정하지가 않게 나타난다. 앞서의 번역서와 마찬가지로 율격을 전혀 고려하지 않았으며, 운을 나타내려는 의식도 전혀 없었다. 서술종결어로는 '-로다'와 '-ㄹ가'가 쓰였다. 이 책의 전반에 걸쳐서 '-로다'. 'ㄴ다' '도다' '-놋다' '-니라' '-리라' '-ㄹ가' '-것가' 등이 쓰이는 가운데, 대체적으로 '-도다', '-니라'. '-놋다' 등이 가장 많이 쓰였다.

어학적인 면에서 중세의 번역은 상대적인 개념으로서 意譯과 直譯으로 나눌 수 있다. 의역은 직역과 비교해서 상대적으로 고유어가 많으며, 원문의 체언적 어구가 문맥에 따라서 용언적 어구로 바꾸어지며, 직역에 나타나는 번역차용에 의한 전이어인 '써(以), 시러곰(得), 젼츠로(故)' 등을 사용하지 않고, 경어법을 민감하게 사용하여 등장하는 인물의 존비관계를 명확히 밝히려고 한 것을 말한다[17]. 이러한 분류로 볼 때『시경언해』는 한자어의 사용이 빈번하여 직역에 속한다고 할 수 있다.

(2) 原詩想의 재현 -『曾祖姑詩稿』

『호연재유고』는 작가인 호연재 김씨의 후손들에 의해 최근에 간행된 문집인데, 한문원시 및 자경편을 싣되 현대 번역을 함께 수록하였

---

17 안병희, 앞의 논문, 1985, 23쪽. 일반적으로 번역학에서 사용하는 의역이라는 용어는 축자역에 대한 상대적인 개념으로 쓰인다. 안병희의 의역과 직역의 분류는 어학적인 면에서 상대적인 개념을 말하는 것이다. '의역'이라는 동일한 용어가 번역학과 어학에서 서로 다르게 사용되고 있음을 알 수 있다. 혼동의 여지가 충분히 있으나 본고에서는 어학적인 면에서 '직역'이라는 용어를 그대로 사용하였다.

다[18]. 호연재 김씨(1681~1722)는 안동 김씨로 42세를 일기로 별세한 여성 시인이다. 그가 속했던 친가와 시가는 모두 명문가문으로 친가 편으로 보면 인조대 명신 金尙容이 高祖父가 되고, 시가편으로 보면 문신 宋浚吉이 시증조부가 되었다. 고성 군수 金盛達의 딸로 태어나 명문집안의 宋堯和(1682-1764)에게 시집을 가 살면서 시를 지었다. 그의 시가 가전으로만 전하다가 최근에 『호연재유고』로 출간된 것이다[19]. 호연재의 시는 마음에서 우러나오는 정서를 그대로 읊어 쉬운 것이 특징이다. 봄과 가을의 정서나 늙음에 대한 생각 등을 담으면서 친정의 형제들과 고향을 그리워하는 내용도 상당수를 차지하고 있다.

『증조고시고』는 『浩然齋遺稿』에 실려 있는 한시들을 번역하여 묶어 놓은 번역시집이다. 이 책은 호연재의 시를 필서한 필사본 시집으로 가장본으로만 전해온 것이다. 우리말 번역이 『호연재유고』의 것보다 먼저 이루어진 것이라고 할 수 있다[20]. 여기에서는 『증조고시고』에 나타난 번역 양상을 살펴본다. 시집 맨 뒤에 부기되어 있는 기록을 보면 다음과 같다.

> 셰지 갑슐 오월 십이일 □□□□의셔 시작ㅎ여 뉴월 초오일 필셔. 부초를 벗셔 두고 칙업셔 수십여년을 경영ㅎ다가 비로소 영셔ㅎ나 내 나히 뉵십팔이라 □시 늙고 눈 어두은딕 그러나 부시 업셔 □□화시니 힛괴ㅎ나 졀심을 공드려 일워시니 눔 빌여 샹에 말리어라

---

18 김씨부인 저, 송창준 번역, 『浩然齋遺稿』, 송용억 발행, 1995.
19 박요순, 「호연재와 그의 문학유산」, 『浩然齋遺稿』, 앞의 책, 209-222쪽.
20 박무영선생님과 박옥주선생님의 도움으로 이 필사본을 구해 볼 수 있었다.

필사집의 표지에 '증조고시집'이라 했으므로 필사자는 호연재의 4대손 며느리로 보인다. 甲戌년 5월 12일에 필서를 시작하여 6월 5일에 끝마쳤다고 하였으며, 이 며느리가 나이 68세에 필사했다고 하였으므로 필사 연대는 1814년(순조 14) 갑술년이 된다. 한문 원시를 한자로 적지 않고 한글로만 음을 적고 있는데, 한자음의 표기가 정확한 것으로 보아 원시집을 대본으로 놓고 필사한 것으로 보인다.

『증조고시고』의 표기는 모두 우리말로 되어 있다. 원시는 한문 원시의 우리말 음만 기재하였으며, 그 밑으로 매 행마다 번역을 적어놓았다. 이 번역이 언제 누구에 의해 이루어진 것인지는 확실치가 않다. 호연재의 〈自警篇〉이 본래는 언문으로 쓴 것인데 후대에 한문으로 번역하여 문집으로 출간했던 것으로 보아서[21], 호연재 본인이 언문으로 한시를 번역해 놓았을 가능성을 배제할 수는 없다. 그러나 이 한시가 집안의 여성이 지은 것이라서 집안 사람들에게 읽혀지는 가운데 번역시가 만들어졌을 가능성이 더 크다고 하겠다. 따라서 이 번역은 18세기 후반에서 19세기 초에 이루어진 것으로 보는 것이 좋을 것이다. 번역시를 소개하는데, 한문 원시는 현대에 출간된『호연재유고』를 참조하였다.

---

21 『호연재유고』, 앞의 책, 〈자경편 발문〉 "이 편은 본래 문자로 맺어 이루어 놓은 것으로 의심이 드나만 언문으로 기록하여 집에 전해오는 것이 있을 뿐이다. 先慈親께서 일찍이 한을 삼은 것이다. 문득 이 편의 말이 유독 부녀에게만 법도가 될 바가 아니라 곧 마음을 침착하게 생각하여 깊이 찾으면 또한 장부에게도 경계될 것이 많을 것이다. 鍾杰[발문 작성자. 1796년]이 삼가 그 말을 번역하여 기록하여 내외 자제들로 하여금 다 자상히 보게 하고 자구의 사이에 감히 하지 못할 망령되이 증감을 한 것은 혹 문장을 숭상한다 하여 본뜻에 어긋난 것을 두려워 한 것이다"(183쪽)

〈辛卯仲春上澣登山煮艾呼韻共賦〉

신묘 듕츈 샹한의 산의 올나 쑥을 디지고 운을 블너 ᄒᆞᆫ가지로 짓노라

雨後江山麗	비후의 강산이 고아시니
良時屬載陽	됴흔썌 비로소 양ᄒᆞ매 밋처도다
春風無限好	봄ᄇᆞ람이 한이 업시 됴ᄒᆞ니
遊子逸興長	노ᄂᆞᆫ 사람이 됴흔 흥 이기도다
相呼出林逕	서로 블너 숩플 길의 나니
松篁暎蒼蒼	솔과 ᄃᆡ그림직 플으고 플으도다
采采西皐下	캐고 캐기를 셔편 언덕 아릭 ᄒᆞ니
柔艾已盈筐	블드러온 쑥이 이믜 광주리의 찻도다
飯羹必親嘗	밥과 국을 반ᄃᆞ시 친히 맛보니
盛來味却香	담아오믹 마시 믄득 향긔롭도다
隨意引淸酌	ᄯᅳ즐 쌀와 말근 잔을 달의니
開樽琥珀光	준을 열믹 호박 빗치로다
行樂方未央	즐기기를 바야흐로 반이 못ᄒᆞ야
西日滿水鄕	셔녁날이 슈향의 가득ᄒᆞᄂᆞᆫ도다

〈秋夜〉 ᄀᆞ을밤이라

淸秋良夜倚欄干	쳥츄 죠흔밤의 난간의 의지ᄒᆞ여시니
月滿梧桐白露寒	ᄃᆞᆯ이 오동의 ᄀᆞ득ᄒᆞ고 흰 니슬이 ᄎᆞ도다
滌蕩平生無限恨	평싱의 ᄒᆞᆫ업손 흔을 쳑탕ᄒᆞ니

玉人心事不承閑　　　옥인의 심식 한가흠을 니기디 못홀로라[22]

『曾祖姑詩稿』의 번역은 작품 전편을 위에 적고 그 매 행 밑에 번역 시를 적어서 시를 2행 단위로 쪼개어 번역하는 것에서 탈피하여 전편으로 번역하려는 태도를 보이고 있다. 그리고 위에서 알 수 있듯이 『曾祖姑詩稿』의 번역은 우리말로 매우 충실하게 이루어져 있다. 번역시에 한자 표기를 전혀 하지 않았으나 '수향(水鄕), 청추(淸秋), 척탕(滌蕩), 옥인(玉人)' 등과 같은 한자어는 번역하지 않고 그대로 우리말로 옮겨 적었다.

　번역의 길이는 자연스럽게 5언에 비해 7언이 다소 길어지는 양상을 보이는 가운데, 전체적으로는 그 이전에 비해 번역이 짧아진 경향을 보인다. 그런데 『曾祖姑詩稿』의 우리말 번역시에서 음보 의식을 보인 곳이 있다는 점이 특징적으로 드러난다. 번역의 길이가 짧아진 경향도 이 음보의식과 무관하지 않으리라고 보인다. 〈신묘 듕춘 샹한의 산의 올나 쑥을 디지고 운을 블너 흔가지로 짓노라〉에서 '3, 3, 4'(1행), '4, 4, 3'(3행), '4, 4, 3'(11행) 등의 3음보와 '3, 3, 3, 4'(2행), '3, 3, 3, 4'(7행), '4, 4, 4, 3'(8행) 등의 4음보가 맞추어 사용되었다. 우리말 번역이 대체적으로 3음보나 4음보로의 음보 분할이 이루어져 율격적인 리듬감을 형성하고 있는 것을 알 수 있다. 그러나 〈구을밤이라〉에서처럼 음보나 율격에 대한 고려가 없는 경우도 상당히 많은 부분을 차지하고 있다.

─────────

22　원래는 띄어쓰기가 되어 있지 않으나 편의상 여기서는 띄어쓰기를 하였다.

위에 인용한 우리말 번역시에서 종결어는 '-도다'와 '-로다' 일색으로 나타난다. 『증조고시고』에 실린 번역 한시를 모두 조사해보면 종결어로 '-도다'와 '-로다'가 지배적으로 쓰이고 있는 가운데, '-노라', '-이라' 등이 간혹 쓰이는 것으로 나타난다. 이렇게 『증조고시고』의 번역시는 종결어가 매우 단조로운 것이 특징이다.

호연재의 한시는 시인의 감정을 전고나 용사의 사용을 거의 하지 않는 가운데 자연스럽게 한자로 옮긴 특징을 보여준다. 그러므로 이 우리말 번역시는 원래 호연재가 한시를 지을 당시에 지니고 있었던 시인의 감정을 다시 재현해 놓은 것이라고 할 수 있다.

3) 개화기 및 애국계몽기

개화기 및 애국계몽기는 국한문 혼용체가 널리 성행한 시기였다. 특히 신문이나 잡지 매체를 통해 발표된 개화기 및 애국계몽기 가사에서는 국한문혼용체가 널리 사용되었다.

> 洛龜河馬生出ᄒ니 先後天이 分明ᄒ다 / 二奇六儀 버렷스니 軒轅皇帝의 奇門일세 / 時局事를 推究ᄒ면 盛衰之理自在다 / 第一局을 버려보니 萬里海外居留人은 桑港布哇 어디민뇨 勞動社會團體되여 / 新聞雜誌 발행ᄒ다 列强制度模倣ᄒ야 / 新思想을 養成이라 父母國을 不忘ᄒ고 / 迫頭時色痛恨ᄒ니 休門方이 여긔로다 / 第二局을 버려보니 外人鷹犬一進會가 / 去去益甚作惡ᄒ야 自衛團을 成立ᄒ고 / 同胞의게 爲讎터니 奴隸罪名赦免ᄒ야 / 飜然改過回心ᄒ고 耶蘇數에 入參ᄒ다 / 西北消息頻頻ᄒ니

生門方이 여긔로다   〈釣叟入門〉[23]

九秋無日不重陽이나 菊花開時가 卽重陽이라 / 宇宙의 自然으로 여럼
가고 가을왓늬 / 秋霜은 어이ᄒ야 楓林에 病을주고 / 落葉楓은 어이ᄒ
여 山野을 말이ᄂ고 / 세벽서리 춘바롬에 塞鴻의 우름소릭 / 萬里孤窓病
든 손은 燈下에 難聞이라 / 碧水丹楓玳瑁天에 雲物이 悠悠하야 / 當年움
이 완연ᄒ듸 울밋틱 저 菊花ᄂ / 重陽消息 아리도다

                                   (一九一七舊九月 〈重陽歌〉 일부: 싀심)[24]

〈釣叟入門〉은 『大韓每日申報』에, 그리고 〈重陽歌〉는 『學之光』에 실
려 있는 가사로 모두 국한문 혼용체로 표기되어 있다. 이 두 작품은
4음보 연속의 형식적 틀 안에서 지어진 것은 분명하다. 하지만 모두
한자어를 적은 것에서 더 나아가 한문구를 통째로 적어 음보를 나눌
수 없을 정도이다. 〈釣叟入門〉의 '奴隷罪名赦免ᄒ야 飜然改過回心ᄒ
고'나 〈重陽歌〉의 '九秋無日不重陽이나 菊花開時가 卽重陽이라'와 같

---

23 김근수 편, 『한국개화기시가집』, 태학사, 1985, 343쪽. 『大韓每日申報』, 一九〇八,
    三, 二十一. 총7수中3수를 인용하였다. 여기서는 연구분 없이 연달아 기록했으며,
    원래는 띄어쓰기가 없는 것을 편의상 띄어쓰기를 하여 인용하였다.

24 『學之光』第拾四號, 태학사, 1983, 590-591쪽. 원래는 띄어쓰기가 없다. 여기 인용한
    다음의 나머지 부분은 다음과 같다. "錢似團圓驚樣黃에 아름다운 香氣로서 春城萬
    花爛發時에 누런쉬ᄲᆯ실여ᄒ야 / 맑고맑은 九月風에 홀로피는 너의志節 億千萬人
    만코만은 非君子면 어이아랴 / 甘一年前 重陽節에 나도너와 갓치낫늬 年年歲歲花相
    似나 世事는 어이ᄒ야 朝 / 變暮改滋甚ᄒ고 重陽節에 哀哀父母ㅣ生我劬勞ᄒ신줄은
    斟酌이야 ᄒ건마는 / 萬里의 손이되야 孝로써 未養ᄒ니 孝門이 못될는지 愁思가 이
    쁜이라 엇지다 / 世上스름 紅塵의 利에 醉히 菊花핀줄 모러는고 西風裏에 일어그러
    野外에 / 看雲타가 對菊着生ᄒ 然後에 重陽온줄 알앗노라"

105

은 구절에서 드러나듯이 이 가사 작품들은 7언 한시에 현토만 한 것처럼 보인다. 7언의 1구에 현토를 하여 가사의 2음보를 구성하는 매우 절약적인 구절들로 이루어졌다. 그러나 가사의 전체적인 서술은 기본 율격인 4음보 연속의 견고한 틀 안에서 이루어지고 있다.

두 가사의 작가는 7언의 한시를 먼저 창작하고 그것을 번역하여 가사로의 표현을 시도한 것이 아닌가 생각된다. 작가가 한시를 번역한 번역시를 표방하지는 않았지만 두 가사는 한시의 번역시라고 해도 무방할 정도이다[25]. 이와 같이 개화기 및 애국계몽기에는 국한문 혼용의 문자생활로 말미암아 가사 장르에서 한시도 아니고 우리말 시도 아닌 독특한 형태, 즉 한시의 현토식 가사체가 광범위하게 생산되었음을 알 수 있다.

이런 가운데 본격적으로 한시를 번역한 우리말 번역시의 양상을 보인 작품도 있다.

---

25 이와 같은 한시의 현토식 우리말 번역체는 『韓國開化期詩歌集』과 『學之光』에 많이 실려 있다. 예를 들어 다음과 시가 그것이다. "自强之目的兮여 / 扶我韓之强이로다 / 歎獨力之難盖成兮여 / 謀團結之强이로다 / 知衆擊之易擧兮여 / 日赴會之强이로다 / 二千萬之一心兮여 / 向無敵之强이로다 / 刊會誌而勵進兮여 / 揮毫力之强이로다 / 朝閱乘而暮讀兮여 / 博學識之强이로다 / 登演壇而講道兮여 / 增智力之强이로다 / 務大本而興業兮여 / 卓財産之强이로다 / 天行健而不息兮여 / 惟君子之强이로다 / 殉其命而就義兮여 / 愛我國之强이로다 / 不畏泰而完璧兮여 / 存國體之强이로다 / 我同胞之矢心兮여 / 不後人之强이로다 / 指天日而爲證兮여 / 永保我大韓帝國獨立之强이로다"(《自强會報歌》: 中軒 李鍾一)(『한국개화기시가집』, 앞의 책, 473쪽) ; "東舘寥寥하니 荒木飄飄로다 執彼斧狀하야 以伐其條호리라 賦而比也 / □□寂寂하니 荒木蒼蒼이로다 執彼斧狀하야 以伐遠楊호리라 賦而比也. / □□□烏하고 北山有狐로다 嗟我君子여 携手同苦호리라 賦也."(《古詩 荒木三章이라》: 文義天)(『學之光』第四號, 앞의 책, 114-115쪽)

〈한양가시갑술경가〉[26]

북리일릭진청구ᄒ니	북으로 온 한 릭이 청구를 진졍ᄒ여
션니장춘영셰휴을	션니의 긴 봄이 영셰의 아롬다와더라
왕긔쳔년삼각입이요	왕긔난 쳔년의 슴각산이 셔스미요
인풍만리오호류을	인풍은 만리의 오호슈가 흘너더라
지금례악방츄로요	이졔의 이르러 례악은 ᄂ리이츄와로요
종고의관쇽은쥬을	예로 죠친 의관은 풍쇽이 은과쥬러라
쥬샹셩명동일월ᄒ니	쥬샹의 셩명이 일월과 갓트시니
가등팔역태평구을	노릭가 팔력의 오르미 틱평몌 ᄂ릴너라
셰갑슐지즁춘혜여	히셰 갑슐년 즁츈이여
셩인강어동방이라	셩인이 동방의 ᄂ계시도다
쳔디우기방록혜여	쳔디ᄂ 방록을 도으시미여
일월즁기륭광이라	일월은 륭광을 거듭ᄒ엿도다
화륙삼어당요혜여	화인은 슴츅을 당요개 빌미여
긔헌오어쥬왕이라	긔ᄌ난 오복을 쥬왕게 드렷도다
여신민니동락혜여	신민으로 더부러 동락ᄒ미여
억만년지무강이라	억만년의 무강ᄒ리로다

〈한양가시갑술경가〉는 『역대가사문학전집』에 실려 있지만 엄격히 말하면 가사 작품이 아니고 자신이 지은 한시와 우리말 번역시이

---

26 임기중 편, 『역대가사문학전집』48권, 아세아문화사, 1998, 551쪽. 원래는 띄어쓰기가 되어 있지 않으나 편의상 여기서는 띄어쓰기를 하였다.

다. 위로 자신이 지은 한시를 우리말 음으로 표기하고 거기에 우리
말 현토까지 달았다. 그리고 한시를 기재한 아래로 우리말 번역시를
적어 놓은 형태이다. 제목 〈한양가시갑술경가〉에 나타나듯이 이 작
품은 〈한양가〉의 한 형태로 역사를 읊은 것인데, 갑술년의 경사를 읊
었다. '희셰 갑술년 즁츈이여 셩인이 동방의 ㄴ계시도다'라고 하여
성인의 탄생을 축하하는 내용이다. 고종 11년(갑술년:1874년) 2월 8
일에 왕후 閔氏가 원자(뒤의 순종)를 출산했다. 따라서 이 작품에서
'주상'은 고종을, '성인'은 순종을 가리키며, '갑술경가'는 '갑술년 원
자가 탄생한 경사를 읊은 노래'라는 뜻이 된다. 따라서 〈한양가시갑
술경가〉는 개화기 때 한시 번역의 양상을 보여주는 자료가 된다.

〈한양가시갑술경가〉의 우리말 번역시는 한글로 표기되어 있다. 하
지만 "쳥구, 왕긔, 오호슈, 즁츈, 방록, 륜광, 슝츅, 쥬왕" 등의 명사어
를 번역하지 않고 한자음 그대로 씀으로써 내용을 이해하기가 다소
어렵게 되어 있다. 반면 '동락하다'와 '무강하다'를 제외한 대부분의
서술어는 우리말로 충실하게 번역을 하고 있다. 한자어구 문장을 우
리말 구문으로 전환하는 정도의 차원에서 번역이 이루어졌음을 알
수 있다.

그리고 위의 우리말 번역시에서 가사의 음보를 적용하고 있는 점
이 드러난다. 아마도 〈한양가시갑술경가〉가 〈한양가〉라는 가사를 염
두에 두고 창작한 것이기 때문에 우리말 번역시에서도 가사체를 적
용했던 것이 아닌가 한다. 그러나 전반부의 4음보가 후반부에 가서
3음보를 구성함으로써 한시의 우리말 번역시에 가사체를 적용하는
것이 쉽지 않았음을 보여준다.

종결어로는 홀수 행에서 '-여'와 '-요'를 반복해서 사용하고, 짝수 행에서는 '-더라', '-러라', '-너라', '-도다', '-로다' 등을 사용했다. 이 가사가 송축하는 내용을 지님에 따라 감탄의 기능을 지닌 종결어 가 많이 사용되었던 것을 알 수 있다.

4) 새로운 번역 : 현대 金億의 한시 번역

김억은 한시의 우리말 번역집을 많이 펴냈다[27]. 김억은 한시 번역 집 『망우초』의 서문에서 '譯詩는 어디까지든지 한 個의 創作이'라는 입장을 취했다. 그리고 자신의 한시 번역을 '原詩에서 얻은 바 詩想 을 나의 맘에 좋도록 料理해 놓'은 것이라고 하였다[28]. 김억은 자신의 한시 번역시가 새로운 창작시로 받아들여지기를 원한 것으로 보인 다. 그리고 김억은 어려운 한시를 가능하면 쉽고도 친근하게 우리말 로 번역하고자 했다. 번역시에서 원시의 전고나 용사를 위한 주석을 전혀 붙이지 않은 것은 김억이 전고나 용사를 모른 데서 비롯되었다 기보다는 한시를 쉽고도 친근하게 우리말로 번역하고자 한 그의 번 역 태도에서 비롯된 것이라고 할 수 있다. 『岸曙金億全集』[29]에서 그 의 한시 번역시 몇 수를 인용하면 다음과 같다.

---

27 그가 번역하여 한시 번역집으로 출간한 책은 『忘憂草』(1934), 『同心草』(1943), 『꽃 다발』(1944), 『支那名詩選』(1944), 『夜光珠』(1944), 『금잔듸』(1944), 『玉簪花』(1949) 등이다.

28 김억, 「漢詩譯에 對하야」, 『안서김억전집 3』, 앞의 책, 714-716쪽.

29 홍순석 편, 『岸曙金億全集』3, 한국문화사, 1987.

〈芍藥꽃〉: 金時習

落盡飜階芍藥花	芍藥꽃 어즈러이 모다 떠러저
隨風片片撲紗窓	바람딸아 잎잎이 紗窓을 치네
激蜂引蝶暫時事	벌과나비 지낸일 참아 못닛어
泣把殘紅空自嗟	떨린꽃 울며돌며 탄식을 하네

〈閨怨二〉: 許蘭雪軒

月樓秋盡玉屛空	다락에 가을깊어 울안은 븨고
霜汀蘆洲下暮鴻	서리싸인 갈밭을 기럭이 앉네
瑤瑟一彈人不見	거문고 한曲調에 님 어듸가고
藕花零落野塘中	연꽃만 들못우에 脈없이 지네

〈들멧골〉: 許蘭雪軒

家住石城下	돌멧골은 내故鄕 그저좋은곳
生長石城頭	돌멧골에 태여나 자란몸일래
嫁得石城婿	돌멧골서 서방님 맞이하고서
來往石城遊	돌멧골을 오가며 못떠납니다

〈懷人〉: 金誠熙

一片嶺頭雲	山마루에 떠도는 저기저구름
飛來又飛去	날아갓다 날왓다 自由롭고나
願隨一片雲	이몸은 웨못된고, 저기저구름
飛到相思處	맘대로 님의 곳을 내못가노라

〈芍藥꽃〉과 〈閨怨二〉는 7언시이고, 〈들멧골〉과 〈懷人〉은 5언시이다. 그런데 위에 인용한 김억의 우리말 번역시에서 특징적으로 드러나는 점은 5언과 7언의 한시를 모두 똑같이 7·5조(12자) 정형시로 번역하고, 5언은 3음보로 7언은 4음보로 띄어쓰기를 해놓고 있다는 점이다. 전체적으로 한시의 정형시적 성격을 우리말 번역시에서 자수와 띄어쓰기로 나타내려 했음을 알 수 있다.

한편 김억은 '조선말의 성질상 音響이라는 것이 押韻으로 인해 音調美를 지녀 번역에서 그것을 무시할 수 없어 吐의 압운이나마 실행해보았다'고 하였다[30]. 그리하여 김억은 의도적으로 매 행의 끝말에서 압운을 나타내고자 했다. 위의 번역시에서 압운은 〈들멧골〉을 제외하고 모두 나타난다. 〈芍藥꽃〉에서는 '-ㅓ'와 '-네'로, 〈閨怨二〉에서는 '-고'와 '-네'로, 그리고 〈懷人〉에서는 '-름'과 '-ㅏ'로 나타났다. 한시가 지닌 압운을 번역시의 끝말에서 가능하면 나타내려 노력한 것이다.

김억이 한시를 우리말로 번역하면서 드러낸 또 다른 특징은 번역시의 종결어로 민요의 대표적인 서술종결어인 '-네'를 즐겨 사용했다는 점이다. 물론 김억은 종결어로 명사, '-ㅂ니다'와 같은 현대 국어의 새로운 종결어, '-고나', '-노라'와 같은 고어투의 종결어 등도 사용했다. 하지만 김억은 유독 '-네'를 즐겨 사용하여 한시의 우리말 번역 문체에서 새로운 변화의 양상을 보여준다. 김억은 한시를 우리말로 번역하면서 시조로도 번역을 시도하곤 했는데, 번역시조에서

---

30 김억, 앞의 글, 716쪽.

도 기존의 종결어와 함께 '-네'를 사용한 예가 있어 그가 얼마나 번역시의 종결어로 '-네'를 즐겨 사용했는지 알게 한다[31].

3. 한시 번역 문체의 사적 흐름과 문제적 성격

1) 한시 번역 문체의 사적 흐름

한글이 창제된 이후 한시나 한문장을 우리말로 번역하는 시도가 이루어지기 시작했다. 그 최초의 사업은 왕명에 의해서 杜甫 시를 번역하는 일이었고, 다음으로는 초학자의 학업을 위해 명편을 번역하는 일이었다. 『두시언해』는 유윤겸을 중심으로 한 홍문관 문신들이 언해한 것으로 따로 한자음을 우리말로 표기하지 않은 것으로 보아 한시에 어느 정도 지식을 가진 사람을 독자로 상정하여 만들어진 것으로 보인다[32]. 『백련초해』는 한시 창작에 전문적인 사대부보다는 한시 창작을 막 시작한 학동을 위해서 제작된 것으로 보인다.

이렇게 조선전기에 제작된 두 권의 한시 번역집은 한자 하나하나를 따라가면서 충실하게 번역을 하는 逐字譯의 방식을 택했다. 그리하여 번역시는 가능하면 우리말로 충실하게 표현한 번역 문체의 특

---

31 이 책에 실린 「민요 종결어 문체 '-네'와 개화기 시가」를 참조할 수 있다.
32 안병희, 「두시언해의 서지적 연구」, 『두시와 두시언해 연구』, 앞의 책.

징을 보인다. 『두시언해』는 우리말 번역에서 한자어 표기가 들어갔지만 실제의 번역 양상은 가능하면 원한시의 한자어를 우리 고유어로 옮기려 노력했다. 그리고 주석을 통해 전고, 용사, 창작 배경 등을 이해시키는 방식을 택하였다. 한편 『백련초해』는 원한시를 완벽하게 우리말로 번역하는 시도를 했다. 우리말 번역시의 표기 체제를 순한글로만 했으며, 번역 양상도 우리말로 성실하게 번역을 하고자 했다.

조선후기에 가면 앞서의 번역집이 중간을 거듭하는 가운데 새로운 한시 번역집도 제작되었다. 조선후기의 한시 번역집에 나타난 번역 문체의 양상은 두 가지 방향으로 전개되었다. 『시경언해』에서는 직역의 번역 태도가 나타났다. 명사 한자어를 그대로 쓰는 것에 머무르지 않고 동사 한자어도 그대로 체언화하여 우리말 토만 다는 식으로 번역이 이루어졌다. 매우 불충실한 번역을 보여주었다고 할 수 있는데, 조선후기 교육의 보급으로 한자를 알고 익히는 층이 늘어남으로써 불충실한 번역 태도가 용인되었던 사정을 알게 해준다. 그런 가운데 『증조고시고』는 18세기 한시 번역 문체의 변화 양상을 보여주었다. 일부 한자어를 우리말음으로 기재하고 있는데, 한자 문화생활에 익숙하였던 양반가에서는 그와 같은 한자어 정도는 얼마든지 이해가 가능했으므로 번역시에서 용인되었다고 할 수 있다. 그러나 원한시를 가능하면 쉬운 우리말로 완벽하게 번역하는 양상을 나타냈다. 그리하여 『증조고시고』의 우리말 번역시는 시인이 한시를 지을 당시 본래 지니고 있었던 시상을 재현해 놓은 듯한 충실한 번역을 보여주었다.

개화기 및 애국개몽기에 이르면 우리 국어사에서 대변혁이 오게 된다. 이중문자 시대가 청산되고 한글이 우리나라의 대표 문자가 된 것이다. 대중을 상대로 한 신문과 잡지가 발행되면서 언문일치가 본격적으로 실행되었다. 이제 한자로 이루어진 출판물은 거의 간행되지 않게 되었다. 그러나 이렇게 한글이 우리나라의 공식적인 문자가 되었다고 해서 곧바로 모든 문자 활동이 한글 전용으로 나아간 것은 아니었다. 대부분의 출판물은 한자 투성이의 표기 형태를 띠고 있었으며, 한자에 우리말 토만 다는 형식의 글도 많았다. 언문일치의 시대가 시작되었지만 일반적인 당시 문자생활의 경향은 국한문 혼용을 빙자한 한자어의 남용이 었다.

한시 번역과 관련하여 이 시기의 특징적인 점은 더 이상 한시 번역서가 나오지 않는다는 점이다. 이러한 점은 지속적인 교육의 인플레 현상으로 한문 지식이 대중적으로 보급된 것과 관련이 있다. 이 시기는 한글이 국자가 된 시기이면서, 동시에 한문지식의 보급이 정점에 이른 시기이기도 했다. 따라서 글과 말에서 자신이 보유한 지식의 정통성과 차별성을 드러내고자 한 지식인들은 보다 많은 한자를 쓰는 방향으로 나아갔다. 그리하여 번역 한시보다는 원한시를 알고 있다는 점이 더 중요하게 생각되어 한시 번역서의 간행이 이루어지지 않은 것으로 보인다. 본격적인 한글 국자 시대로 나아가는 과도기적 양상이라고 할 수 있다.

당시 한학을 익힌 지식인 중에는 신문 지상을 통해 수없이 많은 개화기 가사를 창작했다. 우리말 시가인 가사를 지으면서도 한자어의 남용이 심했다. 그리하여 가사체 형식을 빌어 생경한 한시에 우리말 토를 다는 식의 번역시가 등장했다. 한시 현토식의 번역 문체가 풍미하게 된 것이다. 『시경언해』에 나타난 한자 투성이의 번역 문체가 조선후기를 거치면서 가속화되어 개화기 및 애국계몽기 국한문혼용시대에 이르러 그 정도가 심화되었다고 할 수 있다. 이러한 가운데서도 〈한양가시갑술경가〉와 같이 우리말로 표기하고 비교적 평이하게 번역을 하고자 한 번역시도 있었다. 한자의 서술어를 우리말로 번역하고자 한 충실한 번역 태도가 없는 것은 아니지만 비교적 어려운 한자어임에도 불구하고 번역하지 않고 우리말음으로만 적었다. 한자어의 남용이 보편적이었던 당시의 문체적 현상을 역시 드러내고 있다고 할 수 있다.

이러한 한시의 번역 문체는 현대에 이르러 대폭적인 방향의 전환을 맞게 된다. 김억이 본격적으로 한시 번역집을 출간한 것은 이미 한시가 전통적 장르화하여 외국시나 마찬가지로 거의 대부분의 사람들이 이해할 수 없다고 생각했기 때문이다. 19세기 중엽 즈음에 태어나 한학을 배우고 성장한 한학자들은 20세기에도 한시의 창작을 자신들의 정체성을 나타내는 지표로 생각하고 여전히 지속했다. 하지만 이들은 일반인을 대상으로 한 한시의 우리말 번역에는 관심을 두지 않았다. 당시 한시 연구자들도 논문에서 원한시를 그대로 인용하는 것이 대부분이었다. 이러한 상황에서 한시를 본격적으로 번역한 사람은 한시 작가나 연구자가 아닌 현대시인 김억이었다. 김억은 한시의 번역은 한자를 모르는 일반인들이 쉽게 알 수 있도록 해야 한다고 생각했다. 그리하여 김억은 한시를 알기 쉬운 우리말로 번역했는데, 그 과정에서 원시의 형식에 맞추어 7·5조라는 자신만의 형식을 창조하여 새롭게 번역을 시도한 것이다.

2) 한시 번역 문체의 변화 양상

앞에서 살펴본 우리말 번역시의 여러 문체적 요소들 중 먼저 형식과 율격의 변화 양상을 살펴보도록 하겠다.

조선전기의 『두시언해』와 『백련초해』는 모두 2행씩을 단위로 나누어 원문과 번역을 대조하여 놓는 형식을 취하였다. 이러한 형식과 체제는 개화기 이전 중국문헌의 번역서에서 일반적으로 보이고 있는 특징[33]으로서 조선시대 전체를 통해서 유지되었던 번역서 출판의 관행과 같은 것이었다. 그런 의미에서 2행 단위의 번역 방식은 시행의 의미 단위 분절 의식과 관련하기보다는 출판 양식과 관련한 사항으로 봄이 타당할 것이다. 조선전기의 두 번역집은 한시를 가능하면 우리말로 성실하게 나타내고자 한 번역 태도를 보였다. 그래서인지 우리말 번역시의 길이가 들쭉날쭉하여 매행마다 편차가 심하게 나타나는 가운데 길어지는 경향을 보였다. 한시의 5언 및 7언과 같은 형식에 맞게 우리말 번역시의 길이를 조정하려는 의식이 전혀 작동하지 않은 것이다. 한편 우리말 번역시에 율격적 리듬이 나타나지 않아 음수율이나 음보율을 적용하려는 의식도 전혀 없었다. 당시 시조나 가사는 '3, 4, 3, 4'나 4음보 연속의 율격을 지배적으로 지니고 있었다. 조선전기의 두 한시 번역집에서는 당대 타 시가 장르에서

---

33 안병희(1985), 앞의 논문, 24쪽.

작동하고 있는 율격에 대해 전혀 고려하지 않은 것이다. 『백련초해』
는 한자의 새김에서 '不 안득블, 未 아틀미, 上 마딕샹'과 같이 광주판
천자문과 큰 일치를 보여 장성 출신인 김인후가 제작했을 가능성이
크다[34]고 한다. 사대부인 김인후가 한시와 우리말 시가의 음보나 율
격은 엄연히 다르다는 인식을 지니고 있었기 때문에 빚어진 결과라
고 해석할 수 있다.

조선후기에 오면 조선전기 두 번역집의 번역 방식과 달리 한시를
전편으로 번역하는 방식이 나타났다. 『시경』이 짧은 시들도 구성되
어 있었고, 『증조고시고』의 필사가 원시를 위에 기재하고 그 밑에 번
역시를 기재하는 방식으로 되어 있었기 때문에 나타난 결과로 보인
다. 그리고 이 시기에 오면 한시의 우리말 번역에서 주석이 완전히
사라지고 없게 되었다. 한편 이 시기 우리말 번역시에서 특이할만한
점은 번역의 길이가 짧아진 경향을 보인다는 것이다. 이렇게 우리말
번역시의 길이가 단형화한 것은 우리말 번역시에 율격적 리듬, 즉
음보율을 적용한 것과 관련이 있다. 『증조고시고』는 한시 번역 문체
사에서 최초로 음보율을 적용한 예라고 할 수 있다. 이렇게 한시의
우리말 번역시에 음보율을 적용하려는 시도가 나타난 것은 가사문
학의 담당층이 여성에게까지 대폭 확대된 사정과 관련이 있을 것으
로 보인다. 『증조고시고』의 작가가 누구인지 분명하지 않지만, 담당
층과 향유층을 포괄하여 양반가 여성의 참여가 많았을 것으로 보인
다. 따라서 한시를 우리말로 번역할 때 가사문학의 향유층에게 익숙

---

34 안병희(1979), 앞의 논문. 144쪽.

한 4음보의 율격이 번역시의 문체에 영향을 미친 것이 아닐까 추정할 수 있다.

개화기 및 애국계몽기에 이르면 한시의 우리말 번역시에 가사체의 음보가 보다 적극적으로 적용되었다. 그런데 한시 구절을 그대로 적으면서 음보를 무리하게 적용함으로써 우리말 번역시의 길이가 대부분 짧아지는 경향을 보였다. 그리고 한시를 그대로 옮기고 끝말이나 조사에 현토를 다는 식의 번역이 많아 생경하고 어려운 문체를 이루었다.

현대에 이르러 김억의 우리말 번역시는 형식과 율격 면에서 질적인 변화 양상을 보여주었다. 김억은 우리말 번역시에서 한시의 정형성을 철저하게 구현하려고 노력했다. 그 결과 우리말 번역시가 7·5조의 음수율을 지닌 가운데, 3음보와 4음보의 정형시로 나타나게 되었다. 5언 한시는 7·5조의 3음보로, 7언 한시는 7·5조의 4음보로 번역한 것이다. 7·5조는 김억이 당시 시 창작에서 즐겨 사용했던 율격이었다. 그의 7·5조 시가 한때의 실험으로 끝나고 만 것처럼 우리말 번역시에서 7·5조는 이제 더 이상 나타나지 않는다. 그러나 우리말 번역시에서 3음보와 4음보의 율격은 지금까지도 지속적인 지지를 받고 있다. 이렇게 한시의 번역사에서 김억의 영향과 의의는 매우 크다고 하겠다.

다음으로 한시의 운과 관련한 서술종결어를 포함한 끝말의 처리 문제는 어떻게 변화하였는가를 살펴보도록 하겠다.

조선전기나 조선후기를 통틀어 한시의 운을 우리말 번역시에서 나타내려는 시도는 없었다고 할 수 있다. 다만 한시가 2구씩 對를 이루어 2행 단위로 시상이 전개된다는 형식적 특징을 지니고 있었기 때문에 우리말 번역시에서도 그것이 반영되어 매2행마다 서술종결어를 두는 경향을 보였다. 『두시언해』에서는 '-도다, -놋다, -니라' 등이 중심을 이루면서도 다양한 종결어가 사용되었다. 반면 『백련초해』에서는 '-놋다, -로다, -도다' 등의 종결어가 주로 쓰임으로써 한정된 종결어가 사용되었다. 그리하여 후자는 시조나 가사의 종결어 문체와 비슷해지고 있음이 드러난다.

이러한 한시의 우리말 번역시에 나타난 종결어의 두 가지 양상은 조선후기에서도 지속되었다. 『시경언해』에서는 '-도다, -로다, -놋다, -니라' 등이 중심을 이루면서도 다양한 종결어가 사용되었다. 반면 『증조고시고』에서는 '-도다, -로다, -노라, -이라' 등의 종결어가 주로 쓰임으로써 한정된 종결어가 사용되었다. 『시경언해』에서 『증조고시고』로 넘어오는 시기는 '-놋다'라는 형태가 국어사에서 사라지는 시기이다. 이렇게 '-놋다'라는 형태가 사라지는 시기와 맞물려서 '-도다, -로다'로 대표되는 가사문학의 종결어 문체와 같아지는 경향을 보이고 있다고 하겠다.

개화기 및 애국계몽기에도 우리말 번역시의 종결어는 '-도다. -로다' 등이 지배적으로 사용되었다. 그런데 이 시기에는 '-여, -ㄹ세, -뇨, -네' 등과 같은 새로운 형태의 종결어가 등장한다는 특징을 보인다. 특히 현재 한시의 우리말 번역시에서 가장 즐겨 사용하고 있는 '-네'가 처음 등장하고 있어 주목할 만하다. 이 '-네'는 민요 문체의 특징적인 서술종결어로서 당시 구전가요 및 의병가사, 가사, 창가, 신체시 등과 같은 개화기 시가에 널리 쓰인 것이다.

현대에 이르러 김억은 우리말 번역시에서 한시가 지닌 운을 나타내려 노력했다. 그는 행이 끝나는 끝말에 명사를 즐겨 사용했다. 그리하여 명사의 끝말에는 명사로, 종결어의 끝말에는 종결어로 맞추면서 우리말의 운도 맞추려고 시도하였다. 그리고 김억은 쉽고 친숙하게 한시를 번역하고자 했다. 그리하여 우리말 번역시에서 당대 일반인들에게 가장 친숙한 서술종결어인 '-네'를 적극적으로 사용했다. 결과적으로 장르적 계층 면에서 서로 대칭점에 놓여 있다고 할 수 있는 가장 기층적인 민요와 가장 상층적인 한시의 종결어 문체가 같게 된 문제점이 발생했다. 어쨌든 김억에 의해 시도되었던 우리말 번역시의 서술종결어 '-네'는 지금까지도 지속적인 지지를 받고 있다. 역시 한시 번역사에서 김억의 영향과 의의가 매우 크다는 점을 말해준다고 하겠다.

이상으로 한글 창제 이후부터 현대 초까지 한시의 번역 문체를 구성하고 있는 제요소의 변화 양상을 살펴보았다. 한시 번역의 문체가 어떻게 변화를 겪었는지 거시적인 조망 하에 다시 정리하면 다음과 같다.

첫째, 조선시대를 통틀어 한시의 우리말 번역은 우리말로의 충실한 축자역에서 한자어 투성이의 불충실한 직역으로 변화되었다. 조선시대에는 가능한 한 우리말로 성실하게 번역하려한 번역 태도가 늘 있어왔다. 그런데 개화기에 들어서는 한자를 남용하는 수준으로까지 가는 불충실한 번역 태도가 만연하게 되었다. 이러한 현상은 한 언해서의 번역 양상을 시대적으로 추적한 연구논문을 통해서도 드러난다[35]. 조선전기에는 用事의 이해를 돕기 위한 주석이 있었지만 조선시대를 거치는 동안 사라진 점도 불충실한 번역 태도로의 변화에서 기인한다고 하겠다.

둘째, 음보율의 적용은 조선전기에는 전혀 보이지 않다가 조선후기에 이르러 대두되어 현대로 올수록 철저해졌다. 우리말 번역시에서 김억에 의해 적용된 3음보와 4음보 율격은 지금까지 이어져 오고 있다.

셋째, 우리말 번역시의 길이가 시기가 내려올수록 짧아지는 경향을 보였다. 이러한 경향은 직역의 태도와 율격을 적용하려는 의식에서 비롯되었다. 한자어를 번역하지 않고 그대로 옮기거나 억지로 음수율이나 음보율에 맞추다 보니 자연히 번역시의 길이가 짧아지는 결과로 나타났다고 하겠다.

넷째, 조선전기와 조선후기를 통틀어 한시의 운을 우리말 번역시에 나타내려는 의식적 시도는 없었다. 그런데 현대에 이르러 김억은 한시의 운을 우리말 번역시에서 나타내려 노력하여, 명사와 종결어로 이루어진 끝말에서 운을 시도했다.

다섯째, 우리말 번역시에서 조선전기에서부터 개화기 및 애국계몽기까지 지속적으로 사용한 종결어는 '-도다, -로다, -라' 등과 같은 것이었다. 그리하여 우리말 번역시의 종결어 문체는 시조나 가사의 문체와 같았다. '-놋다'와 같은 종결어는 국어사의 전개와 그 궤를 같이 하여 사라지고 말았으며, 개화기와 애국계몽기에는 '-여, -ㄹ

---

35 안병희는 같은 문헌을 번역한 두 개의 이본을 조사했다. 그 결과 한글에 의한 번역의 양상이 의역에서 직역[여기서의 의역과 직역은 어학적 측면에서의 개념이다]으로 변화를 본 것으로 드러났다(안병희(1985), 앞의 논문, 22-24쪽).

세, -뇨, -네' 등과 같은 새로운 형태의 종결어가 등장하였다. 그리고 현대에 와서 김억이 우리말 번역시에서 종결어로 '-네'를 즐겨 사용함으로써 '-네'가 대표적인 서술종결어가 된 이래 오늘날에 이르고 있다.

4. 맺음말

이 연구에서는 한시의 우리말 번역 문체를 사적으로 검토하고, 사적 전개의 흐름과 번역 문체의 변화 양상을 개괄해 보았다. 이 논의에서는 한시 번역 문체의 변화된 흐름을 알아보는 데에 목적을 두고, 조선전기에서부터 현대 초기에 이르기까지 자료를 선정하여 한시의 우리말 번역의 실상을 객관적으로 살펴보았다. 이러한 이 연구의 내용은 머리말에서 언급한 것처럼 현대에 이루어지고 있는 한시의 우리말 번역 문체와 맞닿아 있다. 그리하여 현대의 한시 번역 문체에서 주로 문제 삼고 있는 문체적 제요소를 염두에 두고 논의를 진행했다. 이렇게 이 연구가 방대한 시기를 대상으로 하여 한시 번역 문체에서 문제 삼고 있는 문체적 제요소의 변화 양상에 초점을 맞추어 논의하다 보니 개별 자료에 대한 구체적이고 심도 깊은 논의가 제대로 이루어지지 못하였다. 각각의 개별 번역집나 시기별 한시 번역에 대한 구체적인 논의가 따로 이루어져야 할 것으로 보인다.

한편 이 연구는 연구 대상 자료의 섭렵 면에서 한계를 지니고 있

다. 이후 보다 충분한 자료가 보충되어 한시 번역 문체의 사적 전개
가 충실하게 구성되기를 기대한다. 그리고 개별 번역집이 지니고 있
는 우리말 번역의 양상이 전체적인 한시 번역 문체의 시대적 흐름
안에서 볼 때 부분적으로 빗나가는 실상도 있었다. 이러한 자료가
한시 번역사에서 지니는 의미와 의의를 깊이 있게 다루지 못한 점도
아쉬움으로 남는다.

고전 詩·歌·謠의
시학과 활용

제4장

한시 번역 문제 연구(Ⅱ)
─ 우리 한시 번역의 성격과 번역 문제의 제문제 ─

1. | 머리말

한글이 창제된 이후 한시의 번역이 이루어지기 시작했다. 한자 문화권 시대에는 '諺解'라는 용어가 주로 사용되었다. 한자 문화권에서 이탈하여 한글 문화권으로 진입하게 된 20세기 초에 이르면 '언해'와 '번역'이라는 용어가 동시에 사용되다가, 20세기 중엽 외국 문학이 유입되어 그 번역이 이루어지게 되면서부터는 '번역'이라는 용어가 보편적으로 사용되어 지금에 이르고 있다. 우리 한시의 번역이 본격적으로 이루어진 것은 한시의 창작이 중단되고 완전히 전통 장르로 고착한 후인 20세기 중엽부터라고 할 수 있다. 이후 한시 선집 형태의 번역서, 민족문화추진회의 고전 국역 사업에 의한 문집 번역

서, 연구자에 의한 주요 고전 작가들의 대중적 문집 번역서 등이 출
간되었다. 여기에 연구자들의 연구 논문에서 개별적인 한시의 번역
도 꾸준히 이루어져 수많은 우리 한시의 번역시가 나온 셈이다.

번역자나 연구자들은 한시를 우리말로 꾸준히 번역해오면서 번
역할 때 발생하는 여러 문제에 대해 늘 고민을 해왔다. 그러나 이러
한 고민은 번역자 혹은 연구자 집단 내에 한정하여 잠재적으로만 있
어온 경향이 짙었다. 특히 한시의 번역은 한학에 대한 풍부한 경륜
과 박식함을 기반으로 이루어져야 하는 것이다. 내용의 충실한 번역
자체만도 至難한 현실에서 우리말 번역시의 문체에까지 신경 쓸 여
유가 없었던 탓에 한시 번역 상의 제반 문제가 겉으로 드러날 수 없
었다. 따라서 한시 번역 문체에 관한 연구는 거의 이루어지지 않은
실정이다.

외국문학의 번역에 대한 연구는 비교문학적인 관점에서 활발히
이루어졌다. 번역 이론의 정립은 물론 번역의 실제에 적용하는 문제
에 이르기까지 학문적 성과가 풍성히 쌓여 있다. 그런데 한시는 우
리의 시였으므로 그 번역시를 번역문학의 범주에 넣어 논의하지는
않았다. 그리하여 한시 번역은 비교문학의 범주에서도 소외되어 연
구의 대상에서 고려되지 않은 채 있어 왔다고 할 수 있다.

한시 번역은 1990년대에 들어선 이후에야 본격적으로 연구의 대
상이 되었다. 박유리는 用事, 문법, 및 그 외의 문제를 들어 문제점을
지적하고 그 개선 방안을 논의했으며, 김명희는 허난설헌의 한시 두
편의 번역 실례를 들어 분석하고 올바른 번역을 제시하였고, 송준호
는 한시선집을 번역해 출간하면서 번역 상 나타날 수 있는 여러 문

제를 실례를 들어 설명하였다[1].

한시의 번역 문체에 대한 논의도 있었다. 본격적인 번역 문체의 논의는 박수천에 의해 이루어졌다. 정형시인 근체시를 번역할 때 그 율격과 형식은 어떠해야 하는가를 한시 자체의 형식을 분석함으로써 제시하였다[2]. 한편 김파는 중국 한시의 번역과 관련한 제반 문제를 논의하면서 번역 문체도 함께 다루었다[3]. 중국 한시의 번역에서 알아야 할 사전 지식과 번역할 때 주의해야 할 제반 사항들을 알려주는 지침서이자 번역 이론서이다. 비록 중국 한시의 번역에 중점을 두고 논의한 것이지만 우리 한시의 번역에서 참고가 될 만하다. 최근에는 번역가 양성소나 기관의 설립이 잇따르고 있다. 주로 서양서의 번역에 관한 이론과 실제를 교육하는데 중심이 기울어져 있지만, 우리 고전의 국역에도 차츰 관심을 보이고 있는 실정이다.

그 동안 한시 연구자들은 한시 번역에 끊임없는 관심을 가져 왔고, 한시 번역의 이론과 관련한 기존의 논의가 없었던 것은 아니었다. 그러나 한시의 번역과 관련하여 이루어진 기존의 연구는 대부분 한시를 번역하는 과정에서 실제적으로 부딪치는 문제를 중심으로 한 것이었다. 한시 번역의 이론을 정립하기 위해 문제를 제기하고 쟁점을 해결하려는 학문적인 접근은 드물었다고 할 수 있다. 그리하

---

1 박유리, 「오늘날 한국의 한문 번역의 문제점과 개선 방안에 대하여」, 『부산한문학 연구』제8집, 부산한문학회, 1994. ; 김명희, 「난설헌시 선집의 흐름 양상과 번역의 실제」, 『국어국문학』제127호, 국어국문학회, 2000. ; 송준호, 「해석과 번역을 위한 몇가지 제요」, 『한국명가한시선』, 문헌과 해석사, 1999, 19-47쪽.
2 박수천, 「근체시의 율격과 번역」, 『한국한시연구』제1호, 한국한시학회, 1993.
3 김파, 『중국시의 창작과 번역』, 한국문화사, 1993.

여 한시 번역의 실제에서 필요한 지침을 마련하는 데서 더 나아가 한시를 번역할 때 나타나는 쟁점을 도출해내어 한시 번역의 이론을 정립할 필요가 있다.

이 연구는 한시를 한시답게 번역하는 일이 어떠해야 하는가 하는 번역의 근본적인 문제로부터 출발한다. 그리하여 이 연구에서는 번역시의 문체에 주목하고자 한다. 한시 번역 문체에 대한 연구는 한시 연구사에서 매우 특수한 영역이지만, 한시의 장르적 본질과 관련한다는 점에서 매우 중요한 의미를 지닌다. 문체란 매우 포괄적인 개념이어서 한 편의 논문에서 전체를 논의할 수는 없다. 이 연구에서는 우리 한시 번역의 성격과 관련하여 쟁점을 지니고 있다고 본 典故·用事·한자투어의 처리와 같은 어휘의 문제, 한시 형식에 따른 율격의 문제, 韻字의 번역과 관련한 종결어의 처리 문제 등 세 가지 문체적 요소에 한정하여 논의를 진행하고자 한다.

이 연구의 목적은 우리 한시 번역의 기본 성격을 규명하고, 번역 문체의 제문제를 살펴보는 데에 있다. 이 연구의 목적을 이루기 위해서는 외국문학 작품의 번역과 견주어서 한시 번역이 지니고 있는 기본 성격을 이론적으로 규명해내는 작업이 필수적으로 요청된다. 그리하여 우선 Ⅱ장에서는 우리 한시 번역의 성격을 따져보고자 한다. 다음으로 Ⅲ장에서는 Ⅱ장에서의 논의를 바탕으로 우리 한시의 번역시에 나타난 문체의 제문제를 쟁점 위주로 살펴본다. 세 가지 번역 문제 요소와 관련한 제문제에 대한 논의에서는 기존에 행해졌던 한시 번역의 문체를 참고로 할 것이다. 그리고 세 가지 번역 문체의 문제점에 대해 필자가 생각하는 대안을 가능하면 제시해보고자 한다.

2. 우리 한시 번역의 성격

원어와 역어가 서로 다른 경우 번역이란 원어 텍스트를 번역 과정을 거쳐 역어 텍스트로 재생해내는 것이다. 번역 과정이란 원어의 텍스트를 분석한 후 원어 텍스트가 지니고 있는 의미와 문체를 손상하지 않는 범위 안에서, 그리고 역어민의 반응을 고려하여 최적의 등가어를 찾아 역어의 언어 및 문화구조로 변경하는 작업이다. 그래서 일반적으로 번역이란 시대적·공간적·언어적으로 서로 이질적인 두 개 문화 사이에서 등가성을 높이는 데 목적을 두는 것이다.

그러면 우리의 한시를 우리의 현대어로 번역하는 과정은 어떠한가. 보통의 번역인 경우 위에서 살펴본 바와 같은 경로를 통해 수행되는 것이지만, 우리 한시의 번역은 문제가 복잡하다. 우리 한시의 번역은 그 번역 대상 간에 시대적·언어적인 차이가 있지만 공간적인 차이는 존재하지 않는다. 언어적 차이라고 하는 것도 반쪽 차이라고 할 수 있는데, 과거 한시 작가들도 우리말을 사용하였기 때문이다. 물론 한시 창작은 우리 선조들에게 생활의 일부로 있었던 것이라서 '우리가 생각하는 것처럼 생소한 외국의 문학 갈래와 수단은 아니었고, 오히려 문화적 자부로서 습득, 활용해야 할 갈래와 수단이었'[4]다. 그러나 우리 한시의 작가가 아무리 한시 창작을 오랜 훈련을 통해 체득화하고 있었다 하더라도 우리말로 생활하였던 어학적 기반은

---

4 송준호, 앞의 논문, 21쪽.

여전하였으므로 사고의 틀마저 한자어 구조로 변할 수는 없었다. 이렇게 공간적인 차이가 없다고 하는 것은 風土를 공유한다는 것으로서 동질적인 문화의 테두리 안에서 상호 이해의 가능성이 매우 높다는 것을 의미한다. 그리고 한자와 현대 우리말이라고 하는 언어적 차이는 존재하지만 의사소통의 구조 면에서 이해의 가능성이 높은 공통의 것을 기본적으로 깔고 있는 것을 의미한다.

이렇게 우리 한시가 이중문자 시대에 우리말을 사용하던 우리의 선조들이 창작한 것이라는 점은 번역에 있어서 매우 중요한 요인으로 작용하게 된다. 우리말을 사용하던 한시 작가는 한시를 창작하기 위한 사고의 틀을 우리말로 하였기 때문에, 한시는 우리말의 사고를 한시의 형식으로 전환하는 작업이 선행하여 나온 결과물이다. 그러므로 현재의 한시 번역은 한시 작가가 우리말로 사고하고 표현하고자 했던 본래의 것을 재생해내는 작업이 된다. 이렇게 우리 한시의 번역은 우리 선조가 우리말로 사고했던 원래의 시상을 재생해내는 것이라는 성격을 지닌다.

우리 한시를 번역하는 작업 과정은 다음과 같이 나타낼 수 있을 것이다.

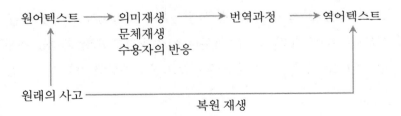

그런데 우리 한시의 번역이 외국의 것보다 쉽고 단순한 것은 아니다. 한시와 우리말 번역시는 공간적인 차이가 존재하지 않고 반쪽의 언어적 차이만을 지니며, 다만 시대성을 달리하고만 있는 까닭에 상대적으로 현대인에게 밀착되어 있다. 그래서 외국시의 번역에서는 거칠게 넘어 갈 수 있는 것들이 우리 한시의 번역에서는 매우 세심하게 배려해야만 하는 부담이 있게 된다. 특히 한시는 독특한 장르적 성격을 지닌 역사적 장르로서 동시대의 타장르와 더불어 존재했다. 그러므로 한시의 번역은 한시 고유의 장르적 성격을 세심하게 재현해내야 한다는 부담도 지니게 된다. 한시 고유의 장르적 성격을 재현해내는 것은 내용뿐만 아니라 문체에서도 이루어져야 한다.

나이다와 테이버는 '번역이란 첫째로는 의미상으로, 둘째로는 문체상으로 원어 메시지를 역어로 가장 가깝고 자연스러운 등가로 재생산해내는 것이다[5]라고 정의한다. 번역의 목적은 원어의 메시지를 역어로 재생시키는 데 있는데 의미를 재생시키는 데에만 머무르는 것이 아니다. 원어 텍스트가 지니고 있는 문체적 특성, 즉 리듬, 율격, 운, 단어, 대구법, 지역방언, 계층적 언어사용법 등도 모두 역어로 재생시킬 수 있어야 한다[6]. 한 나라의 한 작품을 다른 나라의 대중에게

---

5 "Translation consists in reproducing in the receptor language the closest natural equivalent of the source language message, first in terms of meaning and secondly in terms of style." E. A. Nida & C. R. Taber, 『The Theory and Practice of Translation』, Leiden, Brill, 1969, p. 12(김효중, 『번역학』, 민음사, 1998, 19쪽에서 재인용)

6 이혜순, 「번역연구」, 『비교문학Ⅰ』, 중앙출판, 1981, 160쪽. 번역이란 단순히 어떤 언어의 단어, 구절, 문장을 등치의 다른 언어로 바꾸는 것이 아니라 더 나아가 행과 표현 사이에 잠복하고 있는 것에 투시력을 갖는 것이며, 원작의 배경에 친숙해지는 것이며, 그 나라에 살고 있는 사람들의 습속·전통·생활양식·역사·성취·실현

이해시켜야 하는 번역은 축자역이든 의역이든 의미의 재생과 아울러 문체의 성실한 재생이 있어야 한다.

한편 번역시에서 대두되는 문제 중 하나로 시대성의 문제가 있다. 원작의 시대성이 번역에서 재현되어야 하는가 하는 문제, 즉 현대의 독자를 조상의 오래 잊혀졌던 세계로 옮겨 놓아야 하는가, 아니면 현재와 과거 간의 타협이 있어야 하는가[7] 하는 문제에 대한 고심은 늘 있어왔다. 이러한 시대성의 문제는 번역시의 내용 안에서도 구현되지만 그 문체에서 보다 광범위하게 구현된다. 그리고 문체와 시대성의 문제는 한 작가의 개성적 면을 살리는 데에도 매우 중요한 요소이다. 동일한 의미나 주제를 여러 시인들이 썼다 하더라도 그것이 사람들에게 공감되는 정도가 각기 다르게 나타나게 마련인데, 그것은 바로 언어적 표현 즉 문체에 따라 다르게 나타나기 때문이다. 한편 문체와 시대성의 문제는 원작품의 장르적 성격과 밀접한 관련을 지닌다. 특히 원작품이 정형시의 경우 그 정형적인 장르적 장치들이 우선 고려되어야 번역이 완성될 수 있다. 원작품은 어느 특정한 시기에 그 장르의 담당층이 시상을 장르의 고유한 형식적 장치에 담아 표현한 것이므로 번역은 한 개인의 개성 이전에 한 장르가 가진 개성을 우선 고려해야 한다.

된 희망·이지러진 꿈을 아는 것이라고 했다.

7 이혜순, 앞의 책, 163쪽. 19세기의 단편소설을 20세기 현대 독자에게 번역할 때 과거의 인물들을 20세기로 변형시켜 현대의 유행과 행동 양식으로 변형시켜야 하는가 하는 문제이다. 만약 그렇다고 할 때 이 번역은 쉽게 이해되는 이점이 있는 반면 과거 작가들이 그들의 작품에서 주의했던 많은 것을 잃어버릴 염려가 있다고 했다.

그러면 우리의 한시 번역으로 논의를 돌려보도록 하자. 한시는 우리의 문화 선상에 놓인 과거의 문화유산이며, 따라서 한시의 번역은 과거의 문화를 올바로 재생해내는 일이다. 매 한시는 작가마다 지니고 있는 각각의 개성을 지니고 있기 때문에 한시의 번역은 특정 작가의 한시를 가장 그 작가답게 재생해내는 일이다. 그런데 한시는 정해져 있는 형식에 담는 정형시로서의 장르적 성격을 지닌다. 한시는 우리의 과거 詩史에 존재했던 역사적 장르로서 5언 절구니 7언 율시니 하는 정형적 형식 구조를 지니며, 주담당층인 사대부의 세계관에 기초하여 내용을 담는다. 그러므로 한시 번역은 한 작가의 개성적 측면을 얼마나 완벽하게 재생해내느냐 하는 것에 앞서 한시 장르가 지니고 있는 장르적 성격을 얼마나 재생해내느냐 하는 것을 우선적으로 고려해야 한다.

우리의 고전 율문 장르는 역사적 장르로서 장르적 계층성을 지닌다. 장르적 계층성란 전통시대에 동시에 존재했던 타시가 장르와의 변별성 안에서 나온다. 한시와 동시에 존재했던 타시가 장르로는 우리말 시가인 시조, 가사, 민요 등이 있다. 한시의 번역에서 장르적 계층성이 고려되어야 한다는 것은 번역의 문체나 내용 면에서 타시가 장르의 장르적 성격과 비교하여 한시의 장르적 성격이 변별적으로 나타날 수 있어야 한다는 것을 의미한다. 한시는 양반사대부의 시문학이었다. 한시는 때에 따라, 개인에 따라 담당층이 확대되어 된 적은 늘 있어왔지만 양반사대부층이 주담당층이었던 가장 상층의 시문학이었다. 이러한 한시의 장르적 계층성을 한시의 번역에서 고려할 필요가 있다. 즉 우리 한시의 번역시가 동시기 우리말 시가인 시조, 가사, 민요와는 달라야 한다는 것이다.

우리 한시의 번역에서 한시가 지닌 형식상의 정형성이 재생되어야 함은 자명한 이치이다. 그런데 형식상의 정형성을 고려한 한시의 번역시는 반드시 동시기 우리말 시가와 변별적일 필요가 있다. 기본적으로 우리 한시의 번역이 선조가 지녔던 원래의 사고를 우리말로 재현해내는 것이니만치 당시 한시와 공존했던 우리말 시가와는 장르적으로 변별되는 번역시가 되어야 한다. 이와 같이 우리 한시의 번역은 기본적으로 역사적 장르로서 한시의 장르적 성격을 번역시의 문체에 나타내야 한다는 성격을 지닌다.

한편 번역에서는 반드시 수용자의 반응이라고 하는 것이 고려되어야 한다. 과거에는 번역의 초점이 의미와 문체의 재생에 있었기 때문에 유능한 번역가는 보다 어려운 문체를 재생하는 데 고심하고 즐거움을 느꼈다. 그러나 오늘날에는 메시지 형태에서부터 번역된 메시지에 대한 수용자의 반응에 초점을 바뀌는 쪽으로 바뀌고 있다. 번역이 얼마나 정확한가 하는 것은 평균의 독자들이 얼마만큼 이해했느냐 하는 범위로 결정된다는 것이다. 곡해되지는 않았는가, 어렵지는 않는가, 문법·어휘 면에서 난해하지는 않는가 하는 식의 측정을 통해 평균의 독자들이 이해하는 데 힘이 드는 것이라면 합리적인 번역이 아니라는 것이다[8].

우리의 한시는 다양한 표현법을 사용하고 있는데, 그 중 가장 독특한 표현법으로 중국의 典故나 인물을 用事하여 뜻을 나타내는 것

---

8 김효중, 앞의 책, 20-21쪽.

을 들 수 있다. 이제 와서 우리 한시의 用事가 온통 중국의 것으로 이루어진 것에 대해 옳고 그름을 따질 수는 없는 노릇이다. 이미 한시의 용사는 한시 작가층의 세계관적 기초 위에서 이루어진 표현법들로서 그 자체가 한시의 장르적 성격을 구성하고 있는 중요한 요소이기도 하다. 한시는 사용하고 있는 용사의 사용 정도에 따라 문체도 다르게 나타난다. 그리하여 한 작가, 혹은 한 시기 한시 작품군의 문체적 특성이나 개성이 상대적으로 드러날 수 있다. 그러면 한시 번역에서 용사를 어떻게 번역할 것인가 하는 문제가 대두될 수 있다. 우리 것도 아닌 중국의 전고나 인물에 대하여 현대인이 전혀 알지 못하는 상태에서 이것들을 어떤 식으로 번역해야 하는 것일까.

이 문제와 관련하여 우리 한시의 번역에서 중요하게 고려해야 할 점은 번역시를 읽는 수용자의 반응이다. 현재 한국 사람들은 대부분 한자보다 영어를 더 많이 알고 있다. 한시를 번역을 통하지 않고 이해할 수 있는 한국인은 고전문학 중에서도 한문학 전공자 외에는 거의 없다고 보는 것이 타당할 것이다[9]. 그렇다고 할 때 우리 한시의 번

---

9 한시 번역시의 수용자는 여러 층위가 있을 수 있다. 우선 고전에 대한 취향이 있어서 한시의 번역시를 읽고 감상하려는 일반 독자가 있다. 다음으로는 국문학 연구자가 있다. 그런데 연구자의 경우에도 그 층위가 존재한다. 모두 그런 것은 아니지만 현대문학 연구자의 한문 지식 수준은 일반 독자와 거의 다를 바가 없다고 해도 과언이 아니다. 우리 문학연구의 실상을 보면 현대문학과 고전문학 간의 상호의사 소통이 매우 단절되어 있다. 필자의 소견으로는 문학사의 단절 운운은 고전문학 특히 한문학 연구와 현대문학 연구 간의 소통 단절에서 비롯되는 점이 많다. 특히 현대문학 연구자는 우리의 詩史가 1500년에 걸쳐 한시를 창작하고 진지하게 문학론을 전개해왔다는 사실을 외면하고 있다. 우리 문학사의 지속과 발전이라는 측면에서 이 점은 걸림돌로 작용한다. 이렇게 현대문학 연구자는 한시 번역시의 수용자 측면에서 본다면 일반 독자의 범주에 속할 수 있다. 최근 들어서는 한문학 외의 고전문학 전공자도 점차 한문에 대한 식견이 짧아지고 있는 것이 사실이다.

역은 대다수 한국인, 즉 일반 독자를 대상으로 이루어지는 것이다. 그런데 일반 독자가 한시의 번역시를 읽을 때 시를 감상한다는 느낌이 드는 것이 아니라 고전 공부를 한다는 느낌이 들어서는 곤란하다. 따라서 우리 한시의 번역은 기본적으로 일반 독자의 수준에 맞추어 이루어져야 한다는 성격을 지닌다.

이상으로 논의한 우리 한시의 번역의 성격을 정리하면 다음과 같다. 첫째, 우리 선조가 우리말로 사고했던 원래의 시상을 재생해내는 성격을 지닌다. 둘째, 역사적 장르로서 한시의 장르적 성격이 번역시의 문체에 나타나도록 해야 하는 성격을 지닌다. 셋째, 일반 독자의 수준에 맞추어 이루어져야 하는 성격을 지닌다.

우리 한시 번역이 지녀야 하는 이 세 가지 기본 성격은 본질적이고 이상적인 가치 개념으로서 당위에 해당한다. 실제로 번역이 이루어지는 현실에 맞닥뜨렸을 때에 이러한 이상을 달성하는 것이 매우 어려울 수 있다. 그리고 이 세 가지가 모순적이어서 하나를 충족하면 하나가 충족하기 어렵게 될 수도 있다. 그러나 분명한 것은 우리 한시의 번역이 이 세 가지 중 어느 하나 혹은 둘을 완전히 배재하고 이루어져서는 곤란하다는 것이다[10]. 우리 한시의 번역은 우리말로 사고했던 선조가 지녔던 원래의 사고를 재생하는 것이라는 것을 전제로, 한시의 장르적 성격과 시적 위상을 손상하지 않는 범위 안에

그런 의미에서 한시 전공자도 연구 논문에서 일반 독자를 대상으로 하여 번역하려는 태도가 바람직한 것이 아닌가 한다.

10 셋째가 중요하다고 해서 첫째나 둘째에 대한 고려 없이 원래 시인의 의도를 왜곡하여 이해가 용이한 수준으로만 번역이 이루어져서는 안된다는 것이다.

서, 수용자의 이해 가능성을 높일 수 있는 방향으로 이루어져야 할 것이다.

3. 우리 한시 번역 문체의 제문제

1. 어휘의 문제

우리 한시의 번역에서 어휘 문체의 문제로는 典故나 인물의 用事 문제와 한문투어의 문제로 나타난다. 우선 典故나 인물의 用事 문제를 살펴보도록 하겠다.

우리 한시에서 많이 사용하는 전고나 인물의 용사를 번역하는 문제는 한시의 의미와 동시에 문체에 관련한 문제이다. 이 전고나 인물의 용사는 한시의 번역시를 감상하는 현대인에게는 여간 번거로운 것이 아니다. 대부분의 한시 번역서는 번역시, 원시, 그리고 주석의 차례로 짜여져 있다. 번역시에 전고나 인물의 용사를 그대로 표면에 띄워 나타내고 그 배경과 속뜻은 주석을 통해 이해하게 하는 방식을 취하고 있다[11]. 그리하여 번역시는 시행의 밑이나 옆에 붙은

---

11 이러한 번역자의 태도는 다음과 같은 책의 일러두기에 잘 나타나 있다. "원편자의 주석[自注]이나 제목의 주석은 *로 표시하여 각주의 첫머리에 넣었고, 역자주에 있어서는 간단한 것은 間注로 넣고, 그렇지 않은 것은 脚注로 하였다."(민족문화추진회,『국역 동문선』1968, 1982년 수정 증판) ; "註에서 原註라 표기되어 있는 것은 茶山의 自註이고 나머지는 모두 譯註이다. 原註의 경우 시 첫머리에 붙어 있는 것도

주를 읽고 나서야 그 의미를 확실히 알게 된다. 이렇게 우리 한시의 번역시는 주석을 따로 읽으며 감상해야 하기 때문에 번역시의 감상이 산문적인 독서로까지 확장되고 있다. 그리하여 번역시가 독립된 시편으로서 시적 긴장감을 유지하기 힘들어지는 면이 있게 된다. 이러한 점은 일반 독자가 우리 한시의 번역시를 감상하는 데 있어서 장애 요인으로 작용해 왔다.

이러한 전고를 교묘하게 사용하는 것이 곧 글 쓴 사람의 학식을 드러내고 또 문장의 풍류를 아는 것으로 인식되었습니다. 이러한 스타일이 너무나 뿌리 깊게 박혔기 때문에, 중국의 호적은 아예 문장을 쓸 때 전고를 사용하지 말라고 권유하고 있는 것입니다.

여기서 번역과 관련되는 점은 이런 것입니다. 한문으로 글을 쓰던 당시의 스타일을 한글로 번역할 때에도 과연 철저하게 지키면서 번역해야 할 필요가 있겠는가 하는 것입니다. 위의 예에서 'A는 효성이 지극하고 충성심이 강했다'라는 뜻만 전달하면 되지, 과연 이밀과 사방득을 거론해야 할 필요가 있겠습니까.

물론 번역자는 이밀이라는 사람이 〈진정표〉라는 명문을 남겼으며, 사방득이 송나라를 위해 끝까지 항거하다가 비장한 최후를 맞았다는

있고 시 중간에 붙어 있는 것도 있는데 譯詩에서는 일괄해서 본문 끝에 붙였다."(정약용저, 송재소 역주, 『茶山詩選』 창작과 비평사, 1981) ; "주석은 독자의 이해를 위해 고사나 난해한 곳 및 인명·지명 등에 붙였다. 번역문상으로 보면 주석이 필요치 않게 되었는데 원문독해를 돕기 위해 붙인 경우가 있고 典據를 한문으로 인용해 놓기도 했다. 이는 전공자를 배려한 것이다."(백호 임제 저, 신호열·임형택 공역, 『譯註 白湖全集 상하』, 창작과 비평사, 1997)

것을 알아야 하고, 또 그래야만 이 문장을 더욱 곡진하게 번역할 수 있을 것입니다. 그러나 일반 독자들에게까지 이밀과 사방득의 이력을 파악하고 있기를 바라는 것은 무리라고 봅니다. 설혹 일반 독자가 주석의 도움으로 사방득과 이밀이 어떤 사람인지를 알았다 하더라도, 결과적으로 A라는 사람이 효자이며 충신이었다는 뜻 이외에 더 이상 알 것이 있을지는 의문입니다[12].

위는 주로 외국의 텍스트를 번역하는 번역자가 우리의 고전 번역물(『동문선』)에 대해 비판하면서 고전 국역이 어떠해야 하는가를 언급한 대목이다. 밑줄 친 부분은 위 글의 필자가 고전국역에 대해 가진 생각을 집약해 보여준다. 한문으로 글을 쓰던 당시의 스타일을 한글로 번역할 때도 철저하게 지킬 필요가 없다는 것이다. 수용자들이 번역문만을 보고서는 도무지 당장 뜻을 모르고 복잡한 주석을 봐야만 그 뜻을 이해하기 때문이라고 했다. 이러한 주장이 나오게 된 배경은 앞의 단락에 나타나 있다. 고전 문인들은 학식과 문장의 풍류를 과시하기 위해 전고를 교묘하게 사용했다, 그래서 중국 백화운동의 선구자인 호적은 글을 쓸 때 아예 전고를 사용하지 말라고도 비판했다는 것이다[13]. 과거의 문인들이 필요치도 않은데 과시하기

---

12 이종인, 『전문번역가로 가는 길』, 을파소, 1998, 168-169쪽.

13 이종인은 이에 앞서 중국 백화운동(언문일치운동)의 선구자인 胡適(1891-1962) 이 쓴 〈문학개량에 대한 관견〉(1937)이라는 글을 인용하였다. 호적이 문필가에게 조언한 8개 사항 가운데 "여섯째, 전고를 사용하지 말라"와 "일곱째, 對語 對句를 일삼지 말라"가 한문의 번역에서 문제가 된다고 보았다. 가령 A라는 사람이 효성이 지극하고 충성심이 강했다고 하면, "A의 효성은 李密에 버금가고 충성심은 謝

위해 전고를 사용한 것이었으므로 그것을 번역시에서 과감하게 생략해도 좋다는 주장이다. 한시에 쓰인 전고를 잘 아는 번역자는 일반 수용자 사이에 심각한 괴리가 있는 현실을 반영하여 시인이 쓴 '이밀'과 '사방득'의 전고를 무시하고 효자였고 충신이었다는 의미만을 번역에서 반영하는 것이 현명하다는 것이다.

그러나 전고와 용사의 번역에 대한 또다른 주장도 있다. '원시에서 사용한 典故와 用事는 작품의 시적 효과를 증대하기 위한 의도적 수사이므로 번역이 이 점을 소홀히 한다면 원시의 미적 장치를 전달할 수 없게 되며', '이것을 이용하여 시인은 자신의 무한한 意境을 짧은 형식 속에 극도로 집약·함축하여 성공적으로 형상화 할 수 있는 것'이므로 '번역은 원시의 전고와 용사를 가능한 한 손상하지 않도록 해야 하고, 한편으로 주석을 활용하여 독자에게 그 뜻을 분명하게 전달해야 할 것이다.'[14]라는 지적이 그것이다.

이 시점에서 한시 번역의 기본 성격에 대해 되새기지 않을 수 없다. 앞서 살펴 본 바와 같이 한시 번역은 역사적 장르로서 한시의 장르적 성격을 재생시키는 작업이다. 그렇다고 할 때 '한문으로 글을 쓰던 당시의 스타일'이야말로 한시 고유의 표현법이고, 이 표현법은 한시의 장르적 성격을 구성한다. 우리가 한시 번역시를 감상하는 것은 과거의 문화를 감상한다는 것을 의미한다. 과거의 문화를 감상한다고 할 때 선조들이 어떤 사고를 지니고 있었느냐 하는 것도 중요

枋得과 벗한다"라고 쓰는 식인데, 이것을 위에 인용한 것과 같이 번역해야 한다는 것이다.

14 박수천, 앞의 논문, 151쪽.

하지만 지니고 있는 사고를 어떻게 표현했느냐 하는 것이 더 중요한 감상의 포인트가 될 수 있다. 번역자는 과거에 창작된 한시에 대해 문학적 평가를 나름대로 내리고 번역하고 싶은 한시를 선택할 수는 있다. 하지만 한시의 장르적 성격과 표현법 자체를 임의로 평가하여 번역에서 생략할 수는 없다고 본다. 한시에서 전고가 문체의 중요한 요소라면 객관적으로 그것을 번역에서 재생해주어야 번역의 본래 사명에서 벗어나지 않는다. 그러므로 전고나 용사는 전문적 지식을 갖춘 번역자가 전문적 지식을 갖추지 못한 일반 수용자들의 수준을 감안하여 반드시 번역해줄 필요가 있다.

한시에서 전고나 용사는 문체를 구성하는 중요한 요소이므로 특정 한시의 개성을 드러내기 위해서도 이에 관한 성실한 번역이 요구된다. 한시에 전고나 용사의 사용이 많고 적음에 따라 한 작가, 혹은 한 시대 작가들의 문체적 개성이 드러날 수 있다. 앞서의 주장대로 전고나 인물의 용사 표현이 학식을 자랑하기 위한 것이었다면 이것 또한 한 시인, 혹은 한 시대 시인들의 문체적 특성과 문학론을 알려주는 지표가 될 수 있을 것이다.

우리 한시의 번역시에서 드러나는 또 다른 어휘의 문제는 한문투어의 번역 문제이다. 閑談, 村家, 出處, 山頂 등과 같은 한자어는 현재에도 심심찮게 쓰이고 있는 것들이다. 그런데 窮通, 幕中, 軍略, 碧空 등과 같은 한자어는 현재에는 잘 쓰이지 않는다. 일정 정도의 고등 교육을 받은 현대 한국인은 전자의 경우는 대충 정도는 의미를 파악할 수 있으나, 후자의 경우는 매우 낯설어 곧바로 의미를 알기가 어렵다.

화산(花山)의 지난 일을 뉘라서 알리,

고금(古今)의 흥망이 번복하기 바둑판 같아라.

옥연(玉輦)이 다니던 길은 모두 밭이랑 되고,

주렴(珠簾)을 늘였던 거리가 반쯤 연못이 되었네.

새로 심은 버들나무 몇몇 집인고,

의구(依舊)하게 살구꽃이 두세 가지 피었구나.

영허(盈虛)를 생각하니 한바탕 봄 꿈이라,

허허 크게 웃어나 볼까, 슬퍼해서 뭣하리.

〈次韻李正言混花山懷古〉: 釋達全[15]

위의 한시 번역시는 〈이정언 혼(混)의 시에 차운하여 화산(花山)서 옛날을 생각하며〉라는 제목에서 알 수 있듯이 시인이 옛 도읍지에서 옛날과 지금을 생각하며 지은 것이다. 花山은 註가 달려 있는 부분으로 高宗 때 옮겨 도읍했던 江都의 主山이다. 이렇게 이 번역시는 일단 주를 읽어야 시의 배경을 이해할 수 있다. 그런데다가 번역시에서는 玉輦, 珠簾, 盈虛 등의 한문투어가 그대로 사용되어 의미가 즉시 들어오지 않는다.

3행과 4행은 서로 對를 이루는 행으로 '옥으로 만든 輦(임금이 타는 수레)'과 '珠(구슬)로 만든 簾(발)'도 對를 이루게 쓴 것이다. 그런 의미에서 '玉'은 말 그대로 옥으로 만들었다기보다는 '구슬'에 대한

---

15 민족문화추진회, 『국역 동문선 Ⅱ 詩』(고전국역총서 26), 1968, 145-146쪽. 이 번역은 양주동에 의해 이루어진 것이다. "花山往事有誰知 今古興亡似突碁 玉輦行街渾作畎 珠簾深巷半成池 斬新楊柳幾多屋 依舊杏花三兩枝 細數盈虛春夢裏 只堪大笑不堪悲"

對를 위해 들어간 字로 이해하는 것이 타당하다. 어쨌든 이 경우 한문투어를 현대어로 성실하게 번역해주려면 대구를 살려 번역해야 하므로 '임금이 타던 옥(玉)수레'와 '구슬 발' 정도가 적당할 것이다. 한편 다음의 5, 6행도 對를 이루는 행이다. 그런데 5행에서는 '斬新'을 '새로 심은'이라는 현대어로 번역해 놓은 반면, 6행에서는 '依舊'라 하여 한자어를 그대로 쓰고 있다. 이 경우 하나를 현대어로 풀어 번역하였으므로 다른 하나도 현대어로 풀어서 번역하는 것이 좋은데, '의구'를 '옛날 같이' 정도로 하여 현대어에서 등가어를 찾아 번역해 주는 것이 바람직하다. 역시 7행의 '盈虛'는 현대인에게 낯선 한자어에 해당하므로 '차고 기울기' 정도로 하여 작가가 이 용어를 선택할 당시의 원래 사고를 재생하여 현대어로 전환시켜 줄 필요가 있다.

이와 같이 한자어의 번역이 다시 옥편을 찾아야만 정확한 뜻을 알게 되는 식으로 이루어진다면 번역시로서 문제가 아닐 수 없다. 번역은 현대어로의 등가물을 가능하면 찾아내는 데서 완성될 수 있다. 한시에서 사용한 한문투어가 이미 사용이 중지되어 지금은 낯선 용어가 된 것이라면 그것을 현대어의 등가어로 재생해내는 것이 바람직하다고 하겠다. 그리고 현대인에게 생경한 한자어의 번역 문제와 관련하여 한시 번역이 기본적으로 한시 작가의 원래 사고를 재생해내는 작업이라는 성격을 지닌다는 점을 다시 한번 강조하지 않을 수 없다. 시인이 우리말로 사고하여 시상을 전개했던 한시화 과정을 추정하여 한문투어를 현대어의 등가어로 재생해내는 작업을 할 수 있는 것이다.

한문투어의 번역 문제와 관련하여 과거의 한시 번역의 전통은 현대의 우리에게 시사해주는 점이 있다. 한글이 창제되고 난 후 최초로 한시를 우리말로 번역하는 일은 『杜詩諺解』와 『百聯抄解』 등 중국시를 대상으로 한 것이었다. 중국시의 번역은 한시 창작에 어느 정도의 전문성을 지니고 있거나 한시 창작을 배우고자 하는 이들을 위한 것이었다. 그런 의미에서 이 번역서들의 번역 의도는 역설적으로 현대의 번역 의도와 맞닿아 있다고 할 수 있다. 이들 초창기 한시 번역시의 특징은 가능한 한 우리말로 번역해 나타내려는 성실한 번역 태도를 보여준다는 것이다. 특히 『百聯抄解』는 표기 체제를 순한글로 한 것에 그치지 않고 한자어도 완벽하게 우리말로 번역해주는 번역 양상을 보이고 있다. 그러던 것이 조선후기로 오면서 한자어가 들어가는 직역이 대두되고 개화기 및 애국계몽기에 이르면 한자어의 남용 수준으로까지 간 것이다[16].

지금 한시 번역 문체의 양상은 어쩌면 개화기 및 애국계몽기의 연장선상에 있으면서 한자어의 사용 정도가 둔화된 수준일 것이다. 토씨 정도에만 한글이 쓰였던 국한문 혼용의 시대는 이미 지나가고 순한글 전용의 시대가 정착되어 지속되고 있다. 이러한 시대에 생경한 한문투어는 번역시에서 가능하면 쓰지 않는 것이 바람직하다. 우리의 한시 번역사에서 이미 그것을 구현했었던 전통도 있었기에 얼마든지 가능한 일이다. 우리 한시의 번역의 기본적인 성격이 시인이

---

16 이 책에 실린 고순희의 「한시 번역문체 연구(Ⅰ)-한시 번역문체의 사적 검토」를 참조할 수 있다.

원래 사고했던 것을 재생한다는 것을 전제로 하여 현대어에서 등가어를 찾는 작업을 성실하게 수행하는 번역이 바람직하다고 하겠다.

2) 형식과 율격의 문제

한시는 楚辭, 樂府詩, 4言·5言·7言·雜言 古詩, 5言·7言 絕句, 5言·7言 律詩, 詞, 曲 등 다양한 정형적 형식을 지닌다. 그러면 한시의 번역시에서 한시가 지닌 정형적 형태와 구성을 어떻게 반영할 것인가 하는 문제가 대두된다. 한시의 정형성을 반영한 한시의 번역은 주로 한시 번역시의 길이와 율격에서 나타난다.

현재 한시번역의 이론과 실제를 다룬 연구에서는 한시가 정형시이므로 그 정형성이 번역시의 길이와 율격에 반드시 반영되어야 하며, 5언을 3음보로, 7언을 4음보로 해야 한다는 견해가 압도적인 지지를 받고 있다. 박수천은 근체시에 있어서 그 정형성을 최대한 살려주어 번역시도 정형시가 되어야 한다고 보았다. 근체시의 정형성에 대한 인식은 글자수와 구의 고정이란 관점에서 더 나아가 押韻, 平仄에 의한 長短, 律格 등에까지 나가야 한다는 것이다. 그리하여 근체시 율구는 5언시의 경우 7-8mora, 7언시의 경우 9-12mora의 범위 내에서 글자를 배합하며, 의미 단위의 분절도 5언시는 세토막, 7언시는 네토막이 기본 형식이므로 따라서 5언시는 3음보, 7언시는 4음보로 번역해야 한다고 하였다[17]. 송준호도 5언의 한시구는 거의 대부

---

17 박수천, 앞의 논문.

분 그 의미의 단위가 3개이므로 3개의 음보로 바꿔 놓고, 첫째와 둘째의 음보는 우리말의 3음절 혹은 4음절 어휘로 번역될 수 있으며, 셋째의 음보는 서술어 중심의 우리말 특성 상 다소 서술적이기 때문에 5음절 어휘로 번역될 수 있다고 하였다. 그리고 7언의 한시구는 거의 대부분 그 의미 단위가 4개이므로 우리 시가의 그것과 같이 4개의 음보로 바꿔 놓고, 각 음보는 3음절 혹은 4음절 어휘로 번역될 수 있다고 하였다[18]. 중국시의 번역에 관한 이론을 전개한 김파는 5언과 7언시의 번역문은 그 길이에 있어서 차이가 나야 하고, 우리의 고전시 가운데서 가능한 율격을 찾아 번역문의 길이를 조정해야 한다고 하였다. 그리하여 원시와 번역시의 길이는 10대 20 정도가 되어야 하며, 5언시는 민요 아리랑의 3, 4, 5음조를, 7언시는 시조의 3, 4, 3, 4음조를 넘지 않도록 하는 것이 바람직하다고 하였다[19].

그러면 실제로 이루어진 우리 한시의 번역 양상을 잠깐 살펴보도록 하겠다.

　　가) 강남이라 엄동에도 얼질 않으니

18　송준호, 앞의 논문, 21-22쪽.

19　김파, 앞의 책, 344-345쪽. "일반 번역자들의 경험담을 종합한다면 일반적 한어문장과 그 번역문의 숫자적 비례는 10대 15, 즉 한어 10자를 우리말로 번역하면 15자 가량 되는 것이 평균이라고 한다. 그런데 중국시가 특히 고전시가에는 고대 한어가 많이 섞이게 돼 번역문이 좀더 길어질 가능성이 많은 것으로 추정된다. 그런 가능성이 있다 하더라도 무제한식 번역풍은 그냥 방임할 것이 아니라, 10대 20 즉 번역문이 원문의 2배를 넘지 않도록 하는 하나의 규범이라도 정하고 준수하는 것이 타당할 것으로 생각한다. 다시 말해서 중국 5언시는 그 번역이 우리 민요 아리랑의 3, 4, 5음조를 넘지 말고 중국 7언시는 시조 3, 4, 3, 4음조를 넘지 말도록 번역풍을 단속하는 것이 바람직하다 하겠다."

물풀이 새파랗다 머리칼 같네.

이따금 고기 잡는 사람이 보여

맨발로 모래밭을 걸어가더라.　　　　　　　　〈江南行〉: 林悌[20]

나) 완주(莞洲)산 황옻칠은 빛나기가 유리 같아

　　이 나무 진기하다 천하에 소문났네

　　지난해 임금께서 옻칠 공납 풀어준 뒤

　　베어낸 밑둥치에 새싹 나고 가지 뻗네

　　　　　　　　　　　　　　　〈耽津村謠 제8수〉: 丁若鏞[21]

　가)는 '시의 경우 시다운 느낌을 살리려고 노력(『백호전집』)'한다
는 번역 태도 하에 이루어진 번역시이다. 5언 한시의 우리말 번역시
는 3, 4, 5 자수를 정확하게 반복한 3음보로 이루어졌다. 나)는 '3·4조
또는 4·4조의 율문이 되도록 노력(『다산시선』)'한다는 번역 태도 하
에 이루어진 번역시이다. 7언 한시의 우리말 번역시는 3자와 4자로
구성된 4음보로 이루어졌다. 이와 같이 현재 이루어지고 있는 한시
의 우리말 번역은 대체적으로 5언시는 3음보를, 7언시는 4음보를 기
준으로 하여 이루어지고 있음이 드러난다. 한시의 정형성을 3음보
나 4음보의 정형성으로 나타내고자 하는 것이다[22].

20　『역주 백호전집 상』, 앞의 책, 54쪽. "江南冬不氷 水草綠如髮 時有打魚人 沙行足無韈"
21　『다산시선』, 앞의 책, 225쪽. "莞洲黃漆瀅琉璃 天下皆聞此樹奇 聖旨前年蠲貢額 春風
　　髡蘗又生枝"
22　가)와 나) 시의 번역 원문은 2행 간격으로 띄어 놓아 원문 2행을 1연으로 삼았는데,

이상으로 살펴본 바와 같이 현재 이루어지고 있는 한시의 우리말 번역시에서 형식과 율격이 구현되는 경향은 다음 세 가지로 요약될 수 있다. 첫째, 5언과 7언 한시의 우리말 번역시는 행의 길이가 서로 차이가 나도록 하는 경향이 있다. 둘째, 5언 한시는 우리말 3음보로, 7언 한시는 우리말 4음보로 번역하는 경향이 있다. 셋째, 5언 한시의 우리말 번역시에서 3음보의 자수율은 3, 4, 5로, 7언 한시의 우리말 번역시에서 4음보의 자수율은 3, 4, 3, 4로 나타나는 경향이 있다.

한시의 5언과 7언은 외형적으로 길이의 차이가 있으므로 우리말 번역시에서도 길이의 차이가 있어야 함은 자명한 이치이다. 그렇다면 가장 과학적이고 합리적인 번역시의 한 행의 길이는 5대 7로 나는 것이다. 그런데 문제는 5대 7의 한자 길이의 차이가 우리말의 3음보와 4음보로 설정된 데 있다. 이 이론의 근거로 제시된 것은 한시의 평측 상 분절이 세 단위, 네 단위로 된다는 것, 혹은 의미 분절이 세 단위, 네 단위로 된다는 것이다. 그래서 이 이론은 매우 과학적이고

본 인용시에서는 편의상 이것을 붙여놓았다. 여타 번역서들을 보면 이와 같은 경우 외에도 원시 1행을 번역시 두 행으로 나누어 놓은 경우도 있다. 두 짝 씩 묶어서 번역하는 전통은 이미 『분류두공부시언해』나 『백련초해』에서 나타난다. 그러나 이들의 번역서는 전자에서는 현토 강독과 주석을, 후자에서는 현토강독을 곁들여 학습서의 역할을 하고자 한 의도가 있었기 때문에 현토의 짝을 이루는 단위인 2행을 단위로 하여 번역이 이루어질 수밖에 없었다. 그리고 이러한 것은 전통시대 언해서의 출판 관행과도 같은 것이었다. 지금의 번역이 한시를 주석하고 가르치기 위한 학습서에 목적을 둔 것이 아니라면 2행씩 나누어서 번역하는 것은 시의 본래 모습을 훼손하는 결과를 낳게 되기 때문에 지양해야 할 태도라고 본다. 김파도 "한시는 매시행의 역할이 기, 승, 전, 결로 분담되어 있으며 달리 변동할 수 없는 유기적 전일체로 질서정연하게 형성되어 있으므로 시 한편을 두 절 세 절로 갈라 놓거나 행을 바꾸거나 하는 등의 번역 상 과오가 생기지 않도록 해야 할 것이다"(김파, 앞의 책, 251쪽)라고 하였다.

합리적으로 보인다.

과연 한시에 나타나는 평측 상, 의미단위 상의 분절을 우리말의 3
음보와 4음보로 적용하는 것이 타당한 것일까? 우선적으로 지적할
것은 우리말과 한자어의 새김과 구조가 다른 데서 오는 문제점이 있
다는 것이다. 예를 들어 山은 '산'으로, 雲은 '구름'으로, 峰은 '봉우
리'로 새김이 되기 때문에 5언의 한시를 우리말로 번역할 때 길이가
같으리라는 보장이 전혀 없다. 더군다나 3, 4 자수를 1음보로 하여 3
음보와 4음보로 적용하는 것은 많은 무리와 작위가 뒤따르게 된다.
한시의 형식이 평측 상, 의미 분절 상 세 단위 네 단위로 나누어져 있
는 것이 사실이어서 세 단위나 네 단위의 우리말로 옮겨야 한다는
원칙은 유효할 수 있다. 그러나 그것이 3, 4음보가 되는 것이 바람직
하다고 보는 데에는 문제가 있다고 하겠다.

그리고 우리말 번역시에 3, 4음보를 적용해야 한다는 이론의 근거
에는 '우리 선인들의 시상을 기본적으로는 우리말의 감각과 구조,
그리고 표현 양식으로 구성하여 한시라는 틀로 전환 형상화한 것이
라고 한다면 그렇게 해서 이루어진 작품들의 번역과 풀이는 한시라
는 틀로 형상화하기 이전 바로 우리말로서의 시상의 구성 상태로 되
돌려 놓는 작업'[23]이어야 한다는 생각이나 '우리 고전시 가운데서 가
능한 율격을 찾아'야 한다는 생각[24]이 들어 있다. 우리 한시의 번역
이 우리말 시가의 음보로 재생되어야 한다는 생각에 3음보나 4음보

---

23 송준호, 앞의 논문, 22쪽.
24 김파, 앞의 책.

를 적용한 것이다.

우리말은 대체적으로 체언과 조사·어미로 이루어져 3자와 4자를 구성하므로, 우리의 고전시가는 1음보는 3자와 4자로 구성되는 경향이 있다. 그리고 우리말 고전시가 장르는 3자와 4자를 1음보로 하여 각각의 고유한 음보 형식을 구성했다. 민요 중 일부는 외형적으로 3음보를 지닌 것이 있고, 대다수 민요와 시조, 가사 등은 4음보를 지닌다. 이렇게 우리말 고전시가 장르는 대부분 4음보를 기본으로 하고 있다. 그리고 외형 상 3음보를 나타내고 있는 것이 일부 있는 것이다. 백번 양보하여 우리말 시가의 기층 음보가 3, 4음보라고 해도 한시의 우리말 번역에서 이 3, 4음보를 적용하는 것이 합당할까.

한편 뒤집어서 생각해볼 때 한시를 창작했던 시인들이 원래 우리말 고전시가의 기층 음보인 3음보와 4음보로 사고하여 그것을 한시라는 틀로 형상화한 것일까? 한시의 우리말 번역시를 3, 4음보로 하는 것은 결과적으로 한시 작가들이 우리말로 사고하여 한시라는 틀로 형상화하기 이전의 형식이 3음보와 4음보라는 것을 의미하게 된다. 그러나 이것은 당대 한시의 장르적 위상과 관련하여 문제가 아닐 수 없다. 한시 작가들은 우리말 시가와 한시를 전혀 다른 장르로 인식했다. 적어도 우리말 시가와 형식적으로 다르다는 인식 하에 한시를 창작했다. 한시의 번역시에 우리말 시가의 보편적인 율격인 3, 4음보를 기계적으로 적용하는 것은 원래의 사고를 재현해내지 못할뿐더러 한시의 장르적 성격을 드러내지도 못하는 것이라고 할 수 있다.

한시의 우리말 번역시에서 음보율의 적용과 관련하여 과거의 번역 전통은 한 가지 시사점을 던져준다. 조선시대 때 한시를 우리말로 번역한 『두시언해』, 『백련초해』, 『시경언해』 등의 번역 양상을 보면 번역시에 음보율을 적용하고자 하는 의식이 별로 나타나지 않았다. 한시의 번역시에 음보율을 적용하기 시작한 것은 18세기 후반에서 19세기 초에 이루어진 『曾祖姑詩稿』에서부터이다[25].

조선시대 때 이루어진 한시의 우리말 번역시에서 우리말의 3음보나 4음보를 적용하려는 의식이 전혀 없었다는 것은 우리에게 시사하는 바가 있다. 초창기에 이루어진 한시의 우리말 번역에서 평측이나 의미의 세 단위를 우리말로 구현해냈는지는 분명하게 드러나지 않는다. 다만 우리말 번역시에 3, 4음보를 적용하지 않은 것은 분명하게 드러난다. 초창기 사대부의 번역이 주로 중국 한시를 대상으로 이루어졌으므로 그렇게 되었고 만약 우리 한시를 번역하였다면 달랐을 것이라고 추정할 수도 있다. 그러나 당시의 번역자가 중국 한시는 우리 것이 아니므로 번역할 때 우리말 시가가 지닌 3음보나 4음보의 적용을 의도적으로 피했다고 볼 수는 없다.

---

25 『曾祖姑詩稿』는 한 士大夫家 여성 시인인 浩然齋의 한시를 그 집안에서 우리말로 번역한 것이다. 아마도 이 집안은 가사문학의 창작과 향유 전통이 강한 양반가였기 때문에 집안 여성 시인의 한시를 번역하면서 가사문학의 음보율이 자연스럽게 적용될 수 있었던 것이 아닌가 추정할 수 있다. 이렇게 번역시에 4음보를 적용하려는 의식은 『曾祖姑詩稿』에서부터 시작해서 특히 최근으로 올수록 강하게 나타난다. 그리고 현재 번역시에 3음보(특히 3, 4, 5 자수)와 4음보를 적용하는 것은 20세기 초의 현대시인 金億에 의해 본격적으로 시도된 것이다. 그리고 이러한 전통이 지금까지 이어져 내려 온 것이다. 한시 번역문체사를 전체적으로 조망해볼 때 번역시에 음보율을 적용하기 시작하면서 번역시의 길이가 짧아지고 일정해진 경향을 보이고 있으며, 5언과 7언 한시를 우리말 3음보와 4음보로 나타내는 경향을 지닌다.

　조선시대 한시의 우리말 번역에서 3, 4음보율이 적용되지 않은 것은 당대 번역자가 한시와 우리말 시가의 형식적 율격이 전혀 다르다고 생각한 점이 작용한 결과라고 봄이 타당하다. 초창기 사대부의 한시 번역에서 율격적 고려가 없는 것은 이들이 한시를 구상했던 원래의 사고에서 우리말 음보율의 적용이 없었다는 것을 말해준다. 우리 한시의 번역이 당대 작가들이 지녔던 원래의 사고를 재현해내는 작업이 되어야 한다면 3음보와 4음보의 적용은 곤란한 것이라고 할 수 있다. 특히 한시 작가는 한시와 우리말 시가의 장르적 성격이나 위상을 다른 것으로 인식했다. 한시의 장르적 성격이나 장르적 위상을 염두에 두고 볼 때 억지로 3, 4음보에 율격을 맞추려는 노력은 무의미한 노력이 될 수밖에 없다. 의미 단위가 세 단위로 나누어지는 한시 고유의 내용적 전개방식과 5언과 7언 등과 같은 글자수의 고정성을 고려하고, 타시가 장르와의 장르적 변별성이 드러날 수 있는 새로운 번역시의 율격이 고안되어야 하지 않을까 한다.

3) 압운의 문제

　한시는 기본적으로 압운을 사용하는 형식적 특징을 지닌다. 그러나 한자와 우리말은 언어구조가 달라서 우리말에서 이것의 등가물을 찾기란 여간 어려운 것이 아니다. 현재 한시 번역자들은 원시의 모습을 파괴하면서까지 무리한 압운을 시도하는 일은 지양해야 하지만, 압운 효과를 독자가 느낄 수 있도록 최대한 노력을 기울여야 할 것이라고 보고[26] 번역을 하고 있다.

　가) 秋風에 괴로이 읊을 뿐인데

　　　세상엔 知音이 드물다네

　　　창문 밖 三更의 비 내리고

　　　등불 앞 萬里의 마음일세　　　　　　　　　〈秋夜雨中〉 : 崔致遠[27]

　나) 예가 바로 옛날의 월남사련만

　　　이제 와서 연하(烟霞)가 적막하구나

　　　산은 벌써 노을빛 비치는데

　　　물은 절로 아침 저녁 보내누나

　　　옛탑은 촌 담장 옆에 섰고

　　　맑은 빗돌 다리로 놓여 있네

　　　없을 무(無)자 본시 보결(寶訣)일진대

　　　흥망을 애써 물어 무엇하리　　　　　　　〈過月南寺遺址〉 : 林悌[28]

　가)의 번역시는 한시의 1, 2, 4행에 쓰인 '吟, 音, 心'의 압운을 번역
시에서 나타내려 노력했다. 그리하여 '-ㅔ'라는 동일 음소를 적용함
으로써 성공적인 압운의 번역을 이루었다. 나)의 번역시도 한시의 2,
4, 6, 8행에 쓰인 '寥, 朝. 橋, 勞'의 압운을 가능하면 번역에서 나타내

26　박수천, 앞의 논문. 김파(앞의 책)도 중국시의 압운을 번역시에서 나타낼 수 있어
　　야 함을 주장하였다.

27　박수천, 앞의 논문, 150쪽. "秋風惟苦吟 世路少知音 窓外三更雨 燈前萬里心."

28　『역주 백호전집 상』, 앞의 책, 129쪽. "此昔月南寺 煙霞今寂寥 山曾暎金碧 水自送昏
　　朝 古塔依村塢 殘碑作野橋 一無元寶訣 興廢問何勞"

려 노력했다. 그리하여 '-나, -나, -네, -리' 등 동일 계열의 음소를 적용함으로써 비교적 성공적으로 압운의 번역을 이루었다. 용케 동일 계열의 음소를 찾아냈지만 한자어와 우리말의 차이 때문에 정형화된 압운을 나타내는 일이 쉽지 않음을 보여준다. 압운을 우리말 번역시에서 나타내는 유일한 통로는 매 행 끝에 오는 끝말과 서술종결어에 동일 음소를 적용하는 것이다. 그러나 실제적으로는 한시에서 짝수 행에 운을 두는 경우가 많기 때문에 동일 음소의 적용은 대부분 서술종결어에 집중되어 나타난다. 위에 인용한 번역시에서도 한시의 압운은 대부분 서술종결어에 나타나고 있다.

그런데 위에 인용한 번역시에도 나타나는 바이지만 한시의 번역시에서 '-구나'나 '-누나' 등의 의고체적 서술종결어가 쓰이는 가운데 서술종결어 '-네'가 빈번하게 쓰이고 있음은 주목을 요한다. 이 서술종결어 '-네'는 임제의 한시, 민중의 생활과 정서를 담은 다산의 한시, 조선후기 민요 취향의 한시 등 창작 시기와 내용에 상관없이 한시사 전체를 통틀어 한시의 번역시에서 즐겨 사용되고 있다. 북한의 한시 번역시에서도 '-구나'나 '-누나'와 같은 의고체 서술종결어미가 사용되는 가운데 이 '-네'가 심심찮게 사용되고 있음을 알 수 있다[29]. 그리고 경우에 따라서는 '곧게 뻗은 방죽에 버드나무 사초(莎草)풀 / 두어 집 아낙네들 앞개울에 빨래하네 / 말 고삐 멈추고서 탄정(灘亭) 길 물었더니 / 아이 보고 일러서 강 서쪽을 가리키네[30]'에서와 같이

---

29 『우리나라 고전 작가들의 미학 견해자료집』, 조선문학예술총동맹 출판사, 1964. ; 정홍교, 박종원, 『조선문학개관 Ⅰ』(북한문예연구자료 Ⅰ), 인동, 1988.

30 丁若鏞의 〈紀行絶句〉 제1수. "暗柳晴莎一字堤 數家洴澼在前溪 停驂爲問灘亭路 還倩

한 편에 들어 있는 서술종결어 모두가 '-네'로 끝나는 우리말 번역시도 있게 되었다. 이렇게 한시의 우리말 번역시에서 서술종결어미 '-네'는 압운을 맞추기 위해서 쓰는 음소로 가장 흔하게 나타난다.

그런데 서술종결어 '-네'는 민요에서 현저하게 쓰였다. 민요의 모내기노래나 시집살이노래의 어미부 형태를 분석하면 '-네'의 압도적인 우세가 특징적으로 드러난다. 그리하여 이 '-네'는 민요 종결어 상 문체적 특징을 이룬다[31]. 현재 전하고 있는 민요가 대부분 근대 이후에 채집된 것이지만, 이 수집된 자료에 '-네'가 폭발적으로 사용되었다면 '-네'는 민요의 장르적 성격을 이루는 중요한 문체적 요소가 될 수 있다. 우리말 시가인 시조와 가사에서는 '-네'가 잘 쓰이지 않았기 때문에 이 '-네'는 민요만의 특징적 문체로 말할 수 있는 것이다.

그러면 한시의 우리말 번역시에서 서술종결어미 '-네'를 지배적으로 쓰고 있는 현상을 어떻게 보아야 할까? 한시의 장르적 성격과 위상을 생각할 때 우리말 번역시에서 민요의 문체적 특징인 '-네'를 지배적으로 사용하는 것이 과연 합당한 것일까? 더군다나 우리말 번역시에서 3, 4음보를 적용하기까지 하면 결국 민요의 문체와 매우

兒童指水西"『다산시선』, 앞의 책, 34쪽.

31 이 책에 실린 고순희의 「민요문체의 특징」을 참조할 수 있다. '어디갔노'에 짝하여 '놀러 갔네'라고 하는 문답체, '비묻었네 비묻었네 갈미봉에 비묻었네'와 같은 aaba형, '아리아리랑 쓰리쓰리랑 아라리가 났네'와 같은 후렴구 등에 두루 쓰이는 '-네'는 민요 문체를 대표하는 서술종결어미라고 할 수 있다. '-네'는 화자 스스로의 진술을 담으면서도 공동체 구성원 모두에게 두루 통할 수 있는 존비법이 가능하고, 대화체 표현을 수행할 수 있는 기능도 지니고 있다. 이렇게 '-네'는 복합적인 어학적 기능을 지님으로써 민요의 가창 현장에 가장 적합한 서술종결어미가 되었다고 할 수 있다.

유사하게 된다. 한시는 기본적으로 양반 사대부층을 중심으로 하는 식자층의 문학이었다. 그런데 한시를 우리말로 번역하는 과정에서 담당층이 다르고 그에 따라 세계관적 기초도 전혀 다른 장르의 문체적 특성을 그대로 쓰는 것에 문제는 없는 것인가. 장르적 계층성 면에서 가장 상층 장르의 서술종결어 문체와 가장 기층 장르의 서술종결어 문체가 같을 수가 있는 것인가 하는 문제가 있다.

사실 이제까지 이 문제에 대해 심각하게 문제를 제기한 적은 전혀 없었다. 그 이유는 이상하리만치 우리의 한시 번역에서 이 '-네'를 너무나 즐겨 써서 당연히 여겼기 때문이다. 이 '-네'가 번역 한시에 쓰이게 된 과정은 있다. 개화기를 거치면서 거의 모든 시가 장르에 '-네'가 확산되어 쓰이게 되고, 김억이 한시 번역시에서 이 '-네'를 즐겨 쓰게 됨으로써 지금까지 이 전통이 이어온 것이다[32].

한시의 번역시와 민요의 사설에 나타나는 서술종결어가 같을 수는 없다. 고전시가의 존재 양상은 각 장르마다 달랐다. 그리고 시조 및 가사와 민요는 각각 장르만의 고유한 서술종결어 문체를 지니고 있었다. 따라서 한시의 번역시와 민요의 서술종결어 문체를 다르게

---

32 19세기 말에서 20세기 초에 이르는 시기에 민요의 기층적 향유가 활발히 진행되고 있었다. 이런 가운데 조선 민요를 염두에 둔 찬송가의 번역에서 이 '-네'가 전폭적으로 쓰이게 되었다. 이어서 '-네'는 구전가요 및 의병가사, 가사, 창가, 신체시를 망라한 개화기 시가에 두루 확산되어 쓰임으로써, 그야말로 개화기는 '-네'의 시적 기능을 무한대로 발휘했던 '-네'의 황금기였다. 그리고 한시가 전통 장르화한 1920년 대 이후에 한시의 우리말 번역이 본격적으로 이루어지기 시작했다. 현대에 이르러 본격적인 한시의 우리말 번역은 김억에 의해서이다. 김억은 한시를 번역하면서 시가 장르의 변별성을 고려하지 않은 채 당시 시가 장르에서 보편적으로 사용되고 있었던 서술종결어인 '-네'를 즐겨 썼다. 그 이후 번역시에서 서술종결어 '-네'를 즐겨 쓰는 전통이 지금까지 그대로 이어져 내려온 것이다

표현하는 것이 합리적이라는 판단이다. 한시의 번역을 민요답게 번역하는 것은 원래 시인의 사고를 재현하고 역사적 장르로서의 장르적 성격을 나타내야 하는 우리 한시 번역의 기본 성격에서 벗어난 일이 된다.

우리 한시 번역의 경우는 앞서 살펴 본 바대로 전통시대의 문화유산이므로 역사적 장르로서 한시가 지니고 있는 장르적 성격, 위상, 계층성이 고려되지 않을 수 없다. 우리 詩史의 통시대적인 흐름 안에서 역사적 장르로 자리매김할 수 있는 한시의 우리말 번역이 이루어져야 한다. 그런 의미에서 한시의 번역시에서 적어도 민요의 특징적인 서술종결어미인 '-네'의 사용은 자제해야 할 필요가 있다.

우리 한시의 번역이란 궁극적으로 현재의 우리말로 재생시키는 데 목적이 있으므로 현대시에서 그 등가물을 찾아야 한다. 우리 언어의 특성 상 서술종결어는 매우 한정적이다. 고전시가에 나타난 서술종결어의 양상을 살펴보면 가사에서는 '-다, -도다, -로다, -(니, 노)라' 등이 사용되었으며, 시조에서는 '-도다, -로다, -(니, 노)라' 등 가사에서 사용하고 있는 것을 쓰는 가운데 유독 '-노라'가 특징적으로 사용되었다. 그리고 민요에서는 '-네'가 특징적으로 사용되었다. 한편 조선전기와 후기 그리고 개화기 및 애국계몽기를 통틀어 지속적으로 사용되었던 번역시의 서술종결어는 '-도다, -로다, -(니, 노)라' 등과 같은 가사문체이다.

사대부들이 한시와 우리 시가의 형식과 율격이 서로 다르다는 점을 인식하고 있었음은 한시의 언해 양상에서 드러나는 바이다. 엄연히 한시와 우리 시가가 장르적으로 다르다는 인식을 바탕으로 언해가 이루어진 것이다. 그런데 전통시대에 이루어진 한시의 우리말 언해시에서 사용한 서술종결어는 가사의 서술종결어와 거의 같게 나타난다. 과거 한시의 우리말 언해시에서 사용한 서술종결어미가 가사의 서술종결어미와 거의 같게 나타난다는 점은 당시한시의 번역자가 한시 서술종결어의 등가물로 가사의 것을 생각했다는 점을 말해준다.

그렇다면 한시 번역시의 서술종결어를 현대어에서 등가어를 찾는다면 어떤 것이 되어야 할까? 앞서 말한 대로 민요의 것은 아니어야 하는 것은 분명하다. 현재 일상어에서 '-도다', '-로다', '-구나', '-누나', '-이라' 등과 같은 서술종결어는 거의 사용하지 않는 까닭에 '의고체'라고 한다. 실제로 우리 한시의 번역에서 가사 문체에 준하는 서술종결어를 사용하는 경우가 많다. 과거의 한시 번역 전통을 볼 때 한시 번역시에서 가사의 서술종결어를 사용하는 것은 그나마 바람직하다. 그런데 막연히 의고체여서 이 서술종결어를 쓸 것이 아니라 당대 한시의 장르적 성격과 위상을 구현하기 위해서 현대어에서 등가물을 찾는 노력도 필요할 것으로 보인다.

4. | 맺음말

이 연구에서는 먼저 우리 한시를 번역할 때 기본적으로 어떤 것들을 고려해야 하는지 우리 한시 번역의 성격을 규명하였다. 그리고 이어서 번역시 발생하는 문체적인 제반 문제들, 즉 전고·용사 및 한자어투와 같은 어휘의 번역 문제, 번역시의 형식과 율격 문제, 그리고 운의 처리로서의 서술종결어의 문제 등을 우리 한시 번역의 성격과 관련하여 차례로 논의했다. 우리 한시 번역의 객관적인 현실을 진단하고 이에 관한 기존의 논의나 기타 논거들을 분석하여 문제점을 지적하였으며, 우리 한시 번역의 전통을 검토하여 대안의 제시에 보탬이 되고자 했다.

필자는 한시 연구자도 아니고 한시 번역자도 아니다. 그리하여 번역할 때 실제로 부닥치는 현실적인 문제를 간과했을 가능성이 충분히 있다. 그럼에도 불구하고 감히 이 주제에 대한 논의를 감행한 것은 실제적인 번역의 장에 있지 않음으로써 객관적인 거리감을 유지할 수 있을 것이라는 판단에서였다. 그렇지만 논의의 곳곳에서 많은 한계가 드러났음은 부인할 수 없다.

이 연구에서 우리 한시 번역에 나타나는 세 가지 번역 문제의 문제점에 대해 대안을 제시해보고자 노력했지만, 대부분의 논의가 문제점을 확인하는 선에서 그치고 말았다. 그리고 대안의 제시라고 하는 것도 어디까지나 또 하나의 쟁점을 던진다는 의미만을 지닌 한계를 보였다. 한편 이 연구에서 논의한 세 가지 문체적 요소들은 각각 종합적이고도 다각적인 논의를 필요로 하는 것들인데 이 모두를 한꺼번에 다룸으로써 치밀하게 논의를 진행하지 못하였다. 특히 이 연구에서는 어느 특정 부분만을 부각하여 논의를 진행함으로써 논의의 균형과 총체성을 잃은 경우도 있게 되었다. 그리고 우리 한시를 번역할 때 이 연구에서 다룬 세 가지 문체적 요소 외에도 고려해야 하는 요소가 많은데 다루지를 못했다. 추후 이러한 한계를 극복하여 우리 한시의 번역 문체에 관한 심도 깊은 논의가 이어지기를 기대한다.

제2부

가사의 시학과 활용

고전 詩·歌·謠의
시학과 활용

제5장

가사문학의 문체적 특성
─ 반복과 병렬의 문체 ─

1. 머리말

　문체란 장르의 기본 형식은 물론 그 형식으로 구현해낸 여러 언어적 표현 장치를 포함한다. 즉 율격, 진술양식, 작품구조, 문자체, 수사법, 언어적 서법 등이 유기적으로 엮어져 만들어내는 모든 것을 포괄하는 개념이다. 이러한 문체는 말하고자 하는 것을 어떻게 표현하였는가와 관련하며, 한 장르의 장르적 성격을 구성하는 중요한 시적 장치가 된다.

　그런데 가사문학 연구에서 문체에 대한 연구는 그리 많지 않았다. 그 근본적인 이유는 가사문학 자체에서 찾을 수 있다. 4음보 연속이라는 가사문학의 형식이 너무도 평이하고 단순하여 별다르게 문체적 특성으로 밝힐 것이 없다고 본 측면이 있다. 그리고 가사문학의 내용이 지니고 있는 교훈성, 천편일률성, 서술성 등의 제요인으로 말미암아 가사문학의 문학성이 상대적으로 낮다고 생각했으므로 그 표현 문체에 대한 관심이 떨어졌던 것이다.

가사문학은 이중문자 시대에 우리말과 한자어를 섞어 표현한 시가장르로서 전통시대 시적 표현 도구로서의 보편성을 획득하고 있었던 것이다. 가사문학의 문체에 대한 이해는 가사문학의 장르적 성격에 대한 총체적인 이해를 가능하게 해줄 뿐만 아니라 전통시대의 보편적 표현 문법을 이해하는 것이기도 하다.

가사문학의 형식적 측면에 대한 연구는 주로 가사문학의 진술양식에 집중되어 왔다. 가사문학의 문체에 대한 본격적인 연구는 그리 많지 않았다고 할 수 있는데, 타연구 주제와 관련하여 가사문학의 문체를 단편적으로 언급한 것이 있을 뿐이다. 조동일은 장르적 성격과 관련하여 가사의 '확장적 문체'를 지적한 바 있고, 신은경은 가사문학의 서술성과 관련하여 문체상의 제특징을 간단하게 지적하였으며, 김대행은 옛노래 전체의 문법과 관련하여 가사문학을 포함한 장형 시가의 문체를 결정하는 원리가 '병렬'임을 지적하였다[1]. 최근에는 우리말의 아름다움과 관련하여 불교가사, 사대부가사, 서민가사 등에 쓰인 여러 시적 장치들에 관한 분석이 이루어지기도 했다[2].

---

1 조동일, 「가사의 장르 규정」, 『어문학』21, 한국어문학회, 1969.; 신은경, 「사설시조와 가사의 서술방식 대비」, 『고전시 다시 읽기』, 보고사, 1997, 136-138쪽.; 김대행, 「옛노래의 문법을 찾아서」, 『노래와 시의 세계』, 역락, 1999, 194-197쪽.

2 임기중, 「불교가사에 나타난 우리 글말의 쓰임새」, 『한글』제214호, 한글학회, 1991. 여기서 임기중은 불교가사에 쓰인 우리글말의 쓰임새를 16가지나 들고 있

가사문학을 가사문학답게 하는 가장 기본적인 문체의 원리는 무엇인가. 문체는 매우 많은 시적 장치가 복합적으로 작용하여 이루어진다. 이 연구에서는 가사문체를 형성하는 기본적인 원리에 문제의식을 갖고 반복(Repetition)과 병렬(Parallelism)에 주목하고자 한다. 반복과 병렬은 언어적 수사의 표층적 층위에만 관여하는 문체적 요소가 아니라 가사문학의 장르적 성격에 깊이 관여하는 문체적 요소이다. 가사문학에 나타난 반복과 병렬의 구체적인 구현 양상을 분석하여 이것들이 구성해내는 가사문학의 기본적인 문체 미학을 규명해낼 필요가 있다.

논의에 앞서 반복과 병렬의 개념부터 정리하고자 한다. 반복과 병렬은 민요, 한시, 고전시가, 현대시 등 모든 운문 장르에 두루 쓰이고 있는 시적 장치이다. 특히 반복과 병렬은 구비시가의 중요한 특징으로 알려져 있어, 우리나라를 포함한 우랄 알타이 지역의 구비시가에 광범위하게 쓰임으로써 시적 규범으로 작용하고 있다[3]. 한국 민요의

다. 이 가운데 우리 입말에다 한자어 글말을 얹어 이어 쓴 것, 글말에 입말을 얹어 쓴 것, 앞의 두 가지가 교체되어 쓰인 것, 차례로 이어지는 말, 반대로 이어지는 말, 가까이 겹친 말, 벌이어 논 말 등이 병렬과 관계있는 항목들이다. 불교가사에서 '불러들이기'의 공식구가 반복되는 것과 아울러 '우습다, 슬프다, 몽환이다' 등의 시어가 계속 반복되며, 한자어의 글말과 우리말의 입말이 다양하게 병렬·교체되어 쓰이기도 하고, AA,AABA 등의 '가까이 겹침말'의 사용도 현저하게 나타나기도 함을 밝혔다. ; 김성기, 「사대부 가사에 나타난 우리말의 아름다움」, 『한글』 제214호, 한글학회, 1991. 〈면앙정가〉의 분석을 통해 시어의 열거적 표현법과 아울러 '-듯, -락, -거니'와 같은 각운이 사용되었음이 지적되었다. ; 김문기, 「서민가사에 나타난 토박이말과 표현의 특성」, 『한글』 제214호, 한글학회, 1991. 서민가사에서 생활용어를 사용하는 가운데 동일 형태나 동일 의미의 반복이 이루어지며, 민요나 판소리에서 흔하게 사용하고 있는 AABA ABAB의 어절반복법이 나타나기도 함이 논의되었다.

3 이경희, 「시적 언술에 나타난 한국현대시의 병렬법 연구」, 이화여자대학교 박사

형식과 관련한 기존의 논의에서도 반복과 병렬은 중요한 항목으로 다루어졌다.[4] 한편 병렬은 '對句'라 하여 일반적으로 중국 한시의 보편적인 시적 장치로 알려져 있다[5]. 이뿐만 아니라 시조의 경우 초장과 중장이 배열된 기본원리가 병렬이라는 점은 잘 알려져 있으며, 사설시조, 가사, 잡가 등의 장형시가도 병렬의 원리에 의한 문체 구성을 보여준다[6]는 언급이 있기도 했다. 그리고 개화기 시가, 민요시, 근대시, 현대시 등 한국 시가의 기본구조에 대한 탐색에서 병렬에 대한 논의가 이루어진 바 있다[7].

<hr>

학위 논문, 1989, 4쪽.

4 조성일, 『민요연구』, 연변인민출판사, 1983년. 병립적 구성법은 264-266쪽에서, 그리고 대구법·대조법은 334-228쪽에서 다루었다. 구성법으로서의 병립적 구성법과 표현수법으로서의 대구법·대조법이 다루어졌다. ; 조동일, 『서사민요연구』, 계명대학교출판부, 1972, 106-110쪽. 공식적 표현 원리로서의 대립과 반복의 원리가 다루어졌다. ; 김대행, 『한국시의 전통연구』, 개문사, 1980, 40쪽. 구성 원리로서의 병렬이 다루어졌다. ; 김열규, 『아리랑, …역사여, 겨레여, 소리여』, 조선일보사, 1987. 양식상 특색으로서의 병렬법이 다루어졌다. ; 좌혜경, 『민요시학연구』, 국학자료원, 1996, 60-63쪽. 의미구성 양식으로서의 반복·병행·연쇄를 다루었다.

5 엄격한 의미에서 중국시에서의 '대구'는 '병렬'에서와 같은 똑같은 말의 반복을 허락하지 않으며 엄격하게 반의어로 되어 있다. 엄격한 의미에서의 대구는 고시에서도 가끔 보이기는 하나 근체시에서 필수적으로 사용되어, 특히 律詩에서는 엄격한 대구의 적용이 요구된다. 율시의 8행 가운데 중간 4행은 소리에서는 물론 뜻에 있어서까지 각각 상반되어야 하며 두 對偶를 형성해야 한다. 문법적 구성은 물론 상호 對가 되는 단어들은 같은 범주의 물건들이어야 하는 까다로운 규칙을 지닌다(劉若愚, 『中國詩學』, 李章佑 譯, 범학도서, 1976, 201-208쪽). 그러나 엄격한 의미에서의 대구 외의 시적 장치 내지 기교로서의 '병렬'은 중국시에서 광범위하게 쓰였다.

6 김대행, 「고전시가의 문체」, 『국어문체론』, 박갑수 편저, 대한교과서, 1994, 136-38쪽. 여기서 김대행은 사설시조, 가사, 잡가 등의 장형시가 양식에서의 병렬을 언급하면서 이러한 자질은 돌연한 것이 아니라 본디 일상어의 것이라고 하였다.

7 박철희, 『한국시사연구 - 한국시의 구조와 배경』, 일조각, 1980. ; 김대행, 앞의 책, 40-102쪽 ; 오세영, 『한국 낭만주의시 연구』, 일지사, 1983, 47-88쪽. ; 이경희, 앞의 논문. ; 박경수, 『한국근대민요시연구』, 한국문화사, 1998, 61-66쪽.

이와 같이 운문 장르에 대한 기존의 연구에서 반복과 병렬에 대한 논의가 매우 폭넓게 이루어졌다고 할 수 있는데, 논자마다 사용한 반복과 병렬의 개념은 조금씩 차이를 보인다. 반복과 병렬의 관계를 어떻게 설정하느냐에 따라 차이가 발생하는데, 그것들은 대략 다음 세 가지로 구분할 수 있다. 첫째는 의미나 이미지가 변화와 굴절을 일으키지 않거나 비교·대립적 구조를 형성하지 않는 것을 반복이라고 하고, 이와 반대인 것을 병렬이라고 하는 경우[8]이고, 둘째는 피네 건의 입장처럼 기본적으로 반복의 범주 안에 병렬을 포함하여 생각하는 경우[9]이며, 그리고 셋째는 병렬이 본질적으로는 반복의 한 방법이므로 병렬의 범주 안에 반복을 포함하여 생각하는 경우[10]이다.

일반적으로 반복이란 말 그대로 동일한 요소가 계속 나열되는 것을 말한다. 그리고 병렬이란 '일반적으로 작문상의 수사학적 용어'로서 '시에 있어서 한 쌍의 서로 다른 구절, 행, 운문들이 대응하는 상태'를 말한다[11]. 그런데 문체적 측면에서 볼 때 반복이 상기하고 실

---

8 오세영, 앞의 책, 47쪽.

9 피네건은 구비시의 작시법(Prosodic system)의 하나로 병렬을 다루고, 문체와 구조에 관련하는 중요한 특징으로 따로 반복(Repetition)을 논의하였다(『Oral Poetry』, New York : Cambridge Univ.Press, 1977, PP.98-109). 피네건은 여기서 병렬(Parallelism)은 반복의 한 유형이라고 하였다.("Parallelism can be discussed as a category on its own - and in a sense this is necessary in a comparative study of the prosodic systems of oral poetry - but it cannot be divorced from the wider subject of repetition generally."(p.102) 이와 같이 피네건은 기본적으로는 병렬이 반복의 한 유형이라고 개념화하였으나 실제로는 반복과 병렬을 나누어 논의하고 있다.

10 김대행, 『한국시의 전통연구』, 개문사, 1980, 40쪽. 병렬이란 "동질적인 요소를 나란히 배열하는 방식" 모두를 포괄하며, 그래서 '같은 어휘라는 동질적인 요소가 나란히 배열될 수도 있고, 의미가 같은 요소가 두 행으로 나란히 배열될 수도 있으며, 완전히 똑같은 요소가 배열되는 반복으로 나타날 수도 있다'라고 했다.

현시키는 문체적 효과와 병렬이 상기하고 실현시키는 문체적 효과는 같은 지점도 있지만 상이한 지점도 지니고 있다. 즉 각각은 서로 상이한 문체적 효과를 내는 지점을 지니고 있으므로 어느 하나를 다른 하나에 포함하여 논의하는 것은 곤란하다. 그리하여 이 연구에서는 문체적 측면에서 볼 때 반복과 병렬은 구분되어야 한다고 본다.

그러면 두 용어의 개념을 정확히 어떻게 구분하여야 할까. 위의 기존 논의에서도 알 수 있듯이 두 개념은 서로 넘나들 수 있는 점을 분명 지니고 있다. 그러므로 그 구분은 두 개념 사이의 상대성을 척도로 삼을 수밖에 없다고 본다. 즉, 반복이란 '동일한 것의 연속'이라는 의미가 짙은 경우로, 병렬은 '서로 짝하는 것의 대응'이라는 의미가 짙은 경우로 개념화하고자 한다.

이 연구의 목적은 반복과 병렬을 중심으로 가사문학의 문체적 특성을 규명하는 데에 있다. 우선 2장에서는 가사문학에서 반복과 병렬이 실제로 쓰인 구현 양상을 살펴본다. '반복의 구현 양상'에서는 '4음보 연속의 반복'과 '공식어구 및 서술구조의 상호텍스트적 반복'을 살핀다. 그리고 '병렬의 구현 양상'에서는 '문자체의 병렬', '의미의 점층적 병렬', '의미의 대립적 병렬'에 대하여 차례로 살핀다. '점층적 병렬'은 의미가 동일한 방향으로 짝을 이루어 전개되는 것을, '대립적 병렬'은 의미가 서로 상충되는 방향으로 짝을 이루어 전개되는 것[12]을 의미한다. 그리고 앞서의 논의를 바탕으로 3장에서는 반

---

11 이경희, 앞의 논문, 7쪽.
12 오세영, 앞의 책, 54-54쪽.

복과 병렬이 각각 자아내는 문체적 효과가 무엇인지, 그리고 이것들이 구조적으로 엮어져 생성해내는 문체적 효과는 무엇인지를 살펴보고자 한다.

이 연구는 가사문학 전반의 문체적 특성을 살펴보는 데에 목적이 있다. 하지만 논의의 집약을 위해 논의 대상의 작품은 주로 조선전기가사로 하고 필요한 경우 조선후기가사도 참조할 것이다.

2. 반복과 병렬의 구현 양상

1) 반복의 구현양상

(1) 4음보 연속의 반복

가사는 4음보 연속의 율문 형식을 지닌다. 자수율은 대개 3·4나 4·4를 사용하는 것이 보통이지만 2·4나 3·5도 얼마든지 사용할 수 있는 유동성을 지닌다. 그런데 이러한 자수율의 유동성은 엄격히 4음보의 규제 하에서 이루어진다. 즉 가사는 어느 정도 자수율의 자유를 누릴 수는 있으나 4음보 연속의 형식 안에서 구현된다. 가사 작품 가운데는 간혹 3음보나 5음보를 사용하기도 한다. 그러나 이런 경우라 하더라도 작가는 다시 4음보로 회귀하여 가사 글쓰기를 지속하여 4음보 연속을 이룬다. 이렇게 가사문학의 형식 자체는 4음보의 끊임없는 반복으로 구성되어 있다.

그런데다가 가사문학은 의도적으로 기계적인 4·4조 자수율로 맞추기까지 한다. 발생기 작품인 〈歷代轉理歌〉에 나타나는 기계적인 4·4조는 李緒의 〈樂志歌〉, 高應陟의 〈陶山歌〉와 같은 조선전기 가사에서도 나타난다. 그리고 조선후기와 근대에 이르러 교훈가사, 종교가사, 개화가사 등에서도 의식적·무의식적으로 사용되었다.

> 貪虐無道(탐학무도) 夏桀伊難(하걸이ᄂᆞᆫ) 丹朱商均(단주상균) 不肖爲也(불초ᄒᆞ야) / 堯舜禹矣(요순우의) 禪位相傳(선위상전) 於以他可(어이타ㄱ) 不知爲古(부지ᄒᆞ고) / 妹喜女色(매희여색) 大惑爲也(대혹ᄒᆞ야) 可憐割史(가련홀사) 龍逢忠臣(용방충신) 一朝殺之(일조살지) 無三日高(무삼일고) 淫虐尤甚(음학우심) 帝辛伊難(제신이ᄂᆞᆫ) / 所見無識(소견무식) 自疾爲多(ᄌᆞ질ᄒᆞ두) 夏桀爲鑑(하걸위감) 全昧爲高(전매ᄒᆞ고)

위는 〈歷代轉理歌〉의 구절이다. 4자의 질서정연한 배열은 우선 '보기'에도 기계적인 도식성을 드러낸다. 이어 '음영'에 들어가면 정확한 박자에 호흡이 맞아 떨어지는 가운데 따분할 정도로 단순함이 반복된다. 보통 4음보인 경우에 3·4, 4·3, 3·3, 4·4 등의 자수율이 적절히 혼합되어 1구를 구성한다. 이렇게 적절하게 자수를 혼합한 1구를 읽을 때 호흡의 等長性에 맞추어 글자를 읽어야 하기 때문에, 한 호흡에 3자나 4자를 조절해서 소리내야 하는 긴장감이 생기게 된다. 그러나 위와 같은 기계적인 4·4의 반복에서는 이러한 긴장감이 발휘될 여지조차도 주어지지 않는다.

(2) 공식어구 및 서술구조의 상호텍스트적 반복

가사문학은 중국 고사, 지명, 인명의 인용과 한자 조어의 사용이 워낙 많아서 동일한 어휘나 어구가 자주 눈에 띈다. 동일한 어휘나 어구로 이루어진 표현은 구비시의 창작 단계에서 작시법상 특징적으로 개입하는 구전공식구에 해당하는 표현이라고 할 수 있다. 다만 구비시에서는 구절 차원에서 동일한 표현이 사용되는 반면 가사문학에서는 어휘 차원에서 동일한 표현이 이루어진다. 이러한 어휘 중심의 동일한 표현은 여러 각 편에 두루 사용되는데, 동일한 어휘나 어구에 우리말의 수식어, 조사, 서술어 등이 붙어 조금씩 다른 어구를 형성하는 것이 특징이다. 그러나 동일 장면에서 어휘나 어구를 중심으로 하는 동일한 표현이 사용된다는 점에서 구전공식구와 친연성을 지닌다. 가사문학이 기본적으로 '구비'가 아닌 '기록'문학이므로 '구비'자를 빼면 이 경우를 '공식어구'라고 용어화할 수 있을 것이다.

이러한 공식어구는 가사문학에서 빈번하게 사용되어, 얼마든지 그 예를 들 수가 있다. 예를 들면 가사문학에서는 '千岩萬壑', '淸風明月', '白鷗'와 같이 자연 경관과 관련한 어휘, '靑藜杖', '竹杖芒鞋', '葛巾', '單瓢'와 같이 은거와 관련한 어휘, '武陵', '擊壤歌', '李太白'과 같이 중국 고사나 인물과 관련한 어휘, '瑟瑟·潺潺'과 같이 한자어투의 어휘 등이 도처에서 쓰이고 있다[13].

---

13 순서대로 예를 들면 다음과 같다. "萬壑千山 푸른 松葉 일발 줌에 담아두고"⟨樂道歌⟩, "千岩萬壑을 제 집을 삼아 두고"⟨俛仰亭歌⟩, "千岩萬壑이 나진들 그러홀가"⟨星山別曲⟩, "千山萬落의 아니 비쵠 딕 업다"⟨關東別曲⟩, "千岩萬壑 깁픈 곳에 明沙十里

교훈가사·애정가사·기행가사 등과 같이 각각 동일유형에 속하는 작품들에서는 동일한 어휘나 어구를 조합한 비슷한 공식어구들이 무수히 산견된다. 가사문학을 여러 편 읽은 이라면 누구나 가지게 되는 천편일률적이라는 느낌은 바로 여러 각 편에 두루 쓰인 공식어 구 때문이다. 이러한 공식어구의 빈번한 사용은 상호텍스트적 반복 이라고 할 수 있다[14]. 각각의 개별 작품으로만 보면 반복으로 구현되

둘러딘듸"〈陶山歌〉; "淸風明月 外에 엇던 벗이 잇ᄉᆞ올고"〈賞春曲〉, "江山風月 거늘 리고 내 百年을 다 누리면"〈俛仰亭歌〉, "淸風明月을 벗 삼아 히ᄌᆞ려셔"〈退溪歌〉, "갑 업슨 淸風明月은 절노 己物 되야시니"〈莎堤曲〉, "明月淸風 벗이 되야 님직 업슨 風月 江山"〈陋巷詞〉, "헌ᄉᆞ로온 淸風은 碧海를 지내 불고 외로온 明月은 板屋이 빗겨시 니"〈安仁壽歌〉; "十年을 流落ᄒᆞ니 白鷗와 버더 되어"〈萬憤歌〉, "편편흔 빅구드라 날 보고 ᄂᆞ지 마라"〈樂志歌〉, "白鷗를 벗을 삼고 줌 질 줄 모르나니"〈星山別曲〉, "海棠花 로 드러가니 白鷗야 ᄂᆞ디 마라"〈關東別曲〉, "白鷗無心 오락가락 斷崖翠壁 그더 업 다"〈陶山歌〉, "섯도ᄂᆞ니 백구로다 샤탄의 됴퇴ᄒᆞ야"〈百祥樓別曲〉; "쳥녀쟝을 비기 들고 명산을 ᄎᆞ자 드러"〈西往歌〉, "靑藜杖 둘너 집고 압뫼히 올라가니"〈樂志歌〉, "靑 藜杖 빗기쥐고 童子 六七 불러내야"〈莎堤曲〉, "竹杖芒鞋를 본 듸로 집고 신고"〈樂貧 歌〉, "芒鞋竹杖 버울 숨아 風月主人 ᄎᆞᄌᆞ가니"〈陶山歌〉, "竹杖芒鞋로 오날사 ᄎᆞᄌᆞ오 니"〈獨樂堂〉, "竹杖芒鞋로 蘆溪 깊흔 골의"〈蘆溪歌〉, "竹杖芒鞋로 處處의 도라 드니" 〈梅湖別曲〉; "又 괴여 닉은 술을 葛巾으로 밧타 노코"〈賞春曲〉, "漉酒 葛巾ᄒᆞ고 無絃 琴 집푸며"〈梅窓月歌〉, "葛巾을 기우쓰고 麻衣를 님의ᄎᆞ고"〈樂貧歌〉, "麻衣를 니믜 ᄎᆞ고 葛巾을 기우 쓰고"〈星山別曲〉, "葛巾 布衣로 釣臺예 건너오니"〈蘆溪歌〉; "부모 의 하직ᄒᆞ고 단표ᄌᆞ 일납애"〈西往歌〉, "陋巷單瓢 자바다가 安貧이나 ᄒᆞ여 보식"〈樂 志歌〉, "陋巷에 히 놈픈 제 簞瓢飮도 잇고 업고"〈勸善指路歌〉, "누항의 안거ᄒᆞ여 단표 의 실음 업고"〈樂志歌〉; "武陵이 갓갑도다 져믜이 권 거인고"〈賞春曲〉, "三山이 어드 메요 武陵이 여긔로다"〈樂貧歌〉, "桃源은 어드매오 武陵이 여긔로다"〈星山別曲〉, "武陵桃源 되엿는가 竹院松窓애"〈嶺南歌〉; "老而不學 져 老人은 擊壤歌을 몰나든 가"〈自警別曲〉, "토고를 두드리고 擊壤歌 불너시니"〈樂志歌〉, "唐虞日月 도라온가 擊壤歌聲 샨이로다"〈陶山歌〉, "耕田鑿井에 擊壤歌을 블니소셔"〈太平詞〉, "擊壤歌을 불러ᄂᆞ니 無懷氏 적 사람인가"〈嶺南歌〉; "李謫僊 豪傑이 采石 江頭에"〈梅窓月歌〉, "李謫仙 이제 이셔 고텨 議論 ᄒᆞ게되면"〈關東別曲〉, "岳陽樓 上의 李太白이 사라오 다"〈俛仰亭歌〉; "산쳡쳡 슈잔잔 풍슬슬 화명명ᄒᆞ고 송듁은 낙낙ᄒᆞ듸"〈西往歌〉, "瑟 瑟 淸風에 비기엿던 窓이로다"〈梅窓月歌〉, "靑山은 黙黙ᄒᆞ고 綠水난 潺潺ᄒᆞ듸 淸風 이 실실ᄒᆞ니 이 엇더흔 消息이며"〈樂道歌〉, "潺潺흔 믈결이오 潑潑흔 고기로다"〈樂 志歌〉, "金風이 瑟瑟ᄒᆞ야 庭畔애 지닉 부니"〈莎堤曲〉

14 여기서는 가사 작품 간의 상호텍스트적 반복에 대해 주목한 것이다. 그런데 원래

는 것은 아니지만 여러 각 편의 텍스트를 두루 감상하는 감상자의
관점에서 볼 때 이러한 공식어구는 반복으로 인식되게 되는 것이다.

數間茅屋을 벽계수 앏픠두고	〈賞春曲〉
數間茅屋을 집디 즈리 흐닙 실고	〈退溪歌〉
靑溪上 碧水下의 數間草屋 지어두니	〈樂志歌〉
一間茅屋을 山水間에 지어두고	〈樂貧歌〉
靑山林 깁흔 고딕 一間茅屋 지여 두고	〈樂道歌〉
遺墟蕪沒 흐 딕 草屋數間 디어두고	〈嶺南歌〉
荊棘을 헤혀 드러 草屋數間 지어두고	〈莎堤曲〉
닉힘 밋는딕로 草屋三間 지어닉니	〈梅湖別曲〉

위는 8편의 가사에서 '數間茅屋'이 쓰인 예를 적어본 것이다. '數間
茅屋'은 '數間草屋', '一間茅屋', '草屋數間', '草屋三間' 등으로도 표현
되었다. 여기서 '數間'은 '三間'이나 '一間'보다 더 크고 화려한 집을
의미하는 것이 아니며, '茅屋'과 '草屋'도 집을 잇는 재료의 차이를 말
하고 있는 것이 아니다. 이들 어구는 모두 소박하고 욕심 없는 거주
지라는 동일한 의미망을 형성한다. 그리하여 위의 어구들은 '짓다'
라는 동사나 '벽계수'라는 장소와 연결하여 '은거지'라는 동일한 장
면을 형성하게 된다. 이와 같이 가사문학에서는 동일한 장면이 나오

한자 투성이의 가사는 중국의 문장이나 고사에 대한 선지식이 있을 때에야 앞뒤에
붙은 우리말 수식어의 이해가 가능해지므로 경전이나 詩書와의 상호텍스트성도
생각할 수 있다.

173

면 동일한 어구, 즉 공식어구를 사용함으로써 상호텍스트적 반복이 자주 있게 된다.

한편 가사문학에서는 동일한 유형인 경우 서술구조도 동일하게 나타나는 경향이 있다. 예를 들어 여성 작 신변탄식류 가사는 대부분 여성의 일생에 따른 서술구조 즉, 출생 → 성장 → 결혼 → 신행 → 귀령부모 → 시댁 생활 등의 서술구조 안에서 작가 자신을 표현한다. 화전가류 가사는 창작된 지역이 달라도 대부분 놀이의 전과정에 따른 서술구조 즉, 봄 → 통문 → 놀이 준비와 치장 → 놀이 과정 → 후일 기약 등의 서술구조 안에서 그해의 화전놀이를 서술한다. 유배가사의 경우도 대부분 유배 결정 → 유배지에 도달하기까지의 여정 → 유배생활 → 왕에 대한 충심의 표현 등의 서술구조 안에서 작가 자신을 표현한다.

이렇게 가사문학은 동일한 어휘나 어구로 이루어진 공식어구와 동일한 유형 내에서 전개되는 동일한 서술구조로 말미암아 상호텍스트성을 특징적으로 드러낸다. 가사의 창작 욕구는 가사의 활발한 향유에서 비롯되는데, 작가는 창작에 즈음하여 앞선 작품들의 관습을 참조하게 된다. 이러한 가사문학의 관습적 글쓰기의 성격이 작품의 창작 단계에 작용함으로써 상호텍스트성이 강하게 드러나게 된 것이다.

2) 병렬의 구현양상

(1) 문자체의 병렬

가사는 우리말 시가이지만 중국 전고나 한자성어를 빈번하게 사용한다. 한자어의 사용 정도는 한자어에 우리말 토를 단 데에 불과한 것에서부터 거의 순우리말로만 이루어진 것에 이르기까지 다양하게 나타날 수 있다. 그리하여 그에 따른 문체적 효과도 다르게 나타난다. 한자어를 많이 사용할수록 어려운 난해구를 포함하는 경우가 있게 되므로 문체적 효과는 난해하고 무거워진다. 가사의 표기 형태가 순한글이라 하더라도 한자어를 많이 사용하면 시각적 가벼움에도 불구하고 마찬가지의 문체적 효과가 나타난다. 반면 우리말의 사용 빈도가 많아지면 상대적으로 경쾌하고 가벼운 문체적 효과를 낳게 된다. 거기다가 가사의 표기 형태도 순한글이면 보다 더 발랄한 문체를 구성하게 된다[15].

이렇게 가사문학은 한자어와 순우리말을 섞어 사용한다고 하는 문자체 상의 특수성을 이용하여 문자체의 병렬을 시도함으로써 문체적 효과를 얻으려 하는 경우도 있게 된다. 작가는 가사를 서술해 나갈 때 한자어와 우리말을 적절히 사용하여 造語를 하게 된다. 한자어와 우리말의 조어와 배치는 '한자어+우리말 토씨', '한자어+우리말 서술어', '우리말 서술어+한자어' 등으로 이루어질 수 있다. 그러는 가운데 한자어와 우리말의 배치에 따른 문자체의 병렬을 의식적·무의식적으로 시도하기도 한다.

---

15 그러나 이러한 표기상의 문체는 작시법 상의 문제뿐만 아니라 향유 과정 상의 문제에 기인하기도 한다. 작가가 국한문혼용으로 작시했다 하더라도 필사·전승하는 향유 과정에서 순한글체로 옮겨 가는 경우를 얼마든지 생각할 수 있기 때문이다. 그런 의미에서 표기법 상의 문제는 현대인의 시각에서 볼 때 나타나는 것이라고 할 수 있다.

腥塵一夕 忽起ᄒ니 黎庶今朝 分散이라/ 扶老携幼 어이흘고 深山窮谷
ᄎᄌ가니 / 桃花流水 써오난데 蘿月松風 님지업다/ 三間草屋 니룬후에
數頃石田 손조믹야 / 蔬食菜羹 싱를니워 上奉下育 安過ᄒ니/ 終終事事
닉아넌가 別有乾坤 녀기로다 / 羲皇天地 언졔런고 太古淳風 어졔런 듯/
唐虞日月 도라온가 擊壤歌聲 쑨이로다 / 無心出岫 져구름아 倦飛知還 이
싀들은/ 閑閑得得 무슴무슴 憂憂關心 졀로졀로

위는 〈陶山歌〉로 각 행에서 1음보와 3음보는 한자성어를, 그리고 2
음보와 4음보는 우리말을 쓰고 있다. 간혹 예외가 있긴 하지만 작가
高應陟이 의도적으로 문자체의 병렬을 시도한 것이라고 할 수 있다.
이러한 문자체의 병렬은 조선전기가사에서 뿐만 아니라 조선후기
가사에서도 많이 나타난다. 문자체의 병렬은 시각적으로 질서정연
함을 주고, 상대적으로 1음보와 3음보에서 쓰인 한자어의 의미를 부
각시켜주는 문체적 효과를 자아낸다. 그러나 한편으로는 이것이 내
용의 내적 의미와 그리 관련을 맺지 못함으로써 단순히 언어적 재주
자랑이나 희작에 떨어지고 마는 경우가 많다. 그리고 '한자어+우리
말'과 같은 문자체의 병렬과 4·4조가 결합되어 기계적으로 나타나
는 경우 그 문체가 단순 반복이 주는 효과 즉, 단조로움이 더욱 두드
러지게 나타난다.

그런데 많은 가사문학에서 병렬은 작가가 의식적으로 시도해서
가 아니라 무의식적으로 발현되는 경향을 가진다.

① 從前에 모르든 걸 今日에사 알리로다

② 一段高明 心之月은 萬古에 발갓스되 / 無明長夜 業海浪에 길 몰나
단엿더니 / 靈鷲山 諸佛會相 處處에 뫼아거든 / 小林窟 祖師家品
엇지 멀리 어들소냐

③ 千經萬論 眞法說은 耳邊에 昭昭ᄒ고 / 百域刹土 眞佛面은 眼前에
顯顯ᄒ다 / 靑山은 黙黙ᄒ고 綠水난 潺潺ᄒ듸 / 淸風이 瑟瑟ᄒ니
이엇더흔 消息이며 / 明月이 團團ᄒ니 이엇더흔 境界던고

위는 懶翁和尙의 〈樂道歌〉에서 일부 구절을 뽑아본 것이다. 한자어
가 많이 사용된 가사 의 전형적인 문체를 보여주고 있다고 하겠는데,
이렇게 한자어 투성이의 가사는 가사 전편에서 의도적인 문자체의
병렬을 시도하지 않았다 하더라도, 내용을 서술하는 중간중간에 수
시로 무의식적인 문자체의 병렬이 이루어지는 경향을 지닌다. ①에
서 '從前'과 '今日'이 의미론적으로 병렬을 이루면서 한자어도 병렬
되었다. ②에서 첫행의 '一段高明 心之月은 萬古에 발갓스되'와 3행의
'靈鷲山 諸佛會相 處處에 뫼아거든'이, 그리고 둘째행의 '無明長夜 業
海浪에 길 몰나 단엿더니'와 4행의 '小林窟 祖師家品 엇지 멀리 어들
소냐'가 문자체 면에서 병렬을 이룬다. 여기서 '心之月은'이 '諸佛會
相'으로, '業海浪에'가 '祖師家品'으로 변화를 보이고 있지만 한자어
의 위치가 병렬적 위치에 있다고 할 수 있다. ③은 문자체의 병렬이
변주를 일으키며 이루어진 예이다. 1행과 2행이 정확하게 문자체의
병렬을 이루었다. 그리고 3행에서부터 5행까지에서 "靑山, 綠水, 淸
風, 明月"이라는 명사 한자어에 "黙黙, 潺潺, 瑟瑟, 團團"이라는 형용

177

한자어가 병렬되었으며, 4행의 "이엇더혼 消息이며"와 5행의 "이엇 더혼 境界던고"가 문자체의 병렬을 이루었다. 이와 같이 가사에서는 의미론적 병렬이나 반복이 수행될 때 문자체도 병렬시키고자 하는 대응이 무의식적으로 이루어졌다.

(2) 의미의 점충적 병렬

가사문학에서 가장 보편적으로 사용하고 있는 표현은 의미가 동 일한 방향으로 짝을 이루어 전개되는 점충적 병렬이다.

   ① 칼로 물아낸가 붓으로 그려낸가

   ② 柴扉예 거러보고 亭子애 안자보니

   ③ 踏靑으란 오늘ᄒ고 浴沂란 來日ᄒ새 / 아츰에 採山ᄒ고 나조ᄒᆡ
     釣水ᄒ새

위는 丁克仁의 〈賞春曲〉 가운데서 점충적 병렬을 이루고 있는 구절 을 뽑아본 것이다. ①의 '칼로 말아내다'와 '붓으로 그려내다'는 짝을 이루면서 의미가 동일한 방향으로 확장 전개되었다. ②의 '시비에 걸어보다'와 '정자에 앉아보다'도 시간적 추이에 따라 행동이 확장 적 으로 이루어진 것을 표현한 것으로 의미가 동일한 방향으로 짝을 이루어 전개되었다. ③의 1행에서 '오늘'과 '내일', 2행에서 '아침'과 '낮'은 통상적으로 이항체계를 구성하는 단어이다. 하지만 여기서는 의미적 대조를 구성하는 전개라기보다는 시간적인 추이에 따른 행동의 확장 전개라고 할 수 있다. 그리고 ①, ②, ③은 모두 통사론적인 측면에서도 각각 병렬을 이루고 있다. 이 외 〈상춘곡〉에서 사용된 병렬적 표현[16]은 모두 점층적 병렬에 해당한다.

은일가사, 자연가사 등의 가사문학은 의미적 대조가 없는 점층적 병렬을 주로 사용하는 경향을 보인다. 다시 〈俛仰亭歌〉의 예를 들어 보기로 하겠다.

> 乾坤도 가음 열샤 간대마다 경이로다 / 人間을 써나와도 내몸이 겨를 업다 / 가) 니것도 보려ᄒ고 져것도 드르려코 / 나) ᄇ람도 혀려ᄒ고 둘도 마즈려코 / 다) 봄으란 언제줍고 고기란 언제낙고 / 라) 柴扉란 뉘다드며 딘곳츠란 뉘쓸려료 / 마) 아츰이 낫브거니 나조히라 슬흘소냐 / 바) 오ᄂ리 不足거니 來日리라 有餘ᄒ랴 / 사) 이뫼히 안즈보고 져뫼히 거러보니

송순은 가는 곳마다 승경이어서 속세를 떠나와도 한가할 날이 없다고 하면서 한가할 겨를이 없이 계속되는 자신의 행동을 나열적으로 서술했다. 가)에서부터 사)까지 4음보로 구성된 각 행은 통사적으로 동일 구문이 병렬되면서 의미상 병렬을 이룬다. 여기서 병렬적 관계를 이루는 어휘를 순서대로 적어 보면 다음과 같다.

---

16 '미츨가 믓미츨가', '얼운은 막대 집고 아히ᄂ 술을 메고', '功名도 날 씌우고 富貴도 날 씌우니' 등.

행	점층적 병렬을 이루는 어휘		비고
가)	이것 : 저것	보다 : 듣다	공간적 반복
나)	바람 : 달	혀다 : 맞다	
다)	밤 : 고기	줍다 : 낚다	
라)	시비 : 진곳	닫다 : 쓸다	
마)	아침 : 낮	나쁘다 : 싫다	시간적반복
바)	오늘 : 내일	不足 : 有餘	
사)	이뫼 : 저뫼	걷다 : 앉다	공간적 반복

    가)~라) 및 사)는 공간적으로 확장되어 간 작가의 행동을 서술했
으며, 마)와 바)는 시간적으로 확장되어 간 작가의 행동을 서술했다.
공간적·시간적으로 확장되어 간 작가의 행동은 각각 병렬을 이룸으
로써 반복의 성격을 아울러 지닌다. 가)에서 '이것'과 '저것', '보다'
와 '듣다'의 짝은 '자연에서 모든 것을 보고 듣는다'는 의미를 구현
하기 위해 동원된 동일 계열의 어휘이다. 이와 같이 가)에서부터 사)
에 이르기까지의 표현은 모두 의미 전개가 동일한 방향으로 짝을 이
루어 전개되는 점층적 병렬이다. 바)의 경우 '오늘'과 '내일', '不足'
과 '有餘'가 이항체계의 어휘들이지만, 이것 역시 대립적 의미의 표
현이 아니라 동일 의미의 확장적 표현에 해당한다. 이와 같이 가사
문학은 개개의 병렬적 표현이 모여 동시에 반복을 형성하면서 의미
의 확장적 전개를 꾀하는 경우가 많다.

(3) 의미의 대립적 병렬

    가사문학은 짝을 이루면서 의미가 서로 대조를 보이는 대립적 병
렬의 표현도 많이 사용한다.

① 昨日(어젯날) 少年乙奴(소년으로) 今日白髮(오늘백발) 惶恐何多(황공하다) / ② 朝積那殘(아적나잔) 無病陁可(무병타가) 夕力羅흘(저녁나잘) 未多去西(못다가서) / 手足接古(손발접고) 死難人生(죽난인생) 目前厓(목전애) 頗多何多(파다하다) / ③ 今日以士(오늘이사) 無事旱達(무사한달) 明朝乙(명조를) 定爲孫可(정하손가)

위는 懶翁和尙의 〈僧元歌〉 구절이다. ①에서 '어제의 소년'과 '금일의 백발'은 의미의 대조를 이룬다. ②에서 '아침'의 '無病'과 '저녁'의 '죽은 인생'이 의미의 대조를 이룬다. 두 번째 행만 보면 의미상의 병렬은 없지만, 신체 어휘에 해당하는 '손발'에 이어서 '목전'을 병렬시킴으로써 어휘 차원에서 병렬 표현을 하고 있다. ③에서 '오늘의 無事'와 '다음날 아침의 알 수 없음'이 의미의 대조를 이룬다. 불교가사는 '세속의 삶'과 '염불수도의 삶'이라는 두 이항체계를 바탕으로 하여 시상을 전개한다. 일반인에게는 그렇지 않을 것이지만 佛道者의 시선으로 보면 두 가지는 분명 갈등하는 현실의 두 축이 된다. 이러한 세계관적 인식 하에서는 대립적 세계나 현실의 제시가 자주 있게 되므로 불교가사의 경우 대립적 병렬의 사용이 빈번해질 수밖에 없다.

이와 같이 가사문학은 내용을 서술할 때 1~2행의 단위에서 서로 짝을 이루며 의미가 서로 대조를 보이는 대립적 병렬의 표현을 많이 사용하고 있다. 한편 갈등하는 현실을 다룬 경우 대립적 병렬이 자주 사용되는데, 삼정문란기 현실비판가사의 경우에서 뚜렷하게 드러난다. 〈合江亭歌〉는 잔치를 둘러싼 두 가지 상황, 즉 잔치의 흥성함과 읍민의 피폐상을 대조적으로 서술하고 있는데, 대표적인 구절을 뽑아 보면 다음과 같다.

① 巡使의 勝景이요 萬民의 怨讐로다

② 民怨니 徹天한ᄃ 風樂이 動地ᄒ니

③ 한사람 豪奢로셔 몃百姓이 이려한고 / 樂土樂堵 바릭더이 할길 업시 못살깃다

④ 좋을시고 좋을시고 常平通寶 좋을시고 / 만니쥬면 無事하고 적 기쥬면 生梗ᄒ다

①에서 "순사의 승경"과 "만민의 원수"를 짝을 이루어 병렬함으로 써 상황의 대조적 의미를 드러냈다. ②에서 "민원의 徹天"과 "풍악의 動地"를 짝을 이루어 병렬함으로써 상황의 대조적 의미를 드러냈다. ③에서 '한 사람의 호사'와 '몇 백성의 고역'을, 그리고 '樂土'와 '못살 겠는 세상'을 짝을 이루어 병렬함으로써 상황의 대조적 의미를 드러 냈다. ④에서도 '많이 주면 무사'와 '적게 주면 생경'을 짝을 이루어 병렬함으로써 현실의 대조적 의미를 드러냈다. 이와 같이 삼정문란 기 현실비판가사에서는 가사문학에서 보편적으로 사용하고 있는 점층적 병렬과 함께 대립적 병렬을 많이 사용하는 특징을 보인다.

3. | 반복과 병렬의 구조적 문체 효과

1) 반복의 문체적 효과

가사문학의 기본 형식인 4음보 연속은 반복적 성격을 특징적으로 지닌다. 4음보 연속의 율격은 일정한 정도의 리듬을 형성하여 음악성을 지닌다. '강약중강약형 4보격이라 할 수 있는' 이 시형은 그 독법이 '생리적인 조건으로 인하여 대개는 전 2보와 후2보의 중간에 휴지를 넣어서 기식군으로'[17] 나누어진다. 이렇게 하여 '전체로서의 생리적인 호흡에 꼭 들어맞는'[18] 행이 길게 서술된다. 이렇게 가사문학은 우리의 생리적인 호흡에 꼭 들어맞는 4음보의 반복에 의해 안정된 시형 안에서 내용을 구현할 수 있어 시적 안정성을 확보해주는 문체적 효과를 지닌다.

4음보 연속이라는 형식적 장치는 가사가 일상어 및 산문과 다르게 '詩歌' 장르[19]가 될 수 있게 하는 가장 근본적인 지표이다. 그럼에

---

17 이상보, 『한국 가사문학의 연구』, 형설출판사, 1983, 27쪽.

18 김성기, 「사대부가사에 나타난 우리말의 아름다움」, 앞의 글, 165쪽.

19 가사는 율문 양식으로서 다양한 시적 장치들을 지니고 있다. 4음보 연속의 율격은 일정한 정도의 리듬을 형성하여 음악성을 지닌다. 뒤에서 살펴보겠지만 가사를 창작하는 작가는 문자체의 병렬, 점층적 병렬, 대립적 병렬 등을 빈번하게 사용함으로써 평이하고 단순한 안정적 호흡 속에서도 순간순간 속도감과 긴장감을 불어넣어준다. 그리하여 시적 긴장감을 유지하여 시적 성격을 유지한다. 한편 가사의 서술종결어는 율문양식인 시조 및 민요와 마찬가지로 현재형을 유지한다. 4000여 구에 달하는 장편가사〈日東壯遊歌〉도 서술종결어는 모두 현재형이다. 이는 과거형 서술종결어를 사용할 수 있는 산문 양식과 뚜렷이 구별되는 점이다. 이렇게 가

도 불구하고 4음보의 반복은 우리말의 말하기와 가장 유사한 율문이다. 4음보의 연속은 운의 맞춤, 기·승·전·결의 시상 전개, 대구의 배치 등과 같은 형식적인 제약을 받지도 않으며, 하고 싶은 대로 언제든지 말하고 끝을 맺는 말하기와 유사한 측면이 있다. 그렇다고 해서 가사가 전체적으로 구성의 유기성이 없는 것은 아니다. 작품에 따라서는 시상의 구도 안에 서두와 본사설과 결말을 배치할 수 있다. 그런데 이러한 구성의 유기성은 말하기 방식 자체 내에 들어있는 속성이기도 하다. 말을 잘하는 사람이라면 말을 조리있게 하기 위해서 서두의 말이 있고 푸는 말이 있고 마감하는 말을 배치하게 된다. 가사의 구성은 말하기를 시작할 때 염두에 두고 하는 수준의 구성이지 장르 자체 내의 형식적 규약으로 작용하고 있는 것은 아니다.

이와 같이 가사의 4음보 반복은 다른 어느 시가 장르보다 말과의 유사성을 지님으로써 시적 긴장감을 현저하게 떨어뜨린다. 가사문학의 장르적 성격을 율문임에도 불구하고 수필로 주장하기도 하고 진술양식 면에서 서정이 아닌 敎述이나 傳述로 파악하기도 한 근본적인 이유는 4음보의 무한 반복에 의한 시적 긴장감의 결여 때문이라고 할 수 있다.

이렇게 생리적인 호흡에 꼭 들어맞는 4음보의 연속이 '시적 안정성'을 확보해주기는 하지만, 이러한 안정성은 '시적 단순성'과 '시적 평이성'을 띠게 할 수밖에 없다. 가사문학을 감상하는 사람이라면

사는 4음보를 연속하여 서술적 성격과 시적 이완성을 드러내는 것은 사실이지만 병렬적 표현을 통해 리듬감과 음악성을 발현하고, 현재형 서술종결어를 사용함으로써 산문이 아닌 율문 양식으로서의 장르 특성을 유지한다.

누구나 가지게 되는 느낌이 있다. 즉 가사가 율문 양식 즉, '시'임에
도 불구하고 4음보가 지나치게 안정적인 호흡으로 반복되기 때문에
'시' 일반이 지니고 있는, 혹은 지니고 있어야 하는 '시적 긴장감'이
떨어진다는 느낌이다. 이렇게 가사문학은 4음보의 반복에 의해 '안
정성·단순성·평이성'을 나타냄으로써 결과적으로 '시적 이완성'을
특징적으로 지니게 된다. 이러한 '시적 이완성'은 음수율마저 4·4조
로 통일한 경우 더욱 극대화된다.

  한편 가사문학은 동일한 공식어구 및 서술구조의 사용으로 인해
상호텍스트적 반복이 두드러지게 나타난다. 민요는 구전에 의존하
는 장르이기 때문에 공식어구가 상투적으로 인식되지 않는다. 반면
가사는 기록문학이고 작품의 작가성이 중요하게 작용하기 때문에
공식어구는 상투적으로 인식되는 경향을 지닌다. 상투적인 느낌은
'공식적 내용'을 다루면서, '동일한 공식어구 및 서술구조'를 빈번하
게 사용하는 불교가사, 은일가사, 교훈가사, 신변탄식류가사 등에서
더욱 두드러지게 들게 된다. 이와 같이 가사문학은 동일 유형의 각
편에서 동일한 공식어구 및 서술구조를 반복 사용함으로써 문체적
면에서 상투성과 천편일률성을 특징적으로 드러낸다. 그리고 상호
텍스트성으로 말미암아 빚어지는 상투성과 천편일률성은 가사문학
의 시적 긴장감을 떨어뜨리는 문체적 효과를 자아내게 한다[20].

---

20 가사문학의 상호텍스트성은 중요한 문화적 의미를 지닌다. 상호텍스트성을 활용
   한 창작은 글쓰기의 활성화에 긍정적인 기여를 하였다. 가사문학의 관습적인 창
   작 문화는 전해져 내려오는 것을 수용하여 글쓰기를 하기 때문에 새로운 것을 창
   작해야 한다는 창작의 고통에서 벗어나 자연스럽게 자신을 표현할 수 있었다. 따
   라서 상호텍스트성을 활용한 가사문학의 관습적인 창작은 글쓰기의 활성화에 크

2) 병렬의 문체적 효과

문자체의 병렬 가운데서 기계적이고 도식적인 문자체의 병렬은 반복으로 떨어지고 만다. 이 경우 내용의 내적 의미와 연관한 문체적 효과는 자아내지 못하고, 오히려 그 도식성으로 말미암아 시적 긴장감을 현저하게 떨어뜨리는 문체적 효과만을 낳을 뿐이다.

그러나 도식적이지 않고 무의식적으로 이루어지는 문자체의 병렬은 시적 긴장감을 어느 정도 만들어주는 효과를 자아낸다. 가사문학의 작가는 한자어와 우리말을 섞어서 쓰는 창작 단계에서 작가 스스로 4음보 연속의 시상을 속으로 음영해 볼 것이다. 이럴 때 작가는 음영의 호흡을 생각하지 않을 수 없다. 즉 작가는 한자어로 이루어진 구는 상대적으로 무겁게 느끼고 우리말로 이루어진 구는 가볍게 느낄 것이다. "先聖의 所享이오 學士의 依墅어늘 / 遠居遠處ᄒ야 汚穢庭廡ᄒ니"라는 〈남정가〉의 구절에서 알 수 있듯이 작가는 창작 단계에서 한자어와 우리말의 조합이 주는 문체적 효과에 대한 고려를 무의식적으로 혹은 자동적으로 했을 것으로 보인다. 작가는 한자어와 우리말의 무거움과 가벼움, 뭉침과 품, 알 수 없음과 알 수 있음에 대

게 기여한 측면이 있다. 글쓰기를 생활화할 수 있었던 가사문학의 창작 관습은 현대문화에는 없는 전통문화의 소중한 유산 중 하나가 될 수 있다. 한편 작가는 상호텍스트성을 적극 활용하여 가사를 창작하는 가운데서도 거기에 각자 자신의 사연을 끼워 넣었다. 그리하여 각 작품은 겉으로 보면 천편일률적인 것 같지만, 각 개인의 독특한 인생뿐만 아니라 당대의 역사·사회 현실을 반영하기도 하여, 각기 다른 작품세계를 구현한다. 근대기에 창작된 수많은 규방가사는 근대기의 역사·사회와 그에 따라 굴곡진 개인의 삶을 담고 있기 때문에 문학적 진정성을 확보하고 있는 경우가 많다.

한 고려를 무의식적으로 했을 것이다. 독자 또한 작가나 마찬가지로 한자어와 우리말의 조합이 이루어내는 무거움과 가벼움의 문체적 효과를 체감할 수 있었을 것이다. 따라서 도식적이지 않은 문자체의 병렬은 의미론적 병렬보다는 덜 하겠지만 시적 긴장감이 생성될 수 있는 여지가 있다고 하겠다.

의미론적 병렬은 가사가 지니고 있는 4음보의 율격성, 즉 구술적 動因을 촉발시키며 시에 활력을 불러일으킨다. 우선 4음보 내에서 2음보와 2음보의 짝은 응집력을 형성하여 빠른 호흡을 불러 일으킨다. 그리하여 4음보 내에서 한 번 의미의 응집력이 작용하고 빠른 호흡을 부여하게 됨으로써 일시적으로 조여주는 느낌을 주어 시적 긴장감을 형성하게 한다. 가사문학은 이러한 의미론적 병렬을 자주 사용함으로써 4음보의 반복적 형식으로 이완된 문체에 즉각적으로 조여주는 느낌을 주면서 시적 긴장감을 형성하게 해준다.

가사문학에서 가장 보편적으로 쓰이고 있는 점층적 병렬은 〈면앙정가〉에서처럼 반복을 형성하는 경우도 있다. 이러한 구절을 독자가 음영이나 율독으로 감상할 때 4음보나 8음보 내에서 이루어진 점층적 병렬로 인해 발생한 시적 긴장감이 연속됨으로써 감상의 호흡이 빠르게 진행되는 문체적 효과를 체득할 수 있다. 그리고 순간순간의 속도감과 긴장감은 시에 음악성을 부여한다. 이러한 시의 음악성은 4음보가 반복되어 시적 이완이 이루어지려는 찰나에 그것을 차단하는 효과를 발휘하게 된다. 이와 같이 반복적으로 이루어지는 점층적 병렬은 호흡의 급류를 형성하고 음악성을 부여하여 시적 긴장감을 형성하는 문체적 효과를 보인다.

　그리고 점층적 병렬 표현은 동일한 의미망을 지닌 가운데 서로 짝하는 다른 표현이라는 점에서 말의 다채로움을 선사하는 문체적 효과도 아울러 나타낸다.

　대립적 병렬의 문체적 효과도 점층적 병렬의 것에 준한다고 할 수있다. 역시 2음보 씩 짝을 이룬 표현이기 때문에 응집력을 형성하여, 4음보의 반복으로만 느껴지던 문체에 시적 긴장을 형성한다. 특히 대립적 병렬을 읽는 독자들은 대립하는 두 상황에 대한 인식을 바탕으로 읽어야 하기 때문에 두 표현 간의 이질성에 대해 특히 더 긴장을 해야 하는 의무가 주어진다.

　그리고 대립적 병렬의 표현은 대립되는 두 현실이나 상황에 대해짝을 이루어 표현하기 때문에 "巡使의 勝景이요 萬民의 怨讐로다"와 같이 명제적 표현으로 나타나는 경우가 많다. 시적 표현에서 명제적 표현은 상황이나 현실을 언어로 적확하게 적시해 보여주는 것이다. 그리하여 독자는 명제적 표현에서 언어적 발견에 따른 시적 감동을 더 많이 받는 편이다. 가사문학에서 대립적 병렬은 명제적 표현이 선사하는 시적 감동을 더 많이 받는 문체적 효과를 아울러 지닌다고 하겠다.

　이와 같이 가사문학은 문자체의 병렬, 점층적 병렬, 대립적 병렬 등을 빈번하게 사용함으로써 평이하고 단순한 안정적 호흡 속에서도 순간순간 호흡의 속도감을 부여하여 시적 긴장감을 획득하고 있다.

3) 반복과 병렬의 구조적 문체 효과

그러면 반복과 병렬의 문체적 효과는 구조적으로 어떻게 연결되어 있는가. 우선 위에서 논의한 항목들을 정리해보면 다음과 같다.

대항목	중항목	소항목	문체적 효과
반복	1) 4음보 연속의 반복	가)4·4조 연속	시적 이완
		나)4음보 연속	↑
	2) 공식어구 및 서술구조의 상호텍스트적 반복		↑
병렬	3) 문자체의 병렬	다)기계적 반복	↑
		라)무의식적 병렬	↓
	4) 점층적 병렬		↓
	5) 대립적 병렬		시적 긴장

반복의 양상에 해당하는 것은 1)부터 3)의 다)까지이고, 병렬의 양상에 해당하는 것은 3)의 라)에서부터 5)까지이다. 1)은 다시 가)와 나)로, 3)은 다와 라)로 나누어 양상을 살펴보았다. 대체적으로는 3)의 중간을 기점으로 하여 위로 갈수록 반복의 성격이 강화되어 시적 긴장감이 결여된 이완된 문체를, 아래로 갈수록 시적 긴장감이 많은 긴장된 문체를 형성한다고 할 수 있다. 한 가사문학 작품은 이러한 반복과 병렬의 양상 가운데 몇 가지 혹은 모두를 지닐 수가 있다. 대부분의 가사 작품은 1)에서 5)까지의 양상을 모두 지니고 있다고 할 수 있는데, 다만 어느 양상은 많이 나타나고 어느 양상은 거의 나타나지 않음으로써 작품만의 특징적인 문체를 이룬다. 이렇게 하나의

가사 작품은 1)의 나)를 기본 속성으로 지니면서, 1)의 가) 및 2)~5)까지의 양상을 정도의 차이를 보이며 발휘하고 있다.

어떤 가사 작품은 1)의 가)에다가 2)와 3)의 다), 그리고 4)를 지닐 수 있다. 4·4조 연속을 택하면서 문자체의 병렬까지도 수반하는 경우로서 전형적인 예가 〈陶山歌〉이며, 〈역대전리가〉도 여기[21]에 해당한다. 어떤 작품은 1)의 가)에 2)와 3)의 라), 그리고 4)를 지닐 수 있다. 4·4조만 반복하되 문자체는 무의식적 병렬로 이루어진 경우로 李緒의 〈樂志歌〉[22]와 休靜의 〈回心曲〉가 여기에 해당한다. 4·4조 연속과 문자체의 기계적 반복 두 가지를 모두 사용하거나 그 가운데 어느 하나를 사용한 가사문학 작품은 시적 긴장감이 현저히 떨어져 시적 이완이 극대화되는 문체를 형성하게 된다. 그런데 가사문학에서 4·4조 연속과 기계적인 문자체의 반복을 동시에 사용하고 있는 작품은 그리 많지 않다. 한자어와 우리말을 조합하여 4·4조의 음수율을 이루어내는 일도 그리 쉽지 않은 일인데, 거기다 문자체의 반복을 동시에 수행하기란 매우 어려운 일이기 때문이다.

가사문학 작품에서 가장 보편적으로 보이는 양상은 1)의 나)를 기

---

21 〈역대전리가〉를 이두가 아닌 우리말로 해석한 후의 양상을 기준으로 한 것이다. '傳世無窮 하압시고 人臣取則 ᄒᆞ야시면(傳世無窮 爲狎時古 人臣取則 爲也時面)'에서와 같이 1음보에 한자어 구절을, 2음보에 한자어와 우리말을 섞은 구절을 정확하게 반복함을 알 수 있다. 2음보의 문자체는 구절마다 다르지만 1음보와 2음보의 대비를 중심으로 볼 때 동일 양상이 반복되는 형태를 지닌다.

22 이 작품은 전체적으로 1음보는 한자어구(4자)로, 2음보는 한자어와 우리말의 혼용(4자)으로 이루어졌다. 문자체의 병렬을 의도한 흔적이 역력한 것을 알 수 있다. 그러나 부분적으로 1음보에 '水火中의, 京畿道ᄂᆞᆫ, 全羅道라, 우리大王' 등이 사용되었기 때문에 여기서는 결과를 중시해 문자체의 무의식적인 병렬로만 생각하였다.

본으로 하면서 2), 3)의 라), 그리고 4)를 사용하는 것이다. 특히 조선 전기의 가사문학은 대부분 이러한 양상을 지닌다. 4음보 반복의 틀 안에서 3·4 내지 4·4의 음수율을, 심지어는 2·5의 음수율을 자유롭게 구사하여 도식적이지 않은 자연스러운 문체를 구성한다. 그리고 1)의 나)와 2)의 반복 표현으로 말미암아 시적 이완성이 바탕으로 깔리게 되지만, 행과 행을 연결하면서 3)의 라)와 4)를 사용하여 순간적인 조임과 빠른 호흡이 형성됨으로써 시적 긴장감을 획득하는 문체를 이룬다. 4음보가 지리하게 연속되지만 수시로 병렬 표현을 사용하여 시적 긴장감을 형성하며 작품을 전개해 나간 것이다. 그러면서 동시에 공식어구를 사용하여 관습시를 형성하고 내용의 유형성을 이룬다.

특히 앞에서 살펴보았듯이 〈상춘곡〉이나 〈면앙정가〉와 같은 자연·은일가사에서 짝을 이루어 의미가 동일하게 전개되는 점층적 병렬 표현을 많이 사용한다. 이렇게 자연·은일가사에서 점층적 표현을 많이 사용하는 것은 작가의 세계관과 무관하지 않다고 본다. 작가(자아)는 자연(세계)과 갈등하는 것이 아니라 조화를 이룬, 혹은 이루고자 했기 때문에 대립적이지 않고 동질적으로 확장하는 병렬 표현으로 나타난 것이라고 할 수 있다.

어떤 가사문학 작품은 1)의 나)를 기본으로 하면서 2), 3)의 라), 그리고 5)를 사용한다. 특히 조선후기의 가사문학 가운데 현실비판가사와 교훈가사, 개화기의 의병가사와 개화가사 등은 대부분 이러한 양상을 지닌다. 조선후기는 근대로의 이행기로 이념간의 충돌이 증폭되었으며 삼정문란기의 피폐한 향촌사회의 현실이 두드러지게 문제되는 시기였다. 그리고 개화기는 일제의 강점 야욕이 노골적으로 드러나 민족적 역량이 항일전선에 집결되는 시기였다. 이렇게 1)의 나)를 기본으로 하면서 2), 3)의 라), 그리고 5)를 사용한 가사문학 작품들은 조선후기와 개화기의 갈등하는 현실을 문체에 반영한 것이라고 할 수 있다[23].

4. 맺음말

이 연구에서는 가사문학의 문체적 특성을 반복과 병렬에 주목하여 살펴보았다. 가사문학은 4음보가 반복되는 형식을 지니고 있어 시적인 면에서 매우 느슨하고 따분하다. 그럼에도 불구하고 가사문학은 시작과 중간과 끝이 있는 가운데 4음보의 반복을 성공적으로 수행한다. 시작과 중간과 끝이 있는 것은 내용의 전개로 인해서도 수행된다. 그러나 필자는 이것만으로 가사를 창작하는 작가의 글쓰기가 성공적으로 수행될 수 있었던 것은 아니라고 보았다. 작가는 문체적으로 시행의 중간 중간에 병렬이라는 표현 장치를 도입함으로써 4음보의 반복이 지니고 있는 시적 이완성을 극복하고 시적인 긴장을 끊임없이 추구하면서 작품을 성공적으로 수행할 수 있었다

---

23 지금도 학생 시위나 시민단체의 운동현장에서 대립적 현실을 명제화한 구호를 외치는 경우를 흔하게 볼 수 있다. 작가(자아)와 현실(세계)이 조화로운 것이 아니라 갈등했기 때문에 대립적인 병렬 표현으로 많이 나타난 것이라고 할 수 있다.

고 본다. 그리하여 이 연구에서는 가사문학을 가사문학답게 하는 가장 근본적인 문체의 원리를 반복과 병렬이라고 본 것이다.

　이 연구에서는 문체의 기본 원리에 충실하여 문체를 구성하는 기타 제요소에 대한 고려가 없었거나 불충분하였다. 특히 한 장르의 문체적 특성에서 서술종결어가 형성해내는 문체가 전체의 문체에서 차지하는 비중이 결코 적지 않다고 할 수 있는데, 이러한 점은 논의에서 전혀 고려할 수 없었다. 이점은 앞으로의 과제로 남겨두고자 한다.

고전 詩·歌·謠의
시학과 활용

제6장

가사문학의 구비적 성격

---

1. 머리말

우리말 시가인 시조와 가사는 한글 창제 이전에 장르가 형성되어 조선조 사회에서 왕성히 창작되고 향유되었다. 두 시가 장르는 조선시대라고 하는 특수한 역사적 시기에 한자와 우리말이라고 하는 이원적 문자 체계 내에서 우리말 시가로 창작되고 향유되었던 역사적 장르이다. 문자는 한자, 말은 우리말이라고 하는 등식이 철저하게 지켜졌던 시기에 우리말로 된 시조와 가사가 한자로 된 한시보다 상대적으로 '구비성'을 많이 지니는 것은 어쩌면 당연한 결과라고 할 수 있다. 이렇게 전통사회의 우리말 시가는 구비문학에서 기록문학으로 교체해 가는 시기의 역사적 장르라는 의의를 지니고 있다.

가사의 구비적 성격은 우리말 시가인 시조나 마찬가지로 그 연행, 즉 향유방식에서 가장 잘 드러난다. 이혜순은 고전문학사의 각 장르가 운문적 성격을 띠는 점을 중시하여 가사문학의 존재양상이 숙종기까지는 음악의 반주를 동반하는 것이었다가 그 이후로는 음악의 문학이 아닌 단지 吟誦하는 것으로 변화하였음을 주장했으며, 김동욱은 새로 발굴된 〈西湖別曲〉의 악조표기를 근거로 가사가 숙종 이전에는 唱의 문학이었다고 주장하였다. 그리하여 임형택은 〈陶山十二曲〉을 포함한 국문시가가 가창의 형태로 존재하였음을 강조하고 우리 문학사에 대한 인식에 있어서 이것을 하나의 기본 전제로 하여야 함을 주장하였다. 그리고 조규익은 '가사는 노래, 즉 가창문학이었다'는 '평범하면서도 상식적인 사실'을 대전제로 〈賞春曲〉, 〈西湖別曲〉, 〈關東別曲〉 등을 조선조 長歌 歌脈의 하나를 이루고 있는 것으로 파악하고, '가사는 短歌인 大葉(혹은 歌曲)과 함께 초창기부터 가창되던 장가의 대표적 장르'이며, '단가나 장가 모두 조선조까지 많이 불리던 眞勺으로부터 파생된 곡조들'이라고 보았다[1].

이러한 주장에 반해 16세기의 시가 작품들이 '노래를 부르기 위한 의도에서 지어진 것이 많으며, 또 실제로 이들 중 대다수가 노래로 불렸지만, 이들 중에는 複數實演의 양상을 보여서 한편으로는 노래로 불리면서 다른 한편으로는 읽거나 읊는 방식에 의해서도 향수된 것이 적

---

1 이혜순, 「歌詞·歌辭論」, 서울대 국문학연구회, 1966. ; 김동욱, 「허강의 서호별곡과 양사언의 미인별곡」, 『한국가요의 연구·속』, 이우출판사, 1980. ; 임형택, 「국문시의 전통과 도산십이곡」, 『한국문학사의 시각』, 창작과 비평사, 1984. ; 조규익, 「조선조 장가 가맥의 일단」, 『한국가사문학연구』, 상산정재호박사화갑기념 논총간행위원회, 태학사, 1995.

지 않으며, 또 노래로 불리지 않고 그냥 읽거나 읊는 차원으로만 향수된 작품들도 상당수 있었'으므로 '우리말 시가가 가창의 형태로만 존재하였다든가, 또는 숙종대 이전까지는 시조와 가사가 모두 가창되었을 것이라고 하는 견해들은 당대 시가의 향수 양상의 일면을 나타낸 것에 지나지 않아서, 이를 그대로 일반화시켜서 전면적인 진실로 받아들이기는 어려울 것'[2]이라는 성호경의 지적도 있는 것이 사실이다.

이러한 기존의 연구 결과를 종합해볼 때 한 가지 의심할 여지가 없는 점은 조선전기의 가사 중에 가창된 것이 있다는 사실이다. 그리하여 가사문학사를 바라보는 대체적인 시각은, 가사의 향유방식을 크게 歌唱, 吟咏, 玩讀으로 나눈다고 할 때[3], 가창물에서 음영을 거쳐 점차 완독물로 변화해 간 것으로 보는 것이다. 그리고 가창물에서 완독물로 변화해 간 '가사 향유 방식의 변천'을 '구비문학에서 기록문학으로의 전환'이라는 시가사적 의의와 연결하여 인식하고 있다[4].

우리는 과거 전통시대를 말할 때 범박하게 구비문학 시대에서 기록문학 시대로 이행해 나가는 과도기라고 말한다. 그런데 기록문학의 시대로 나아가는 것이 대세였다고 하더라도 모든 장르의 존재 양상이 단선적으로 구비문학의 형태에서 기록문학의 형태로 점진적 변화 단계를 거친 것은 아니다. 특히 가사문학의 존재 양상과 이행 양상은 그러한 단선적 이해만으로는 곤란한 면을 지니고 있다. 가사문학이 가

---

2 성호경, 「16세기 국어시가의 연구」, 서울대학교 박사학위논문, 1986, 55쪽.

3 이능우, 『가사문학론』, 일지사, 1977.

4 임재욱, 「가사의 형태와 향유 방식 변화의 관련 양상 연구」, 『국문학연구』제137집, 서울대학교 국문학연구회, 1998.

창되기도 하였다는 점은 뚜렷한 사실이다. 그런데 가창성이 기록문학이 지니지 않은 구비성을 지니고 있는 것은 사실이지만, 가창성만이 구비적 성격의 전부를 말해주는 것은 아니다. 또 그 가창성의 실질적 내용이 구비성에 합당한지에 대해서도 검증을 필요로 한다.

'구비성'이란 '말로 존재하고, 말로 전달되고, 말로 전승되는'[5] 성격을 포괄한다. 그리고 구비성은 구전성, 익명성, 적층성, 및 스스로 향유하며 즐기는 자족성에 친연성을 가진다. 이렇다고 할 때 가사문학이 실제로 가창되었다 하더라도 그 양식 및 형태는 '스스로 자족하며 말로 연행하고 전승하는' '구비성'의 본래적 의미와는 상당히 거리가 있는 것이다. 그러므로 '구비성'이 본래적으로 지니고 있는 성격, 즉 작자의 익명성, 구전성, 적층성, 자족성 등과 같은 다양한 각도에서 가사문학의 실체를 과학적으로 살펴볼 필요가 있다.

이 연구의 목적은 가사문학의 구비적 성격을 살펴보고 가사문학사적 운동방향을 규명하는 데 있다. 구비성은 작시, 연행, 그리고 전승의 세 가지 측면에서 생각할 수 있다[6]. II~IV장에서는 우선 작시, 연행, 전승의 세 층위에서 가사문학의 구비성과 기록성이 어떠한 양상으로 전개되고 있는지 살펴본다. 구비성뿐만 아니라 기록성을 아울러 살피는 것은 가사문학이 기본적으로 기록문학이라는 전제에서 벗어날 수 없으므로 가사문학의 장르적 실체를 보다 객관적으로 규명하기 위해서

---

5 한국구비문학회, 『구비문학개설』, 일조각, 1977, 3쪽.

6 "The three ways in which a poem can most readily be called oral are in terms of (1) its composition, (2) its mode of transmission, and (3) (related to (2)) its performance. Some oral poetry is oral in all these respects, some in only one or two." Ruth Finnegan, 『Oral Poetry』, Cambridge University Press, 1977, 17쪽.

는 기록성을 포함한 양측면의 실질적 내용을 따져보아야 하기 때문이다. 각 장에서는 가사문학사를 통시적으로 이해하기 위해 조선전기와 조선후기의 큰 틀로 구분하여 논의하고자 한다. 조선전기와 후기를 나누는 기점은 17세기 말로 잡았다[7]. 각각의 층위에 대하여 조선전기와 조선후기에 드러나는 기본적인 성격을 도출하고 그것이 함유하고 있는 실질적인 내용이 무엇인지를 분석하고자 한다. 마지막으로 Ⅴ장에서는 앞서의 논의를 바탕으로 '구비적 성격의 가사문학사적 운동방향'을 규명한다. 가사문학에서 구비적 성격의 발현이 시대를 지남에 따라서 어떠한 방향성을 지니고 있는지를 규명하고자 한다.

2. 作詩의 기록성과 구비적 성격의 발현

1) 훈민정음 창제와 가사의 기록성

가사문학은 훈민정음의 창제와 더불어 이중문자 시대가 열리자 사대부들 사이에서 정착·발전된 우리말 시가장르이다. 사대부들은

---

7 임란 이후 17세기 가사문학은 조선전기가사와 조선후기가사를 가르는 전환기라 할 수 있다. 그러나 17세기에 전기가사에 관한 중요한 기록물인 『지봉유설』이 1614년, 『순오지』가 1678년, 『서포만필』이 1687년 이후 집필되고, 전기가사를 계승하는 작품들이 꾸준히 지배적으로 창작되고, 18세기 이후의 가사문학 양상이 그 이전과 상당히 달라지고 있는 것으로 미루어 그 기점을 17세기 말로 잡은 것이다.

4음보 연속의 율문 장르를 활용해 우리말의 아름다움과 사대부적
정서를 절묘하게 조화시켜 가사의 전범을 형성하였다. 丁克仁이나
宋純과 같이 적극적인 작가는 우리 문자를 사용한 가사를 활발히 창
작하고 그것을 창에 얹어 부르기도 함으로써 가사 장르는 사대부의
대중적 시가 형식으로 발전하게 되었다. 그런데 가사문학은 작시 상
우리말을 이용한 기록문학 행위로 생산된 것이었다.

> (1) 근세에 우리말의 長歌가 많다. 유독 宋純의〈俛仰亭歌〉와 陳復昌
> 의〈萬古歌〉가 사람의 마음을 끈다.〈俛仰亭歌〉는 山川과 田野의 그
> 윽하고 광활한 형상과, 높고 낮은 亭臺와 굽어 도는 좁은 길의 형상
> 을 두루 폈다. 사계절과 아침 저녁의 경치를 모두 갖추어 기록하지
> 않은 것이 없으며, 문자를 섞어 가며 그 천천히 도는 모양의 극치
> 를 표현하였으니 진실로 볼 만하고 들을 만하다. 宋純이 평생 노래
> 를 잘 지었으나 이것이 그 중 최고이다.〈萬古歌〉는 먼저 역대 帝王
> 의 어짐과 그릇됨을 펴고, 다음으로 신하의 어짐과 그릇됨을 폈다.
> 대개 중국의 陽節潘氏의 論을 저본으로 하여 우리말로 歌詞를 짓고
> 曲을 붙인 것인데 역시 들을 만하다[8].
>
> (2) 우리나라 사람이 지은 歌曲은 오로지 방언만 사용하고 간혹 문

---

8 "近世作俚語長歌者多矣 唯宋純俛仰亭歌陳復昌萬古歌差強人意 俛仰亭歌則鋪敍山川
田野幽敻曠濶之狀 亭臺蹊徑高低回曲之形 四時朝暮之景 無人備錄 雜以文字極其宛轉
眞可視而可聽也 宋純平生善作歌 此乃其中之最也 萬古歌則先敍歷代帝王之賢否 次敍
臣下之賢否 大槪祖述陽節潘氏之論 以俚語塡詞度曲"『遣閑雜錄』

자를 섞었으나 대개가 언문으로 된 것이 세상에 전하고 있다. 대개 방언을 사용하는 것은 그 나라 풍속에 있어서 그렇지 않을 수 없기 때문이다. 그러니 그 가곡이 중국의 것과 비등하지는 못할지라도 또한 <u>볼만하고 들을 만한 것이 없지도 않다</u>[9].

(1)은 심수경이 우리말의 장가 중에서 〈俛仰亭歌〉와 〈萬古歌〉가 가장 좋다고 평한 기록이고, (2)는 홍만종의 15편 우리 歌詞가 간혹 문자를 섞고 언문으로 썼지만 훌륭하다고 평한 기록이다. 두 기록에서 심수경과 홍만종은 우리말로 쓴 長歌(歌曲)가 '볼 만하고 들을 만하다'고 했으며, 따로 심수경은 '우리말로 가사를 짓고 곡을 붙였다'고 했다. 따라서 여기서 언급하고 있는 가사가 모두 가창되었음을 알 수 있다. 그런데 위의 기록에서 작시와 가창의 과정은 먼저 '우리말로 가사를 짓고', 그 뒤에 곡을 붙여 가창했다고 했다. 가사가 선창작 후가창의 과정을 거쳤음은 "또 〈無等長歌〉 등과 같은 歌曲을 짓고, 술이 오를 때면 歌兒 舞女 등에게 그것을 노래 부르게 하였다[10]"고 한 〈면앙정가〉와 관련한 기록에서도 확인된다. 따라서 가사문학은 기본

9　"我東人所作歌曲 專用方言 間雜文字率以諺書 傳行於世 蓋方言之用 在其國俗不得不然也 其歌曲雖不能與中國樂譜此竝 亦有可觀而可聽者"『旬五志』下

10　"且作歌曲如無等長歌等 酒酣輒使歌兒舞女等唱之"『溪陰漫筆』卷之二. 이것은 宋純의 〈俛仰亭歌〉와 관련한 기록이다. '歌曲을 짓는 일'이 우리말 노래인 歌辭를 창작하는 일임을 알 수 있다. 이렇게 일단 가사의 창작이 이루어지고 나서 그후 노래 부르는 일이 이루어졌음을 알 수 있다. 엄격히 말해서 이 기록은 작가 자신이 기록한 것이 아니고 후손이 기록한 것이어서 창작 당시의 작시 상황을 그대로 전해주지는 못한다. 그러나 후대인의 기록이긴 하지만 창작 당시의 상황도 여기서 그리 벗어나지 못할 것이라고 본다면, 작가의 작시는 언제나 기록문학 형태였다고 할 수 있다.

적으로 언문으로 쓴 기록문학의 형태로 창작되었다고 할 수 있다.

위에서 우리말로 된 長歌(歌曲)에 대한 사대부들의 평가에서 주목할 만한 점은 우리말로 쓴 가사가 한시와는 다르지만 제법 괜찮다고 놀라움을 표현하고 있는 것이다. 이 점은 백성의 문자인 언문이 사대부가 하는 기록문학 행위의 場에 등장하여 주변을 형성하는데 대한 인정의 발언이라고 할 수 있다. (2)에서 홍만종은 15편의 가사작품을 거론하고 있는데, 실제로 이들 작품 가운데는 한자어 투성이의 것이 많다. 그런데도 '간혹 문자를 섞어 쓰고 대체적으로는 언문으로 썼다'고 한 것은 이들 작품에 대한 인상적 비평에서 비롯된 것이라고 할 수 있다. 한자로만 이루어진 기록문학만을 보다가 우리말로 된 기록문학을 보고 우리말이 기록문학의 영역으로 진입한 것에 대해 상대적으로 인상비평을 한 것이다.

한편 작가가 가사를 창작할 때 어떤 특수한 상황에서는 기록을 하지 않은 채 먼저 음영하거나 가창을 한 경우도 생각할 수 있다. 그런데 이런 상황이라 하더라도 작가의 구술이 이루어진 시점과 기록이 이루어진 시점은 그리 차이가 나지 않았을 것으로 보인다. 따라서 애초 이루어진 구술성의 의미는 그리 크지 않다고 할 수 있다.

그렇다면 한글창제 이전의 가사문학은 어떠했을까? 15세기 사대부 가사가 창작되기 이전에 창작된 가사문학으로 懶翁和尙의 〈西往歌〉, 〈僧元歌〉 등과 申得淸의 〈歷代轉理歌〉가 확인되고 있다. 가사문학의 형식적 형성에 고승이나 사대부가 관여했음을 알 수 있는데, 이들 상층인이 가사의 형식으로 민요의 형식을 택한 것은 대중성을 꾀하려한 창작 의도가 있었기 때문이다. 어려운 불교 진리가 있고 그것을 문자를 모르는 일반 신도들에게 알리고자 할 때 가장 쉽게 떠 올릴 수 있는 것이 율격을 타는 율문의 서술양식일 것이다. 구비전 통시대인들은 어려운 생각이나 철학적 사고를 구전공식구적 율문 양식으로 리드믹하게 구연했다고 한다[11]. 이렇게 불교에서 일반 신 도를 위한 노래가 필요할 때 신도들에게 가장 익숙한 민요의 4음보 연속의 율문체를 자연스럽게 채택한 것이다[12]. 사대부층도 마찬가 지였다고 보인다. 〈歷代轉理歌〉와 같이 교훈적인 내용을 담은 경우 천자문 교육을 위한 구송문처럼 민요를 통해 익숙해진 4음보 연속 의 율문 형식을 자연스럽게 채택한 것으로 보인다. 이런 의미에서 형식적 기원에 관한 조동일의 민요 기원설[13]은 충분한 설득력을 지 닌다.

　그런데 가사가 형식의 기원을 민요에 두고 있음에도 불구하고 가 사는 애초부터 기록문학으로 창작된 것으로 추정된다. 현재 초기 가 사 가운데 〈승원가〉와 〈역대전리가〉가 吏讀 기록의 이본을 지니고 있

---

11 'In a primary oral culture, to solve effectively the problem of retrieving carefully articulated thought, you have to do your thinking in mnemonic patterns, shaped for ready oral recurrence. Your thought must come into being in heavily rhythmic, balanced patterns, in repetitions or antitheses, in alliterations and assonances, in epithetic and other formulary expressions, in standard thematic settings(the assembly, the duel, the hero's 'helper', and so on), in proverbs which are constantly heard by aveeryone so that they come to mind readily and which themselves are patterned for retention and ready recall, or in other mnemonic form.' Walter J. Ong, 『Orality and Literacy』, Methuen, London and NeW York, 1982, p.34.

12 박경주는『고려시대 한문가요연구』(태학사, 1998, 215-219쪽)에서 여말 승려층에 의해 장편의 禪歌와 민요가 접맥되면서 가사가 탄생했다고 보았다.

13 조동일, 「민요의 형식을 통해 본 시가사의 전개」, 『한국시가연구』, 형설출판사, 1981.

으며, 〈역대전리가〉는 고려 공민왕 20년(1371년)에 신득청이 직접 이 두로 기록한 것이다[14]. 신득청이 표기한 口訣은 이두나 향찰 표기법 을 혼용하여 종래의 용법과는 매우 다른 '文型口訣'을 이룬다. 이것 은 4음보 연속 형식의 운율에 맞추려는 구결의 특수용법을 보여준 다[15]. 이렇게 가사문학 가운데 유독 한글창제 이전에 창작된 가사에 만 이두 표기가 있고, 가사의 운율에 맞추는 특수한 구결 방식을 채 택하고 있다는 점은 이들 초창기 가사가 오랫동안 구술로만 전해지 다가 우리말이 창제되면서 기록된 것은 아니라는 사정을 알 수 있게 한다[16]. 고려조에 지어진 가사문학은 불교가사와 교훈가사 유형이 주로였던 것으로 보인다. 이 경우 불교용어, 중국고사, 역대인명 등 과 같은 한자어의 사용 빈도가 높아 한자어에 우리말 토를 다는 이 두식 표기가 훨씬 용이했을 것으로 보인다. 이렇게 초창기 가사문학

---

14 〈승원가〉의 최초 소개는 金鍾雨의 「懶翁과 그의 歌辭에 대한 硏究」(『論文集』제 17 집, 부산대학교, 1974, 1-23쪽)에서이다. ; 〈歷代轉理歌〉의 최초 소개는 崔益翰의 「高 麗歌詞 歷代轉理歌를 紹介함」(『正音』제22호, 1938)에서이다. 李東英, 「申得淸의 歷 代轉理歌攷」, 『사대논문집』, 부산대학교, 1995. ; 〈승원가〉, 〈서왕가〉, 〈역대전리가〉 등은 『韓國歌辭選集』(이상보 편저, 집문당, 1979)에 실려 있다. 이상보는 나옹화상 의 작품으로 〈樂道歌〉〈尋牛歌〉 등이 더 있다고 알려져 있으나 나옹 작품으로서의 신 빙성이 희박하다고 했다.

15 박병채, 「역대전리가에 나타난 구결에 대하여」, 『어문논집』제19·20집, 고려대학 교 국어국문학연구회, 1977. 박병채는 가사체 형식에 맞추려 표기한 이 가사에서 의 독특한 용법을 따로 '문형구결'이라 용어화하였다. 언문 부분을 한글로 고쳐 붙 인 것은 한글이 창제 된 후인 1454년에 范承洛이 훈민정음을 창제한 성삼문과 박팽 년의 교정을 받아 1456년에 펴낸 것이다.

16 고려중기 이후에 지어진 고려속요, 경기체가, 시조 등의 텍스트는 '향찰이나 이두 혹은 口訣 등으로 대표되는 대체문자에 의해 기록되었을 가능성이 농후하다.' 조 규익, 「한국 고전시가사 서술 방안(2)」, 『한국시가연구』창간호, 한국시가학회, 1997, 164쪽. 그리고 이것들은 훈민정음의 창제와 함께 모두 우리말로 기록의 전 환을 이루었다.

은 언문은 아니었지만 대체문자를 이용하여 기록문학 행위로 창작
되었을 가능성이 높다고 본다.

그런데 조선전기 가사문학에서 보다 주목해야 할 점은 전하고
있는 작품 대부분이 작가를 알 수 있다는 점이다. 『韓國歌辭選集』에
전기가사로 실린 총 37편의 작품들 모두에는 작가가 알려져 있다[17].
『旬五志』하권에서 홍만종이 우리말 歌曲으로 논한 작품 15편은 맨
마지막에서 논한 〈孟嘗君歌〉를 제외하고는 모두 작자가 전한다[18]. 이
렇게 조선전기 가사문학은 각 작품에 대부분 작가가 존재하고 그 작
가의 '작가성'이 작품성에 일정 정도 작용하였음을 알 수 있다. 〈사
미인곡〉하면 반드시 정철을 떠올리곤 하는 식이었다. 이러한 점은
조선전기 가사문학의 작가층이 사대부층이었으므로 당대의 독자들
이 그들의 우리말 기록문학인 가사문학 작품을 작가와 떼어내어 생
각지 않으려 한 데서 비롯된 것이라고 할 수 있다. 이렇게 조선전기
에는 개별 가사 작품의 정체성에 있어서 작가의 비중이 매우 높았다
는 것을 알 수 있다. 가사의 작품성에서 작가의 비중이 높다고 하는
점은 가사문학이 구비성보다는 기록문학성과 전적으로 친연성을
지니고 있다는 것을 말해준다.

---

17 이상보 편저, 『韓國歌辭選集』, 앞의 책. 전기가사(14-16세기)에는 24작가의 37편
    가사가 실려 있다.

18 인용 작품을 순서대로 나열하면 다음과 같다. 〈朝天錄歌詞〉〈歷代歌〉〈勸善指路歌〉
    〈冤憤歌〉〈俛仰亭歌〉〈關西別曲〉〈關東別曲〉〈思美人曲〉〈續美人曲〉〈長進酒〉〈江村別曲〉
    〈怨婦詞〉〈流民歎〉〈牧童歌〉〈孟嘗君歌〉

2) 조선후기 가사의 익명성과 구비적 성격의 발현

조선후기에도 가사문학의 작시는 기록문학으로 이루어졌다.

城隱公은 여러 훈계의 말을 짓고 또 우리말로 노래를 만들어 여러
아들들에게 朝夕으로 외우게 하였다[19].

위는 城隱 金景欽(1815-1880)이 쓴 〈三才道歌〉, 〈不孝歎〉, 〈警心歌〉 등
에 대한 기록이다. '以諺語爲歌'라는 것은 우리말로 된 가사문학을
창작한 것을 말한다. 조선후기 유명씨 작 가사작품들은 대부분 김경
흠과 같은 향반층에 의해 창작되었는데, 가사의 작시와 음영의 과정
은 대부분 김경흠의 경우와 마찬가지였다. 이렇게 조선후기 유명씨
작 가사작품들은 조선전기나 마찬가지로 '작가성'을 지닌 채 기록문
학으로 창작되었다.
　한편 조선후기에 이르면 많은 무명씨의 작품이 생산되었다. 작가
를 알 수 없는 다수의 각 편들은 필사본 형태로 전해져 현대에 와서
발견된 후 정리되었다.『歷代歌辭文學全集』전 50권에는 엄청난 양의
가사문학 자료가 모두 옛날 표기를 간직한 채 영인되어 있다.[20] 이들
자료가 애초 작가가 직접 쓴 원본은 아니라 하더라도 이들 필사본의

---

19 '城隱公作諸訓又以諺語爲歌 使諸子朝夕諷誦' (유재영,「금릉세덕돈목가에 대한 고
　찰」,『국어국문』제25집, 전북대 국어국문학회, 1985, 101쪽)에서 재인용. 1866년
　작이다.
20 임기중 편, 동서문화원(1-10권)·여강출판사(11-30권)·아세아문화사(31-50권),
　1987·1992·1994·1998. 전 50권에는 일련번호 2469번의 작품이 수록되어 있다.

존재는 가사문학의 기록성을 보여주기에 충분한 것이다. 이렇게 조선후기에 이르러서도 가사문학은 작시 면에서 기록문학의 성격을 강하게 지닌 장르였음은 분명하게 드러난다[21].

그럼에도 불구하고 조선후기가사는 작가의 '익명성'이 두드러지게 나타난다는 점은 작시 상 변화의 양상으로 주목할 만하다. 조선후기에 창작된 가사 작품 중에는 〈원한가〉, 〈규수상사곡〉, 〈사친가〉 등의 규방가사, 〈노처녀가〉, 〈우부가〉 등의 애정·세태가사, 〈갑민가〉, 〈합강정가〉, 〈거창가〉, 〈향산별곡〉 등의 현실비판가사와 같이 무명씨작 가사가 넘쳐난다. 그래서 조선후기에 이르면 작가가 있는 가사보다 무명씨작 가사가 더 많은 실정이다.

여기서 중요한 점은 조선후기에 나온 많은 가사가 작가를 알 수 없는데, 그 이유가 세월이 지나면서 작가를 잃어버려서가 아니라 애초부터 작가성을 지니지 않은 채 '익명'으로 창작되고 전승되어서이기 때문이라는 것이다. 상식적으로 생각할 때 작품이 창작되고 이후 시간이 오래되면 될수록 작가를 알 수 없는 현상이 더 많아져야 한다. 그러나 가사문학사에서는 이러한 현상이 거꾸로 나타난다는 점이 특징적으로 드러난다. 오히려 조선후기가사로 갈수록 작가를 알 수 없는 작품이 많이 등장하고 작가가 누구인지를 풀 수 있는 단서도 거의 없는 작품이 많다.

---

21 간혹 村老의 구술을 들었다거나 하는 증언이 있지만 그것을 촌로 당사자의 작시 상황으로 볼 수는 없을 것같다. 혹시, 그 구술로서 작품의 생명을 다하여 다른 필사본을 남기지 않은 경우를 생각할 수는 있겠으나, 가사문학의 많은 경우가 그러하듯이 촌로가 구술하는 대부분은 다른 필사본 형태가 있으면서 기억에 의존해 가사를 음영하였던 것이다.

조선후기에 작가성보다 '익명성'을 지닌 가사가 많이 생산된 것은 조선후기에 이르러 작품을 생산하고 발표하는 가사의 존재 양상이 조선전기와 다르게 변화했음을 의미한다. 조선후기에도 물론 작가를 알 수 있는 가사작품이 많이 창작되었다. 하지만 조선후기 유명 씨작 가사 작품의 작가는 대부분 향반층으로, 이들의 가사문학은 주로 소속 가정, 가문, 거주 지역에 한정하여 향유되고 전승되는 경향이 있었다. 반면 익명의 가사 작품들은 가문이나 지역에 상관없이 오히려 광범위하게 향유되고 전승되는 경향이 있었다. 가사문학 담당층의 확대와 익명성이 맞물려서 엄청난 양의 무명씨작이 향유·전승되게 된 것이다.

한편 조선후기 가사문학은 작가의 '익명성'에 힘입어 동일한 제목에 유사한 내용을 담은 작품들을 반복해서 생산해내었다. 〈상사별곡〉, 〈상사가〉, 〈규수상사곡〉 등의 '相思' 계열의 작품들이 쏟아져 나왔는데, 작품의 화자가 여성이냐 남성이냐에 따라서 혹은 개별 작품마다 내용을 달리한다. 하지만 그 표현은 관습적인 어구들을 총동원하여 '상사' 모티프를 전개해 나갔다. 그리고 〈사친가〉, 〈사향가〉, 〈화전가〉, 〈농부가〉, 〈도덕가〉, 〈계녀가〉, 〈한양가〉 등과 같이 제목은 동일하지만 내용은 다르거나 비슷한 작품들이 반복적으로 생산되었다. 〈노처녀가〉라는 제목의 가사도 화자가 40세 양반규수인 작품과 50세 서민규수인 작품이 있어 현재 〈노처녀가〉 I, II로 나누어 부르고 있다.

이렇게 동일 제목에 비슷한 내용을 담은 가사를 창작하는 현상은 사미인곡계 가사에서처럼 조선전기에도 나타난 것이었다. 그러나 조선후기에 이르면 이러한 현상이 광범위하게 나타나 가사 생산의 주류를 이루게 되었다. 이러한 현상은 비록 기준은 다르지만 비슷한 제명의 구비문학 자료가 전국적으로 반복 생산되는 현상과 유사한 문화현상이다. 민요의 아리랑이 부르는 제목이 유사한 가운데 각 지방에서 향토적 색채를 담아 향유되고 전승된 것과도 유사한 문화 현상이라고 할 수 있다. 이렇게 조선후기 가사문학은 작가의 '익명성'으로 말미암아 기록문학으로 창작되었음에도 불구하고 구비적 존재 양상, 즉 '구비성'을 특징적으로 드러내고 있다.

3. │ 演行과 구비적 성격

1) 조선전기 가사의 歌唱性

조선전기의 가사문학은 상당수가 가창되었다.『芝峯類說』(1614)에서 우리나라 歌詞 중 長歌로 인용한 18편의 작품들과 『旬五志』(1678)에서 우리나라 사람이 지은 歌曲이라고 인용한 15편의 작품들[22]은 모두 '長歌, 歌曲'이라는 명칭으로 묶여졌으며, 이들 작품에 대한 평이 '볼 만하고 들을 만하다'고 적혀 있다. 그리하여 〈賞春曲〉, 〈西湖別

---

22 『지봉유설』에서 인용한 가사 작품은 다음과 같다. 〈感君恩〉〈翰林別曲〉〈漁父詞〉〈退溪歌〉〈南冥歌〉〈俛仰亭歌〉〈關西別曲〉〈關東別曲〉〈思美人曲〉〈續思美人曲〉〈長進酒詞〉〈水月亭歌〉〈歷代歌〉〈關山別曲〉〈古別離曲〉〈南征歌〉〈朝天曲〉二曲 ;『순오지』에서 인용한 가사 작품은 주 14)를 참조하기 바란다.

曲), 〈關東別曲〉 등과 같은 유명한 작품들은 '조선조 長歌 歌脈의 一端'[23]을 형성하고 있을 정도로 가창이 활발하게 이루졌다.

그러면 이들 가사의 가창 형태는 어떠하였을까? 『지봉유설』에서 '長歌'로 다룬 것에서 알 수 있듯이 이들 가사가 완창되었을 가능성은 충분히 있다. 그런데 경우에 따라서는 완창과 병행하여 부분창이 이루어지거나 곡조에 맞추어 변형된 형태로 가창되기도 했다. 부분창의 모습은 淸陰 金尙憲(1570-1672)이 '매일 시아로 하여금 송강의 〈思美人曲〉을 아침 저녁으로 노래 부르게 했는데, 특히 羅幃寂寞 繡幕空虛의 대목을 즐겨 들었다'고 한 기록[24]에서 알 수 있다. 한편 곡조에 맞추어 변형된 형태로 가창된 모습은 〈西湖別曲〉의 예에서 알 수 있다. '〈西湖詞〉 6결이 있는데 봉래 양사군이 이것을 악부에 실어 3강 8엽 총 33절로 만들고 〈西湖別曲〉이라 하였다. 뒤에 공이 많이 잘라내고 고치고 더하였으므로 악부에 실린 것과는 같지 않다'[25]는 기록에서 알 수 있듯이 음악의 곡조에 맞추어 가사를 고치고 가다듬는 작업이 뒤따르기도 했다.

그런데 조선전기 가사의 상당수가 가창되었기는 하지만 조선전기 가사의 창작은 '노래하는 시' 또는 '노래하기 위한 시'가 아니라 '노래할 수 있는 시'[26]로서의 성격을 지니고 있었던 것으로 보인다. 조선전기 가사문학은 기록문학으로 작시가 이루어진 후 모든 가사

---

23 조규익, 앞의 논문.

24 최상은, 「조선전기 사대부 가사의 미의식」, 성균관대학교 박사학위 논문, 1991, 107쪽.

25 '又有西湖詞六結 蓬萊楊使君載之樂府 爲三腔八葉總三十三節 謂之西湖別曲 後公多刪改增益 與樂府所載不同〈西湖詞跋〉『東崖遺稿 附錄 歌詞』번역과 원문은 조규익, 앞의 논문, 220쪽에서 인용.

26 성호경, 앞의 논문, 82쪽.

가 가창된 것이 아니라 그것 가운데 선택된 것만 가창될 수 있었다. 그러므로 조선전기 가사는 기록문학으로 창작된 이후 '가창'되는 것과 함께 완독과 음영되는 것이 '복수실현'되었다고 보는 것이 타당할 것이다. 다만 전기가사의 가창성은 후기가사의 연행방식과 비교해서 뚜렷한 특징으로 부각될 수 있는 것이다. 그런 의미에서 조선전기 가사의 가창성은 조선후기가사에 비해 상대적으로 부각되는 특징을 용어화한 것이라고 하겠다.

그러면 조선전기가사에서 가창의 실질적 내용은 어떠했는가를 살펴보도록 하겠다.

(1) 또 〈無等長歌〉 등과 같은 歌曲을 짓고, 술이 오를 때면 歌兒 舞女 등에게 그것을 노래 부르게 하였다[27].

(2) 헛된 이름 좇느라 세간에 떨어졌으니 / 선단에 기약둔 이몸, 언제나 돌아갈꼬 / 그대 만나 관동곡 노래를 들으니 / 금강 만첩산을 대략 알겠도다[28]

(3) 장가 여섯 작품과 단가 두 작품을 지어 혹은 벗들과 더불어 노래하고, 혹은 밤에 노래하고 춤을 추었다[29].

---

27 '且作歌曲如無等長歌等 酒酣輒使歌兒舞女等唱之'『溪陰漫筆』卷之二.
28 '我逐浮名落世間 / 仙壇有約幾時還 / 逢君聽唱關東曲 / 領畧金剛萬疊山'〈贈楊理〉『松江全集』368쪽.
29 '謹作長歌六章短歌二章 或與朋友歌詠 或夜歌且舞'『成宗實錄』권122, 11년 10월 壬申.

(1)는 송순의 〈면앙정가〉에 대한 尹昕(1564~1638)의 기록이다. '歌 兒 舞女 등에게 노래 부르게 하였다'고 하여 가창이 전문 창자에 의 해 이루어졌음을 알 수 있다. (2)은 楊理가 〈관동별곡〉을 부르는 것을 듣고 權韠(1569~1612)이 지은 한시이다. 楊理는 〈관동별곡〉을 잘 부 른 사람이었으므로[30], 역시 가창이 전문 창자에 의해 이루어졌다. 그 런데 (3)에서 정극인은 〈賞春曲〉을 '벗들과 더불어 노래하고 춤을 추 었다'고 했다. 문면에 드러나는 바만 보면 가창이 사대부들 자신에 의해 이루어진 것처럼 보일 수 있다. 그러나 앞서 (1)과 (2)의 기록과 종합하여 생각해 볼 때 여기서 '노래하고 춤을 추었다'고 하는 상황 은 (1)와 (2)의 상황과 같았을 것으로 추측된다. 따라서 (3)의 경우도 사대부들 자신이 직접 노래를 불렀다기보다는 풍류현장에 합석한 전문 창자에 의해 가창되었을 가능성이 많으며, 그들의 존재가 문면 에 드러나지 않았을 뿐이라고 파악된다. 이렇게 가사의 가창은 풍류 현장에서 사대부들이 歌兒나 善歌者들을 시켜 노래하게 하고 사대부 들은 그것을 듣는 형태로 이루어진 것으로 보인다.

이와 같이 전기가사의 상당수가 가창이 되었지만, 가창의 실질적 인 성격은 풍류 현장 안에서 가창 주체와 향유 주체의 이중성을 지 닌 것이었으며, 가창의 공연성과 전문성을 지닌 것이었다. 작가를 포함한 사대부 향유자들은 가창에 능한 누군가가 가사를 부를 때 이 미 가사의 원텍스트에 대한 사전 지식을 바탕으로 듣고 감상했을 것 이다. 그리하여 향유자는 가창이 공연되는 것을 보고 들으면서, 가

---

30 '楊也 善唱關東別曲'『松江全集』368쪽.

사의 내용과 소리와의 조화를 미학적으로 감상했을 것이다. 그리고 풍류 현장에서 가사의 가창이 끝나고 나면 사대부 자신의 가창이 뒤따랐다고도 보이지 않는다. 즉 향유자의 측면에서 볼 때 가사의 가창성은 연속성이 있는 것이 아니라 일회성을 띠는 것이었다.

조선전기의 가사는 '노래된다'는 점에서 분명 구비성을 지닌다. 그러나 가사의 가창은 향유층에서 연속성을 획득하지 못하고 '일회성'을 띤다. 그리고 가사의 가창은 '연행 주체와 향유 주체가 다른 이중구조' 속에서 '전문성'을 지닌 가창자에 의한 '공연성'을 지닌다. 이와 같이 가사의 가창성이 지닌 실질적인 성격 즉 일회성, 전문성, 공연성은 '구비성'과는 거리가 있는 것이다. 향유층 사이에서 연행이 연속적으로 이루어지고, 연행과 향유 주체가 일치하며, 비전문적이고 자족적인 '구비적 성격'과는 오히려 거리가 있는 것이라고 할 수 있다.

2) 조선후기 가사의 吟詠性

조선후기에도 가사의 가창은 이루어졌다. 육당본 『靑丘永言』에 『관동별곡』이 36행만 실려 있는 것에서 알 수 있듯이 正典으로 유명한 일부 가사 작품의 경우 가창을 위하여 시형을 단형화[31]하는 등의 방식으로 꾸준히 가창되었다[32]. 그러나 조선후기 가사로 가면 양반

---

31 정재호, 「가사문학의 사적 개관」, 『한국가사문학연구』, 상산정재호박사 화갑기념 논총 간행위원회 편, 태학사, 1995, 39쪽.

32 조선후기에 12歌詞, 12雜歌, 서도창, 판소리 短歌 등의 가창물, 특히 歌詞와 短歌 등은 그 사설을 가사에서 대다수 빌려다 썼다. 이들 가창물이 가창의 소재로서 사설을 歌辭만에서 취한 것은 아니었다. 그러나 그러한 사정은 가창물로 존재했다고 하는

가사의 작가층은 향촌사회의 향반층이 주류를 이루며 가사의 향유
방식도 가창보다는 吟咏으로 바뀌게 된다.

> (1) ⟨鴻羅歌⟩를 지어 어버이를 생각하는 마음을 우의적으로 표현했
> 다. 섬사람들이 듣고 슬퍼하니 미련한 풍속을 능히 감화시킬 수 있
> 었다.[33]
> (2) 아들에게 聖學을 가르치는데 意趣를 알지 못하자, 특별히 노래를
> 지었다. 아침 저녁으로 노래 부르게 하여 만에 하나 도움이 있게
> 하였다.[34]
> (3) 皆巖亭은 없어졌으나 노래는 아직도 있으니 지금 사람들이 ⟨皆巖
> 歌⟩를 읊는다.[35]

(1)에서 유배지에서 이방익이 ⟨鴻羅歌⟩를 짓자, 이것을 섬사람들이
'듣고(聞)' 슬퍼했다고 한다. 유배지라는 상황을 감안하면 섬사람이

조선전기에도 마찬가지였다. 가사가 가창된 것이 사실이지만 가사의 사설을 기존
의 악곡에 얹어 부른 것이지 가사에 맞는 새로운 곡을 작곡한 것은 아닌 것으로 보
이기 때문이다. 조선후기에도 이렇게 기존의 악곡에 가사가 얹어져 불려진 사정이
있기에 가창장르로서의 성격은 일정 정도 유지하고 있는 것으로 볼 수 있다. 그러나
이 경우는 가사에서 벗어나 장르를 달리하는 문제라서 본고의 논의 영역에 포함시
키지는 않았다. 조선후기 가사문학의 가창성과 관련하여 이 문제는 재론을 요한다.

33 '作鴻羅歌 以寓思親之懷 島民聞而悲之 頑俗亦能感化' 이상보, 「이방익의 홍리가」,
『한국고전시가연구·속』, 태학사, 1984, 59쪽에서 재인용. 1783년 작이다.

34 '敎子聖學 未見意趣 故別以作歌 令朝夕歌之 以當有助於萬一也' 이상보, 「김상직의 죽
국헌가사」, 앞의 책, 77쪽에서 재인용. 작품의 창작 연대는 확실치 않은데, 김상직
의 생몰연도는 1750-1815년이다.

35 '皆巖亭廢歌猶在 只今人誦皆巖歌' 김성배 외 편저, 『가사문학전집』, 집문당, 1961,
195쪽에서 재인용. 1801년 작이다.

들은 것은 가창보다는 음영·낭송된 것이라고 보아야 한다. (2)에서 김상직이 〈戒子詞〉를 짓고, 아들에게 조석으로 '노래(歌)'하게 했다고 한다. 이때 아들이 이 가사를 조석으로 가창했다고 보기는 어렵고, 큰 소리로 외우는 정도의 음영·낭송이었다고 보는 것이 합리적이다. (3)에서 조성신이 〈皆巖歌〉를 지었는데 개암정이 없어진 이후에도 사람들이 이 가사를 '낭송(誦)'했다고 한다. 이렇게 담당층이 향반층으로 이동한 조선후기 가사의 대체적인 향유방식은 소리 내서 읊는 음영·낭송이었고, 누군가가 가사를 음영·낭송하면 옆에 있는 이들은 그것을 '듣고' 감상하였음을 알 수 있다.

조선후기 장편가사는 완독으로 향유되기도 했다. 〈日東壯遊歌〉의 마지막 구절에서 김인겸이 '보시ᄂᆞ니 웃디말고 파적이나 ᄒᆞ오쇼셔'라고 언급한 데서 알 수 있듯이 장편가사는 기문학으로서 완독되기도 했다. 그런데 조선후기에는 소설조차도 소리 내어 읽는 문화적 관습이 있었다. 그리하여 장편가사도 언문소설을 낭독했던 당대의 관습을 따라서 낭독하는 경우가 대부분이었던 것으로 보인다. 즉 눈으로만 읽는 것이 아니라 '소리' 내서 읽는 것이었다. 특히 가사는 4음보 연속체로 소리 내어 음영하는 것을 형식 자체가 유도하는 점도 간과할 수 없다.

　　상이 위연이 누상의 올나 비회ᄒᆞ시며 보시니 무수한 궁녜 둘너 안
　져 흔 칙을 돌녀보고 두낫 상궁은 오열체읍ᄒᆞ고 모든 궁녀는 손벽쳐
　간간 졀도ᄒᆞ며 혹 탄식ᄒᆞ고 칭찬ᄒᆞ야 자못 분분ᄒᆞ거늘 상이 고이히 녀
　기사 환시로 ᄒᆞ여곰 그 칙을 가져오라 ᄒᆞ사 익혀 드러시고 지은 사람

을 무르시니 알외되 죄인 안도원의 글이라.[36]

위는 〈萬言詞〉의 관련기록이다. 궁녀들이 무수히 둘러 앉아 〈만언사〉를 돌려 보았다고 했다. 그리고 어떤 상궁은 간간이 오열하듯이 울고, 많은 궁녀가 손뼉을 치며 절도하기도 하고 탄식하기도 하고 칭찬하기도 했다고 한다. 이런 상황은 궁인들이 〈만언사〉를 돌려 가며 눈으로 읽었다기보다는 누군가가 낭송을 하고 여러 궁인들이 주위에서 들은 상황을 말한다. 왕도 이 가사를 '읽혀 들으'셨다고 했는데, 비록 왕이 직접 한 것은 아니지만 가사의 낭독이 이루어졌음을 알 수 있다. 이와 같이 비교적 장편이어서 성책되기까지 한 〈만언ᄉᆞ〉도 낭송·낭독되었음을 알 수 있다.

우리 동방이 본듸 녜의지나라이라 일커르되 틱평이 일구ᄒᆞ고 법강이 졈졈 부리워 빅셩이 그 마음을 각각ᄒᆞ고 션비가 그 학을 사사로이 ᄒᆞ야 변괴층싱ᄒᆞ고 셜이 졈졈 셩ᄒᆞ야 우부와 우뷔 흐미ᄒᆞ여 도라올 쥴을 아지 못ᄒᆞ니 그윽키 이르건디 ᄉᆞ람의 승졍을 감발ᄒᆞ기 소리갓튼 거시 업ᄂᆞᆫ지라 이러므로 속담과 언문으로 심진곡과 낭유ᄉᆞ 글을 지여ᄂᆡ니 만일 여항간의 젼ᄒᆞ여 보면 거의 풍화의 만의 한가지 돕ᄂᆞᆫ거시 되리라[37]

---

36 가람문고본〈만언ᄉᆞ〉.
37 이상보 편저, 앞의 책, 425쪽에서 인용.

위는 정조조 사람 李基慶이 〈浪遊詞〉를 짓게 된 동기를 적은 글이다. 사람의 성정을 감발하기가 '소리'만한 것이 없다. 그리하여 속담과 언문으로 된 〈尋眞曲〉과 〈浪遊詞〉 두 편의 '글'을 지었다. 그러니 이두 글을 '여항간에 전하여 보'라고 하였다. 여기서 이기경이 가사를 '글'로 인식하면서 동시에 '소리'로도 인식하고 있음을 알 수 있다. 이기경은 가사는 언문, 즉 문자로 썼으므로 기록문학인 '글'이라고 생각했다. 그리고 동시에 가사는 음영·낭송되어 사람의 성정을 감발하는 효과가 많은 '소리'이기도 하다고 생각한 것이다. 이와 같이 조선후기에 이르면 가사가 '소리'로 인식될 정도로 낭송·낭독하는 것이 관습이 되어 있었음을 알 수 있다.

조선후기 규방가사도 소리 내어 낭송·낭독되었다. 낭송은 소리 높여 낭낭한 음성으로 하는 것을 최고로 쳤으며[38], 이렇게 규방가사를 낭송하는 예가 자주 보고되었다[39]. 실제로 안동에서는 안동내방가사전승보존회가 결성되어 있어 해마다 전국내방가사 경창대회를 열고 있기도 하다.

---

38 권영철, 『규방가사연구』, 이우, 1980, 25쪽.

39 '보통 한 집안의 부녀자 중에 초성이 좋고 글을 좋아하는 사람이 고정적으로 낭송자의 역할을 수행한다. 필자가 면담한 향유자 중에 최순식 할머니는 인근 동족 부락과 집안 대소가에서 인정 받는 낭송자로서, 가사를 보지 않고 외는 작품도 여럿 있다고 하며, 실제로 〈추풍감별곡〉과 〈회재선생 제문〉을 외어 보였다.'(이정옥, 「내방가사의 전승과정과 향유층의 의식연구」, 계명대학교 박사학위논문, 1992, 48쪽) ; 임재욱도 「가사의 형태와 향유 방식 변화의 관련 양상 연구」(앞의 논문, 27쪽)에서 규방가사도 음영되었음을 말해주는 증언 내용을 소개하고 있다. 요즘도 규방가사를 창작하고 있는 이휘는 어릴 때 고모님으로부터 가사를 배웠는데, 고모님들이나 자신이나 모두 가사를 글로 읽을 줄은 모르고 읊는다고만 하였다고 한다.

이와 같이 조선후기 가사문학의 지배적인 연행 방식은 가창이 아니라 음영·낭송·낭독이었다. 그런데 가사의 음영·낭송·낭독은 기본적으로 가창과 마찬가지로 '소리'로 향유된다는 성격을 지닌다. 장편가사도 율독과 함께 당대의 문화적 관습에 따라 '소리' 내서 읽는 낭독이 이루어지기도 했다.

그렇다면 이러한 조선후기 가사의 연행은 구비적 관점에서 보면 어떠한 것일까. 앞서 조선전기 가사가 '가창'된 '소리'를 향유한다는 점에서 구비적이지만, 가창이 '단일성'을 띠며, '연행 주체와 향유 주체가 다른 이중구조'를 지니고, '전문성'을 띤 화려한 '공연성'을 지닌다는 것을 살펴보았다. 조선후기 가사는 개인적인 음영·낭송·낭독이 이루어져 '소리'로 향유되었다는 점에서는 조선전기 가사와 차이가 없다. 그런데 조선후기 가사는 개인적인 혹은 동류집단의 읊조림 속에서 연행되고 향유되었으므로 오히려 향유 주체와 연행 주체가 합일성을 이룬다. 그리고 '비전문적'인 낭송자가 소리 내어 읊는 가사를 자족적으로 즐긴다. 이렇게 조선후기 가사의 연행은 향유 주체와 연행 주체의 합일성, 비전문성, 자족성 등의 성격을 지님으로써 조선전기 가사보다는 '구비적 성격'에 더 가깝다고 할 수 있다[40].

---

40 이 점은 유행민요와 일노래를 비교해서 생각할 때 보다 분명하게 드러난다. 창부타령이나 신고산타령과 같은 유행 신민요의 경우 선율도 풍부하고 가창성이 두드러지는 반면 시집살이요나 자장가 등은 단조롭게 '소리'내는 정도의 음영이 전부이다. 그런데 본래적 의미의 '구비성'의 측면에서 볼 때 서사민요가 훨씬 '구비적'인 것과 같은 이치일 것으로 생각된다.

4. 傳承의 기록성과 구비적 성격의 발현

1) 조선전기 가사의 기록문학성

　가창되었다고 하는 조선전기가사의 전승방식은 어떠하였을까. 사대부들이 가사를 창작하고 이어 가창에 의한 향유가 있었다 하더라도, 향유자가 가창된 가사를 듣고 외워서 구전하는 방식으로 전승이 이루진 것은 아니었다. 향유가 가창의 방식으로 이루어지는 것과 별개로 가사의 전승은 원텍스트의 필사로 이루어졌다고 봄이 타당하다.

　〈賞春曲〉은『不憂軒集』,〈梅窓月歌〉는『梅軒先生實記』,〈樂志歌〉는『夢漢零稿』,〈俛仰亭歌〉는『俛仰亭集』,〈南征歌〉는『南判尹遺事』,〈關西別曲〉은『岐峰集』, 그리고〈星山別曲〉·〈關東別曲〉·〈思美人曲〉·〈續美人曲〉은『松江歌辭』등과 같은 작가의 문집이나 유고에 실려 전한다. 가집에 실려 전하는 가사도 많으며,〈미인별곡〉은 작가의 친필 필사본이 남아 전하기도 한다. 앞에서 열거한 문집은 후손들이 판본으로 정리하고 간행한 것들이어서 혹 이들 가사가 가창으로 전승되다가 후에 기록된 것이지 않을까를 추정해 볼 수는 있으나 그럴 가능성은 상식적으로 없다고 보여진다. 후손이 판본을 간행하기 이전에도 원텍스트를 기록한 기록문학이 가전되었을 것이기 때문이다. 각 가사 작품들은 필사, 즉 텍스트를 베끼어 傳寫하는 '謄'의 방식으로 전승되었을 것이다. 이와 같이 조선전기 가사는 가창되었든 음영되었든 가사의 전승은 기록문학 텍스트의 유통으로 이루어졌음을 알 수 있다.

조선전기 가사문학은 이본 간 내용이나 어구의 차이가 심하지 않은 것이 특징이다. 오랫동안 가창되었다고 하는 정철의 가사작품들도 이본 간 어구의 차이가 그렇게 심하지 않게 나타난다.

> (1) 곁의 니러안자 窓창을 열고 브라보니 어엿븐 그림재 날 조츨 샏이로다 각시님 돌이야 쿠니와 구즌비나 되쇼셔
>
> (星州本, 2권 111번)
>
> (2) 곁의 니러안자 窓창을 열고 바라보니 어엿븐 그림재 날 조츨 샏이로다 출하리 싀여디여 落낙月월이나 되야이셔 님겨신 窓창 안히 번드시 비최리라 각시님 돌이야 쿠니와 구즌비나 되쇼셔
>
> (關西本, 2권 112번)
>
> (3) 곁의 니러안자 窓창을 열고 브라보니 어엿븐 그림재 날 조츨 샏 샏이로다 출하리 싀여디여 落낙月월이나 되야이셔 님겨신 窓창 안히 번드시 비최리라 각시님 돌이야 쿠니와 구즌비나 되쇼셔
>
> (李選本, 2권 113번)
>
> (4) 곁의 니러안자 窓을 열고 브라보니 어엿븐 그림재 날 조츨 샏이로다 각시님 돌이야 코니와 구즌비나 되쇼셔
>
> (筆寫本, 13권 697번)
>
> (5) 곁의 니러안자 窓창을 열고 브라보니 어엿븐 그림재 날 조츨 샏이로다 각시님 돌이야 쿠니와 구즌비나 되쇼셔
>
> (校註歌曲集本, 13권 698번)
>
> (6) 곁의 니러안자 窓창을 열고 브라보니 어엿븐 그림재 날 조츨 샏

이로다 각시님 둘이야 ㅋ니와 구즌 비나 되쇼셔

(木板本, 13권 699번)

위는 〈속미인곡〉의 마지막 구절로 『역대가사문학전집』2권과 13권[41]에 실린 것을 적은 것이다. (1)과 (4)-(6)을, 그리고 (2)-(3)을 각각 동일 계열로 묶을 수 있다. 전자의 계열에는 '출하리 싀여디여 落낙月월이나 되야이셔 넘겨신 窓창 안히 번드시 비최리라'라는 구절이 더 들어 있다. 이렇게 전자와 후자의 계열로 나뉜 것은 각 계열이 다른 저본을 바탕으로 전승이 이루어진 것에서 비롯된 현상이다. 이렇게 〈속미인곡〉은 가창되었긴 하지만 원텍스트를 필사하는 방식의 전승이 이루어졌음을 알 수 있다. 그리하여 원텍스트를 저본으로 하여 필사하는 과정에서 다소 구절의 차이가 발생하기는 했지만, 내용의 전개가 심하게 착종된다든가 혹은 향유자 나름의 덧붙임구가 있다든가 하는 경우가 드물다고 할 수 있다.

이렇게 조선전기 가사에서 이본 간 구절의 차이가 많이 나지 않는 이유는 '그 작자의 신분이 말해 주는대로 상층의 가문이나 상층의 인사들을 중심으로 그 교류와 전승이 제한되[42]'었기 때문이기도 했다. 그런데 보다 근본적인 이유는 조선전기 가사문학에서는 작가성이 매우 중요시되었던 터라 어구의 넘나듦을 허용하지 않으려 했던

---

41 임기중 편, 『역대가사문학전집 2』, 동서문화원, 1987. ; 임기중 편, 『역대가사문학전집』, 여강출판사, 1994.

42 김대행, 「가사 양식의 문화적 의미」, 『한국시가연구』제3집, 한국시가학회, 1998년, 403쪽.

향유층의 의식적 배려가 작용했기 때문이라고 할 수 있다.

2) 조선후기 가사의 기록성과 구비성

조선후기에도 가사문학의 전승은 베껴 적는 '謄'의 방식, 즉 필사로 이루어졌다. 이렇게 조선후기에 가사문학이 기록문학으로[43] 전승이 이루어졌음에도 불구하고 전승의 결과 나타난 현상들이 기록문학의 것과 사뭇 다르다는 점이 주목된다. 조선후기 가사에서 가장 두드러지게 나타나는 현상은 무명씨 작 가사의 대량 생산이었다. 조선후기 가사에서 향촌사족의 작품은 문집에 수록되거나 필사의 형태로 가전되어 전승이 그리 활발하지 않았던 것으로 보인다. 반면 무명씨작 가사 작품은 전승이 보다 활발하게 이루어졌다. 그 결과 조선후기에 창작된 무명씨작 가사는 많은 이본을 지니고 있는 경우가 많았다.

예를 들어 무명씨작 현실비판가사인 〈居昌歌〉는 많은 이본을 지니고 있다. 이본의 제목도 〈거창가〉, 〈아림가〉, 〈한양가〉 등 매우 다양하며, 이본의 길이도 63구에서 780구까지 다양하게 나타난다. 그래서 〈거창가〉의 이본인 〈정읍군민란시여항청요〉는 발견 당시 '거창'이 '정읍'으로, 인명도 그곳 지역의 인명으로 써져 있었기 때문에 '정읍

---

43 고전연구가 시작된 이래 4음보 연속 형태의 시를 누군가 구술하였다면 연구자는 그것을 민요로 채록하고 민요문학 범주에 편입하였지 가사문학 범주에 편입하지는 않았다. 가사는 기록문학으로 전승되었기 때문에 기록되지 않고 구술에 의존해 지금까지 전해왔다면 그것은 이미 가사가 아니라 민요이기 때문이다.

에 사는 한 지식인'으로 작가가 추정되기도 했다. 그리고 〈거창가〉의
또다른 이본인 〈한양가〉는 규방가사첩에서 발견된 데다가 여인의 사
연을 다룬 내용에서 끝나기 때문에 소개 당시 '어느 양반집 부녀자'
로 작가가 추정되기도 했다[44].

　이렇게 무명씨작 가사는 많은 이본을 지니고 있는 가운데 이본 간
구절의 차이도 매우 심하다는 점이 특징적으로 나타난다. 작가를 알
수 없는 작품의 경우 원텍스트를 '謄'하는 방식으로 전승이 이루어
지는데, 향유자마다 의도적 혹은 무의식적으로 작품 내용을 변개하
는 경우가 많게 되었다. 가사를 향유하다가 필사하는 사람은 내용을
부분적으로 덧붙이거나 고치기도 하고, 중간에서 그만 두기도 하고,
내용의 일부분만 부분적으로 발췌하기도 했다. 이러한 이본 간 내용
의 변개, 삭제, 첨가가 이루어지는 곳은 대부분 가사의 마지막에서
였다. 그러나 경우에 따라서는 작품 중간에서 이루어지기도 했다.
그리하여 창작자와 필사자의 구분이 모호해지는 현상이 벌어지게
되었다.

　무명씨작 가사는 많은 이본 가운데서 어느 것이 작가가 쓴 원텍스
트에 가까운지를 가려내기가 불가능하게 되었다. 영남지방에서는
수많은 규방가사 필사본을 수집할 수 있는데, 각 작품은 수많은 이
본을 지닌 경우가 많다. 규방가사는 현실비판가사와는 달리 이본 간
구절의 삭제나 첨가가 심하게 이루어지지는 않았다. 그런데 서로 주

44　고순희,「19세기 현실비판가사 연구」, 이화여자대학교 박사학위논문, 1990.; 김준
　　영,「정읍군민란시여항청요」,『국어국문학』29호, 국어국문학회, 1965.; 김일근,
　　「가사 거창가」,『국어국문학』39·40합병호, 국어국문학회, 1968.

고 받고 필사하는 과정에서 필사자의 미숙함으로 구절의 訛脫과 변개가 이루어지는 경우가 많았다. 그리하여 이본 가운데 어느 것이 작품의 원형인지 찾아내기가 어려워지게 되었다[45].

이렇게 조선후기 무명씨작 가사 작품은 이본을 많이 지니고 있는데, 이본 간 내용의 변개, 삭제, 첨가가 자주 일어나고 있다. 이러한 현상은 작가의 익명성 때문에 작가성에 대한 구속력이 희박했기 때문에 일어난 것이다. 무명씨작 가사도 기본적으로 기록문학으로 창작된 것이기 때문에 기록문학이 지닌 내용의 고정성을 유지하려는 의식이 작동될 수밖에 없다. 그러나 작가의 익명성은 작품 내용의 유동 가능성을 촉발하는 측면으로 작용했다. 작품의 삭제와 첨가가 주로 작품의 끝부분에서 발휘된 것은 향유자의 기록문학과 익명성에 대한 절충적 인식에서 비롯된 것이라고 할 수 있다. 어쨌든 조선후기 가사문학에서 무명씨작 작품이 대거 창작되고, 이본 간 구절의 차이가 심하게 난다는 점은 구비문학의 기본 성격인 '비작가성(집단성)' 및 '적층성'과 유사한 것이라고 할 수 있다.

한편 가사는 소리 내어 음영·낭송·낭독될 때 자의든 타의든 그것을 반복하게 되면 기억에 의존하는 경향성이 커지게 된다. 이럴 경우 가사의 전승은 口傳이 병행되기도 했다.

① 前路風聲 들기기는 治罪吏鄕 한다기에   (이왕직본)
　　 전도風聲 드러보니 치죄行人 한다거던   (상산본)

---

45 권영철, 앞의 책, 19-20쪽.

전두풍성 들니기로 치죄니향 ᄒ다커늘　　　　　　(삼족당본)
전노풍성 들니기는 치리이향 하라거늘　　　　　　(전가보장본)
젼도풍성 드러보니 치됴익민 ᄒ다커늘　　　　　　(홍길동젼본)

② 병초야유(秉燭夜遊) ᄒ단말가 연근치순(年近七旬) 능쥬수난 / 고
　명(功名)도 자락ᄒ고 일월공역 드다말가 / 쥰민고택 안이러가 빅금
　물가 드단마가　　　　　　　　　　　　　　　(三族堂本)

위는 〈合江亭歌〉의 구절들이다. ①은 같은 구절인데 이본 간 차이
를 보여주는 것을 뽑아본 것이다. '前路, 전도, 전두'나 '治罪吏鄕, 치
죄行人, 치리이향, 치됴익민'과 같이 전체의 의미 맥락에 손상을 주
지 않는 범위 내에서 향유자 나름의 한문소양을 발휘하여 어구의 변
화가 일어나고 있다. 기억에 의존하여 구술하는 과정에서 빚어진 현
상이라고 볼 수 있다. ②는 三族堂本의 한문어구(앞의 세 구절)와 우
리말어구(뒤의 세 구절)에서 받침을 생략한 경우를 뽑아 본 것이다.
이 이본은 전형적인 사족동족부락에서 가전되어 왔던 것인데, 받침
을 생략하여 표기했다. 그런데 '촉'을 '초'로, '칠'을 '치'로, '들'을
'드'로 기록하고 있음을 알 수 있는데, 낭송자가 원텍스트의 어구가
무엇인지를 정확하게 알고 있음을 말해준다. 다만 안송자는 낭송하
는 과정에서 그 음을 굴려 읽었을 것인데, 낭송이 반복적으로 이루
어지자 그 낭송 연행의 즉시성이 필사 때 작용한 것이라고 파악할
수 있다.
　이와 같이 이본 간 어구의 착종이 일어나거나 받침을 생략하고 표

기한 현상은 언뜻 전승 과정의 구전에 의해서 빚어진 것으로 해석할
수 있다. 그러나 이러한 현상은 정확히 전승의 구전성에 의한 것이
라기보다는 연행의 음영·낭송·낭독성에서 빚어진 것으로 보인다.
음영자가 문자를 모르는 채 구전에 의해 전승된 것을 향유하다가 필
사를 해서 이러한 현상이 나타났기보다는 암송을 반복하다가 필사
할 때 낭송의 관습이 남아 자연스럽게 기록된 것이라고 할 수 있다.
즉 한 사람이 구비적 연행과 기록적 전승을 모두 함께 하는 경우이
지, 다수의 구비적 전승이 있다가 어느 한 사람에 이르러서 비로소
기록적 전승이 이루어진 경우로 볼 수는 없을 것이다.

　이상에서 살펴본 바와 같이 조선후기에는 무명씨작 가사가 많이
생산되었다. 무명씨작 가사는 창작 및 전승이 기록문학의 형태로 이
루어졌다. 그런데 향유자들은 작가의 익명성과 음영의 관습에 의해
나름대로 작품의 내용을 변개, 삭제, 첨삭함으로써 많은 이본을 생
산하게 되었다. 이러한 현상은 구비문학의 성격인 '비작가성(집단
성)' 및 '적층성'과 유사한 것이다.

5. 구비적 성격의 가사문학사적 운동 방향

　앞에서 가사문학의 구비적 성격과 관련하여 작시, 연행, 그리고
전승의 세 가지 측면을 살펴보았다. 그러면 이러한 성격들을 종합해
서 볼 때 가사문학사에서 구비적 성격의 운동방향은 어떻게 진행되

었을까. 우선 이상에서 논의한 것을 조선전기와 조선후기로 나누어
표로 정리하면 다음과 같을 것이다.

	조선전기		⇒	조선후기	
	기본적 성격	실질적 내용		기본적 성격	실질적 내용
작시	기록성	작가성	⇒	기록성	익명성 반복성
연행	구비성 (가창)	일회성 연행·향유의 이중성 공연성 전문성	⇒	구비성 (낭송)	연속성 연행·향유의 합일성 자족성 비전문성
전승	기록성 (謄)	이본 차이 적음 단일성	⇒	기록성 (謄)	이본 차이 많음 비작가성, 적층성

위 표에 의하면 조선전기 가사문학과 조선후기 가사문학은 작시,
연행, 전승의 기본적 성격은 같게 나타난다. 그러나 그 실질적 내용
에 있어서는 매우 많은 차이를 보이고 있음이 드러난다.

작시와 전승을 함께 살펴보도록 하겠다. 조선전·후기 가사문학은
모두 '기록성'을 지녀 기본적인 성격에는 변함이 없다. 하지만 그 실
질적 내용은 차이를 보여준다. 작시 면에서 조선전기 가사문학은
'작가성'이 중요시되고 따라서 이본의 차이도 적게 나타났다. 그러
나 조선후기 가사문학에 이르면 작가성이 결여된 익명의 작품들이
다수 생산되어 '비작가성'이 두드러지며, 동일한 유형의 작품들이
반복 생산되었다. 전승 면에서 조선전기 가사문학은 각 작품에서 이
본의 차이가 적은 '단일성'을 보였다. 그러나 조선후기 가사문학에
이르면 작가성에 대한 구속력이 희박하여 많은 이본이 생산된 가운

227

데 이본 간 내용과 구절의 차이가 많은 '적층성'을 두드러지게 보였다. 이렇게 창작과 전승 면에서 살펴볼 때 조선전기 가사문학은 '작가성'과 '단일성'의 특징을 보인다면 조선후기 가사문학은 '비작가성'과 '적층성'을 특징을 보인다. 조선후기 가사문학으로 올수록 구비문학의 생산 양식과 유사한 현상이 많이 발생하여 구비적 성격이 강화되고 있음을 알 수 있다.

다음으로 연행의 면을 살펴보도록 하겠다. 기존 연구의 시각은 조선전기 가사가 가창된 것에 주목하여 조선전기는 상대적으로 구비문학적 성격을 많이 지녔고, 조선후기는 음영 내지 완독되어 기록문학적 성격으로 변화해 간 것으로 본 경향성이 짙었다[46]. 그런데 앞서 논의한 바와 같이 조선전기 가사가 가창성을 특징적으로 지닌 것은 사실이지만 향유와 가창 주체가 달랐으며, 가창의 '전문성'과 '공연성'을 갖추고 있었다는 점에서 '구비성'의 본질적 성격과는 거리가 있는 것이었다. 가곡이나 시조가 가창되었지만 유흥공간에서 부른 상층의 연행이었기 때문에 가창을 구비문학적 성격과 연관시키지

---

46 예를 들어 임재욱이 「가사의 형태와 향유 방식 변화의 관련 양상 연구」(앞의 논문)에서 '대부분 가창되었던 초기가사는 전승과 향유가 모두 구술로 이루어졌으므로 구비적인 속성이 강했다고 할 수 있고, 음영되었던 후기가사는 구술로 향유되긴 했으나 필사본·목판본 등의 기록물에 의존해 유통되기도 했으므로 구술과 기록의 두 가지 속성을 동시에 내포했다고 할 수 있으며, 개화가사는 전승과 향유 모두가 기록물을 통해 이루어졌으므로 기록적인 속성이 강했다고 할 수 있다. 초기에는 구비문학적 속성이 우세했던 가사가 후대로 갈수록 기록성이 점점 증가하여 개화기에 이르러서는 비로서 온전한 의미의 기록문학으로 성립되었던 것이다'(p.91)라고 한 시각이 그것이다. 그러나 초기가사가 가창되는 향유(본고의 논의에서는 연행이라는 용어로 사용하였다)를 보이고는 있으나 전승이 구술로 이루어졌다고 보는 것은 무리이다. 작시 단계에서의 기록문학 창작은 전승에서도 그대로 이루어져 베껴서 옮겨 가는 방식이 주가 되었을 것으로 본다.

는 않는 것과 같은 것이다. 따라서 조선전기 가사문학의 가창성을 구비적 성격과 연관시킨 것도 무리가 있다는 필자의 판단이지만 일단은 가창성을 구비성의 하나로 인정하고 논의를 진행하고자 한다.

연행 면에서 조선후기 가사는 소설조차도 소리 내어 낭송했던 문화적 관습 속에서 장편가사도 '소리' 내어 낭송되었다. 선율이나 악무의 병설이 아예 없어진 것을 두고 구비적 성격의 둔화로 볼 수는 없을 것이다. 조선후기 가사문학도 여전히 '소리'로 향유되었기 때문에 조선전기 가사문학이 가창되어 소리를 감상한 것이 구비적 성격을 지니는 것이라면, 조선후기 가사문학도 구비적 성격을 지닌다고 하겠다. 즉 조선전·후기 가사문학은 모두 기본적인 성격으로 구비성을 지녔다고 할 수 있다.

그런데 조선전기와 조선후기 가사문학이 지닌 '구비성'의 실질적 내용은 다르게 나타난다. 조선전기 가사문학은 가창되었긴 하지만 '향유와 연행 주체의 이중구조', '공연성', '전문성'을 상대적으로 많이 지닌 것이었다. 반면 조선후기 가사문학은 여전히 낭송하는 '소리'로 향유되었으며 낭송이라는 연행이 '연속성', '연행·향유의 합일성', '자족성', '비전문성'의 성격을 지니는 것이다. 따라서 조선후기 가사문학이 조선전기 가사문학보다 오히려 구비성에 더 가까운 성격을 지니고 있다고 할 수 있다. 이렇게 조선후기로 올수록 가사문학은 가창성은 현저히 줄어들었지만 구비문학적 성격은 더 강화되었다고 할 수 있다.

이상에서 논의한 바에 의하면 가사문학사에서 구비적 성격의 발현은 조선후기로 옮아 갈수록 더 많아지는 것으로 나타난다. 가사문학은 기본적으로 기록문학으로 출발한 장르였다. 가사문학의 기록성은 작시와 전승의 면에서 조선전·후기를 통틀어 견고하게 유지되어 왔던 것이었다. 그런데 기록문학으로서의 가사문학은 현대적 의미의 기록문학과 존재 양상이 달랐다. 조선시대에 기록문학으로서 가사문학은 인쇄출판과 작가성을 특징으로 하는 현대와 다르게 중세적 존재 양상 속에서 창작되었다. 가창 혹은 낭송을 통한 '소리'로의 감상, 필사를 통한 반복 전승, 무명씨작으로의 유통 등과 같은 중세적 존재 양상을 배경으로 창작되었다. 이러한 중세적인 존재 양상은 구비문학적 존재 양상과 친연성을 지니는 것이다. 그리고 가사문학에서 이러한 중세적인 존재 양상은 조선후기로 올수록 더 크게 발현되었다고 할 수 있다[47]

6. | 맺음말

이 연구에서는 가사문학사를 통시적으로 조망하여 작시, 연행, 전승의 측면에서 시대적으로 나타나는 구비적 성격의 양상을 살펴보

---

47 조선후기 가사문학에서 구비성이 확대된 것은 조선후기 문화의 전체적인 경향을 반영하는 것이기도 하다. 조선후기에 소설, 판소리, 사설시조, 잡가 등과 같이 활발한 활동을 보인 장르들은 대다수 익명성을 바탕으로 생산되었다. 익명성을 바탕으로 각 장르에서는 혹은 장르교섭을 통해 유사한 작품이 양산되었다. 그리고 원래 가창되기 위해 창작된 것이 아니더라도 많은 기록문학이 소리 내어 읽혀졌다. 이후 필사로 반복 전승되면서 이본들이 집적되어, 따라서 작품의 내용과 구절은 적층성을 띠게 되었다. 이와 같이 조선후기 제장르는 중세적 존재 양상을 바탕으로 전개해 나갔다.

고, 구비적 성격의 가사문학사적 운동 방향을 규명하였다. 논의에 있어서 시대별로 나타나는 지배적인 양상과 그에 따른 변화의 측면을 주목하다 보니 개별 작품의 특수성은 전혀 반영하지 못했다. 특히 이 연구에서는 작시, 연행, 그리고 전승의 세 가지 측면을 모두 다루어 논의의 개괄성을 면치 못했다. 추후 이 연구에서 다룬 각각의 측면에 대한 보다 치밀한 논의가 이어지기를 기대한다.

고전 詩·歌·謠의
시학과 활용

제7장

〈相思別曲〉의 유구성과 표현 미학

1. 머리말

〈상사별곡〉은 12歌詞의 하나로서 그 텍스트는 歌辭文學에 속한다. 한 여인이 떠난 님을 끊임없이 그리워하고 기다리는 서정을 읊어 있어 가히 조선후기 사랑시를 대표하는 작품이라고 할 수 있다. 〈상사별곡〉은 향유와 전승이 매우 활발하여 18세기에는 양반 사대부의 풍류방 문화에서, 19세기에는 시정문화의 유흥문화공간에서 가창되었으며, 현대에도 가창전승은 이어지고 있다.

이 작품에 대한 국문학계의 관심은 활발한 편이었다. 가사문학 연구사에서 12가사, 상사계가사, 애정가사, 서민가사, 규방가사 등의 유형을 다루는 논의에서 이 작품은 많이 거론되곤 했다. 90년대 초반까지 이 작품에 대한 독립적인 작품 연구로는 가집과 잡가집에 수록된 이본의 현황을 파악하는 것이 주류를 이루었다[1]. 이들 연구에서는 조선후기 서민의식이 성장하고 문학 담당층이 확대됨에 따라 유흥문화의 장에서 〈상사별곡〉이 창작·향유·전승되어 많은 가집과 잡가집에 수록되게 되었다는 시각을 유지했다.

그런데 〈상사별곡〉의 창작과 향유를 서민의식과 연결하는 기존의 시각을 재고해야 하는 논의도 이루어졌다. 전반적인 시각의 재고는 애정가사에서 이루어졌다. 작자를 알 수 없었던 애정가사 작품 가운데 〈승가〉 연작과 〈춘면곡〉 등이 17세기 말 혹은 18세기 초반 경에 양반층에 의해 창작되고 향유되었음이 구체적으로 밝혀짐에 따라 애정가사의 작자층은 양반이 주도했다는 주장이 제기되기도 했다[2].

〈상사별곡〉에 대한 주목할 만한 연구 성과로 김은희, 김용찬, 성무경의 것을 들 수 있다. 김은희는 18세기에서 20세기에 이르는 시기에 걸쳐 〈상사별곡〉의 연행 환경의 변화를 종합적으로 추적했다. 그리고 〈상사별곡〉은 18세기에 사대부 풍류방 문화 안에서 연행된 것으로 서민이 쓴 가사가 아니라 사대부나 사대부 담론에 기반한 기생이 쓴 歌辭였을 것이라고 주장하였다. 김용찬은 〈상사별곡〉의 화자

---

1 정재호, 「상사별곡고」, 『한국가사문학론』, 집문당, 1990. ; 윤영옥, 「상사계가사연구-상사별곡」, 『어문학』제46호, 한국어문학회, 1985.
2 이상주, 「춘면곡과 그 작자」, 『우봉정족복박사화갑기념논문집』, 1990. ; 김팔남, 「가사 승가와 한시 삼첩승가의 상관성 고찰」, 『낙은강전접선생 화갑기념논총』, 창학사, 1992. ; 김팔남, 「춘면곡 고찰」, 『어문연구』제26집, 어문연구학회, 1995. ; 김팔남, 「연정가사의 형성시기와 작가층」, 『어문연구』제30집, 어문연구학회 1998. ; 최현재, 「연작가사 승가의 원형과 구조적 특징」, 『한국문화』, 제26집, 서울대학교 한국문화연구소, 2000.

와 님은 유흥공간에서 만난 대상들이고, 연행 양상은 18세기 기녀들에게 애창되다가 19세기 초·중반에 가집에 수록된 것으로 보았다. 성무경은 〈상사별곡〉의 사설짜임이 유기성이 떨어진다는 점에 주목하여 사설의 표현은 개인의 개성적 어법이 아니라 가창 문화권 내에 존재했던 애정 형상의 집합에서 텍스트 형성자가 나름대로 표현들을 적출해 쓴, 즉 '텍스트 형성자의 구성적 유기성'의 원리에 의해 짜여진 것들이라고 했다. 그리하여 〈상사별곡〉은 보편적 애정 형상을 집합시킴으로써 19세기 조선의 가장 전형적인 사랑의 통념을 대변한다고 보았다[3]. 이러한 〈상사별곡〉에 관한 기존의 연구 성과는 작품과 관련한 구체적인 문제들을 상당수 해결하고 있거니와 작가나 작품의 문학적 성격을 바라보는 시각의 지평을 열어주기에 충분한 것이다.

그런데 기존의 연구는 작품의 이본 상황이나 연행 환경 등과 같은 작품의 외적 사실에 치우친 것이 사실이어서 작품 텍스트 자체의 문학적 표현성에 대한 고려나 관심은 그리 많지 않았다고 할 수 있다. 그리고 12가사의 한 작품임이 견지되거나 당대 타 작품 사설간의 상호텍스트성을 강조하여 이 작품만의 독립적인 의의가 그리 보장받지 못했던 것이 사실이다. 너무나 원론적인 말이지만 문학 연구의 중심은 텍스트 그 자체에 있어야 한다. 특히 〈상사별곡〉이 조선후기

---

3 김은희, 「상사별곡 연구 – 연행환경의 변화에 주목하여」, 『반교어문연구』 제14집, 반교어문학회, 2002. ; 김용찬, 「상사별곡의 성격과 연행양상」, 『조선후기 시가문학의 지형도』, 보고사, 2002. ; 성무경, 「상사별곡의 사설짜임과 애정형상의 보편성」, 『고전시가 엮어 읽기 하』, 박노준 편, 태학사, 2003.

를 통틀어 사랑의 통념을 대변하며 꾸준하게 대중적 인기를 누린 작품이라면 그 텍스트의 문학적 표현성에 대한 탐색이 반드시 이루어져야 한다. 그리하여 이 연구에서는 기존의 연구 성과를 수용하면서도 그 동안 소홀히 한 것으로 드러난 〈상사별곡〉의 문학적 표현 문제에 주목하고자 한다.

〈상사별곡〉이 조선후기 사랑의 통념을 대변하며 대중의 꾸준한 공감을 확보할 수 있었던 것은 그 문학적 표현에 대한 공감이 중요한 요인으로 작용하였을 것이다. 〈상사별곡〉은 사랑에 관한 진부하고 있을 수 있는 모든 표현이 총망라되어 있는 것처럼 보인다. 그런데 이 사설들을 당대인이 즐기고 공감하였다면 그 표현 미학은 우리의 설명을 필요로 한다. 전통시대에 대중적인 사랑 노래의 표현 미학은 어떠한 것이었는지를 규명할 필요가 있다.

한편 기존의 연구에서는 〈상사별곡〉의 사설들이 당대 가창문화권 내에 존재했던 사랑에 관한 구절들을 적출하여 이루어진 것으로 보았다. 그런데 〈상사별곡〉의 이본들을 살펴보면 사설의 고정성이 매우 강한 점을 발견할 수 있다. 원텍스트의 사설 구성 원리와는 별도로 향유 단계에서는 사설의 고정성이 완고하게 유지되었음을 알 수 있다. 그리하여 이 연구에서는 〈상사별곡〉이 조선후기에 향유의 유구성을 지니고 있으면서도 사설이 거의 변하지 않았다는 점에 주목하여, 〈상사별곡〉 향유의 유구성과 사설의 고정성을 먼저 밝히는 논의를 진행하고자 한다.

이 연구의 목적은 〈상사별곡〉 향유의 유구성과 사설의 고정성을 먼저 살핀 후 〈상사별곡〉의 표현 미학을 규명하는 데 있다. 먼저 2장에서는 〈상사별곡〉의 유구성과 사설의 고정성에 대하여 살핀다. 〈상사별곡〉의 향유가 이루어진 시기를 구체적으로 추적하여 이 가사가 대중적인 사랑 노래로 유구성을 지니고 있었음을 살핀다. 그리고 이본 상황을 통해 〈상사별곡〉의 사설이 고정성을 지닌다는 점을 밝히고, 이 연구에서 인용하는 원텍스트를 재구해본다. 이어 3장에서는 〈상사별곡〉의 표현 미학을 살핀다. 먼저 〈상사별곡〉 표현의 양상을 '쉬운 우리말 표현', '원형적 상징어의 보편성', 그리고 '병렬 문체의 반복'으로 나누어 살펴본다. 마지막으로 4장에서는 앞서의 논의를 바탕으로 〈상사별곡〉의 표현이 작품 내에서 어떠한 효과와 의미를 나타내는지 그 표현 미학을 종합적으로 규명하고자 한다.

2. 〈상사별곡〉 향유의 유구성과 사설의 고정성

1) 향유의 유구성

〈상사별곡〉은 18세기 중엽 경부터 그 자취가 분명하게 확인된다[4]. 그러면 〈상사별곡〉은 언제 창작된 것일까. 이 작품의 창작이 18세기

---

4 신광수(1712~1775)의 〈贈綠壁弟子月蟾〉이라는 한시는 월섬이라는 기생이 임을 보내려고 황당까지 따라와서 송별연을 하며 〈상사별곡〉을 부른 정경을 읊은 것이다. 이로 볼 때 〈상사별곡〉이 18세기 중엽 경에 사대부들의 풍류방 문화 안에서 기생의 연행문화와 관련하여 가창되었음을 알 수 있다. 김은희, 앞의 논문, 268-269쪽.

중엽보다 훨씬 거슬러 올라가 17세기 말경일 가능성에 대해 짚어보고자 한다.

〈상사별곡〉은『海東遺謠』에도 수록되어 있다. 이 가집이 속표지의 '戊寅仲春望前三日始役'이라는 기록, 소재 작품들의 연대, 그리고 가집에 등장하는 인물들이 주로 16·7세기에 집중되어 있는 사실을 종합적으로 고찰한 결과 1711년 경에 제작되었을 것이라는 견해는 매우 설득력이 있다[5]. 그리고 이 가집에 실려 있는 〈호남가〉에 '漢陽三百年'이라는 구절이 있다. 노래를 추려 가집을 제작할 당시가 '한양 삼백년'이라는 말이 유효한 시기이므로 이 가집은 1692년과 가까운 시기에 제작되었을 가능성이 많다[6]. 한편 최근의 연구 성과에서 〈춘면곡〉(2번째 수록)과 〈승가〉 연작(3~5번째 수록)이 17세기에 창작되었거나 18세기 초반에 이미 향유되었던 작품임이 드러남에 따라[7] 이 책의 18세기 초반 제작설에 힘을 실어주고 있다. 이렇게 이 가집의 제작시기가 1711년이 분명하므로 〈상사별곡〉도 그 이전에 창작되었을 것으로 추정할 수 있다.

『삼죽금보』는 거문고 악보인데 이곳에 〈상사별곡〉도 악보로 전한다. 이 문헌에 대한 음악계의 연대추정은 1721년설, 1841년설, 고종대설 등으로 갈리며[8], 이에 따라 고전문학계도 1841년설과 1721년설

---

5 이혜화, 「해동유요 소재 가사고」, 『국어국문학』제96호, 국어국문학회, 1986.

6 만약 60년 뒤인 18세기 중엽 정도만 가도 이미 '삼백오십년'이 넘은 때라서 이 구절은 달라졌을 것으로 본다.

7 이상주, 「춘면곡과 그 작자」, 『우봉정종복박사 화갑기념논문집』, 1990. ; 김팔남, 「춘면곡 고찰」, 『어문연구』제26집, 어문연구학회, 1995. ; 김팔남, 「가사 승가와 한시 삼첩승가의 상관성 고찰」, 『낙은강전섭선생 화갑기념논총』, 창학사, 1992.

로[9] 갈리고 있다. 그런데 이 책의 서문에 나온 '聖上卽祚元年 辛丑 仲冬 完山人 李昇懋序'라는 기록에서 성상이 즉위한 원년인 신축년에 정확히 맞는 해는 1721년뿐이다. 1841년은 헌종이 수렴청정에서 벗어나 정치에 직접 나간 해이고, 고종 원년은 신축년이 아니다. 이렇게 너무나 분명한 이 기록 자체는 존중해야 한다고 본다. 그런데 정조대 악보인 『유예지』보다 오늘날의 음악에 가깝다는 음악적 현실 또한 무시할 수 없다. 이러한 사정을 종합해보면 이 책은 원래 이승무에 의해 1721년에 편찬되어 전해져 온 것인데, 19세기 중엽 경에 『삼죽금보』로 다시 편찬되면서 당시의 음악 현실이 수용되었던 것은 아닐까 생각할 수 있다. 그래서 『삼죽금보』는 원편찬자인 이승무의 생생한 거문고 학습의 경험을 서문으로 싣고 그가 제시한 자세한 범례를 실음으로써 유구한 전통을 지닌 금보로서의 권위를 획득할 수 있었다.

그렇다고 할 때 이 자료는 1721년 당시의 양상을 상당히 담보하고 있을 가능성이 많다. 특히 〈상사별곡〉도 이미 이승무 당대에 있었을

---

8 이 책의 서문을 쓴 이승무가 '聖上卽祚元年 辛丑 仲冬 完山人 李昇懋序'라고 밝히고 있어서 신축년에 즉위한 왕이 경종이므로 그 연대는 1721년으로 쉽게 생각할 수 있다. 그런데 거문고 구음의 표기나 주법 등으로 미루어 이 자료는 19세기 중엽에 해당하므로 신축년인 1841년으로 보기도 한다. 그리하여 19세기 중엽에 삼죽선생이 이 책을 편찬할 때 이승무의 서문을 베꼈을 것이라는 주장이 있다.(김종수,「삼죽금보 서와 범례」,『민족음악학』제19호, 서울대학교 동양음악연구소, 1997, 126쪽) 참조. 한편 신대철은 음악적 현실에 비추어 '聖上卽祚元年'은 고종 원년으로 보고 있다.(신대철,『한국민족문화대백과사전』제11권, 한국정신문화연구원, 1991, 396쪽, 〈삼죽금보〉 항목)
9 김은희(앞의 논문)는 이 자료를 19세기 자료로 다루고 있으며, 김팔남(「연정가사의 형성시기와 작자층」, 앞의 논문)은 18세기 자료로 보고 있다.

가능성이 많다고 본다. 보통 장고 반주만이 딸리는 현행 가사의 연주 형태와 달리 이 책에서는 거문고 반주로 연주되었다[10]. 이 사실은 19세기 중엽과 지금의 연주형태가 달랐음을 말하는 것일 수도 있지만, 이 금보가 18세기 초엽의 연주형태를 그대로 지니고 있는 것을 말하는 것일 수도 있다. 연주형태뿐만 아니라 수록된 작품도 18세기 초엽의 것일 가능성이 많은 것이다.

한편 〈상사별곡〉은 〈춘면곡〉과 짝을 이루어 연주되었다고 한다. 전자가 여성의 상사곡이고 후자가 남성의 상사곡이기 때문이다. 그런데 최근 〈춘면곡〉의 작가가 강진의 진사 李喜徵이고, 1722년에 澹軒 李夏坤이 호남지방을 기행하고 나서 쓴 시에도 이 가사가 가창된 사실이 세 차례나 읊어졌으며, 따라서 이 가사가 18세기 초반 경에 이미 널리 향유되었음이 밝혀졌다[11]. 따라서 〈상사별곡〉도 〈춘면곡〉과 짝하여 18세기 초반 경에는 이미 널리 향유되었다고 추정할 수 있다.

이상에서 살핀 바와 같이 〈상사별곡〉은 가집에 수록된 시기가 18세기 초반 경이고, 짝하여 부른 〈춘면곡〉의 향유 연대도 18세기 초반 경이므로, 적어도 17세기 말 경에는 창작되었을 것으로 추정할 수 있다.

이후 〈상사별곡〉은 〈춘면곡〉과 함께 18세기 양반 사대부의 풍류방 문화에서, 그리고 19세기에는 시정문화에서까지 지속적인 향유를 보여 수많은 가집과 놀이문화 관련 기록들에서 거의 빠짐없이 나타

---

10 김은희, 앞의 논문, 281쪽.

11 이상주, 「춘면곡과 그 작자」, 『우봉정종복박사 화갑기념논문집』, 1990. ; 김팔남, 「춘면곡 고찰」, 『어문연구』제26집, 어문연구학회, 1995.

나며[12], 현재까지도 12가사로 전하고 있다. 특히 〈상사별곡〉은 19세기에 양반 사대부가 한역한 12가사 중에서 제일 많이 한역된 작품이다[13]. 이렇게 〈상사별곡〉은 사랑을 노래하는 대표시로 기능하며 12가사 중에서도 가장 활발하게 향유되었던 것으로 보인다.

현재 '상사'라는 제명이 들어 있는 작품은 〈규수상사곡〉, 〈상사회답가〉, 〈상사진정몽가〉, 〈상사별곡〉, 〈상사가〉, 〈홍도상사가〉, 〈별별상사가〉 등 대단히 많다. 이러한 상사가류 가사들은 남성이 여성을 그리거나 과부가 사별한 남편을 그리는 등 다양한 내용을 담고 있지만 '상사'라는 제명을 붙이고 있다. 남성이 한 여성을 그리는 〈춘면곡〉이 제명과 내용의 변주를 그리 보이지 않는 것과는 대조적이라고 할수 있다.

이러한 '상사'라는 제명의 다양한 변주 현상은 〈상사별곡〉이 사랑의 대표시로 오랫동안 향유된 것에서 기인했다고 보여진다. 남성의 사랑시로 〈사미인곡〉이나 〈미인별곡〉이라는 제명이 널리 회자되었지만, 이 경우 화자는 남성에 한정했다. 그러므로 남녀 공동으로 화자가 될 수 있었던 '상사'가 사랑시의 대표 제목으로 널리 사용되었을 것이다[14]. 조선후기 사회를 거치면서 사랑시의 제명으로 '상사'가 사용되었던 저변에 〈상사별곡〉의 활발한 향유가 자리하고 있었다고

---

12 김은희, 앞의 논문, 271-188쪽.

13 김문기, 「12가사의 한역양상과 그 의미」, 『국어교육연구』제32집, 국어교육학회, 2000, 98쪽. 이 논문에 의하면 〈상사별곡〉이 4인에 의해 5편이, 〈매화가〉가 3인에 의해 3편이, 〈권주가〉가 2인에 의해 3편이, 그리고 기타 등등이 한역되었다.

14 나중에는 〈사미인곡〉과 〈상사별곡〉이라는 제명이 혼동 사용되기도 한다(윤영옥, 앞의 논문, 93쪽).

할 수 있다.

이와 같이 〈상사별곡〉은 조선후기 사회에서 300년 동안이나 지속적으로 향유되다가 현재까지도 향유되어 그 유구성이 인정된다. 〈상사별곡〉이 조선후기 사회에서 사랑을 노래하는 가장 대중적인 대표시로 인기를 누렸음을 알 수 있다.

2) 〈상사별곡〉 사설의 고정성

〈상사별곡〉은 이본이 수십 종이나 된다[15]. 이 이본들은 49장형 정도의 긴 사설과 13장형 정도의 짧은 사설로 크게 대별된다. 13장형은 〈상사별곡〉이 양반의 풍류방을 떠나 시정문화 속에서 확대 향유되면서 가창에 편리한 형태로 축약된 것으로 보고 있다.

49장본의 이본들은 거의 동일한 사설을 포함하고 있지만, 부분적으로는 구절의 착종이 나타난다. 예를 들어 '오며가며 빈방안에 다만한숨 내벗일다'라는 구절이 위치하는 곳이 이본마다 다르게 나타나는데 49장형의 양상을 살펴보면 다음과 같다.

---

15 정재호는 주로 20세기 초 잡가집에 들어 있는 〈상사별곡〉의 이본 18종을 소개했다(「상사별곡고」, 앞의 글). 윤영옥은 정재호의 것에 7종을 보태어 25종을 소개했다(「상사계가사연구-상사별곡」, 앞의 글). 김문기는 주로 20세기 잡가집에 소재한 이본 14종의 분포만 다루었다(「12가사의 한역양상과 그 의미」, 『국어교육연구』제32집, 국어교육학회, 2000). 김은희(「상사별곡 연구 - 연행환경의 변화에 주목하여」, 앞의 글)는 20세기 잡가류 소재 이본은 생략하고 19세기 가집류 소재 이본 12종을 자세히 정리하였다. 이상 네 연구자가 소개한 이본들을 중복된 것들을 제외하고 살피면 19세기 가집류와 20세기 잡가류 소재 이본은 대략 35종 정도가 된다. 그 외에도 새로 발굴·소개되는 가사집의 작품들을 소개하면서 같이 실려 있는 〈상사별곡〉이 거론된 경우도 있어 〈상사별곡〉의 이본 수는 더 늘어난다.

① 이내상사 아르시면 님도날을 그리리라

　　적적심야 혼자안겨 다만한숨 내벗시라　　　　　　（『남훈태평가』）

② 오동추야 밝은 달에 임생각이 새로워라

　　오며가며 빈방안에 다만한숨이 내벗일다

　　한번이별하고 도라가면 다시오기 어려워라　　　　（『악부』）

③ 보고지고 님의 얼골 듯고지고 임의소래

　　나며들며 뷘방안에 다만한숨이 벗이로다

　　전생차생이라 무삼죄로 우리둘이 삼겨나서　　　　（『가집』）

　위의 밑줄 친 부분에서 드러나듯이 '오며가며 빈방안에'라는 구절도 약간씩 다르게 나타난다. 그런데 이 구절이 나오는 위치는 ①에서는 49~50번째 구에, ②에서는 25~26번째 구에, 그리고 ③에서는 14~15번째 구(51~52구에도 다시 나온다)이다. 이와 같이 〈상사별곡〉 49장형의 경우 포함하고 있는 구절의 총량은 거의 같은데, 개별 구절의 위치가 서로 달라 구절 간 착종이 나타난다. 49장형을 부른 가창자가 전체의 사설을 알고 있지만, 경우에 따라서는 사설 전개의 순서를 약간 달리하여 부르기도 했음을 알 수 있다.

　　(가)　한번죽어 도라가면 다시보기 어려오니 / 아마도 네정이 잇거
　　든 다시 보게 삼기쇼셔　　　　　　　　　（『남훈태평가』 49장형）

243

　(나)　오동츄야 붉은달에 님슁각이 싀로이라 / 흔번니별ᄒ고 도라가
　　　면 다시 오기 어려와라　　　　　　　(가람본 『가곡원류』 13장형)

　(다)　만쳡쳥산 드러가니 어늬우리 낭군이 날츠지리 / 오동추야 발
　　　근달의 님싱각이 싀로웨라　　　　(동양문고본 『가요』 13장형)

　(라)　오며가며 빈방안에 다만한슘 이늬 벗일다 / 흔번리별ᄒ고 도
　　　라가면 다시오기 어려워라　　　　　　(『대동풍아』 14장형)

　(가)는 남훈태평가본의 마지막 두 구로 49장형의 이본들은 대부분
이와 같이 끝난다. (나)~(라)는 13장형의 이본들에 나타나는 마지막
두 구인데, 서로 다르게 나타난다. 위에서 두 번 나타나는 '오동츄야
붉은달에 님슁각이 싀로이라'는 구절은 남훈태평가본에는 34번째
구에 나타난다. 위에서 두 번 나타나는 "흔번니별ᄒ고 도라가면 다
시 오기 어려와라"는 구절은 남훈태평가본에는 11번째 구에 나타난
다. 이와 같이 13장형의 경우 각각이 구절 간 착종을 보이면서 포함
하는 사설이 조금씩 차이가 난다. 가창자가 13장형이 포함하는 사설
을 기억하고 있지만, 경우에 따라서 긴 사설의 이본과 혼동되어 혹
은 긴 사설의 이본에 들어 있는 구절이 더 좋아서 49장형에 있는 구
절을 임의로 부르기도 하였던 것이 아닐까 한다. 13장형은 긴 사설
에서 어떤 사설을 선택하여 조직했는가에 따라 이본마다 사설이 조
금씩 다르게 나타나며, 그렇기 때문에 긴 사설의 이본보다 사설의
유기성이 떨어진다.

한편 윤영옥은 총 8종의 이본을 校合하여 51장형의 교합본을 만들어 낸 바 있다[16]. 그런데 49장형본과 13장형본을 교합하여 나온 교합본이 기껏해야 51장본으로 그리 길이가 늘어나지 않았다. 이 점은 〈상사별곡〉이 이본 간 구절의 착종에도 불구하고 전체 포함하고 있는 사설이 같다고 하는 것을 말해준다.

이상으로 살펴본 이본 간 구절의 양상에서 알 수 있는 바는 〈상사별곡〉의 이본들이 49장형의 사설을 원천으로 하여 사설을 전개해나 갔다는 점이다. 즉 49장형과 13장형의 사설 짜임이 모두 49장형의 사설 내에서 이루어지고 있다는 것이다. 그렇다면 성무경이 지적한 사설짜임의 원리가 〈상사별곡〉을 작시할 단계에서는 작동했지만 이후 향유·전승의 단계에서는 전혀 작동하지 않았음을 알 수 있다.

즉 〈상사별곡〉 이본의 사설짜임의 원리는 '사랑이라는 유사 정서를 지닌 표현 단위'들을 공시적으로 존재하고 있는 다른 작품들에서 적출한 것이 아니라 긴 사설의 〈상사별곡〉 자체에서 적출한 것이다. 사설의 유기성이 다소 떨어지는 현상은 원래의 원천인 긴 사설을 잘 못 기억하거나 임의로 적출하여 사설을 조직했기 때문이라고 할 수 있다. 이와 같이 〈상사별곡〉은 사랑을 다룬 동시대 다른 작품들과 사설의 넘나듦이 많은 것은 사실이지만, 이본 간 사설짜임의 원리는

---

16 윤영옥, 앞의 논문. 『樂府』에 있는 3종, 『歌集』의 2종, 아악부가집본, 남훈태평가본, 그리고 신구가요찬주본 등 8종의 이본을 교합했다. 8종에는 49장형의 긴 사설과 13장형의 짧은 사설이 포함되어 있다. 각 이본의 사설들을 순서대로 기록하되 다른 이본에 있지만 그 이본에 없는 부분은 공란으로 처리하는 방법을 썼으므로 각 이본마다 건너 뛴 부분들이 비교적 잘 드러나게 했다. 긴 사설을 지닌 이본의 경우 약간씩 사설의 배치 순서가 서로 다르며, 사설의 배치 순서가 같다고 하더라도 구체적인 표현 구절은 약간씩 차이가 나는 경우가 있다.

49장형 사설이 각 이본 사설의 원천으로 작용하고 있어 사설의 고정성이 매우 높다는 점을 발견할 수 있다. 〈상사별곡〉의 각 이본의 차이는 49장형 원사설의 고정성 안에서 구성된 유동적 표현인 것이다[17].

〈상사별곡〉의 사설이 고정성이 매우 강한만치 〈상사별곡〉의 원전은 반드시 재구되어야 한다. 전체 49장형을 놓고 시상의 전개가 매끄럽게 이루어질 수 있도록 재배치하여 원전을 재구하는 노력이 필요하다. 그런데 이 자리에서는 모든 이본의 대교를 통하여 원전을 재구성하는 것은 현실적으로 많은 무리가 따른다. 거의 모든 이본이 49장형 사설을 원천으로 사용하고 있다. 그러므로 이 자리에서는 〈상사별곡〉으로 자주 인용되는 49장형 남훈태평가본을 기준으로 하여 시상의 전개를 재구성하는 방법을 사용해보았다. 남훈태평가본에서 시상의 전개에 따라 문제가 되는 구절을 정리하고 재배치하면 다음과 같다.

8~9구, 14~19구, 13구 : 『역대가사문학전집』 소재 649번 이본에 의하면 이 부분이 7구 다음에 연이어 기록되었다. 이 부분은 '우리가 이

---

17 〈상사별곡〉의 개별 구절 하나하나는 '이별·그리움·시름'의 정조를 표상해내는 사랑의 수사들로 이루어져 이들 사이의 문맥적 유기성은 다소 성긴 편이다. 이것은 이본마다 사설의 전개를 달리 한 데서 비롯된 것이다. 성무경은 이러한 현상을 유사 정서를 지닌 표현 단위들을 적출하여 새로운 작품의 구성에 활용했기 때문에 벌어진 것으로 보았다. 그런데 앞서 이 가사 향유의 유구성과 사설의 고정성을 감안하여 생각해본다면 다른 주장도 나올 수 있을 것으로 보인다. 즉 〈상사별곡〉의 향유, 전승에 힘입어 〈상사별곡〉의 구절이 사랑과 관련한 구절의 원천으로 작용하여 다른 장르에서 이것들을 적출해 사용한 것으로 볼 수 있다는 것이다.

별 말자고 맹세하여 산처럼 높고, 물처럼 사랑이 깊어서 무너지고 그칠 줄 몰랐었다. 그런데 귀신이 시기하는지 하루아침에 이별하여 소식조차 모른다'는 시상의 전개로 이별하기까지의 상황을 서술한 것이다. 따라서 이 구절들은 시상의 전개 상 『역대가사문학전집』 소재 649번과 같이 7구 다음에 연이어 이어지는 것이 맞다. 님과 만나 이별하기까지의 상황이 작품의 전반부에 배치되어야 하는데, 대부분의 이본에서 이 부분이 따로 떨어져 산발적으로 있었기 때문에 작품이 산만해졌다고 할 수 있다.

10~11구, 31~34구 : 10~11구는 갑자기 만첩청산이 나와 앞뒤와 연결되지 않고 엉뚱하다는 느낌을 지울 수가 없다. 31~34구에서 다시 만첩청산과 연관한 시상이 전개된다. 따라서 10~11구와 31~34구는 님과 나 사이 존재하는 공간적인 거리감을 만첩청산으로 표현한 것으로서 일단 연이어 기술하는 것이 좋다.

20~23구, 36~40구 : 20~23구는 임에게서 기별이 오기를 기다리지만 세월만 흘러가는 시상의 전개를 보인다. 36구는 흐르는 세월에 늙어가는 자신을 서술하는 것으로 이어지는데, 40구에서 '기다리고 바라보니 이내 상사 허사로다'로 마감한다. 따라서 시상의 전개 상 이 두 부분은 하루하루 기별 오기를 기다리다가 달이 가고 해가 가는 현실에서도 기다리고 있는 화자의 심정을 읊은 것으로 같이 이어지는 것이 좋을 듯하다. 이렇게 36~40구가 20~23구 다음으로 가면, 40구의 '기다리고 바라보니 이내 상사 허사로다'에 이어 제24구의 "이닉상사 아르시면 님도날을 그리리라"가 자연스럽게 연결되게 된다.

이와 같이 남훈태평가본의 구절들을 재배치함으로써 시상의 전개가 매끄러운 원래의 사설을 재구성할 수 있다. 그리하여 〈상사별곡〉의 시상의 전개, 즉 서술단락은 ① 서언(1~7구), ② 헤어지기 전임과의 사랑(8~16구), ③ 만첩청산에서의 기다림(17~23구), ④ 끊임없는 기다림(24~33구), ⑤ 오동추야의 임 생각(34~49구)으로 이어진다. ③과 ④는 임과 헤어진 이후 기다림의 상황을 서술한 것인데, ③은 공간적인 측면에서, ④는 시간적인 측면에서 서술한 것이다. 그리고 마지막 ⑤에서는 가을 달밤이라는 어느 한 순간의 서정을 서술한 것으로 가사의 마지막 부분의 서술로 매우 적합하다. 이 연구에서는 남훈태평가본을 시상의 전개에 따라 재구성한 사설을 인용하고자 한다.

3. 〈상사별곡〉 표현의 양상

1) 쉬운 우리말 표현

〈상사별곡〉은 매우 쉬운 우리말 위주의 사설로 되어 있다. 어려운 고사의 인용은 전무하고 한자어가 쓰였더라도 관용구로서 알기 쉬운 한자어에 국한한다. 작품의 서언은 다음과 같다.

> 인간니별 만사중에 독슉공방이 더욱셟다 / 상사불견 이닉진명을 졔

뉘라셔 알리 / 미친시름 이렁져렁이라 / 훗트러진 근심다 후루쳐 더져 두고 / 자나씨나 씨나자나 님을 못보니 가삼이 답답 / 어린양자 고은소 리 눈에 암암 귀에 징징 / 보고지고 님의얼골 듯고지고 님의소리 / 비나이다 하날님게 님싱기라ᄒᆞ고 비나이다

화자는 인간이별 만사 중에 독수공방이 제일 서럽다고 했다. 사랑하지만 보지 못하는 자신의 마음을 누가 알겠냐고도 했다. 그리고 이어서 가슴에 맺힌 시름이 '이렁져렁'이라고 표현했다. '이렁져렁'이란 우리말은 맺힌 바가 수없이 많다고 하는 것을 표현함과 동시에 시름이 가슴에 대롱대롱 맺혀 있는 듯한 시각적 표현이기도 하다. 쉽지만 중의적 표현이 가능한 우리말 표현의 묘미가 잘 드러나는 지점이다.

그리고 화자는 '훗트러진' 근심을 모두 후려쳐 던져두었다고 했다. '훗트러진'이라는 우리말은 한 마디에 불과하지만 여러 의미를 중의적으로 표현할 수 있다. 오지 않는 임의 상황에 대한 상상, 자신과 임의 관계, 이후 있게 될 미래 등과 같은 여러 산발적인 근심 속에서 시달리는 화자의 상황을 표현함과 동시에 여기저기 어지럽혀진 (흩뿌려진) 화자가 있는 공간을 시각적으로 표현한 것이기도 하다. 그렇게 화자가 근심을 던져두고 정신을 가다듬어 집중하고자 한 것은 님에 대한 생각이다. '자나깨나 님을 못보니 가슴이 답답하다'고 하고 '님의 어린 얼굴과 고운 소리가 눈에 암암거리고 귀에 쟁쟁하다'고 했다. 사랑의 서정이 '눈에 암암 귀에 쟁쟁'과 같은 당대의 관습적이면서도 유치한 표현으로까지 나타난다. 그리고 다시 한번 임

의 얼굴이 보고 싶고 임의 목소리가 듣고 싶다고 절규하며 하느님께 임이 이 자리에 나타나게 해달라고 기원했다.

위의 서언은 전체적으로 님에 대한 '상사'로 집약되는 내용이다. 화자의 심정을 두서 없이 마구 토로한 것처럼 보이며, 님을 생각하는 화자의 심정이 감정의 과잉 상태로 충만해 있으며, 매우 유치하기까지 하다. 그런데 아무리 두서가 없고 유치하고 감정의 과잉 상태로 충만해 있다 하더라도 화자가 이것을 쉬운 우리말로 표현했기 때문에 독자는 오히려 구절구절마다 화자의 감정에 이입하게 되어 공감을 하게 된다. 사랑의 감정은 원래 유치하고 감정의 과잉을 허락하기 때문이다. 이렇게 〈상사별곡〉은 쉬운 우리말로 이루어져 중의적 표현성과 함께 대중의 공감을 획득하고 있다.

2) 원형적 상징어의 보편성

〈상사별곡〉에서 사용한 시어들은 대부분 자연 상관물이라는 특징이 있다. 그리고 여성과 관련한 생활 상관물은 거의 나오지 않는다. 〈상사별곡〉에 나오는 자연 상관물이나 보편적 생활 상관물을 나열하면 다음과 같다.

산, 고개, 물, 소, 오동, 달, 녹양방초, 비, 밤, 저문날, 해, 눈물, 배, 천금주옥, 옷, 불, 눈, 붓, 학, 꽃, 이슬, 바람, 구름, 꿈, 길, 옥안운빈, 공방

위에 나열한 시어들은 대부분 자연 상관물이다. 여성과 관련한 생

활 상관물은 기껏해야 천금주옥, 옥안운빈, 공방 정도를 찾을 수 있다. 한 여성의 사랑이 거의 모두 자연 상관물로 표현된 것이다. 이렇게 〈상사별곡〉의 시어들은 한 개인이나 특수집단만이 아는 개성적 시어들이 아니라 조선에 사는 사람이라면 누구나 알아서 보편적 심상(이미지)을 구성하고 있었던 원형적 상징어들이다. 〈상사별곡〉에서 이러한 원형적 시어들은 도처에서 쓰인다.

> (1) 천금쥬옥 귀밧기오 세사일부 관계ᄒ랴 / 근원흘너 물이되야 깁고깁고 다시깁고 / 사랑되혀 뫼히되여 놉고놉고 다시놉고 / 문허질 쥴 모르더니 싄어질쥴 어이알니

> (2) 오동추야 발근달에 님싱각이 싀로ᄂ다 / 적적심야 혼자안져 다만흔슘 늬벗시라 / 일촌간장 구뷔셕어 픽여나니 가삼답답 / 일촌간장 구뷔셕어 픽여나니 가삼답답 / 우는눈물 바다늬면 빅도타고 아니가랴 / 픽는불이 너러나면 님의옷세 당기리라

(1)은 화자가 임과 헤어지기 전에 나눈 사랑을 표현한 구절이다. 임과 이룬 사랑의 깊이를 물과 산이라는 시어가 지닌 '깊음과 높음' 그리고 '영원성'이라는 보편적이고 원형적인 심상에 기대어 나타내었다. (2)는 마지막 단락의 모두 부분이다. 오동추야 밝은 달에 임 생각이 절로 난다고 했다. '오동'하면 당대 조선인은 모두 '가을', '달밤', 그리고 '님'으로 이미지가 연결되는 시적 상관물로 당대 관습적 표현이다. 그리고 화자의 애타는 기다림의 심정을 "흔슘, 간장, 가삼,

251

눈물, 바다, 비, 불, 옷" 등의 시어를 연결하여 표현했다. '눈물'을 '물'로 치환하여 '배'와 연관하고, 가슴의 열정을 '불'로 치환하여 임의 옷에까지 이어지게 표현했다. 시상의 연결이 원형적 시어들로 연결되어 전체적인 표현이 단순하고 통속적으로 다가온다. 이렇게 〈상사별곡〉은 물, 산, 불, 고개, 구름 등과 같이 누구나 다 아는 시어의 원형적 심상에 기대어 표현의 보편성을 지니고 있는 것이 특징이라고 할 수 있다.

여성인 화자가 임에 대한 그리움이나 기다림의 일상을 반복적으로 표현하다 보면 여성의 일상적인 생활어가 시어로 포함될 수밖에 없다. 그런데 〈상사별곡〉에 쓰인 여성의 일상적인 생활어는 작품 전체를 통틀어 '천금주옥, 옥안운빈, 공방' 정도가 전부이다. 이렇게 〈상사별곡〉은 화자가 여성이지만 임과의 사랑을 표현하는 시어가 일상적인 생활어를 사용하지 않음으로써 화자의 시각이 내면 응시에만 한정되지 않게 하고 있다. 오히려 〈상사별곡〉에서 화자의 시각은 쉬운 우리말과 원형적 상징어에 기대어 자연과 우주로 확대되어 있다.

> ③ 만첩청산을 드러간들 어늬우리 낭군이 날차즈리 / 산은첩첩ㅎ
> 여 고기되고 물은층층흘러 소이된다/ 지척동셔 천리듸여 바라보
> 니 눈이싀고 / 만첩상사 그려닌들 한붓스로 다그리랴 / 날릐돗친
> 학이되여 나라가다 아니가랴 / 산은어이 고기잇고 물은어히 사이
> 진고 / 천지인간 닉별중에 날갓트니 쏘인는가 / ④ 오날이나 드러
> 올가 닉일이나 긔별올가 / 일월무졍 졀노가니 옥안운빈 공노로다 /
> 오동야우 셩긘비에 밤은어히 더듸가고 / 녹양방쵸 져문날에 회는

어히 슈이가노 / 희눈도다 져문날애 쏫츤뛰여 절노지니 / 이슬갓튼
이인싱이 무슴일노 삼겨는고 / 바람불어 구즌비와 구름씨여 져믄
날에 / 나며들며 빈방으로 오락가락 혼자셔서 / 기다리고 바라보니
이닉상사 허식로다 / 이닉상사 아르시면 님도날을 그리리라

위는 서술 단락 ③과 ④의 전문이다. 화자는 님을 기다리는 애타는
자기의 내면을 구구절절이 읊었다. ③에서는 공간적으로 임과 멀리
떨어져 있어 만나지 못함을, 그리고 ④에서는 시간적으로 끊임없이
임을 기다리는 안타까운 심정을 서술했다. ③에서 화자는 산과 고개,
물과 소를 멀리 조망한다. '지척동서도 천리가 되어 바라본다'는 구
절은 '임이 있는 곳이 거리상으로는 그리 멀지 않지만 오지 못하기
때문에 천리와 같다'는 뜻으로 해석된다. 화자는 산, 물, 학을 바라봄
으로써 공간적으로 광활한 자연과 우주 천지로 확장을 꾀했다. 그리
고 ④의 '나며들며 빈방으로 오락가락 혼자셔서 / 기다리고 바라보
니'라는 구절에서 드러나듯이 화자가 머무는 곳은 분명 혼자 있는
빈방이다. 그런데 빈 방에 홀로 있으면서 임을 기다리는 자신의 내
면을 서술하는 화자의 시선은 내부 응시로만 떨어지지 않았다. 화자
의 시선은 빈방 안에 갇혀 있는 것이 아니라 자연의 이치를 따라 다
닌다. 화자는 이슬 같은 인생임을 각성하고 바람 분 날, 궂은 비 오는
날, 구름 낀 날에도 계속 이어지는 자신의 기다림을 시간적으로 확
장을 꾀하여 표현했다. 오로지 임만을 생각하여 내면으로만 응시하
게 되는 서정을 계절의 순환과 자연물로 표현함으로써 시각의 지평
을 확장하고 있다.

이와 같이 〈상사별곡〉은 원형적 상징어를 사용함으로써 표현의 보편성을 획득하고 있다. 그럼으로써 화자의 시각은 여성의 일상성에 함몰되지 않아 내부 응시에만 한정되지 않고 자연이나 우주로 확장될 수 있었다.

3) 병렬 문체의 반복

〈상사별곡〉의 표현적 특징에서 빼놓을 수 없는 것은 끊임없는 병렬의 사용이다. 〈상사별곡〉의 많은 이본들의 각 편만 놓고 보면 사설과 사설의 연결에서 유기성이 떨어지는 경우도 흔하게 발생한다. 그런데 이렇게 사설의 유기성이 떨어지는 경우라 하더라도 부분 부분의 사설 단위는 병렬로서 응집된다. 향유자가 사설의 덩어리를 병렬과 관련하여 기억한 결과로 보인다.

〈상사별곡〉의 구절은 수많은 대립적·반복적 병렬구로 이루어져 있다고 해도 과언이 아닐 정도이다. "오날이나 드러올가 늬일이나 긔별올가"에서 '오늘/내일'과 '올가/올가'가 대립적·반복적 병렬구를 이룬다. "오동야우 셩긘비에 밤은어이 더듸가노 / 녹양방쵸 저문날에 히는어이 슈이가노"에서 '오동야우(가을)/녹양방초(봄)', '밤/해', '더디/수이' 등이 대립적 병렬구를 이룬다. '셩긘 비에'와 '저문날에'에서처럼 의미상으로는 대립적·반복적이지 않더라도 동일한 문장 구문이 연속되어 기호학적인 병렬구를 이룬 경우도 있다.

> (1) 나혼자 이러흔가 남도아니 이러흔가 / (2) 날사랑 흐든꼿히 남사

랑 허이는가/ (3) 무정ᄒ여 그러흔가 유정ᄒ여 이러흔가 / (4) 산계야목 길흘드러 노흘줄을 모르는가 / (5) 노류장화 썩거쥐고 츈쉭으로 닷니 는가 / (6)가는꿈이 자최되면 오ᄂ는길이 무되리라 / (7)한번죽어 도라가 면 다시보기 어려오니 / 8)아마도 넷정이잇거든 다시보게 삼기소셔

위는 〈상사별곡〉의 마지막 구절인데, 역시 많은 병렬을 사용하였 다. 1)에서 '나/남'이 대립되면서 '이러흔가'가 반복되었으며, 2)에서 는 '날사랑/남사랑'이 대립되었다. 3)에서 '무정/유정'과 '그러/이러' 가 대립적·반복적 병렬을 구성하면서 문장구문도 병렬되었다. 4)와 5)에서 '산계야목/노류장화'는 화류계 여성을 의미하는 점에서 동일 하지만, 전자는 동물로서 움직이는 것이고 후자는 식물로서 움직일 수 없는 것이므로 반복적 병렬이면서 대립적 병렬의 의미도 약간 내 포한다.

(6)에서 '가는/오는'은 대립적 병렬을 이룬다. 화자는 밤마다 임에 게 가는 꿈을 꾸었다. 하도 많이 갔기 때문에 그 길에 자취가 생기고 닳아져서(무뎌져서) 선명하게 나 있는 길로 임이 오기 쉬울 것이라 는 뜻이다. '가는/오는'의 병렬은 '자취와 무디어짐'을 매개로 하여 '꿈 길/실제의 길'이라는 의미상 대립을 생성시킨 것이다. 당대에 애 호되었던 시적 모티브를 가져다가 한 구의 병렬 구문으로 재표현한 것이다[18]. 7)에서는 '한번/다시'를 대립하고, 다시 (7)과 (8)에서 '다시

---

18 '꿈, 자취, 길' 모티브는 李明漢(1595-1645)의 시조 '꿈에 단니ᄂ는 길이 ᄌ최곳 나랑 이면 / 님의집 窓밧기 石路라도 달으련마ᄂ는 / 꿈길이 ᄌ최 업스니 그를슬허 ᄒ노라' 에도 나온다. 이 시조를 申緯가 한역해 놓고 있기도 하여, 당대 사대부들 사이에서

보기/다시보게'를 반복함으로써 마감하였다.

이와 같이 〈상사별곡〉은 병렬 문체의 연속 행진이라고 할 수 있을 만큼 각 사설의 표현은 병렬로 점철이 되어 있다. 이러한 병렬적 표현은 짝을 이루고 있기 때문에 향유자가 사설을 용이하게 기억할 수 있도록 도와주는 역할도 담당했을 것이다.

기다리는 화자와 떠난 임의 관계 구도는 대립적 병렬 표현에 적합성을 지닌다. 그리고 화자의 끊임없는 기다림과 그리움은 반복적 병렬에 적합성을 지닌다. 이렇게 화자와 임의 관계 구도와 화자의 끊임없는 임에 대한 사랑이라는 내용과 인식이 작시 단계에서 모든 병렬적 표현을 사설로 끌어 들이게 하는 동인으로 작용했다고 할 수 있다.

한편 향유 단계의 측면에서 보면 〈상사별곡〉의 향유자들은 이러한 병렬적 표현이 주는 언어적 묘미를 유희적으로 즐겼을 것으로 보인다. 〈상사별곡〉의 전체적인 사설은 '상사'로 묶일 수 있는 서로 비슷비슷한 사설로 이루어져 있다. 하지만 향유자들은 이 사설들이 지겹다고 느끼지 않았을 것으로 보인다. 그 이유는 향유자들이 거듭해서 사설에 등장하는 병렬적 표현이 주는 언어적 묘미를 유희적으로 즐겼기 때문이라고 할 수 있다.

널리 애호된 구절이었던 것으로 보인다.

4. 〈상사별곡〉의 표현 미학

2장에서 〈상사별곡〉이 조선후기 사회에서 꾸준히 향유된 사랑의 대표시로 유구성을 지니고 있음을 살펴보았다. 이렇게 〈상사별곡〉이 오랜 세월 동안 대중의 인기를 누릴 수 있었던 데에는 여러 가지 이유가 있을 것이다. 우선 첫 번째 이유로 이 가사를 반주에 맞추어 가창했을 때 음악적인 면에서 미학적 감동이 컸다는 점을 들 수 있을 것이다. 음악적인 면에서 〈상사별곡〉은 가성이 많고 음역이 넓어서 여자의 고운 목청이 아니고서는 맛을 낼 수 없었다고 한다[19]. 그리고 정송강이나 이현보의 작품들처럼 사대부 작품으로 인정받기도 할 만큼[20] 음악적 격조가 높았다고 한다.

다음 두 번째 이유로 〈상사별곡〉이 임을 기다리는 한 여성의 지고 지순한 사랑을 담고 있다는 점을 들 수 있을 것이다. 〈상사별곡〉에서 화자는 떠난 임이지만 '잊지 않고 기다리는 사랑의 미덕'을 지닌 여성이다. 〈상사별곡〉에서 화자는 임과 나눈 사랑의 기억을 떠올리고, 만첩청산에 둘러싸인 궁벽지에서 임이 오기만을 기다리고, 비가 오나 눈이 오나 온 세월을 임에 대한 그리움으로 채우고 있다. 화자는 기다리다 지쳐 임이 다른 여성에게 간 것인가 의심하기도 하지만, 다시 임과의 재회만을 생각하는 여성이다.

---

19 이창배, 『한국가창대계』, 홍인문화사, 1976, 100쪽.
20 김은희, 앞의 논문, 277쪽.

이렇게 〈상사별곡〉은 오로지 한 임만을 기다리는 지고지순한 여성의 사랑을 담고 있다. 이 가사의 화자는 유흥공간의 여성, 후처, 정식 부인 등 모두가 될 가능성이 있다[21]. 그런데 화자가 누구이든지 간에 이 가사의 화자는 일부종사를 실현하는 여성이다. 이렇게 〈상사별곡〉은 당대 사회에서 여성에게 기대하는 사랑의 가치관을 철저하게 실천하는 여성의 사연을 담고 있는 것이다. 그리하여 당대 사회에서 모든 여성에게 기대하는 사랑의 가치관을 충실하게 담고 있는 〈상사별곡〉은 사대부층은 물론 모든 조선인들에게 대중적으로 애호될 수 있었다[22].

이렇게 〈상사별곡〉은 음악적으로 감동할만한 미학을 지니고 있었으며 당대 사회의 사랑에 대한 보편적인 가치관을 담고 있었기 때문에 오랜 동안 대중의 애호를 받은 점은 충분히 인정할 수 있다. 그런데 이것만으로 〈상사별곡〉 향유의 유구성을 다 설명할 수는 없을 것

---

21 '잊지 않고 기다리는 사랑의 미덕'을 철저히 실천하고 있는 화자는 어떤 여성일까? 이 가사가 12가사의 하나로 연행되었으므로 유흥공간의 여성일 가능성이 있다. 그리고 화자가 임을 '우리 낭군'으로 부르고 있는 데서 이미 일부종사를 결심한 남편의 일원, 즉 후처일 가능성도 있으며, 남편의 정식 부인일 가능성도 있다. 윤영옥은 화자를 부인으로 보고 있기도 하다(윤영옥, 앞의 논문).

22 〈상사별곡〉은 떠난 임이지만 잊지 않고 기다리는 사랑의 미덕을 담고 있어 결과적으로 임(남성)의 욕망을 충족시킨다. 풍류 현장에서 화자가 잊지 않고 기다린다는 것을 열정적으로 표현하여 사랑의 메시지를 전달하면 남성인 향유자는 화자가 전달하는 사랑의 미덕과 가치관을 재음미하며 만족에 빠질 수 있다. 이렇게 〈상사별곡〉은 당대 사회가 요구하고 설정해놓은 사랑의 가치관과 메시지를 상호교류하면서 연행이 확대 재생산되었을 것이다. 기생이 살림을 차려 기방을 떠날 때면 반드시 떠나는 기생이 잔치를 벌여 이 노래를 불렀다고 한다. 그리고 특별히 관직자가 공적인 일로 여정을 떠날 때 잔치를 베풀면 이 노래를 불렀다고 한다. 〈상사별곡〉이 잊지 않고 기다리는 사랑의 미덕을 담고 있기에 이별의 정황에까지 적용될 수 있었던 것이다. 떠나는 남성을 위해 기다리겠다는 메시지로 이 가사가 기능한 것이다.

이다. 여기서 〈상사별곡〉이 300년이 넘는 세월을 거치면서도 사설의 고정성을 유지하고 있는 점은 주목을 요한다. 〈상사별곡〉이 오랜 세월에 걸쳐 대중적인 인기를 누리면서도 사설의 고정성이 높다고 하는 점은 무엇을 말해주는 것일까? 이 점은 이 가사의 표현 미학이 대중들의 정서를 흡입할 수 있었던 가장 기본적인 요인으로 작용했다는 것을 말해준다. 〈상사별곡〉의 향유자는 사설 자체의 표현 미학에 대한 공감이 있었기 때문에 사설의 고정성을 지키며 향유를 해나갔다고 할 수 있다.

〈상사별곡〉은 쉬운 우리말과 보편적이고 원형적인 심상을 지닌 시어들로 사랑의 서정을 표현하였다. 우리말과 원형적 시어는 누구나 다 아는 것인데다가 그것을 중첩적으로 사용하게 되면 상투적이고 진부하게 느껴지기 십상이다. 사실 현대의 안목으로 볼 때 〈상사별곡〉의 사설은 상투적이고 진부하게 느껴질 수 있다. 그런데 당시 조선조 사회의 안목으로 본다면 〈상사별곡〉의 사설은 대중적이고 통속적인 것이었다고 할 수 있다. 〈상사별곡〉 표현의 묘처는 바로 대중적이고 통속적인 우리말과 원형적 시어들로 사설을 구성하고 있다는 점에 있다.

이러한 〈상사별곡〉의 대중적이고 통속적인 표현은 보편적 공감대를 형성하고 계속해서 이 가사가 향유될 수 있는 동인으로 작용했다. 사랑을 하면 유치해진다는 말이 있다. 아무리 대중적이고 통속적인 표현이라 하더라도 사랑을 하면 그 말이 절실하게 다가온다. 현대에 엄청난 인기를 누린 대중가요도 유치하지만 절실한 사설로 이루어져 유행한 것과 마찬가지 이치이다. 〈상사별곡〉의 대중적이고 통속적인 사설은 조선후기 사회에서 많은 향유자들의 미학적 경험을 촉발하기에 충분했던 것으로 보인다. 이 가사가 조선후기 사회에서 유구하게 대중적인 사랑의 대표시로 있어온 이유 중의 하나는 바로 이러한 쉬운 우리말과 원형적 시어로 이루어진 문체적 효과, 즉 공감력의 획득 때문이었다고 할 수 있다.

한편 〈상사별곡〉의 사설이 대중적이고 통속적이었지만 천박하게 느껴지지 않았다. 그 이유는 원형적 시어의 사용으로 화자의 시각이 자연과 우주로 확대됨으로써 서정의 우아미를 획득했기 때문이다. 화자의 애끓는 상사의 서정은 감정 과잉의 상태로 빠져 시세계에 불안정성을 짙게 드리울 수 있다. 그리고 화자의 내면 응시가 자칫 여성의 사적 영역인 생활 묘사로 떨어질 가능성이 많았다. 그러나 〈상사별곡〉은 자연적·우주적 시적 상관물로 이루어진 원형적 시어를 사용함으로써 시각의 지평이 확장되어 있다. 그리하여 한 여성의 심리적 불안정성에 전체적인 안정성의 기반을 제공해주었다. 이렇게 〈상사별곡〉은 원형적 시어들로 말미암아 애끓는 상사의 서정이 주는 불안정한 시세계로 전개되는 것을 차단하고 안정적인 시세계의 전개를 확보해주고 있다. 원형적 시어가 형성한 표현 미학이 안정적인 시세계의 전개를 가능하게 하고 이러한 시세계의 전체적인 안정성이 이 작품의 공감대를 넓힐 수 있게 한 것으로 보인다.

한편 〈상사별곡〉의 사설은 대부분 병렬의 문체를 구성했다. 병렬 표현은 기억을 용이하게 하지만, 이러한 기능은 어디까지나 부차적인 기능이었을 것으로 본다. 병렬 표현의 보다 근본적인 기능은 텍스트 내부에서 작동하는 시적 기능이라고 할 수 있다. 병렬 표현

의 시적 기능은 두 가지로 말할 수 있다. 한 가지는 가사에 시적 긴
장감을 부여한다는 점이고, 다른 하나는 작가나 향유자에게 언어
적 유희성을 부여하여 화자와 심리적 거리감을 유지하게 한다는
점이다.

 병렬은 우리 시가를 포함한 동양시에서 보편적으로 사용한 문체
이자 가사문학의 가장 특징적인 문체이기도 하다. 가사문학에서 병
렬적 표현은 4음보 연속의 평면적이고 확장적인 시적 흐름 안에서
빠른 호흡을 생성한다. 그리하여 병렬 표현이 쓰인 부분 부분에서
순간적인 시적 긴장감을 불러 일으킨다[23]. 〈상사별곡〉은 가사문학에
서 일반적으로 쓰고 있는 것보다 훨씬 많은 병렬을 사용하고 있다.
많은 병렬 표현으로 〈상사별곡〉은 매 구절마다 빠른 호흡을 형성하
여 시적 긴장감을 연속하여 유지할 수 있었다. 더군다나 〈상사별곡〉
은 이해하기 쉬운 우리말과 원형적 시어들을 사용함으로써 빠른 호
흡의 생성을 훨씬 가속화할 수 있었다. 어려운 한자어는 병렬을 이
룬다고 해도 이해의 속도가 느리기 때문에 아무래도 빠른 호흡을 생
성하는데 지장을 주게 된다. 이렇게 〈상사별곡〉은 많은 병렬 표현을
통해 빠른 호흡을 생성하고 순간 순간의 시적 긴장감을 획득하면서
시상을 전개해 나갔다.

 병렬 표현의 문체적 효과의 다른 하나는 작가나 향유자에게 언어
적 유희성을 부여하여 화자와 심리적인 거리를 유지하게 한다는 점
이다. 떠난 임을 하염없이 기다리는 화자의 상황은 매우 우울한 것

---

23 이 책에 실린 「가사문학의 문체적 특성」을 참조할 수 있다.

이다. 하지만 이 가사의 향유자들은 이러한 화자의 심적 고통에 공감하면서도 같이 우울해하지는 않는다. 왜냐하면 향유자들은 빠른 호흡으로 진행되는 병렬 문체의 언어적 묘미를 즐기고도 있기 때문이다. 그리하여 향유자는 애끓는 상사의 서정을 지닌 화자와 심리적인 거리감을 성공적으로 유지하게 된다. 이렇게 〈상사별곡〉에서 자주 나오는 병렬 표현을 향유자를 언어적 묘미를 즐기는 유희성에 빠지게 하여 화자의 슬픈 현실에 일정 정도의 거리감을 두게 만드는 문체적 효과를 자아낸다고 하겠다.

이렇게 〈상사별곡〉은 쉬운 우리말 표현이 주는 대중성과 통속성으로 인한 공감력, 원형적 시어가 주는 우아미와 안정적 시세계의 전개, 병렬 표현이 주는 시적 긴장감과 유희성과 심리적 거리감 등이 복합적으로 작용한 표현 미학 덕분에 당대 사대부들을 포함한 향유자에게 폭넓은 애호를 받을 수 있었다고 할 수 있다. 이 작품의 초창기 향유층은 사대부층이었다. 아무리 한문학에 조예가 깊은 사대부라 하더라도 사랑과 같은 원초적인 감정에서만은 우리말과 원형적 상징어로 이루어진 보편적 표현성에 더 공감을 지녔던 것으로 보인다. 정철의 〈사미인곡〉이 조선조 사회에서 꾸준하게 사랑을 받을 수 있었던 것은 그 내용성과 더불어 우리말로 이루어진 표현의 미학이 있었기에 가능했다.

5. 맺음말

　이 연구는 〈상사별곡〉이 조선후기에 사랑의 대표시로 애호되었던 점에 주목하고, 그 근본적인 원인을 사설의 문체적 미학에서 찾아보려 했다. 〈상사별곡〉의 표현은 상투적이고 진부하다. 그러나 이러한 관점은 어쩌면 현대의 관점일 수 있다. 당대인들의 관점에서 볼 때 〈상사별곡〉은 대중적인 사랑의 표현들로 이루어져 구구절절이 가슴에 절실하게 와 닿는 사랑에 관한 시적 보고였을 것이다. 그런데 시대를 지나면서 〈상사별곡〉의 표현이 점차 통속적인 표현으로 상식화하고 현대에 이르러서는 상투적이고 진부한 표현으로 전락하게 된 것인지도 모른다.

　그런데 현대에서도 사랑과 관련한 표현은 〈상사별곡〉의 표현과 매우 유사하다고 하는 점을 우리는 대중가요에서 본다. 〈상사별곡〉의 표현 미학, 특히 원형적 시어를 통한 사랑의 표현은 비교적 최근까지도 우리 대중가요에서 널리 나타났다. 그러나 최근에 와서는 이러한 표현 미학은 대중가요에서 그리 많이 나타나지 경향을 보인다. 〈상사별곡〉의 표현 미학이 현대에 이르기까지 어떻게 변화하고 계승되었는지에 대한 세밀한 규명이 필요할 것으로 보인다.

　한편 우리나라의 사랑에 관한 노래는 전통적으로 이별 상황을 다룬 것이 대부분이다. 고려속요가 그렇고 시조도 마찬가지였다. 현대의 대중가요도 이별을 다룬 노래가 제일 많다. 조선후기에 이별과 관련하여 사랑의 대표시로 있었던 〈상사별곡〉의 내용과 가치관

263

이 시대에 따라 어떠한 변화 경로를 거치는지 통시적 관점에서 연구할 필요가 있다. 추후 〈상사별곡〉의 표현, 내용, 가치관 등이 시대를 거치며 어떻게 변화해갔는지에 관한 심도 깊은 논의가 있기를 기대한다.

제8장

안동의 지역성과 만주망명 관련 가사문학
— 지역문화 콘텐츠 제안 —

1. 머리말

지역학은 각 지역의 언어를 토대로 그 지역의 역사, 문화, 어문학, 정치, 경제, 사회, 과학 등에 대한 이론과 실제를 연구함으로써 그 지역의 독자성과 일반성을 찾아내고 해당지역의 총체성을 파악하는 학문이다. 지역학은 본질적으로 개별성과 특수성을 지향하여 '문화와 역사의 상대주의'라는 관점을 견지하면서 대상지역을 시간과 공간의 틀 속에서 총체적으로 파악하고자 한다. 그리고 지역학에서 해당지역의 총체성을 파악하는 것은 각 분과학문 간 학제적 연구를 통해 얻어질 수 있다[1]. 그

---

1 이철원, 「지역학의 개념과 현재성」, 『지역학의 현황과 과제』, 한국외국어대학교

동안 지역학은 역사학, 철학, 문학, 예술, 민속학 등 각 분과 학문에서 한국인은 물론 해당 지역민이 해당 지역에 대해서 인지하고 있는 '지역의 정체성'을 확립하고자 활발하게 연구를 진행했으며, 그 결과 상당한 연구 성과가 집적되었다고 할 수 있다.

이러한 지역학 연구는 지역문화축제의 콘텐츠를 개발하는 데에도 기여하고 있다. 각 지자체에서는 지역의 개별성과 특수성을 확연하게 드러내주는 '지역의 정체성'을 확립하기 위해 지역학 연구를 적극적으로 지원하고 있다. 그리고 천편일률적인 지역문화축제를 극복하기 위해 '지역의 정체성'을 담보하는 지역문화콘텐츠를 개발하기 위해 고심하고 있다. 그런데 지역학의 활발한 연구성과에도 불구하고 지역문화콘텐츠를 개발하기 위한 학제적 연구는 충분히 이루어지지 못한 것이 사실이다. 기존에 이루어진 각 학문의 연구성과를 통합하는 학문간 학제적 연구를 통해 지역문화콘텐츠를 적극적으로 개발해야 할 필요성이 있다.

현재 안동의 정체성으로 대중적인 인지도가 가장 높은 것은 '퇴계, 선비정신, 명문대가' 등 양반문화와 관련한 것이다[2]. 양반문화와

출판부, 1996, 4-5쪽.

2 최근 들어 양반의 고장으로서 안동의 정체성에 대한 대중의 호감도가 급상승하고 있다. 우리 역사에는 한때 신분제 철폐가 당면한 최대과제였던 시기가 있었고, 우리의 역사·사회·경제·문화 등 각 부문에서 근대성을 찾고자 했던 적도 있었다. 이러한 과정에서 양반은 타도대상이나 성장하는 서민의 힘을 방해하는 봉건적 집단으로 인식되기도 했다. 그러나 철학과 사학계의 연구 성과가 집적됨에 따라 선비정신이 새롭게 조명되고, 양반명문가의 역사적 역할과 노블리스 오블리제의 희생정신이 대중에게 알려지게 되면서 양반에 대한 인식이 긍정적으로 변화했다. 안동의 양반문화에 대한 대중의 인식도 긍정적인 방향으로 급선회했다. 각 마을 명문대가의 내력, 인물, 종택의 구조, 종부의 생활문화 등을 소개하는 대중서가 봇물

관련한 안동지역의 정체성에 대한 연구는 철학과 사학계에서 활발
하게 이루어졌다. 특히 근대 변혁기에 안동지역의 독립운동은 철학
계와 사학계에서 규명한 안동의 지역적 정체성을 극대화하여 보여
주는 사건으로 주목 받고 있다.

한편 최근 국문학계에서는 규방가사에 대한 연구가 매우 활발하
게 이루어져 그 문학성과 문학사적 의의가 규명되고 있다. 규방가사
가 주로 명문대가 여성에 의해 창작되었으며, 특히 안동이 규방가사
창작의 중심지임이 논의되었다. 이와같이 각 분과 학문의 연구성과
에 의하면 안동은 '독립운동의 메카'이며 '가사문학 창작의 중심지'
로 드러난다.

그런데 최근 만주망명 관련 가사문학이 학계에 소개되었다[3]. 이들
가사문학은 만주에서 창작한 '만주망명가사'와 만주망명자를 육친
으로 두고 고향집에서 창작한 '만주망명인을 둔 고국인의 가사'로
이루어져 있다. 그런데 '만주망명가사' 7편[4] 가운데 5편이, '만주망
명인을 둔 고국인의 가사' 6편[5] 가운데 2편이 안동의 작가에 의해 창
작되었다. 이렇게 만주망명과 관련한 가사문학으로 확인된 총 13편

터지듯 출간된 것은 이러한 양반에 대한 인식변화를 바탕으로 한다.

3 최근의 논의를 통해 개별 작가의 생애가 고증되었고, 담당층이 혁신유림문중이라
는 사실도 규명되었다. 작품세계의 양상, 미학적 특질, 여성의 힘, 만주 디아스포라
등에 대한 논의도 이루어졌다. 따라서 이 가사 유형에 대한 개괄적 전모가 거의 드
러났다고 할 수 있다. 그 간의 연구논문은 다음 두 권의 책으로 출간되었으므로 이
책만 소개한다. 고순희, 『만주망명과 가사문학 연구』, 박문사, 2014, 1-363쪽. ; 고
순희, 『만주망명과 가사문학 자료』, 박문사, 2014, 1-324쪽.

4 〈분통가〉, 〈위모사〉, 〈조손별서〉, 〈간운사〉, 〈원별가라〉, 〈신세타령〉, 〈눈물 뿌린 이별
가〉 등 7편.

5 〈송교행〉, 〈답사친가〉, 〈별한가〉, 〈감회가〉, 〈단심곡〉, 〈사친가〉 등 6편.

267

가운데 절반이 넘는 7편이 안동의 작가에 의해 창작된 점은 주목할 만하다.

필자는 만주망명 독립운동과 관련한 가사가 안동인에 의해 가장 많이 창작된 것은 결코 우연이 아니라고 생각했다. 그리하여 이 점은 안동의 지역성과 밀접하게 관련한다고 판단했다. 만주망명 관련 가사문학은 안동의 지역성으로 철학·사학계에서 논의되고 있는 '독립운동의 메카'라는 점과 국문학계에서 논의되고 있는 '가사문학 창작의 중심지'라는 점을 동시에 충족하고 있는 문화콘텐츠에 해당한다.

안동의 명문대가 여성은 가사의 창작과 향유를 일상생활문화[6]의 하나로 영위하고 있었다. 그리하여 이 지역에서 여성의 가사 창작은 매우 뿌리 깊은 문화전통을 이루고 있었다. 이러한 점을 지적하고 평가하는 국문학계의 연구 성과가 풍부하게 나와 있기도 하다. 그럼에도 불구하고 그 동안 안동의 지역성을 다루는 담론에서 안동 여성의 가사 창작에 대한 주목은 거의 없었다고 할 수 있다. 안동의 양반문화나 생활문화를 다루는 논의에서 남성의 한시나 시조문학은 다루어지곤 했다. 하지만 여성의 가사문학은 거의 다루지 않았

---

6 각 지역사회의 구성원은 그 사회의 조직원리를 체화하는 동시에 새로운 구조적 사회현실을 만들어 내고 문화상징 체계를 재생산해나간다. 이러한 모든 체계는 지역인의 생활공간에 침투되어 일상생활문화를 형성하게 된다. 그리하여 사람들은 상이한 문화권의 일상생활을 접하게 될 때 충격을 받거나 긴장과 갈등을 겪기도 한다. 이렇게 지역학은 지역의 총체성을 인식하고자 하면서 개별성과 특수성을 지향하는 학문의 특성 상 해당 지역인의 일상생활문화에 관심을 기울이지 않을 수 없게 된다(노명환, 「지역학의 개념과 방법론」, 『국제지역연구』 3권 1호, 한국외국 어대학교 국제지역연구센터, 1999, 12-15쪽).

던 것이다.

이러한 점은 여성의 문학을 양반문화의 하나로 보지 않으려는 인식에서 비롯된 측면도 있지만 무엇보다도 학제간 연구 성과의 교류 부족에서 비롯된 것이 크다고 할 수 있다. 안동의 양반은 '문화귀족'[7]이라고 한다. 그렇다고 할 때 양반가 여성의 가사 창작은 문화 귀족의 면모를 보다 풍부하게 해줄 수 있는 지표가 될 수 있다. 이 연구는 양반문화에 양반가 여성의 가사창작도 포함되어야 한다는 문제의식을 아울러 지닌다.

이 연구의 목적은 안동의 지역성을 통합적으로 지니는 지역문화 콘텐츠로 만주망명 관련 가사문학을 제시하는 데 있다. 연구의 목적을 위하여 각 학문분야를 학제간으로 통합하는 연구방법을 사용한다. 2장에서는 안동의 지역성으로 '규방가사 창작의 중심지'인 점과 '독립운동의 메카'인 점에 대하여 살펴본다. 3장에서는 만주망명 관련 가사문학에 대하여 살펴본다. 마지막 4장에서는 앞서의 논의를 종합하여 만주망명 관련 가사문학을 안동의 지역성을 총체적으로 드러내주는 지역문화콘텐츠로 제안하고자 한다.

---

7 川島藤也, 「안동의 대가세족 : 문화귀족의 정립을 중심으로」, 『안동학연구』제1집, 한국국학진흥원, 2002, 149-182쪽.

2. 안동의 지역성

1) 규방가사 창작의 중심지

그 동안 가사문학 연구자나 서지학자는 수많은 가사 필사본을 수집했다. 필사본을 수집한 이들의 증언에 의하면 규방가사를 포함한 가사문학의 대다수가 경북 지역에서 수집되었다고 한다. 그리고 아직도 경북 지역 주민의 상당수가 집안에 가사를 소장하고 있다고 한다[8]. 사정이 이러하다보니 규방가사에 대한 자료 조사가 이 지역에서 가장 풍부하게 이루어졌다. 그리고 규방가사에 대한 연구도 주로 이 지역 연구자에 의해 활발하게 이루어졌다.

지자체의 가사 자료의 수집도 이 지역에서 가장 활발했다. 일찍이 영주와 봉화 지역의 규방가사 자료가 조사 수집되었으며[9], 1980년 즈음부터는 경북 지역의 각 지자체에서 그 지역에 전해 내려오는 가사 필사본을 수집하여 책으로 출간했다. 구미의『규방가사집』, 영천의『규방가사집』, 문경의『우리 고장의 민요가사집』, 봉화의『우리고

---

8 "양반가사는 그 분포가 전국적인 것으로 되어 있으나, 규방가사는 영남지방 양반 부녀자들의 규방 안에만 있고, 영남지방이라 하여도 주로 경상북도지방이며, 또한 이곳에도 북부지방에 편재되어 더욱 성행하였고, 남부지방으로 내려 갈수록 그 분포의 밀도가 점차 엷어져 가고 있다"(권영철,『규방가사연구』, 이우출판사, 1980, 33쪽).

9 이화여자대학교 한국어문학연구회,「내방가사자료-영주·봉화 지역을 중심으로 한」,『한국문화연구원논총』제15집, 이화여대 한국문화연구원, 1970, 367-484쪽.

장의 민요와 규방가사』, 안동의『안동의 가사』, 울진의『울진민요와
규방가사』등[10]이 그것이다.

'내방가사' 혹은 '규방가사'에 대한 연구도 대부분 경북지역의 연
구자에 의해 시작되었다. 이재수의『내방가사연구』에 이어 권영철
의『규방가사연구』,『규방가사각론』,『규방가사 1』,『규방가사-신변
탄식류』등의 연구서와 가사자료집이 출간[11]되었다. 최근에는 이정
옥이『내방가사의 향유자 연구』에 이어 영남의 가사 자료를 수집한
총 5권의『영남내방가사』를 출간한 바 있다.

이렇게 경북지역에서 규방가사에 대한 연구와 자료 수집이 활발
하게 이루어지는 과정에서 규방가사의 창작과 향유가 영남지역 안
에서도 특히 안동지역에서 가장 왕성하게 이루어졌음이 밝혀졌다.

　① 예안 안동 일대(158), 영주(65), 봉화(16), 영양(19), 풍산(1), 구미

　　(42), 선산(11), 해평(8), 인동(6), 상주(14), 김천(4), 점촌(2), 예천

　　(5), 용궁(4), 성주(31), 왜관(13), 달성(9), 대구(22), 고령(7), 칠곡

10　구미문화원,『규방가사집』, 대일, 1984.; 영천시 문화공보실 편,『규방가사집』, 영
　　천시, 1988.; 향토사연구소,「우리 고장의 민요가사집」, 문경문화원, 1994.; 봉화문
　　화원,『우리고장의 민요와 규방가사』, 봉화문화원, 1995.; 이대준,『안동의 가사』,
　　안동문화원, 1995. 이대욱이 편찬한 다른 가사 자료집으로는『낭송가사집』(세종
　　출판사, 1986)과『낭송가사집』2(한빛, 1995)가 있다.; 울진문화원,『울진민요와 규
　　방가사』, 울진문화원, 2001.

11　이재수,『내방가사연구』, 형설출판사, 1976, 1-204쪽.; 권영철,『규방가사연구』, 이
　　우출판사, 1980, 1-327쪽.; 권영철,『규방가사각론』, 형설출판사, 1986, 1-579쪽. 권
　　영철 편,『규방가사 1』, 한국정신문화원, 1979, 1-648쪽.; 권영철 편,『규방가사-신
　　변탄식류』, 효성여대출판부, 1985, 1-591쪽.; 이정옥,『내방가사의 향유자연구』, 박
　　이정, 1999, 1-388쪽.; 이정옥 편,『영남내방가사』제1-5권, 국학자료원, 2003(전집.
　　면수 생략).

(4), 창녕(6), 홍해(1), 포항(1), 영천(15), 안강(8), 울산(6), 의성(4), 영덕(3), 군위(3), 밀양(1), 기타(2), 미상(106)[12]

② 안동문화권(1023) : 안동(320), 청송(39), 영양(45), 봉화(92), 영주(80), 예천(108), 상주(59), 의성(108), 군위(30), 문경(36), 울진(20), 영덕(154), 영월(2), 제천(5)

　　성주문화권(682) : 성주(260), 선산(62), 고령(55), 칠곡(44), 합천(16), 창녕(3), 함안(2), 금릉(48), 거창(23), 대구(99), 달성(68), 통영(2)

　　경주문화권(331) : 경주(58), 영천(118), 영일(44), 경산(36), 청도(24), 울산(19), 밀양(19), 양산(2), 부산(10), 김해(1)[13]

①은 이재수가 수집한 총 597편이나 되는 내방가사 자료의 출처를 정리한 것이다. 예안 안동 일대가 158편으로 다른 지역에 비해 압도적으로 그 편수가 많음이 드러난다. ②는 권영철이 조사한 규방가사 자료의 통계치이다. 권영철은 규방가사의 지역별 분포현황을 안동문화권, 성주문화권, 경주문화권 등 세 권역으로 나누어 조사했다. 가사 자료가 수집된 지역의 분포 가운데 총 2036편 중 절반이 넘는 1023편이 안동문화권에서 수집되었다. 그리고 안동문화권에 속한 14개 시군구 가운데서도 안동에서 308편이나 수집되어 가사의 분포수가 경주문화권 전체의 분포수와 맞먹는 것으로 나타난다.

12　이재수, 앞의 책, 13쪽.
13　권영철, 『규방가사연구』, 앞의 책, 77쪽.

현주소를 기준으로 본 향유자의 분포

안동	영덕	의성	영주	영천	경주	포항	예천	성주	타시도	합계
38	38	1	1	2	2	4	3	2	8	99

원적지를 기준으로 본 향유자 분포

안동	영덕	의성	청송	영양	문경	영천	포항	봉화	울진	경주	예천	성주	타시도	미상	합계
29	21	1	8	6	1	1	9	2	2	4	3	2	4	6	99

위는 영남의 내방가사를 수집하여 영인, 출간한 이정옥의 조사 자료 통계치이다[14]. 현주소를 기준으로 본 향유자의 분포에서 안동과 영덕이 동수로 가장 많은 분포수를 보인다. 그런데 이것을 향유자의 원적지를 기준으로 다시 통계를 내보면 안동이 29로 가장 많은 분포 수를 보이는 것으로 나타난다.

이렇게 규방가사를 적극적으로 수집한 연구자는 안동에서 가장 많은 자료가 수집되었다는 일치된 견해를 내놓고 있다. 사실 이들이 정리한 통계 수치는 규방가사 자료를 입수한 출처지나 향유자의 소속지에 관한 것을 계산한 것이다. 그런데 가사의 출처지나 향유자의 소속지로 볼 때 안동이 가장 많다는 것은 가사 자료를 수집할 당시까지 이 지역에서 가사의 향유가 가장 활발했다는 점과 거기에서 더 나아가 안동이 가사 창작의 중심지였다는 점을 말해준다.

이와 같이 안동은 '규방가사의 대중심지이며, 또한 본고장'이었

---

14 이정옥 편, 『영남내방가사』제1-5권, 앞의 책, 15-16쪽.

다. 특히 안동부를 중심으로 동북으로 예안, 동으로 임하(내앞), 서북
으로 금계, 서쪽으로 하회로 이어지는 타원형권이 규방가사의 창작
및 향유의 본산지라고 알려져 있다[15]. 예안은 퇴계 이황, 임하는 의성
김씨, 금계는 학봉 김성일, 하회는 서애 유성룡의 명문대가가 오랜
세월 세거해온 지역이다. 이러한 규방가사 창작의 분포 수치는 규방
가사가 명문대가의 여성들 사이에서 보다 활발하게 창작되고 향유
되었음을 반증한다.

양반가 여성은 어려서는 가사를 통해 언문을 깨우치고, 성장하면
서 언문 쓰기를 익혔다. 그러는 가운데 가사에 쓰인 관습적 표현구
를 습득하여 한문구에 대한 교양도 늘려 갔다. 그리고 일정 나이에
이르면 배운 것을 바탕으로 직접 자신의 경험과 서정을 표현하여 자
신만의 가사 글쓰기를 해나갔다. 이렇게 양반가 여성에게 '가사를
짓고 감상하는 일은 하나의 필수적인 교양이요 생활의 일부처럼 되
어 있었다.[16]' 이러한 가사 창작의 전통은 양반가에서 대를 이어 전
승되었으며, 양반가 여성의 일상생활문화가 되어 있었다. 양반가 여

---

15 "총 2038편 중에서 안동문화권이 차지하는 것이 그 약 반수로 1016편이나 되며, 특
   히 안동부를 중심으로 7개의 위성군이 차지하는 수량이 776편으로 이는 영남지방
   전체의 약 38%이며, 안동문화권 자체 내에서의 비중도 77%나 되고, 안동부 하나
   만도 이의 32%가 되고 보니 안동을 중심으로 한 곳이 가장 많다는 것을 가히 수긍
   할 수 있으리라 믿는다. 따라서 안동은 규방가사의 대중심지이며, 또한 본고장이
   라는 느낌을 안겨 주었다."; "안동이 규방가사의 대중심지라면 또한 이것의 가장
   중심부, 다시 말하면 放射 원점은 어디에 있겠느냐 하는 것이 문제가 될 것이다. 결
   론부터 미리 말한다면 이 芯은 안동부를 중심으로 하여 동북으로 예안, 동으로 임
   하(내앞), 서북으로 금계, 서쪽으로 하회로 그어진 타원형권이 아닌가 한다. 이 5개
   지방이 모두가 낙동강 상류의 유역에 속하며 안동분지를 중심으로 하여 펼쳐 있
   다."(권영철, 『규방가사연구』, 앞의 책, 89~90쪽)
16 최태호, 『교주 내방가사』, 형설출판사, 1980, 3쪽.

성은 글쓰기를 시작하는 10대에서부터 죽을 때까지 일상생활과 관련한 모든 사연들을 가사에 담았던 것이다.

양반가가 많았던 안동에서 그 어느 지역보다도 많은 규방가사 필사본이 수집된 것은 너무나 당연했다. 특히 안동의 양반가는 서로 혼반으로 연결되어 가사 창작의 전통이 대를 이어 계승될 수 있는 기반으로 작용했다. 가사 창작이 활성화된 한 양반가에서 다른 양반가로 혼인해 가고, 이것이 거듭되는 혼반으로 엮어짐으로써 안동 특유의 양반가 여성의 전통이 형성된 것이다. 안동 양반가 여성의 가사 창작은 일제강점기에도 활발하게 이루어졌다. 그리고 현대까지도 꾸준히 이어져 내려와 안동에는 가사를 경창하는 여성들이 많다. 이러한 여성들을 중심으로 안동내방가사전승보존회가 결성되었으며, 보존회는 매해 전국내방가사 경창대회를 열고 있다.

2) 독립운동의 메카

구한말에서 일제강점기에 이르는 시기에 독립운동가를 가장 많이 배출한 지역이 안동인 것은 주지의 사실이다. 안동 유림은 일제의 강점이 노골화되던 구한말에 갑오의병을 일으켜 의병전쟁의 서막을 알렸다. 이어 근대식 학교의 설립과 같은 애국계몽운동에도 참여했다. 그리고 경술국치를 당한 이후에는 만주로 망명하여 독립운동의 기반을 구축했다. 고향에 남은 안동인은 독립운동가와 연대하거나 자치적 조직을 구성하여 독립운동에 나섰다.

한국독립운동사 정보시스템 자료에 따르면 공식적인 독립운동가

로 추서를 받은 안동인은 314명이다. 안동의 이 숫자는 단순히 서울
(291명), 부산(88명), 대구(132명), 광주(54명), 대전(36명)[17] 등의 수
치로만 놓고 볼 때도 제일 많은 것이다. 더군다나 도시 규모와 인구
수를 감안하여 본다면 월등히 높은 숫자임을 알 수 있다. 한편 증거
부족으로 공식적인 독립운동가로 추서를 받지는 못했으나 독립운
동활동이 확인되는 안동인은 무려 700여명에 이른다[18].

이와 같이 안동은 한국의 독립운동사를 시기적으로 온전히 서술
할 수 있는 유일한 곳으로서 '독립운동의 메카'였다.

나라를 빼앗긴 절대절명의 현실이 닥치자 안동의 유림 지도자는
자신부터 솔선수범하여 독립운동의 실천에 나섰다. 그러자 유림문

---

17 독립기념관(http://www.i815.or.kr) 〉 한국독립운동사 정보시스템. 2014년 현재
독립운동가를 출신지별로 검색한 결과이다.

18 김희곤, 『안동 독립운동가 700인』, 안동시, 2001, 1-325쪽. 안동에서는 안동시 임하
면 천천리에 안동독립운동기념관(현재는 경상북도 독립운동기념관)을 세우고
안동지역 독립운동가와 관련한 다양한 도서를 출간하고 있다. 안동독립운동기념
관에서 펴낸 안동 독립운동가와 관련한 도서를 소개하면 다음과 같다. 강윤정, 『사
적으로 만나는 안동독립운동』, 지식산업사, 2013, 1-300쪽. ; 김희곤, 『김시현 항일
투쟁에서 반독재투쟁까지』, 지식산업사, 2013, 1-155쪽. ; 김희곤, 『안동 내앞마을
항일독립운동의 성지』, 지식산업사, 2012, 1-240쪽. ; 권영배, 『안동지역의 의병장
열전』, 지식산업사, 1-212쪽. ; 김용달, 『일왕 궁성을 겨눈 민족혼 김지섭』, 지식산
업사, 2011, 1-171쪽. ; 김희곤, 『안동사람들이 만주에서 펼친 항일투쟁』, 지식산업
사, 2011, 1-264쪽. ; 안동독립운동기념관 편, 『국역백하일기』, 경인문화사, 2011,
1-505쪽. ; 김희곤, 『안동독립운동 인물사전』, 선인, 2010, 1-490쪽. ; 박민영, 『거룩
한 순국지사 향산 이만도』, 지식산업사, 2010, 1-203쪽. ; 김희곤, 『나라 위해 목숨
바친 안동 선비 열 사람』, 지식산업사, 2010, 1-187쪽. ; 안동독립운동기념관 편,
『권오설 자료집』(전2권), 푸른역사, 2009, 1-1177쪽. ; 김희곤, 『안동사람들의 항일
투쟁』, 지식산업사, 2007, 1-612쪽. ; 안동독립운동기념관 편, 『국역석주유고』(전2
권), 경인문화사, 2008, 1-1401쪽. ; 김희곤, 『만주벌 호랑이 김동삼』, 지식산업사,
2009, 1-233쪽. ; 박걸순, 『시대의 선각자 혁신유림 류인식』, 지식산업사, 2009,
1-224쪽.

중의 지도력을 믿은 문중 전체가, 이후 일반 마을민이 독립운동에 따라 나섰다. 독립운동의 시발을 안동 유림의 지도자가 마련하고 그를 중심으로 독립운동의 역량과 에너지가 확산되어 가는 형상을 이루었다. 이후 일제의 식민지배가 무려 36년간이나 지속되었지만, 조용하지만 강력했던 유림 지도자의 지도력은 변함없이 위력을 발휘했다. 유림 지도자가 독립운동을 하던 중 사망하더라도 그의 아들이나 문중인이 독립운동의 지도자적 역량을 이어나갔다.

특히 안동 지역 유림 문중은 국내에서의 항일 활동에 한계를 느끼고 해외에서 독립운동을 도모하고자 서간도로 망명해갔다. 주로 신민회와 연결된 명문대가가 만주망명에 동참했다. 경술국치 직후 내앞마을의 김대락과 김동삼, 법흥동의 이상룡, 하계마을의 이원일, 금계마을의 김원식, 무실마을의 류인식 등의 유림지도자는 문중인을 이끌고 만주로 망명했다. 1911년 무렵 안동과 주변지역에서 만주 망명길에 오른 인원은 100여가구 1000명에 가까운 숫자였다. 망명한 자들의 '3대 각오'가 '아사(餓死), 타사(打死), 동사(凍死)'였다[19]고 할 정도로 망명자들은 만주 곳곳을 방랑하며 처참하고 가혹한 생활을 영위했다.

당시 동서지간이었던 김대락과 이상룡은 문중을 이끌고 울진의 황만영, 서울의 이회영 문중과 거의 동시에 만주로 망명했다. 김대락은 당시 66세의 노구임에도 불구하고 1910년 12월 24일(음력)에 안동 천전리를 떠나 1월 8일에 압록강을 건너고 1월 15일에 만주 회

---

19 김희곤, 『안동사람들의 항일투쟁』, 2007, 지식산업사, 509-517쪽.

인현 항도촌에 도착했다[20]. 부인, 아들 형식, 손자 창로, 만삭 임산부인 손부와 손녀까지 낀 집안 모두를 거느리고서였다[21]. 이상룡도 일경의 감시를 피해 1911년 1월 5일에 홀로 고향집을 떠나, 뒤에 안동을 떠나온 부인, 아들 이준형 내외, 손자 이병화, 동생 이봉희 부자 등과 1월 25일에 신의주에서 만나 1월 27일에 압록강 국경을 넘었다[22].

　주목할 만한 점은 안동 유림이 만주로 망명할 당시 전가족을 이끌고, 즉 여성과 어린아이를 동반하여 망명을 했다는 것이다. 조선의 만주망명인들이 반드시 여성을 동반했다는 사실은 조선총독부의 한 문서에도 기록되어 있다. 이 문서는 남자 단독으로 이동하는 중국인과 달리 한국인은 '바늘 가는 곳에 실이 따른다'는 것처럼 만주의 여하한 산간벽지라 하여도 부부가 서로 떨어짐이 없다고 기록하고 있다. 유림문중의 망명사회에서 부부가 함께 이동한 것은 반영주를 생각한 망명, 부인의 경제적 열악성과 의존성, 한국사회 가정의 결속도가 큰 점 등의 이유가 있을 수 있다.[23] 그러나 무엇보다도 안

<hr/>

20　〈西征錄〉(안동독립운동관 편, 『국역 백하일기』, 경인문화사, 2011, 17-196쪽)에 의하면 김대락 일행은 1911년 1월 7일(이하 음력) 신의주에 당도해 1월 8일 압록강을 건넜다. 김대락의 조카 萬植·濟植·祚植·洪植·政植·圭植 등이 백하의 망명을 도왔다. 종질(당질)인 和植·文植·寧植, 손자인 昌魯·正魯, 종손자인 文魯·成魯 등 천전리 김씨 문중에서는 1911년부터 13년까지 50명이 넘는 인원이 만주로의 망명길에 올랐다(조동걸, 「전통 명가의 근대적 변용과 독립운동 사례 - 안동 천전 문중의 경우」, 『대동문화연구』제36호, 성균관대학교 대동문화연구원, 2000, 373-415쪽).

21　조동걸, 「백하 김대락의 망명일기(1911-1913)」, 『안동사학』제5집, 안동사학회, 2000, 162쪽.

22　안동독립운동기념관 편, 『국역 석주유고』하권〈西徙錄〉, 경인문화사, 2008, 11-55쪽. 〈서사록〉은 이상룡이 안동을 떠나 만주에 도착하여 정착하기까지의 과정을 일기체로 기록한 것이다.

23　서중석, 『신흥무관학교와 망명자들』, 역사비평사, 2001, 356-357쪽.

동 유림의 혁신적 사고에서 비롯된 것이라고 할 수 있다. 이들은 국가의 위기 상황에서 자주독립을 위한 초석으로서 가족을 중심으로 한 동포사회의 공동체가 무엇보다 절실하며, 여성도 당연히 공동체의 구성원으로서 참여해야 한다는 사고를 지니고 있었다[24].

독립운동에 참여한 유림문중의 역할은 정신적인 지주 역할에만 그치지 않았다. 이들은 같이 망명한 사람들의 경제적인 지주 역할도 담당했다. 독립운동 자금을 충당하고 독립운동에 투신한 문중인과 마을민의 생존을 위해 유림문중은 조상전래의 전답을 처분하여 경제적인 지원자 역할도 담당했다. 해방 이후 독립운동에 참여했던 안동지역 문중의 경제적 지위를 추적 조사한 바에 의하면 문중의 재산은 축소되고 동성촌락 또한 쇠락해 갔다[25]고 한다. 이 점은 역사의 아이러니로 현대인의 심금을 울리는 일이 되었으며, 노블리스 오블리제 정신의 표본으로 추앙받게 되었다.

일제의 강점이 노골화되는 구한말에 조선의 유림 전체는 성리학의 정통성과 근본 원리를 재확인하는 입장으로 선회하게 된다. 그리하여 역사·사회 문제에 대한 대응에서 실천성을 강조하는 시대적 분위기[26]가 조성되었다. 안동 유림의 활발한 독립운동 활동은 이러한

---

24 고순희, 「일제강점기 만주망명지 가사문학 - 담당층 혁신유림을 중심으로」, 『고시가연구』제27집, 한국고시가문학회, 2011, 51-55쪽.

25 김건태, 「독립·사회운동이 전통 동성촌락에 미친 영향-1910년대 경상도 안동 천전리의 사례」, 『대동문화연구』제54호, 성균관대학교 대동문화연구원, 2006, 41-74쪽.

26 한국유학사는 19세기 즉 왕조 말기에 이르러 크게 주목할 현상을 보인다. 그것은 당시 각개 학파를 초월해서 공통적으로 주리사상이 등장한다는 사실이다. 퇴계 학통을 이어 전통적으로 주리론을 주장해온 정재학파는 물론 화서학파도 예외는

시대적 흐름에 부응한 결과이기도 했다.

그런데 그 어느 지역보다도 안동지역의 유림이 적극적으로 항일 활동에 나선 것은 안동의 전통적인 선비정신이 이 시기에 극대화하여 발현했기 때문이다. 안동의 선비정신은 퇴계로부터 출발한다. 안동유림은 퇴계학통을 이었다는 도통론적인 의식의 연장선상에서 사회적 문제에 대해 원칙론적으로 대응하는 성향[27]을 보였다. 그리고 역사·사회에 대한 실천성을 중요하게 여겼다[28]. 조선후기에도 안동 유림은 '사회적 공공성을 위한 노력[29]'을 꾸준히 실천하면서, 궁

아니었다. 학파의 계보를 달리한 여러 학자들이 서로 약속이나 한 듯 주리론으로 일치된 경향을 띄고 등장한 것이다. 주리론의 일치된 등장 이유는 서세 동점에 따라 우리 전통에 대한 위기의식과 서양문명과의 대결에 대비할 자체 이론의 새로운 정립 과정에서 전통사상으로서의 성리학의 정통성과 근본 원리에 대한 재확인 및 그것의 고수라는 입장에 서게 되었기 때문이다(이우성, 『한국의 역사상』, 창작과 비평사, 1982, 307-308쪽).

27 박원재, 「후기 정재학파의 사상적 전회의 맥락」, 『대동문화연구』제58호, 성균관대학교 대동문화연구원, 2007, 421쪽.

28 퇴계의 원리주의적인 주리론은 실천성과 이를 위한 마음 수양을 강조하게 되는 것이다. 퇴계의 원리주의적 리발설이 어떻게 역사적 변혁기에 항일에 앞장서서 자신과 문중을 희생하는 선비정신의 기반이 될 수 있었을까. 理는 '善의 원리' 혹은 '선으로서의 義理'라는 의미를 가져 理 자체가 선하다고 믿게 된다. 퇴계가 '氣만 있고 理의 탑[理之乘]이 없으면, 이욕에 빠져 금수로 된다'고 한 것은 理를 선으로 보는 입장이다. 가치의 측면에서 볼 때 기는 그 자체가 선하지도 악하지도 않은 가치중립의 성질을 가진다. 그러므로 기에 치중하는 주기의 사고보다 理에 치중하는 주리의 사고가 더 가치 의식이 높게 된다. 그리하여 선이 강하게 요청되는 시기에는 요청적 선을 강조 역설하기 위해 선으로서의 理를 기에 상대하여 중요시하는 현상으로 나아가게 된다. 따라서 주리에 철저하려는 의식은 그만큼 철저히 악을 피하고 선을 위하려는 의지와 상통하고, 선을 추구하려는 바로 이 점에 실천성, 즉 행위지향의 실제적 성격이 자리하게 된다.(윤사순, 『한국유학사상론』, 열음사, 1988, 209-211쪽)

29 황병기, 「안동의 오늘을 만든 사상적 배경, 퇴계의 마음 이론」, 『안동학연구』제12집, 한국국학진흥원, 2013, 87-92쪽.

리(窮理) 공부보다는『소학』교육을 통해 '일상성'과 '실천성'을 강조했다[30]. 이와 같이 실천성을 중시하는 안동인의 선비정신이 극대화하여 발현된 것이 구한말에서 일제강점기를 거치는 변혁기에 수행한 독립운동이었다. 안동인은 뿌리 깊게 전해온 선비정신을 바탕으로 하여 그 어느 지역보다 희생적이고 투철한 독립운동 의식으로 무장할 수 있었던 것이다.

한편 안동지역의 강한 공동체 문화도 안동인의 희생적인 독립운동을 활성화시킨 요인으로 작용했다. 안동의 유림은 퇴계학맥을 계승하면서 그들 간의 강한 공동체 문화를 형성하고 있었다. 이러한 공동체 의식은 양반가 동성마을[31]을 이룬 안동유림 문중이 문중 단

---

30 퇴계학인은『소학』을 중시하여 일상성과 실천성을 강조했다.『소학』은 일상적인 생활에서 어떻게 행위해야 하는지를 말한 성현들의 말을 편집한 책이다. 아침에 일어나면 물을 뿌려 마당을 쓸고, 손님이 왔을 때 어떻게 응대해야 하는지를 말하는 것과 같이 일상적인 생활에서 어떻게 행위해야 하는지를 말하고 있는 여러 성현들의 말을 편집했다. 퇴계학인은 이러한 일상성이 성인이 되는 기본이라고 했다. 일상적인 행위 준칙을 강조한 것은 이론이 곧 실천으로 이행될 수 있어야 한다는 가르침이다. '일상성'과 '실천성'을 강조하는 도덕적 앎이 그대로 행위로 이행되어야 하며, 역으로 행위에 대한 강조를 통해 그 속에 들어 있는 이치를 깨달을 수 있어야 한다고 교육한 것이다.(이상호,「안동지역 퇴계학파의 소학 교육에 나타난 철학적 특징」,『안동학연구』제7집, 한국국학진흥원, 2008, 288-302쪽.)

31 한 조사 보고에 의하면 안동에는 반촌, 중인촌, 그리고 민촌을 포함하여 160여개나 되는 동성마을이 분포하고 있다(주승택,「안동문화권 유교문화의 현황과 진로모색」,『안동학연구』제3집, 한국국학진흥원, 2004, 386쪽. 주승택은 안동대 안동문화연구소 김미영 연구원에 의하여 조사 작성된 보고라고 밝히고 있다).; 하회리 풍산류씨 집성촌인 하회마을, 임하면 천전리 의성김씨 집성촌인 내앞마을, 임동면 수곡리 전주류씨 집성촌인 무실마을, 박곡리 전주류씨 집성촌인 박실마을, 가곡리 안동권씨 집성촌인 가일마을, 주하리 진성이씨 집성촌인 주촌마을, 온혜리 진성이씨 집성촌인 온계마을, 오미리 풍산김씨 집성촌인 오미마을, 망호리 한산이씨 집성촌인 소호마을 등은 대표적인 반촌 동성마을이다.(디지털안동문화대전 (http://andong.grandculture.net/)

281

위로 독립운동에 참여하는 구심점으로 작용했다. 그리고 혼반으로 생성된 안동유림 문중의 연결성과 결속력 역시 의병운동, 애국계몽운동, 만주망명 독립운동, 사회운동, 6·10만세운동 등에서 안동인의 역동적인 움직임을 이끌어내는 원동력으로 작용했다.

3. 만주망명 관련 가사문학

안동인이 창작한 만주망명 관련 가사로는 〈분통가〉, 〈위모사〉, 〈간운사〉, 〈조손별서〉, 〈눈물 뿌린 이별가〉(만주망명가사)와 〈송교행〉, 〈답사친가〉(만주망명인을 둔 고국인의 가사) 등이 있다. 이들 작품의 작가는 〈분통가〉를 지은 독립운동가 김대락 외에 모두 여성이 다. 이 연구의 주된 관심사는 안동 여성이 쓴 가사문학에 있다. 그리하여 이 자리에서는 안동 여성이 쓴 만주망명 관련 가사문학에 대해 최근 이루어진 연구성과[32]를 참조하여 개괄적으로 소개하고자 한다.

〈위모사〉의 작가는 이호성(李鎬性, 1891~1968)이다. 이호성은 이황의 후손으로 원촌마을에서 성장하여 김대락의 종질인 김문식(金文植, 1892~1972)에게 시집을 와 내앞마을 김대락의 옆집에서 살았다. 집안의 어른인 김대락이 만주로 망명함에 따라 그 뒤를 따라 남편과 함께 1912년 봄에 만주 망명길에 올랐다. 신의주에서 압록강을

---

32 고순희, 『만주망명과 가사문학 연구』, 앞의 책.

건넌 후 강을 따라 배를 타고 거슬러 올라가 초여름쯤에 통화현에 이르렀다. 통화현에 도착하자마자 〈위모사〉를 창작했다. 당시 작가의 나이는 22살로 아직 아이가 없었다[33].

〈조손별서〉와 〈간운사〉의 작가는 김우락(金宇洛, 1854~1933)이다. 독립운동가 이상룡의 부인이자 김대락의 여동생이다. 1911년 1월에 안동의 임청각을 떠나 1월 27일에 압록강을 건너 첫 기착지인 회인현에 도착했다. 이후 유하현에서 머물다 만주 각지를 떠돌아 다녔다. 작가는 환갑을 맞이한 해인 1914년 경을 전후해 두 가사를 창작했다.

〈눈물 뿌린 이별가〉의 작가는 김우모(金羽模, 1874~1965)이다. 독립운동가 권준희의 며느리이자 〈북천가〉를 쓴 김진형의 손녀이다. 안동 금계마을의 의성김씨 명문가에서 성장해 권준희의 아들 권동만(權東萬, 1873~1951)과 혼인하여 안동 가일마을에서 살았다. '안동의 모스크바'로 알려진 가일마을에서 성장한 작가의 둘째아들 권오헌(權五憲, 1905~1950)이 사회주의 독립운동에 뛰어들어 1935·6년경 만주로 망명했다. 1년 후 맏아들 가족도 망명하자 작가 부부도 1940년에 자식들이 있는 만주로 들어갔다. 가일마을을 떠나 만주로 들어가면서 〈눈물 뿌린 이별가〉를 창작했는데, 당시 작가의 나이는 67세의 고령이었다. 이후 유하현 삼원포와 하얼빈 등지에서 살았다[34]. 작가의 친정인 금계마을 의성김씨 문중도 이미 독립운동에 투

---

33 작가는 만주로 망명한 지 얼마 지나지 않아 다시 안동 내앞으로 돌아와 시어머니를 모시고 3남 1녀를 두고 살다가 1941년 경 만주 안동현으로 온가족이 이주해 살았다. 그리고 해방 직전에 귀국해 사망 전까지 줄곧 내앞에서 살았는데, 마을에는 '원촌할매'로 알려져 있었다.

34 이후 작가는 아들 권오헌을 따라 하얼빈 송화강 가로 옮겨 생활했는데, 농사를 짓

신하고 있었는데, 작가의 친정 조카 김연환(1912년 망명)과 둘째 오빠 김원식(3·1운동 이후 망명)이 만주에 망명해 있었다.

〈송교행〉의 작가는 안동권씨(1862~1938)로 〈위모사〉의 작가 이호성의 친정어머니이다. 작가는 안동시 임하면에서 성장해 이황의 후손인 이중우(李中寓, 1861~1940)와 혼인하여 원촌마을에서 살았다. 딸이 남편과 함께 만주로 떠난 1912년 봄에 〈송교행〉을 썼으며, 당시 작가의 나이는 51세였다. 작가는 딸과 사위가 만주로 망명하여 이별의 슬픔을 겪어야만 했다. 그리고 자신은 경술국치의 충격으로 더 이상 고기(古基)를 지킬 뜻이 없다고 하면서 고향을 떠나 세상을 피해 살기로 결심한 남편의 뜻에 따라 28년을 객지에서 전전하다가 의양에서 사망했다. 그러는 와중에 막내아들 이열호의 독립운동 활동과 그로 인한 감옥 생활을 지켜봐야만 했다[35].

〈답사친가〉의 작가는 고성이씨(1894~1927)이다. 독립운동가 이상룡의 맏손녀이자 독립운동가 이준형의 장녀이며, 〈간운사〉와 〈조손별서〉의 작가 김우락의 맏손녀이기도 하다. 작가는 임청각에서 성장해 류시준(柳時俊, 1895~1947)과 혼인하여 하회마을에서 살았다. 〈답사친가〉는 조모가 써서 보낸 〈조손별서〉에 답하여 쓴 가사로 창작연대는 1914년경이다. 이 가사를 창작할 당시 작가의 나이는 21세였다. 작가는 경술국치 즈음에 결혼하여 1927년 죽을 때까지 비록 몸

던 큰 아들 식구는 유하현에 남았다. 그리고 해방이 되어 가일마을로 돌아왔다.

35 작가의 남편은 세상을 등지고 살다가 작가가 사망한 이후 결국 만주로 갔다. 78세의 쇠약한 노구에도 불구하고 가족을 이끌고 압록강을 건너 만주로 건너가 장손자의 工務所에 의탁해 살았다. 그러나 얼마 지나지 않은 1940년에 만주 안동시에서 80세의 나이로 사망하고 말았다.

은 시집에 매어 있었지만 만주와 국내에서 독립운동을 하는 친정식
구와 남편의 안위를 걱정하며 한평생을 살았다.

이상에서 살펴본 바와 같이 만주망명과 관련한 가사문학의 작가
들은 진성이씨, 내앞김씨, 고성이씨, 의성김씨, 풍산류씨, 안동권씨
등 안동의 명문대가에 속한 여성이었다. 작가들은 친정이든 시집이
든 자신이 속한 문중이 독립운동에 헌신함으로써 독립운동과 직·간
접으로 연루된 삶을 살아갔다. 그리하여 이들은 자신의 경험과 정서
를 가사를 통해 표현했다. 고국을 떠나올 때의 슬픔과 비장함, 고국
에 두고 온 친정어머니, 형제, 손녀, 마을동기들을 그리워하는 마음,
서간도에서 고생할 육친에 대한 그리움 등의 서정을 구구절절하게
가사에 표현했다. 그 뿐만 아니라 만주망명길의 고생이나 만주생활
경험을 서술하기도 했으며, 독립운동 의지를 고취시키고 남녀평등
론을 피력하기도 했다. 그리하여 이들 가사는 매우 역동적인 작품세
계를 지니게 되었다.

이들 여성 작가들은 대부분 남성의 뜻을 수동적으로 따라야만 해
서 만주로 동반망명한 것이었다. 하지만 가사에 나타난 바에 의하면
이들 여성의 독립운동 의지는 남성 못지 않은 것이었다. 이들 여성
작가의 역사·사회 인식은 일제가 강점한 나라의 현실에 대해 분노하
는 서술에서 잘 드러난다.

① 우리나라 종묘사직 외인의게 사양하고 / 강산은 의구하되 풍경
은 글너시니 / 불숭할수 우리동포 사라날길 전혀업소 / 가빈안예
고기갓고 푸뇨깐예 희싱긋치 / 살시리고 빅골파도 셰금독촉 성화

갓고 / 아니히도 증녁가고 다ᄒᄌ니 굴머죽고 / 학졍이 니러ᄒ니
살ᄉ람 뉘가잇소 / 집집이 ○○계견 겨이라도 쥬졔마난 / 져눈이
우리ᄉ람 즘싱만 못ᄒ여셔 / 겨툐츳 아니쥬고 부리기만 엄을ᄂ니이 /
수비듸 한소리예 샹혼실빅 놀나죽고

② 물건너 왜놈들이 그틈타서 건너오네 / 오역과 칠적들과 합세하
여 나라빼어 / 정치를 한다는게 백성이 도탄이라 / 서럽도다 서럽
도다 망국백성 서럽도다 / 아무리 살려해도 살수가 바이없네 / 충
군애국 다팔아도 먹을길 바이없고 / 효우를 다팔아도 살아날길 바
이없고 / 서간도나 북간도로 가는사람 한량없네

③ 오홉다 此歲月은 天運이 盡하민지 / 國運이 다하민야 홍망이 무슈
ᄒ니 / 인연으로 어이하라 국파군망 이윈일고 / 신민에 천붕지통
日月도 無光하다 / 추로東方 君子國에 호즁天地 되단말가 / 五千万年
우리나라 億万世上 長春으로 / 堯舜갓흔 임군으로 게게승승 나실적
에 / 여일지승 여월지향 여쥭일월 하시기을 / 틱산갓치 밋어써니
무관문물 잇ᄂ지둥 / 水上부평 듸여잇고 三千里 져江山은 / 타국압
제 되어구나

①은 〈위모사〉의 서술이다. 경술국치 직후 식민지 조국의 상황을
일제의 학정에 초점을 맞추어 서술했다. 우리 동포가 가배(?) 안의
물고기나 푸주간의 짐승과 같다, 헐벗고 굶주린 우리 동포는 일제의
세금 독촉에 징역을 살거나 굶어죽는다, 집에서 키우는 가축에게는

겨라도 주지만 왜놈은 조선인에게 겨조차 주지 않고 부려먹기만 한다, 수비대의 소리에 우리 동포는 놀라 죽어 나간다고 했다. 고상한 한문어투를 버리고 순우리말 어투를 사용하여 나라의 현실에 대한 분노를 적나라하게 드러냈다. ②는 〈눈물 뿌린 이별가〉의 서술이다. 물을 건너 왜놈들이 건너와서 오역·칠적과 합세하여 이 나라를 빼앗았다, 정치를 한다는 것이 백성을 도탄에 빠지게 했다, 그 동안 지켜왔던 충군애국이니 효우니 하는 것을 다 팔아도 살아날 수가 없다, 살 수 없는 조선인 중에서 간도로 이주해 나가는 이가 수도 없이 많다고 했다. ③은 고국에서 쓴 〈답사친가〉의 서술이다. 유교적 담론에서 벗어나지는 못했지만 '타국압제'가 된 나라의 현실을 직설적으로 반복하여 표현하고 개탄했다.

4. | 지역문화콘텐츠 제안

만주망명 관련 가사문학은 안동 지역의 양반가 여성에게 뿌리 깊게 자리 잡고 있었던 가사 창작의 전통 속에서 창작될 수 있었다. 김대락은 만주에서 〈분통가〉를 쓸 때 부인과 여자들에게 자신이 겪었던 전후 사정을 알게 하기 위해[36]서라고 창작의도를 밝히고 있

---

36 『白下日記』1912년 9월 27. "국문으로 〈분통가〉 한 편을 지어 비분한 뜻을 나타내려 한다. 또한 부인과 여자들로 하여금 나의 곤란 중 겪었던 전후 사정을 알게 하기 위함이다. 대략 사가의 필법을 모방하여 적었으므로 이 또한 나의 본령이 있는 것이

제2부 가사의 시학과 활용

다. 당시 안동 양반가 여성의 가사 창작과 향유가 얼마나 보편적이고 일상적인 것이었는지 잘 알 수 있게 한다. 특히 만주로 망명한 안동의 여성들은 고국에서 그랬던 것처럼 만주에서 가사를 창작하고 향유했다. 이 사실은 다음의 〈간운사〉 구절에서 잘 드러난다. "명문슉여 나의효부 입문지초 그그로다 / 산슈두고 자을짓고 절계두고 글을지어 / 심심홀적 을퍼내여 잠젼으로 위로ᄒ니 / 존즁ᄒ신 노군ᄌ는 시끄럽다 즁을내고 / 긔화보벽 손아들은 노릭한다 조롱ᄒ니〈간운사〉" 이 구절에서 작가는 만주에서 가족과 단란한 밤을 보내는 장면을 서술했다. 며느리와 함께 가사를 지어 낭송하곤 했는데, 그 때 남편(독립운동가 이상룡)은 시끄럽다고 짜증을 내고 아이들은 노해한다고 조롱을 했다고 한다[37]. 비록 고국을 떠나왔지만 여성들은 고국에서 한 가사 창작의 문화를 계속 이어나갔음을 알 수 있다.

한편 이들 만주망명 관련 가사문학은 안동 유림의 맹렬하고도 희

다.(以國文作憤痛歌一篇以瀉悲憤之意而使婦人女子亦知我前後困難中經歷畧倣史家筆法此亦吾本領所在也)"

37 "일등명손 ᄌ진들은 동동촉촉 효순ᄒ고 / 명문슉여 나의효부 입문지초 그그로다 / 산슈두고 자을짓고 절계두고 글을지어 / 심심홀적 을퍼내여 잠젼으로 위로ᄒ니 / 존즁ᄒ신 노군ᄌ는 시끄럽다 즁을내고 / 긔화보벽 손아들은 노릭한다 조롱ᄒ니 / 단인ᄒ던 내마음이 취광거인 되엇구나 / 어와 우습도다 세상번복 우습도다 / 상뢰홀끼 무어시냐 빅셰히로 ᄒ다가셔 / 천명일월 보오리라" 여기서 '孝順한 子姪들'은 아들 李濬衡과 조카 李衡國·李運衡·李光民·李光國 등을, '존중하신 老君子'는 이상룡을, '奇貨寶璧 孫兒들'은 손자 李炳華와 그의 동생들을 말한다. 며느리가 글가사을 짓고 심심할 때 읊어주어 자신을 위로하곤 했는데, 그러면 남편은 시끄럽다고 짜증을 내고, 아이들은 가사 낭독이 신기했던지 노래한다고 놀렸다는 것이다. 이렇게 작가와 며느리는 만주에서도 고국에서처럼 가사를 창작하고 향유하는 여성의 일상생활문화를 간직하고 영위했다.

생적인 독립운동 활동을 기반으로 창작될 수 있었다. 안동의 만주망명 독립운동가는 여성을 동반하여 만주로 갔다. 그럼으로써 안동 여성들은 당대 여성들이 겪을 수 없는 새로운 인생 경험을 할 수 있었으며, 독립운동의 현장에 참여할 기회를 얻기도 했다. 그러는 과정에서 안동의 여성 작가들은 독립운동 의식을 내면화하여 스스로도 독립운동가가 되었다.

이와 같이 만주망명 관련 가사문학은 '안동이 가사 창작의 중심지'라는 점과 '안동이 독립운동의 메카'인 점이 결합하여 창작될 수 있었다. 이렇게 안동의 특수한 두 가지 지역성을 통합적으로 드러내주는 만주망명 관련 가사문학은 안동지역의 문화콘텐츠로 가장 좋은 아이템이 될 수 있다.

그런데 그 동안 안동의 양반문화를 다루는 자리에서 여성의 가사 창작에 대한 언급은 거의 없었다. 『영남학』이나 『안동학연구』에 그 동안 실린 논문들을 살펴보면 안동 양반가의 가사문학을 다룬 논문이 거의 보이지 않는다. 안동학을 모색하기 위한 기획 주제를 다룬 다른 논의에서도 가사문학에 대해 전혀 관심을 기울이지 않았다[38]. 안동의 양반문화에 대해 총체적으로 서술한 『안동양반의 생활문화』에서도 남성의 국문시가는 다루었는데, 여성의 가사문학은 어느 한

---

38 그 동안 『영남학』(경북대학교 영남문화연구원 간)이나 『안동학연구』(한국국학진흥원 간)에 실린 논문이 만만치 않게 많지만 가사문학에 관한 것은 단 한 편(백두현, 「일본군에 강제 징병된 김중욱의 춘풍감회록에 대하여」, 『영남학』제9호, 경북대학교 영남문화연구원, 2006, 419~470쪽)뿐이다. 그나마 여기서 다룬 가사도 남성이 쓴 것이다. 『안동학연구』제8집에서는 안동학을 모색하기 위한 기획 주제를 다루었다.

군데서도 언급하지 않았다[39].

앞서 경북 지역의 각 지자체에서 출간한 가사 자료집을 살펴본 바 있다. 흥미로운 점은 문경, 봉화, 울진 등의 지자체에서는 그 지역의 가사를 민요와 함께 수집 정리하고 있다는 것이다. 담당층의 계층성 면에서 가사와 민요는 서로 다르다. 그럼에도 불구하고 가사와 민요를 구분하지 않고 같이 다루었다. 규방가사의 작가가 대부분 여성이었기 때문에 규방가사를 서민문학인 민요와 같이 다룬 것이다.

가부장제적 전통사회에서 '양반'하면 '남성'을 지칭하는 것이 보통이었다. 그런데 현대에 이르러 안동의 양반문화에서 명문대가댁 종부의 일상, 제상차림, 전통음식, 전통예절 등과 같은 일상생활문화가 점차 큰 비중을 차지하고 있다. 이제 양반가 여성의 일상생활 문화인 가사의 창작과 향유도 양반문화에 당당하게 편입시켜야 할 것으로 보인다.

여성의 가사문학은 주류문학에 편입되지 못한 주변문학에 불과했다. 하지만 양반가 여성의 가사 창작은 글쓰기의 일상화를 실천한 전통시대의 귀중한 문화였다. 현대에 이르러 일반인은 전문직 작가의 글을 소비하는 소비자로 전락하여 일상적인 글쓰기 문화를 잃어버리고 말았다. 안동 양반가 여성의 가사 창작은 현대인이 잃어버린

---

39 『안동양반의 생활문화』(임재해 외, 안동대학교 민속학연구소, 2000, 1-559쪽)에 서는 안동양반의 성격과 활동, 안동양반의 일생과 삶, 안동양반의 가족과 친족생활, 안동양반의 의식주생활, 안동양반의 제사활동, 안동양반의 일상예절, 안동양반의 경제생활, 안동양반의 풍류와 놀이 등을 다루었다. '안동양반의 풍류와 놀이'에서 안동양반의 '국문시가'를 다루고 있지만 여성의 가사문학은 전혀 다루지 않았다.

일상적인 글쓰기 문화를 담보하고 있다는 점에서 현대적 의미를 지닌다. 안동의 양반가가 남성은 한시 창작을, 여성은 가사 창작을 일상적 글쓰기 문화로 지니고 있었던 것이다. 이러한 양반 남성과 여성의 일상적 글쓰기 문화는 양반문화의 소중한 유산으로 그 가치를 새롭게 조명할 필요가 있다.

그런데 만주망명 관련 가사문학은 문학 텍스트이다. 그리하여 이 문학 콘텐츠가 안동의 지역성을 총화해서 보여주어야 하는 축제의 현장에서 가시적이고 직접적인 문화 효과를 낼 수 있는 것은 아니다. 이 점은 문학 콘텐츠 전체의 관광문화자원화에 해당하는 문제이기도 하다. 그런데 안동의 지역적 정체성과 문화를 알리는 것으로 축제의 형태만 있는 것은 아닐 것이다. 우선 이 가사문학 작품들이 이미 구축된 박물관, 기념관 등의 문화콘텐츠를 풍부하게 하는 데 기여할 수 있다. 이제 안동에서는 만주망명 관련 가사문학을 지역문화 콘텐츠의 하나로 활용하는 방안을 적극적으로 모색할 때이다.

고전 詩·歌·謠의
시학과 활용

제9장

가사문학의 문화관광자원으로서의 가치

1. | 머리말

관광에서 문화관광자원의 중요성이 부각되면서 각 지자체에서
새로운 문화관광자원을 개발하려는 노력을 경주하고 있는 가운데,
문학도 새로운 문화관광자원의 하나로 부상하고 있다. 문학 작품 및
작가가 지역의 정체성과 비교적 밀접하게 관련한 지역이 생겨나게
되었다. 원주·하동(박경리), 보길도(윤선도), 담양(정철), 강진·양주
(정약용), 남원(춘향전) 등이 그곳이다. 이러한 지역의 지자체에서는
그 지역의 작가 및 작품과 관련한 생가, 기념관, 시비, 누정 등을 적
극적으로 문화관광자원으로 활용하고 있다.

최근 가사문학의 문화관광자원으로서의 가치를 인식하고 가사문

학을 적극적으로 문화콘텐츠로 활용하고자 하는 연구가 활발하게
시도되어 주목할 만하다. 정전으로 알려진 송강가사, 여성의 일상생
활 문학이었던 〈화전가〉, 기행가사, 만주망명 관련 가사문학 등을 대
상으로 하여 이론적 토대의 논의와 함께 문화콘텐츠로의 활용을 제
시하는 연구가 진행되었다[1]. 이러한 연구는 가사문학을 문화관광자
원으로 활용할 수 있게 하는 이론적 토대를 제공해준다는 점에서 연
구사적 의미를 지니기에 충분하다고 할 수 있다. 그런데 이러한 연
구 성과는 가사문학의 전체적 실상과 견주어 볼 때 이제 시작 단계
에 불과하다고 할 수 있다.

　가사문학은 장르적 성격 상 주류문학은 아니었다. 그리고 길이가
길기 때문에 타시가 장르에 비해 교과서에 실릴 가능성이 상대적으
로 적었다. 그리하여 현대의 한국인 대다수는 고등교육까지 받았다
하더라도 극히 일부의 가사문학 작품만을 알고 있어[2], 가사문학의

1　담양군, 『담양권 가사와 그 유적의 조사분석 및 활용방안 연구』, 담양군, 2000,
　1-395쪽. ; 최한선, 「송강가사의 문화콘텐츠화 방향」, 『고시가연구』제33집, 한국
　고시가문학회, 2014, 345-399쪽. ; 백순철, 「문화콘텐츠 원천으로서 〈화전가〉의 가
　능성」, 『한국고시가문화연구』제34집, 한국고시가문화학회, 2014, 217-249쪽. ; 이
　형대, 「기행가사 기반의 전자문화지도의 구축과 그 활용 방안」, 『한국고시가문화
　연구』제34집, 한국고시가문화학회, 2014, 311-341쪽. ; 고순희, 「안동의 지역성과
　만주망명가사문학-지역문화콘텐츠 제안」, 『한국고시가문화연구』제35집, 한국
　고시가문화학회, 2015, 5-29쪽. ; 김병국, 「가사의 활용과 활성화 방안」, 『한국고시
　가문화연구』제35집, 한국고시가문화학회, 2015, 31-62쪽.

2　일반인의 가사문학에 대한 인식은 고등학교 과정까지의 교육에 의해 규정된다.
　길이가 상대적으로 긴 가사문학은 고대가요, 향가, 고려가요, 악장, 경기체가, 시
　조 등의 시가장르에 비해 교과서에 실리는 작품 편수가 적을 수밖에 없다. 고등학
　교까지의 교육과정을 통해 일반인들은 조선전기의 〈상춘곡〉〈면앙정가〉〈사미인
　곡〉〈속미인곡〉〈관동별곡〉〈규원가〉, 조선중기의 〈누항사〉〈선상탄〉〈고공답주인
　가〉, 그리고 조선후기의 〈용부가〉〈우부가〉〈일동장유가〉〈연행가〉〈농가월령가〉 등
　의 가사 작품들 가운데 일부만을 배워서 알고 있다. 그러다보니 일반인들은 가사

장르적 본질과 전체 작품세계의 양상에 대한 이해가 부족한 것이 사실이다. 그리고 한국인의 가사문학 장르에 대한 인식은 주로 교훈과 은일의 주제를 담은 전통시가문학이라는 데에 그쳐 있다. 교훈이나 은일과 같은 주제는 현대의 한국인에게 그리 매력적인 것이 아니어서 현대의 한국인 대다수는 가사문학 장르에 대한 문학적 평가도 인색한 편이다. 이렇게 가사문학의 장르적 본질과 전체 작품세계의 양상에 대한 이해의 부족, 가사문학에 대한 편향적 인식, 가사문학에 대한 낮은 문학적 평가 등은 가사문학을 문화관광자원으로 활용하게 하는 데 있어서 가장 먼저 극복해야 할 문제이다.

그 동안 가사문학의 문화콘텐츠화나 문화관광자원으로의 활용에 대한 논의는 개별 작품이나 지역학의 범주에 한정하여 이루어진 것이 대부분이었다. 그런데 개별 작품이나 지역학의 범주에 한정하는 논의를 지양하고 '가사문학' 장르라는 보다 큰 범주 안에서 논의를 진행할 필요가 있다. 왜냐하면 현대인과 문화관광자원을 발굴하고자 하는 기획자가 가사문학 장르 자체에 대한 인식이 매우 낮기 때문이다. '가사문학' 장르 전체를 논의의 선상에 두고 가사문학이 지닌 문화관광자원으로서의 가치를 분명하게 드러낼 필요가 있다.

가사문학의 문화관광자원으로서의 가치를 논의함에 있어서 선결해야 할 과제는 먼저 현대인과 기획자들에게 가사문학의 가치를 인식시키는 것이다. 가사문학이 전통문학유산으로서 지닌 가치와 의

문학 하면 주로 〈면앙정가〉나 〈사미인곡〉과 같은 조선전기 양반가사를 떠올리며, 그나마 조금 더 알고 있다면 은일가사, 교훈가사, 기행가사 등의 가사만을 알고 있을 뿐이다.

미를 인식시키지 못한 상태에서는 가사문학이 문화관광자원으로 가치가 있다는 입론이 설득력을 얻기 힘들어지기 때문이다. 그리하여 이 연구에서는 '가사 짓기의 문화'가 지닌 의미를 재인식시키는 것에서부터 논의를 시작하고자 한다. 가사 짓기의 문화적 의미를 밝혀 전통문화로서 가사문학의 가치를 재정립할 필요가 있다고 보았다. 이러한 논의가 가사문학 장르에 대한 현대인의 인식을 수정하는 데 기여할 것으로 기대한다.

가사 짓기의 문화가 지닌 의미에 대한 논의는 규방가사에 중점을 두고 진행하고자 한다. 그 이유는 규방가사가 수많은 작품이 유전하고 다채로운 작품세계를 지니고 있음에도 불구하고 규방가사에 대한 현대인의 이해와 평가가 매우 낮기 때문이다. 규방가사는 현대인의 가사문학에 대한 인식과 평가를 제고하는 새로운 아이템이 될 가능성이 있다고 본 것이다. 규방가사의 작가는 예외가 있기는 하지만 대부분 양반가 여성이다. 그리하여 이 논의에서는 규방가사의 작가층을 양반가 여성으로 놓고 논의를 진행하고자 한다.

가사문학의 문화관광자원으로서의 가치를 논의함에 있어서 선결해야 할 두 번째 과제는 가사문학이 문화관광자원으로 활용할 수 있는 가능성이 얼마나 있는가를 밝히는 일이다. 가사문학을 문화관광자원으로 활용할 수 있는 지점이 어디에 있는지를 제시함으로써 문화관광자원으로서의 가능성과 가치가 높다는 점을 부각시킬 필요가 있다. 이 연구에서는 특히 가사문학이 가사문학관광의 키워드인 '장소'로 환원될 수 있는 가능성이 많다는 점을 부각시키고자 한다. 타시가 장르와 '장소'의 관계를 보면 향가는 경주 인근 지역까지로 한정되고, 고려가요는 궁중에서 연희되었다는 특수성을 지닌다. 반면 가사문학은 그 창작의 근거지가 향촌사회였기 때문에 '장소'로 환원될 수 있는 적합성과 가능성이 가장 높은 장르이다. 이렇게 '장소'로 환원된 가사문학은 그 '장소'의 정체성을 확립하는 데 기여할 수 있다.

이 연구의 논의에서 특히 강조하고자 하는 것은 가사문학 작품의 유전 실상이다. 가사문학은 역사적 장르로서 조선후기까지 왕성하게 생명력을 발휘하다가 근대기 초반에 그 생명력을 다한 것으로 보고 있다. 그러나 가사 작품의 유전실상을 보면 가사는 일제강점기와 한국전쟁기에도 활발하게 창작되고 향유되었다. 그리하여 가사문학은 한국인 대다수가 알고 있는 것과는 달리 전하고 있는 작품이 수천 편을 상회하며 그 작품세계도 매우 다양하다. 이렇게 가사문학이 다양한 작품세계를 지니면서 엄청난 수의 작품이 현재까지 유전하는 문화 현상은 이 논문의 논의에서 가장 중요한 근거로 작용한다.

이 연구의 목적은 가사문학이 지닌 문화관광자원으로서의 가치를 규명하는 데 있다. 가사문학이 지닌 문화관광자원으로서의 가치를 두 가지 측면에서 논의한다. 먼저 2장에서는 '가사 짓기의 문화 : 인문학적 정신의 생활화'를 살핀다. 가사문학의 가치와 의미를 규명하여, 문화관광자원으로서의 가치를 재정립하고자 한다. 3장에서는 '장소로의 환원과 정체성 구현'을 살핀다. 관광의 키워드인 '장소'와 연관하여 가사문학이 지닌 문화관광자원으로서의 가치를 규명한다. 그리고 4장에서는 '문화관광자원으로서의 활용 가능성'에 대해 살핀다. 이 연구의 목적은 가사문학이 지닌 문화관광자원으로서의 가

치를 규명하는 데 중심이 놓여 있어, 4장의 논의는 그 활용의 가능성
을 제안해보는 선에서 그치고자 한다.

2. 가사 짓기의 문화 : 인문학적 정신의 생활화

근대 이전의 시대에 글쓰기는 양반 남성 지식인의 전유물이었다. 물
론 양반 남성의 글쓰기는 한문장과 한시가 중심이었다. 모든 양반 남성
은 관리로 진출하기 위해 어릴 적부터 글을 배우고 평생에 걸쳐 글쓰기
를 생활화하고 있었다. 그리하여 '지식인' 하면 '글쓰기'와 동일시할 정
도로 지식인에게 글쓰기는 필수 요건이었다. 이렇게 근대 이전의 시대
에는 '글'을 지식인의 정신으로 보았으며, 그리하여 사회 전반적으로
'글'에 대한 믿음이 강했다. 이러한 양반지식인의 보편적 글쓰기는 근
대 이전의 시대에 인문학적 정신이 생활화되어 있었음을 말해준다.

조선후기에 이르면 교육열의 증가와 언문의 보급으로 가벼운 교
양 수준의 한학과 언문을 익힌 '글을 알게 된 층'이 많아지게 되었다.
그리고 19세기 말에서부터 근대기에 이르는 시기에 이르면 모든 양
반가 여성과 상당수 서민층이 '글을 알게 된 층'에 포함되게 되었다.
특히 양반가 여성은 글을 알게 되면서 양반 남성이 그러했던 것처럼
글쓰기를 하고자 했다. 양반가 여성은 어릴 적부터 이전부터 전해오
거나 문중 어른이 창작한 가사문학을 향유함으로써 언문을 익혔다.
그리고 가사문학을 향유하는 과정에서 교양 수준의 한학도 익힐 수

있게 되었다. 그리하여 언문과 교양 수준의 한학을 알게 된 양반가 여성은 가사문학의 관습적인 창작의 틀 안에서 자신의 글쓰기를 하고자 했다. 그리하여 19세기 중엽 이후에 이르면 양반가 여성은 엄청난 양의 가사문학을 남겨 규방가사의 주담당층이 되었다.

양반가 여성의 가사 창작은 19세기 중엽 이후 폭발적으로 늘어난 것으로 보인다. 여성이 창작한 규방가사가 얼마나 되는지 아직 그 수가 확실하게 집계되지는 않았으나 전하고 있는 가사문학 작품 가운데 가장 많은 수를 차지하는 것만은 분명하다. 양반가 여성이 쓴 규방가사의 작품세계는 대부분 여성이 살아가는 일상생활의 범주 안에 있는 것이었다. 그리고 그 표현과 문체는 교양 수준의 한학과 언문 정도만 알고 있으면 쉽게 이해할 수 있는 정도에 그쳤다. 더군다나 관습적 글쓰기의 전통 안에서 창작이 이루어져 동일·유사한 제목에, 유사한 내용을 담았다. 그리고 신선한 표현이나 의경을 획득하지 못한 천편일률적인 작품도 많았다. 그러나 이들 규방가사 작품 가운데는 자신의 주체적 내면세계, 일상을 벗어난 경험세계, 자신의 일생, 역사·사회의 변화에 대응한 개인의 사연 등을 표현하여 문학적으로 의미 있는 작품들도 상당수 존재한다.

'글을 알게 된 양반가 여성'이 다양한 작품세계를 지닌 가사문학 작품을 엄청나게 남기고 있다는 것은 무엇을 의미하는가? 이것은 단적으로 우리의 양반가 여성이 글쓰기를 아주 많이 하고 살았던 것, 즉 글쓰기를 생활화하고 있었다는 사실을 말해준다. '글을 알게 된 양반가 여성'이 양산되면서 글쓰기를 생활화한 집단이 남성 지식인 집단 말고 또 하나 생긴 것이다. 근대 이전의 시대에는 글쓰기가 양반 지식인의 전유물이었으므로 말보다는 '글'이 훨씬 문화적인 행위로 받아들여졌다. 이러한 문화전통 안에서 양반가 여성들은 글에 대한 믿음을 매우 높게 가졌으며, 글쓰기를 하여 자신의 '글'을 남기는 행위를 소중하게 생각했다. 그리하여 양반가 여성은 글을 알게 되었을 때 남성 지식인이 평생 글쓰기를 해온 것처럼 가사문학을 통해 그들의 글쓰기를 생활화한 것이다[3].

양반가 여성은 글쓰기, 즉 가사 짓기를 통해 문화적 자의식을 높이고 정체성을 확립하고자 했다. 특히 가사문학의 장르적 성격은 기록적, 산문적, 서술적 성격을 지녔을 뿐만 아니라 4음보 연속 안에서도 시적 성격을 유지했다. 그렇기 때문에 양반가 여성은 가사를 지으면서 시를 짓고 있다는 문화적 자의식을 충족시킬 수 있었다. 양반 지식인이 그러했던 것처럼 자신들도 글쓰기의 주체라고 하는 문화적인 정체성을 간직할 수 있었던 것이다.

주목할 만한 점은 양반가 여성의 가사 창작이 매우 주체적으로 이루어졌다는 것이다. 가사문학은 당대 주류문학이 아니어서 문화 권력을 획득하기는커녕 그들만의 문학, 즉 주변문학으로만 있어왔다. 이러한 점은 안동의 양반문화를 다루는 지역학 연구에서 양반가 여성의 가사

---

3 양반가 여성이 가사문학을 통해 자신의 글쓰기를 하게 된 것은 가사의 장르적 성격에서 기인했다. 가사문학은 쉬운 형식의 우리말 시가로 무엇이라도 담을 수 있는 개방성을 지니고 있었다. 그리고 가사문학은 기록성, 산문성, 서술성 등을 지니지만 시로서의 성격을 잃지 않고 있어 산문적 기록과 함께 시적 표현이라는 작가의 두 가지 글쓰기 욕구를 한 번에 수용할 수 있었다. 한편 가사문학은 관습적인 글쓰기 안에서 창작되어, 글쓰기를 상대적으로 쉽게 만들었다. 이렇게 가사문학이 지닌 친숙성, 개방성, 서술성, 시적 표현성, 관습성 등의 장르적 성격으로 말미암아 양반가 여성은 가사 글쓰기에 몰두하여 수많은 규방가사 작품을 양산하게 된 것이다.

문학이 전혀 거론되지 않는 것에서 단적으로 드러난다. 그런데 양반가 여성은 자신들의 글이 주류문학으로 편입되거나 문화 권력을 획득해야 한다는 의식을 전혀 지니고 있지 않았다. 다만 양반가 여성은 가사문학을 향유하는 것을 필수 교양으로 삼으면서 가사의 글쓰기 자체를 문화적 행위로 즐겼을 뿐이었다. 이렇게 양반가 여성의 가사문학 글쓰기는 매우 주체적인 문화행위로 독립적으로 지속되어온 문화전통이었다.

이와 같이 규방가사 글쓰기의 문화는 양반가 여성의 문화적 자의식을 높이고 문화적 정체성을 확립시킬 수 있게 했다. 그리고 주체적인 행위로 독립적으로 지속되어온 문화전통이었다. 양반 남성이 한문장과 한시를 통해 그들의 인문학적 정신을 생활화하고 있었던 것처럼 양반가 여성은 가사문학을 통해 그들의 인문학적 정신을 생활화하고 있었던 것이다. 이렇게 양반가 여성의 가사 짓기 문화는 양반가 여성의 인문학적 정신문화를 알 수 있게 하는 생활문화였다고 할 수 있다.

이러한 양반가 여성의 가사 짓기의 생활화, 글쓰기의 생활화는 현대인의 글쓰기 양상과 비교해 볼 때 문화적인 의미를 지니기에 충분한 것이다. 현대에 이르러 글쓰기의 양상은 전문 작가가 작품을 창작하고 그것을 일반 대중이 소비·향유하는 것으로 변화했다. 현대의 일반인은 아무리 고등교육을 받았다 하더라도 대부분 글쓰기를 일상적으로 하지 않는다. 언제부터인가 현대인들은 자기만의 글쓰기를 주체적으로 즐기지 못하고 자기의 글을 하찮은 것으로 보기 시작했다. 그리고 보다 세련된 표현과 독창적인 작품세계를 지녔다고 보는 전문직 작가가 쓴 글의 소비자로 전락하고 말았다. 현대인은 글쓰기 문화를 잃어버린 것이다.

그런데 과거 우리의 전통 안에는 전문 작가가 쓴 주류문학과 상관 없이 여성들이 주체적으로 자신의 글쓰기를 생활화하고 있었던 적 이 있다는 점에 놀라지 않을 수 없다. 양반가 여성은 문화 권력을 지 니고 있는 양반가 남성의 한문학과 견주어 자신들의 글쓰기를 평가 하지 않았다. 다만 가사 짓기를 즐기면서 주체적으로 자신만의 글쓰 기를 해나갔다. 그리고 다른 여성의 가사 작품을 적극적으로 향유해 나갔다. 이렇게 양반가 여성의 가사 짓기 문화는 현대인이 잃어버린 일상적인 글쓰기의 문화, 인문학적 정신의 생활화를 담보하고 있으 며, 그들만의 주체적인 소집단 문화를 형성하고 있었다는 점에서 매 우 현대적 의미를 획득할 수 있는 것이다.

'글쓰기의 생활화'는 현대인이 잃어버린 소중한 문화이다. 이러 한 문화는 현대인이 계승하고 발전시켜야 할 귀중한 전통이다. 따라 서 가사문학이 지닌 정신적 가치, 즉 글쓰기의 생활문학을 계승 발 전시켜 우리 민족성에 대한 긍지를 높일 필요가 있다. 가사문학이 지닌 정신적 가치를 계승 발전시키기 위해서 가사문학을 적극적으 로 문화관광자원으로 발굴할 필요가 있는 것이다.

3. | 장소로의 환원과 정체성 구현

그러면 가사문학이 문화관광자원으로 활용될 수 있는 가능성이 있는가?를 논의하도록 하겠다. 이 논의에 앞서 가사문학 전반을 다시 점검해볼 필요가 있다. 가사문학은 1) 양반사대부가 의도적으로 우리말 시가를 쓴다는 국문의식으로 창작해 스스로 향유하고자 한 경우, 2) 양반사대부가 학동이나 여성들과 같이 '글을 알게 된 층'을 겨냥해 창작하여 그들과의 소통을 꾀하고자 한 경우, 그리고 3) 새롭게 '글을 알게 된 층', 특히 양반가 여성이 창작해 스스로 향유하고자 한 경우가 있다.

가사문학사의 전개를 살펴보면 조선전기에 1)이 우세하던 것이 조선후기와 근대기로 갈수록 1)과 2)가 지속되는 가운데 3)이 증가하는 것을 확인할 수 있다. 가사문학은 19세기 중엽에 이르면 가히 국민 생활문학[4]이 되었다고 할 정도로 창작이 활발해졌다. 역사적 장르로서 가사문학은 근대기에 이르러 쇠퇴한 것이 아니라 오히려 더 번성하였음을 알 수 있다. 그리하여 현재 가사문학은 엄청난 수

---

4   19세기 중엽에 상층 사대부의 가사 창작이 활발하게 이루어졌는데,〈北遷歌〉〈東游歌〉〈景福宮營建歌〉〈燕行歌〉〈北行歌〉〈海東漫話〉〈蓬萊別曲〉〈相思別曲〉〈朴學士曝曬日記〉 등 9편이 그것이다. 작품의 창작 시기는 1853년의《북천가》를 제외하면 8편의 작품이 1862년에서 71년 사이에 집중되었다. 홍정유, 조두순, 홍순학, 정현덕, 이세보, 박정양 등 6인은 모두 京華士族이며, 김진형, 안치묵(嶺南士族으로 관직에 머무르기 위해 서울에 거주했던 사대부), 유인목 등 3인은 영남사족이다. 작품을 창작할 당시 작가의 나이는 20대가 2명, 30대가 3명, 40대 1명, 50대 1명, 60대 1명, 그리고 70대가 1명인데, 2-30대가 전체 9명 가운데 5명으로 가장 많은 비중을 차지한다.〈동유가〉의 홍정유,〈연행가〉의 홍순학,〈북행가〉의 유인목,〈상사별곡〉의 이세보, 그리고〈박학사포쇄일기〉의 박정양이 2-30대 젊은 작가이다. 특히 2-30대 작가의 작품은〈상사별곡〉을 제외하고〈동유가〉(2189구)〈연행가〉(3782구)〈북행가〉(1962구)〈박학사포쇄일기〉(4732구) 등 모두 기행의 형식을 지닌 장편 가사인 점이 특징이다. 이들이 창작한 가사들은 장편 가사임에도 불구하고 전승력이 높아 많은 이본을 남겼다. 19세기 중엽 상층 사대부의 가사 창작이 지니는 가사문학사적 의의는 19세기 중엽에 향촌사족과 여성의 가사 창작이 보태져서 가사가 국민 생활문학이 된 양상을 가장 전형적이고 극대화하여 보여준다는 점이다(고순희, 「19세기 중엽 상층사대부의 가사 창작」,『국어국문학』제149호, 국어국문학회, 2008, 109-132쪽).

의 작품을 남기게 된 것이다.

이렇게 현재 다양한 작품세계를 보이는 엄청난 수의 가사문학이 유전하고 있다는 사실은 관광의 키워드인 '장소'로 환원될 수 있는 가능성이 많다는 것을 의미한다. 관광의 키워드는 '장소'이다. 가사문학은 텍스트로 존재하는 문학이므로 이것이 문화관광자원으로서의 가치를 지니려면 '장소'로 환원될 수 있어야 한다. 그리고 '장소'로 환원된 가사문학은 특정 '장소'의 정체성을 모색하고 구현하는 데에 유용하게 작용할 수 있어야 한다.

가사문학의 창작과 향유는 대부분 향촌사회를 기반으로 이루어졌다. 따라서 가사문학은 지자체, 문중, 단위마을 등과 같이 '장소'로 환원될 수 있는 가능성이 무궁무진하다는 점에서 문화관광자원으로서의 가치를 충분히 지닌다. 특정 장소와 관련한 가사문학을 찾아내어 새롭게 관광자원화할 수 있으며 이미 구축된 관광지라면 콘텐츠로 활용하여 그곳의 관광 내용을 풍부하게 해줄 수 있다.

여기에서 말하는 '장소'는 작품 내용에서 대상으로 다루고 있는 '장소'일 수도 있고, 작가의 출신지나 창작지일 수도 있다[5]. 가사문학과 관련하여 '장소'란 호남문화권·영남문화권·서울문화권 등과 같은 문화권, 서울·담양·장흥·안동 등과 같은 시군, 금강산·묘향산·

---

5 가사문학을 '장소'로 환원하는 데 이 두 가지 점은 동시에 중요하다. 누정에 대해 읊은 가사는 그 누정이 있는 장소가 중요하게 다루어질 필요가 있다. 반면 만주망명가사와 같은 경우 만주라는 장소도 중요하겠지만 무엇보다 작가의 출신지가 중요하게 다루어질 필요가 있다. 이 가사들이 만주에서 창작되고 만주의 풍광이나 생활을 담고 있는 것은 사실이지만 만주에서 향유, 유통된 것이 아니라 주로 고국 작가의 고향으로 반입되어 향유, 유통되었기 때문이다. 따라서 가사문학을 장소로 환원할 때 이 두 가지를 동시에 고려할 필요가 있다.

천관산·지리산·한강·낙동강 등과 같은 유명 산·강, 면앙정·식영정·지수정 등과 같은 개별 누정, 매호·청학동·종택과 같은 특정마을과 문중, 전쟁박물관과 같은 특정 기관 등을 모두 지칭할 수 있다.

가사문학을 '장소'로 환원한 고전시가 및 지역학의 연구가 그리 활발하게 진행되지 못했다. 이러한 상황에서 '장소'와 관련한 여기에서의 논의는 매우 범박한 수준에 머무를 수밖에 없다. 유전하는 가사문학의 실상과 발표자의 연구 경험을 바탕으로 뚜렷하게 특징이 드러나는 호남문화권과 영남문화권, 몇몇 시군면 지역, 그리고 기타 지역이나 기관을 중심으로 차례로 논의해보고자 한다[6].

호남문화권의 경우 조선시대 양반가사가 활발하게 창작되었다는 특징이 있다. 특히 〈상춘곡〉을 비롯하여 조선전기 양반가사의 상당수가 호남문화권에서 창작되었다. 한글 창제 후 임진왜란 전까지 창작된 가사문학은 총 27편인데, 이 가운데 10편[7]이 호남문화권에서

---

6 서울문화권에서는 허강의 〈서호별곡〉, 허난설헌의 〈규원가〉와 같이 일찍부터 가사문학의 창작이 있어왔지만 상대적으로 호남·영남문화권만큼 활발하게 창작이 지속되지는 못한 것으로 보인다. 이것은 가사문학의 장르적 성격과 담당층이 중앙의 집권사대부 문화보다는 지방의 은거 선비문화와 관련한 데서 비롯된 것이 아닐까 추측해 볼 수 있다. 그런데 18세기에 서울문화권의 가사는 〈춘면곡〉〈상사별곡〉〈노처녀가〉〈승가〉 연작 4편 등의 애정가사, 〈향산별곡〉과 같은 현실비판가사, 이운영의 가사 6편 등이 창작되고 향유되어 가사문학 담당층의 저변 확대에 기여했다. 그리고 19세기 중엽 이후 〈東游歌〉〈景福宮營建歌〉〈燕行歌〉〈蓬萊別曲〉〈相思別曲〉〈朴學士曝曬日記〉 등 경화사족의 작품이 창작되었으며, 이외 〈태평사〉와 〈경복궁중건승덕가〉〈북궐중건가〉, 한양의 역사·풍물·사건을 소재로 한 〈한양가〉 등이 창작되었다. 그리고 20세기 들어서는 〈한양오백년가〉 등이 창작되었다.
7 류연석의 『한국가사문학사』(국학자료원, 1994, 94쪽, 117쪽)에서 발생기와 발전기의 가사를 정리한 도표에 의한 것이다. 정극인의 〈상춘곡〉, 조위의 〈만분가〉, 이서의 〈낙지가〉, 백광홍의 〈관서별곡〉, 양사준의 〈남정가〉, 송순의 〈면앙정가〉, 정철의 〈성산별곡〉〈관동별곡〉〈사미인곡〉〈속미인곡〉 등 10편이다.

창작되었다. 의작 여부가 있는 이황의 5편 교훈가사와 이이의 4편 교훈가사를 빼고 나면 호남문화권에서 가사 창작의 비율이 매우 높게 나타난다고 할 수 있다. 이 지역 가사문학의 정체성은 '누정문학'의 범주 안에서 다루어진 경향이 있었다. 이 지역에서는 가사문학사의 초창기에서부터 〈상춘곡〉, 〈면앙정가〉, 〈성산별곡〉 등 누정가사와 연관성이 높은 작품이 창작되었다. 그리고 조선후기에도 누정가사가 꾸준히 창작되었다. 그렇기 때문에 이 지역의 가사문학을 '누정문학'에 보다 의미를 부여하고 지역의 정체성으로 삼고자 한 것은 타당하다고 할 수 있다.

그런데 조선전기에 이 지역에서 창작된 가사문학은 누정문학으로서의 작품 외에도 〈만분가〉, 〈낙지가〉, 〈관서별곡〉, 〈남정가〉, 〈관동별곡〉, 〈사미인곡〉, 〈속미인곡〉 등과 같은 작품도 있다. 이렇게 호남문화권에서 '한글 창제 이후' 가사문학의 창작이 활발했다는 점은 호남문화권의 지역적 정체성을 확립하는 면에서 매우 중요하게 다루어질 필요가 있다. 이 지역 가사문학의 정체성을 누정가사로만 확립하는 것은 이 지역 가사문학이 지니는 역사적·문학적 의미와 가치를 한정하는 것이 될 수 있다.

조선전기 '한글 창제 이후'에 이 지역에서 가사문학의 창작이 활발했다고 하는 점은 매우 중요한 의미를 지닌다고 본다. '한글 창제 이후'에 이 지역의 사대부들이 한글을 이용한 글쓰기에 적극적으로 참여했다는 것을 의미한다는 것이다. 이 지역의 양반 지식인은 한글을 보다 적극적으로 수용하는 개방적 문자의식을 지녔던 것으로 해석할 수 있다. 가사문학사의 초창기에 특별히 이 지역에서 양반가사

가 많이 창작된 것이 아니라 특별히 이 지역에서 남아 전하는 가사
가 많아서라고 말할 수 있다. 그러나 그렇다 하더라도 이 지역에서
한글을 이용한 선조의 가사문학을 잘 보존해왔다는 사실을 말해주
는 것이기 때문에 이 역시 이 지역에서 한글의 가치를 보다 더 소중
하게 인식하고 있었음을 반영해주는 것이다. 이렇게 이 지역문화권
의 가사문학은 백성의 문자인 한글을 사용하여 우리말의 아름다움
을 적극적으로 형상화했다는 역사적·문학적 의미를 지닌다. 이 점을
이 지역 가사문화권의 정체성에 반영하는 것이 좋을 듯하다.

영남문화권에서는 근대기를 거쳐 한국전쟁기에 이르기까지 양반
가의 남성과 여성은 가사를 창작하여 필사본이 대거 전해지고 있다.
현대에 와서 가사의 필사본은 거의 대부분 영남문화권에서 수집되
었다. 특히 영남문화권의 가사문학은 규방가사의 창작이 활발했다
는 특징이 있다. 그런 까닭에 규방가사를 조사하고 연구한 연구자와
개인 가사집을 출간한 작가는 영남문화권 거주자나 이 문화권 출신
이 가장 많다. 영남문화권의 양반가 여성에게 '가사를 짓고 감상하
는 일은 하나의 필수적인 교양이요 생활의 일부처럼 되어 있었다.[8]
양반가 여성은 가사의 창작을 일상생활 문화로 간직하고 있어, 글쓰
기를 시작하는 10대에서부터 죽을 때까지 일상생활과 관련한 모든
사연들을 가사에 담았다.

영남문화권의 지역문화에서 규방가사는 매우 중요하게 다루어질
필요가 있다. 영남문화권에서는 양반문화가 발달되어 있는 것으로

---

8 최태호, 『교주 내방가사』, 형설출판사, 1980, 3쪽.

알려져 있다. 그런데 영남의 지역학에서 양반가 여성이 창작한 규방
가사를 다룬 논의는 거의 없다. 대신 양반가 여성의 의식주 일상생
활문화는 많이 논의되고 있다. 따라서 양반가 여성의 의식주 일상생
활문화와 함께 '가사의 창작과 향유' 문화도 양반문화의 하나로 당
당하게 편입시켜야 할 것으로 보인다. 이 지역 가사문화권의 정체성
을 양반가 남성의 가사는 물론 양반가 여성의 규방가사가 반영되어
구축할 필요가 있다.

　가사문학을 문화관광자원으로 활용할 수 있는 가능성은 시군면
단위의 장소에서 가장 높다고 할 수 있다. 시군면 단위의 가사문학
은 지역학의 연구 과제로 계속 이어질 것으로 보인다. 가사문학을
문화관광자원으로 활용하는 작업을 가장 성공적으로 수행한 곳은
담양이다. 담양의 가사문학[9]으로 정리되어 알려진 작품은 교과서에
실려 고전의 正典이 된 송순의 〈면앙정가〉와 정철의 가사 작품 등 총
17편이나 된다. 담양은 이미 '가사문학의 산실', '가사문학의 고향',
'가사문학의 원류' 등의 수식어로 표현될 정도로 가사문학으로 지역
의 정체성을 확고하게 자리를 잡아가고 있다. 담양군청이 건립한 가
사문학관은 이미 이 지역의 관광포인트가 된 지 오래다. 담양군청은
전국에서 유일하게 가사문학학술진흥회를 두어 해마다 가사문학
낭송대회와 학술대회를 개최하고 있다. 그리고 전국에서 유일하게

---

　9 박준규·최한선, 『담양의 가사문학』, 담양군, 2001, 1-157쪽. ; 김신중·박영주 외,
　　『가사 : 담양의 가사 기행』, 담양문화원, 2009, 1-318쪽. ; 김은희, 「담양의 장소성에
　　대한 일고찰-〈면앙정가〉와 〈성산별곡〉을 중심으로」, 『한국고시가문화연구』제35
　　집, 2015, 83-117쪽. ; 이상원, 「문학, 역사, 지리-담양과 장흥의 가사문학 비교」, 『한
　　민족어문학』제69집, 한민족어문학회, 2015, 169-203쪽.

가사문학 전문 잡지인『오늘의 가사문학』을 발행하고, 가사문학의 현대적 계승을 위해 해마다 공모를 통해 가사문학상도 수여하고 있다. 그리하여 한국인 대부분은 '담양'하면 '대나무'와 '가사문학'을 떠올릴 정도로 가사문학과 관련한 담양의 지역적 정체성은 널리 알려져 있다.

장흥도 가사문학의 창작지로 손꼽혀 지역학과 문화지리학적 측면에서 가사문학에 대한 연구가 활발한 지역이다. 연구에 의하면 장흥지역 가사문학으로 16세기에서부터 19세기까지 총 10편의 가사가 정리되었는데[10], 백광홍의 〈관서별곡〉, 위백규의 〈자회가〉, 무명씨의 〈임계탄〉 등이 대표적 작품이다. 장흥은 전국 최초로 문학기행 특구로 지정되어 천관산 문학공원과 한승원 문학산책로 등을 조성한바 있다. 최근에는 기산마을을 중심으로 가사문학 테마마을을 조성하여 장흥의 정체성을 가사문학과 연관하려는 시도를 보이고 있다.

안동은 영남문화권 안에서 특별히 규방가사 창작의 중심지라는 특징이 있다. 이재수가 총 597편이나 되는 내방가사 자료의 출처를 정리한 것에 의하면 예안, 안동 일대가 158편으로 다른 지역에 비해 압도적으로 그 편수가 많음이 드러난다[11]. 권영철은 규방가사의 지

---

10 박수진,『문화지리학으로 본 문림고을 장흥의 가사문학』, 보고사, 2012, 26-27쪽. 김석중·백수인,『장흥의 가사문학』, 장흥군, 2004, 1-307쪽. ; 김성기,「장흥지역의 가사 연구」,『한국언어문학』제35집, 한국언어문학회, 1995, 239-258쪽. ; 김신중,「장흥 가사의 특성과 의의-작품현황과 연구동향을 중심으로」,『고시가연구』제27집, 한국고기사문학회, 2011, 119-140쪽. ; 이상원,「문학, 역사, 지리-담양과 장흥의 가사문학 비교」, 앞의 논문.
11 이재수,『내방가사연구』, 형설출판사, 1976, 13쪽.

역별 분포현황을 안동문화권, 성주문화권, 경주문화권 등 세 권역으로 나누어 조사했는데, 총 2036편에 달하는 수집된 가사 자료 가운데 절반이 넘는 1023편이 안동문화권에서 수집되었다[12]. 이와 같이 안동은 '규방가사의 대중심지이며, 또한 본고장'[13]이었다.

안동의 지역적 정체성으로 가장 뚜렷하게 내세우고 있는 것은 '양반문화'와 '독립운동의 메카'라는 것이다. '퇴계', '선비의 고장', '명문대가' 등으로 대표되는 안동의 양반문화에 양반가 여성의 가사문학 창작이 수용되어 지역의 정체성을 나타내는 하나의 요소로 자리잡아야 할 것으로 보인다. 특히 안동에서 '만주망명가사'와 '만주망명인을 둔 고국인의 가사'가 가장 많이 창작된 점은 주목을 요한다. 이들 가사는 안동의 명문대가에서 만주망명 독립운동가가 많이 나왔고, 이들 독립운동가 다수가 여성을 동반하여 망명했기 때문에 창작될 수 있었다. 안동의 정체성에서 중요한 요소인 '명문대가'와 '독립운동의 메카'를 동시에 충족하고 있는 가사문학이 '만주망명가사'와 '만주망명인을 둔 고국인의 가사'이다. 그러므로 '만주망명과 관련한 가사문학'을 안동의 지역적 정체성에 적극적으로 활용하는 것이 바람직할 것으로 보인다[14].

이 외에도 가사문학의 지역적 정체성이 뚜렷하게 드러날 가능성

---

12 권영철, 『규방가사연구』, 이우출판사, 1980, 77쪽.

13 권영철, 앞의 책, 89-90쪽.

14 영남문화권과 안동의 가사문학에 대한 논의는 다음을 참조했다. 고순희, 「안동의 지역성과 만주망명가사문학-지역문화콘텐츠 제안」, 『한국고시가문화연구』 제35집, 한국고시가문화학회, 2015, 25-26쪽.

이 있는 지역이 많다. 현재 부산은 지역의 핵심 축제로 조선통신사 축제를 매년 열고 있는데, 그 중심에 〈일동장유가〉가 있다. 그리고 제주도는 〈별사미인곡〉, 〈탐라별곡〉, 〈함라별곡〉, 추자도는 〈속사미인곡〉과 〈만언사〉, 울릉도는 〈정처사술회가〉, 금당도와 만화도는 〈금당별곡〉 등의 가사문학 작품이 창작된 곳이다. 그리하여 각 섬에서는 이 가사 작품들을 섬의 관광 포인트에 연결하여 활용할 수 있다.

한편 마을이나 문중 단위에서 창작된 가사문학을 통시적으로 조사하면 비교적 풍부하게 작품들을 정리할 수 있다. 이 작품들은 마을이나 문중의 정체성을 수립하는 데 기여할 수 있다. 경상북도 영주의 무섬마을에는 무섬자료전시관이 있는데, 이곳에서는 이중선 여사의 가사집, 김응룡 여사의 〈기망가〉 등의 가사문학 필사본을 전시해놓고 있다. 그리고 안동의 원촌마을에서 창작된 규방가사를 연구한 논문에 의하면 원촌마을의 규방가사는 41편이나 된다[15]고 한다. 그러므로 이 가사문학 작품들을 원촌마을의 정체성과 연관하여 문화관광의 자원으로 활용할 수 있다.

그리고 한 문중의 집성촌인 마을의 경우 문중 단위의 가사문학을 조사하는 것도 필요하다. 문중에 따라서는 그 동안 창작된 가사 작품을 통시적으로 모으면 그 수가 상당한 경우가 있다. 각 문중에서

---

15 김정화, 「원촌의 규방가사」, 『안동의 원촌마을-선비들의 이상향』, 안동대학교 안동문화연구소 지음, 예문서원, 2011, 103-136쪽. 그런데 이 논문에서 원촌마을의 규방가사로 정리한 작품 가운데는 〈북천가〉도 들어 있어 작가의 출신지나 창작지를 중심으로 가사 작품들을 정리한 것이 아니고 이 마을에서 향유했던 가사 작품도 상당수 포함된 것이 아닐까 하는 의구심이 든다. 〈북천가〉를 쓴 김진형은 안동 금계마을 사람이다.

창작된 가사 작품을 통시적으로 모두 정리하는 일은 필자의 능력을 넘어서는 일이라, 다만 이 자리에서는 필자가 생각나는 대로 몇 가지만 적어보고자 한다. 합천 화양동 파평윤씨가의 〈기수가〉 연작 9편, 춘천 고흥류씨 문중의 의병가와 〈고병정가사〉·〈신세타령〉, 봉화 닭실마을 안동권씨가의 〈사향곡〉·〈사친가〉, 성주 성산이씨가의 〈감회가〉·〈별한가〉, 안동 이중린가의 〈입산가〉·〈생조감구가〉·〈여자탄〉, 안동 내앞김씨가의 〈분통가〉·〈유산일록〉·〈환향유록〉·〈이부가〉·〈문소김씨세덕가〉·〈사향가〉, 안동 철성이씨가의 〈간운사〉·〈조손별서〉·〈회상〉, 안동 풍산류씨가의 〈쌍벽가〉·〈답사친가〉·〈장자수연가〉·〈화유가〉·〈화전가〉 등이 있다.

앞에서 열거한 문중들은 가사의 창작과 향유 전통을 현대에 이르기까지 꾸준하게 유지하고 있었던 것으로 보인다. 조선시대부터 문중에서 창작된 가사 작품을 수집하고, 이 가사들에 각 문중에서 창작된 것으로 고증된 무명씨 작 규방가사 작품들을 보탠다면 가사문학과 관련한 문중의 정체성이 풍부하게 정립될 수 있을 것으로 보인다.

각 지역의 개별적인 산수자연 공간을 읊은 가사로 〈천풍가〉(천관산), 〈향산별곡〉(묘향산), 〈입암별곡〉(영천 입암), 〈매호별곡〉(상주 매호), 〈청학동가〉(청학동), 〈용추유영가〉(지리산 용추동), 〈서호별곡〉(한강), 〈백마강가〉(백마강), 〈면앙정가〉〈지수정가〉 등이 있다. 이 가사문학들은 각각 읊고 있는 특정한 산수자연의 공간에 대한 느낌을 배가시킬 수 있다. 그 뿐만 아니라 그 지역민의 애향심을 고취시켜 문화관광자원으로서의 가치가 뛰어나다고 할 수 있다. 그리고 〈임계탄), 〈거창가〉, 〈갑민가〉, 〈합강정가〉 등의 현실비판가사는 이 가사가 창작된 지역인 장흥, 거창, 갑산, 순창 등의 산 역사를 담고 있다. 이들 현실비판가사도 향토사와 관련한 답사 프로그램에서 문화관광자원으로 활용할 수 있다.

한편 기념관이나 박물관 등의 '장소'에서도 가사문학이 활용될 수 있다. 경복궁 중건과 관련하여 창작된 가사문학 작품으로는〈경복궁영건가〉, 〈기완별록〉, 〈경복궁중건승덕가〉, 〈북궐중건가〉[16] 등이 있다. 이 가사들은 경복궁 내에 건립되어 있는 국립고궁박물관의 전시 내용을 알차게 하는 콘텐츠로 활용될 수 있다.

양사준의 〈남정일기〉는 을묘왜란을 배경으로, 박인로의 〈태평사〉·〈선상탄〉, 최현의 〈용사음〉·〈명월음〉, 백수회의 〈재일본장가〉, 김충선의 〈모화당술회가〉 등은 임진왜란을 배경으로 창작되었다. 그리고 무명씨의 〈병자난리가〉는 병자호란을 배경으로 창작되었다. 한편 〈회심수〉, 〈원한가〉, 〈고향 떠난 회심곡〉, 〈피란사〉, 〈나라의 비극〉, 〈추월감〉, 〈셋태비감〉 등 7편은 한국전쟁 당시를 배경으로 창작된 가사 작품이다[17]. 이러한 가사 작품들은 모두 전란을 배경으로 창작된 것이므로 서울의 전쟁기념관·대한민국역사박물관·서울역사박물관, 제주의 전쟁역사박물관, 강화의 강화전쟁박물관 등의 전시 내용을 알차게 하는 문화관광자원으로 활용될 수 있다.

---

16 고순희, 「〈경복궁영건가〉 연구」, 『고전문학연구』제34집, 한국고전문학회, 2008, 1-30쪽. ; 고순희, 「〈경복궁중건승덕가〉와 〈북궐중건가〉의 작품세계와 형식적 변모」, 『고시가연구』제22집, 한국고시가문학회, 2008, 1-24쪽.
17 고순희, 「한국전쟁과 가사문학」, 『한국고시가문화연구』제34집, 한국고시가문화학회, 2014, 5-32쪽.

문화관광자원으로서의 활용 가능성

이제 '가사문학은 어떻게 문화관광자원으로 활용될 수 있는가?' 에 대하여 살펴보도록 하겠다.

가사문학을 문화관광자원으로 활용하기 위해서 선결해야 하는 과제는 유전하고 있는 수많은 가사문학 작품을 관광의 키워드인 '장 소'로 특정화하는 작업이다. 가사문학 작품이 특정 '장소'와 연결되 지 않으면 문화관광자원으로 활용되기 어렵기 때문이다.

그런데 지역학이나 문화지리학적 측면에서 가사문학을 수집하고 정리하는 작업은 쉬운 일이 아니다. 조선시대에 창작된 양반가사는 대부분 작가가 알려져 있어 작가의 고향이나 작품이 창작된 근거지 가 특정화될 가능성이 많다. 양반가사의 작품이 잘 정리되고 있는 지역은 담양과 장흥인데, 이 지역에서 비교적 작가를 알 수 있는 양 반가사가 많이 유전되고 있기 때문이다. 어쨌든 양반가사 문학은 연 구자가 조금만 관심을 기울인다면 '장소'로 환원될 수 있는 가능성 이 많다고 할 수 있다.

그러나 수많은 여성 및 무명씨 작 가사 작품은 특정 '장소'로 환원 하는 일이 쉽지 않다. 그 동안 여성이 쓴 규방가사에 대한 연구는 규 방가사의 유형성 안에서 연구되는 경향이 있었다. 그리하여 작가나 창작지를 그리 중요하게 생각하지 않았다. 그리고 무명씨 작 작품의 경우도 사정은 마찬가지였다. 그러나 이들 작품 가운데는 내용을 면 밀하게 읽으면 구체적인 작가를 알 수는 없다 하더라도 작가의 출신

지와 창작지를 알 수 있게 하는 단서가 있어 '장소'로 환원될 가능성
이 높은 작품도 있다.

그런데 작품 내용에 옛 지명이나 고을 등이 나와 작가의 출신지나
창작지를 알 수 있는 가능성이 많다 하더라도 이러한 지명이나 고을
을 타 지역 연구자는 잘 알 수 없다. 이런 경우 구체적인 지명이나 고
을을 찾아내는 작업에 많은 시간이 소요될 수 있으므로 관련 지역에
대해 상대적으로 잘 아는 지역학 분야에서 이 작업을 수행하면 보다
수월하게 '장소'로 환원될 수 있을 것이다.

영남지역에서는 전하고 있는 필사본이 많다. 그리하여 그 동안 각
지자체와 그 지역 연구자는 지역의 가사를 수집하고 정리하여 가사
집을 출간하기도 했다[18]. 그런데 예를 들어 '영천의 가사집'이라고
해서 그 책에 수록된 가사가 모두 '영천' 지역에서 창작된 것은 아니
다. '영천의 가사집'은 어디까지나 '영천' 지역에서 '수집'된 가사 자
료를 모은 것이기 때문이다. 즉 가사집에 실린 가사 작품들은 유통
지역의 범위를 감안할 때 영남지역에서 창작된 것은 분명하지만, 가
사집을 펴낸 그 지역에서 창작된 작품이라고 할 수 없는 면이 있다.
안동의 작가가 창작한 작품이 혼반으로 얽힌 경로를 통해 유통되어

---

18 이화여자대학교 한국어문학연구회, 「내방가사자료-영주·봉화 지역을 중심으로
한-」, 『한국문화연구원논총』 제15집, 이화여대 한국문화연구원, 1970, 367-484쪽. ;
구미문화원, 『규방가사집』, 도서출판 대일, 1984, 1-136쪽. ; 이대준, 『낭송가사집』,
세종출판사, 1986, 1-282쪽. ; 영천시 문화공보실 편, 『규방가사집』, 영천시, 1988,
1-374쪽. ; 울진문화원, 『울진민요와 규방가사』, 울진문화원, 2001, 1-380쪽. ; 문경
문화원, 『우리 고장의 민요가사집(향토사료 제10집)』, 문경문화원, 1994, 1-299쪽. ;
이대준, 『낭송가사집 2』, 한빛, 1995, 1-668쪽. ; 이대준, 『안동의 가사』, 안동문화원,
1995, 1-647쪽. ; 봉화문화원, 『우리고장의 민요와 규방가사』, 봉화문화원, 1995,
1-327쪽. ; 이정옥 편, 『영남내방가사』(전5권), 국학자료원, 2003, 면수 생략.

영천에서도 향유되다가 수집 정리된 경우가 있는 것이다. 따라서 각 지자체에서 출판한 가사집에 실려 있는 가사 작품들도 면밀하게 작품 내용을 살펴 다시 특정 '장소'로 좁혀 환원할 필요가 있다.

각 가사문학 작품을 관광의 '장소'로 환원하는 연구는 가사문학의 전체 작품 수에 견주어 볼 때 아직 걸음마 단계에 있다. 그러므로 이러한 작업은 추후 활성화되어 이루어져야 할 것으로 보인다.

그러면 가사문학을 관광의 '장소'와 연결하여 수집하고 정리하는 일차적인 작업이 어느 정도 이루어졌다면 그 다음 가사문학을 어떻게 관광문화자원으로 활용할 수 있는가 하는 문제가 떠오를 수 있다. 즉 지역에서 어떤 식으로 가사문학을 문화관광자원의 유형문화로 형상화할 수 있는가 하는 점이 문제로 떠오르게 된다.

문학을 축으로 하는 관광 포인트는 자연경관, 휴식, 오락 등을 축으로 하는 관광 포인트의 보조적 역할을 수행하는 선에서 구축되어 왔다. 문학을 축으로 하는 관광 포인트는 세익스피어의 고향 스트랫퍼드 어폰 에이번처럼 그 자체가 관광의 주목적인 경우가 드물었다. 대부분은 그 지역의 다른 곳을 관광하기 위해 왔다가 잠시 들르는 정도로의 역할을 수행해 왔다고 할 수 있다.

그런데 최근 들어 관광의 패러다임이 변화하고 있는 점은 가사문학을 문화관광자원으로 활용하는 데 시사점을 던져준다. 그 변화의 하나는 슬로시티의 예에서 찾을 수 있다. 최근 들어 관광의 패러다임은 관광하는 '장소'의 자연경관, 휴식, 오락 등을 누리는 것뿐만 아니라 그 '장소'의 의식주 생활문화 전반을 누리고자 하는 방향으로 바뀌고 있다. 슬로시티의 예에서 보이는 것처럼 현지인이 마련하고 구축해놓은 일상생활문화를 외지인이 간접적으로 경험하는 쪽으로 관광의식의 전환이 이루어지고 있다[19].

또 다른 변화의 하나는 해외여행의 증가에 따른 관광인식의 변화에서 찾을 수 있다. 해외여행을 하게 된 현대인은 여행의 경험이 축적되면 될수록 문화관광자원의 핵심이 민족문화유산에 있는 것을 알게 되었다. 그리하여 우리의 문화관광자원도 민족문화유산을 중심으로 구축되는 것이 필요하다는 방향으로 관광인식이 변화하고 있다. 전주의 한옥마을이 폭발적인 인기를 누리고 있는 것은 역에서 가깝다는 지리적 이점에서 기인하기도 했지만 민족문화유산에 대한 관광인식이 성숙된 결과라고 할 수 있다.

이렇게 관광의 패러다임이 지역의 일상생활문화를 체험하고자 하고, 민족문화유산에 대한 인식이 성숙해지는 방향으로 전환함에 따라 문화관광자원을 발굴하는 기획자의 사고도 전환을 필요로 한다. 그 동안은 기획자들은 관광의 주체를 외지인으로 상정하여 볼거리와 놀거리의 문화관광자원을 발굴하고 기획했다. 하지만 이제는 현지 주민을 상정하여 지역문화를 발굴하고 가꾸는 방향으로 기획할 필요가 있다. 보여주기 식의 외관에 중점을 둔 '개발식' 기획보다는 지역의 전통적인 문화자원을 발굴하여 소박하게 가꾸고 재현해

---

19 한국에서 국제슬로시티로 인증을 받은 곳은 완도 청산, 신안 증도, 담양 청평, 하동 악양, 전주 한옥마을, 청송 부동·파천, 상주 함창·이안·공검, 예산 대흥·응봉, 제천 수산, 남양주 조안, 영월 김삿갓 등지이다. 최근에는 슬로시티의 개념을 도시재생 프로그램에 적용하는 논의도 전개되고 있다. 김옥희, 「슬로시티 철학 구현에 기반을 둔 도시재생 사례 분석을 위한 탐색적 고찰」, 『관광연구논총』 제27권 3호, 한양대학교 관광연구소, 2015, 3-31쪽.

내는 '작은' 기획에 중점을 두는 것이 바람직하다. 이러한 '작은' 기획을 통해 무엇보다도 지역의 주민이 그 '장소'를 우선적으로 즐기고 향유할 수 있도록 하는 것이 필요하다.

가사문학은 이러한 관광패러다임의 변화에 대응하여 문화관광자원으로 활용할 수 있는 가장 좋은 아이템이라고 생각된다. 요즘 각 지자체에서는 지역의 걷기 좋은 길을 앞 다투어 조성하고 있다. 이러한 걷기 좋은 길은 일차적으로 지역민이 이용하게 된다. 이때 지역의 가사문학 작품을 선정하여 이 길에 연결하는 방식이 있을 수 있다. 가사문학은 다양한 작품세계를 지니고 있어 지역의 인물, 문화, 역사 등을 지역민이 알 수 있게 하는 좋은 아이템이기도 하다. 길을 걷다가 누정을 들르고 강을 만나고 때로는 문중 앞을 지나게 될 때 특정 '장소'에 이르러 가사문학 작품에 대한 설명이나 대표 구절을 가시적으로 볼 수 있게 한다면 그 길이 문학적 향기가 넘쳐나는 길이 될 것이다. 특정 '장소'에 이르기까지의 길을 대표적인 가사문학 작품의 제목으로 명명할 수도 있다. 그리고 지역에 따라서는 특정 문중의 전통요리·예절과 함께 규방가사를 낭독하거나 규방가사 글쓰기를 해보는 정기적인 체험 프로그램도 기획할 수 있을 것이다.

이러한 '작은' 기획은 우리 선조들의 인문학적 소양을 체감하게 하고, 지역의 자연을 시간을 초월하여 선조와 공유하게 하고, 지역의 인물과 역사에 대해 이해하게 하는 등 여러 문화적 효과를 불러일으킬 것이다.

그런데 가사문학을 활용한 '작은' 기획이 지역의 정체성의 면에서 볼 때 중복될 수 있다는 우려가 있을 수 있다. 그러나 가사문학의 글쓰기는 일상적 생활문화로 있어 온 것으로 우리 민족이 지닌 소중한 정신적 가치, 즉 인문학적 정신의 생활화를 단적으로 보여주는 것이다. 이 점을 감안하면 중복은 그리 문제될 것은 없다고 본다. 우리나라 어느 곳을 가도 가사문학을 창작한 흔적을 볼 수 있다고 하는 점은 그 자체가 인문학적 정신세계를 지향했던 우리의 민족성을 고스란히 반영해주는 것이기 때문이다. 글쓰기를 생활화한 우리의 문화는 민족적 자긍심을 불러일으키기에 충분한 것이다.

5. 맺음말

이 논문에서는 가사문학 장르가 문화관광자원으로서의 가치를 지니고 있다는 것을 두 가지 측면에서 살펴보았다. 먼저 규방가사의 문화적 가치를 살핌으로써 문화관광자원으로서의 가치가 높다는 것을 주장했다. 이 부분을 필자가 강조하여 논의한 것은 가사문학 전체 작품 수에서 규방가사가 차지하는 비중이 매우 높음에도 불구하고 문화관광 기획자와 일반인이 상대적으로 규방가사의 가치와 문화적 의미를 잘 모르고 있다고 생각했기 때문이다. 규방가사의 담당층인 양반가 여성의 '가사 짓기 문화'는 '인문학적 정신의 생활화'를 의미한다. '글쓰기의 생활화'는 현대인이 잃어버린 소중한 정신적 가치이며, 이런 정신적 가치의 실천으로 생산된 규방가사는 현대인이 계승하고 발전시켜야 할 귀중한 전통문화유산이다. 가사문학을 적극적으로 문화관광자원으로 발굴함으로써 '글쓰기의 생활화'를 실천한 우리 선조의 훌륭한 정신적 가치와 문화적 유산을 계승 발전시킬 필요가 있다.

다음으로 가사문학이 '장소'로 환원될 수 있는 가능성이 많아 문화관광자원으로서의 가치가 있다는 점을 주장했다. 현재 수 천 편에 달하는 가사문학 작품이 전하고 있다. 더욱이 가사문학의 창작과 향유는 대부분 향촌사회를 기반으로 이루어졌다. 따라서 가사문학은 지자체, 문중, 단위마을 등과 같이 '장소'로 환원될 수 있는 가능성이 무궁무진하다는 점에서 문화관광자원으로서의 가치를 충분히 지닌다. 이 논문에서는 문화권, 시군, 마을 및 문중, 개별 산수자연, 특정 기관 등의 '장소'로 환원할 수 있는 가사작품을 예로 들어 문화관광자원으로서의 가능성과 가치를 살펴보았다.

앞서 살펴보았듯이 가사문학을 문화관광자원으로 활용하기 위해서는 가사문학을 '장소'로 환원하는 연구가 선행되어야 한다. 그리고 이 작업은 지역학의 범주 안에서 이루어질 때 보다 원활하게 이루어질 수 있다. 이 작업은 의외로 물리적인 시간이 많이 소요될 수 있다. 하지만 그렇다고 미루고 있을 수만은 없다고 본다. 이제는 각 지자체와 지역의 연구자가 공동으로 나서야 할 때이다. 각 지역의 가사문학을 조사하여 문화관광자원으로 활용할 수 있도록 하는 후속 논의가 이어지기를 기대한다.

제10장

일제강점기 망명 관련 가사에 나타난 만주의 장소성

1. 머리말

만주는 우리 역사의 고토로서 오랜 동안 중국의 영토로 있어 온 장소였다. 한 지역의 장소성은 그곳을 중심으로 삶을 영위해가는 구성원의 생활적 구체성과 경험이 있을 때 그 모습을 구성할 수 있다. 그런데 만주는 우리의 고토였기는 했지만 한국인에게 삶의 의미를 구성하는 경험이 가능한 장소가 아니었다. 따라서 한국인에게 만주는 일상생활의 구체성과 경험의 부재로 인해 문화적 장소성을 뚜렷이 지니지 못한 채 있어 왔다고 할 수 있다.

한국인에게 만주의 장소성이 뚜렷이 부각된 결정적 계기는 경술국치였다. 경술국치로 나라를 상실한 한국인이 만주를 우리 민족의

古基로 재발견하고, 이주하기 시작했기 때문이다. 물론 그 이전에도 만주를 거쳐 여행하거나 만주로 이주해 살던 한국인이 없었던 것은 아니었다. 하지만 경술국치 직후부터 만주 이주자가 폭발적으로 증가하기 시작했다. 이렇게 경술국치 직후는 한국인에게 만주라는 공간이 지니는 의미의 변화가 가장 심했던 역사적 시기의 하나였다.

만주로의 대량 이주는 망명형 이주자로부터 시작되었다. 경술국치 직후 해외에서 독립운동을 전개하기로 결심한 애국지사는 만주에 주목하고 만주로 망명했다. 이후 식민 지배가 끝날 때까지 정치적 동기를 지닌 망명객과 그 가족들이 만주로 계속 이주했다[1]. 그리고 만주에 자발적인 생활형 이주자와 강제 동원형 이주자[2]까지 들어와 살게 되었다. 그리하여 만주는 한국인에게 다양한 문화적 장소성을 지니는 곳이 되었다.

일제강점기에 만주로 이주해 삶을 영위했던 한국인의 경험값은 만만치 않은 것이었다. 독립투쟁을 위해서든 단순히 생존을 위해서든 간에 만주로 들어온 사람들은 만주 벌판에서 추위와 배고픔을 감

---

1 한인의 만주 이주 현황에서 경술국치 직후, 3·1운동 전후, 6·10만세운동 직후에 그 숫자가 급증하는 것은 한반도의 정치적 동기가 작용한 결과였음을 다음의 글은 밝히고 있다. "1910년 국망이라는 정치 환경의 격변은 만주 이주의 큰 동기로 작용하였다. 정치적 동기가 이주의 큰 요인이었음은 아래 〈표 1〉[필자주 : 1910~1928년 한인의 이주와 귀환 현황. 표는 생략한다]에 나오듯이 1910년대 초반, 1919년 3·1운동 전후, 6·10만세운동이 일어난 1926년에 만주 이주자가 급증했던 데서도 시사받을 수 있다." 신주백, 「한인의 만주 이주 양상과 동북아시아 : 농업이민의 성격 전환을 중심으로」, 『역사학보』제213집(역사학회, 2012), 238-239쪽.

2 일제의 수탈과 압박의 역사가 계속되면서는 한국인 사이에서 생활근거지의 대안으로 급부상한 곳이 만주였다. 그리하여 먹고 살기 위해 들어오는 자발적 생활형 이주자가 대폭 늘어났다. 한편 만주사변 이후에는 일제의 강제동원 이주정책으로 강제 동원형 이주자도 많았다.

내해가며 그들의 삶을 가꾸어 나갔다. 이렇게 만주에서 살아간 한국
인의 삶의 무게와 경험값은 문학에 수용되어 나타나기도 했다. 해방
후에 창작된 문학 작품은 차치하더라도 일제강점기에 창작된 민요,
한시, 가사, 창가, 현대시, 소설, 수필 등에는 만주의 문화적 장소성
이 투영되어 있다.

경술국치 직후 만주로의 이주를 주도한 층은 혁신유림을 중심으
로 한 망명 애국지사였다. 애국지사들은 가족과 문중인을 모두 데리
고 망명했기 때문에 만주 이주자의 상당수를 차지했다[3]. 그리고 이
들은 만주에 신한민촌을 건설하고 교포사회를 구성하여 이후 생활
형 만주이주자를 견인하는 데 결정적인 역할을 담당했다. 만주망명
자들은 우리 역사에서 매우 특수한 존재였지만 만주의 장소성 탐색
에서 중요한 열쇠를 지니고 있는 집단인 것만은 분명하다.

그리하여 만주의 장소성을 탐색하는 이 논문에서 주목하는 시기
는 경술국치 직후이며, 대상은 이 시기 망명형 이주자의 가사문학
작품이다. 만주망명의 현실을 수용한 가사문학으로는 '만주망명가
사[4]'와 '만주망명인을 둔 고국인의 가사[5]'가 있다. 두 작품군은 작품

---

3 경술국치 직후(1910~1912년) 만주 이주민의 숫자는 49,772명으로 1918년 36,627
   명, 1919년 44,344명, 1926년 21,037명, 1928년 45,987명 등과 함께 가장 많이 이주
   한 시기에 해당한다. 신주백, 앞의 글, 238쪽, 〈표 1〉 참조.

4 고순희, 「만주 망명 여성의 가사 〈원별가라〉 연구」, 『국어국문학』제151호(국어국
   문학회, 2009), 151-176쪽.; 고순희, 「만주 망명 여성의 가사 〈위모사〉 연구」, 『한국
   고전여성문학연구』제18집(한국고전여성문학회, 2009), 29-56쪽.; 고순희, 「만주
   망명 가사 〈간운ᄉ〉 연구」, 『고전문학연구』제37집(한국고전문학회, 2010), 107-134
   쪽.; 고순희, 「일제강점기 가일마을 안동권씨 가문의 가사 창작-항일가사 〈꽃노
   래〉와 만주망명가사 〈눈물 뿌린 이별가〉」, 『국어국문학』제155호(국어국문학회,
   2010), 133-158쪽.; 고순희, 「일제 강점기 만주망명지 가사문학 - 담당층 혁신유림

의 창작 배경에 있어서 '만주망명'이라는 정치적 동기를 공유하기 때문에 만주의 장소성을 논함에 있어서 같이 다룰 필요가 있다. 만주망명과 관련한 가사문학의 작자는 〈분통가〉를 쓴 독립운동가 김대락을 제외하고 모두 독립운동가 집안의 여성이다. 따라서 이 연구는 만주 독립운동가 집안의 여성들이 만주라는 장소를 어떻게 인식했는지 구체적으로 살피는 작업이 될 것이다.

　이 연구는 '만주망명가사'와 '만주망명인을 둔 고국인의 가사'에 드러나는 만주의 장소성을 탐색하는 데 목적을 둔다. 2장에서는 만주가 망명지로 결정된 이유를 임시정부 초대 국무령을 지낸 이상룡의 글을 통해 구체적으로 살핀다. 그리고 20세기 초 남성 작 가사문학에 나타난 만주도 간단히 살핀다. 3장에서는 만주망명가사에 드러난 만주의 장소성을 '독립의 꿈이 떠도는 장소'와 '기회의 장소'라는 측면에서 구체적으로 살핀다. 4장에서는 '만주망명인을 둔 고국인의 가사'에 드러난 만주의 장소성을 '가신 뜻이 머무는 장소'와 '가고 싶은 장소'라는 측면에서 구체적으로 살핀다. 5장에서는 일제강점기 만주망명 관련 가사문학에 나타난 만주의 장소성을 종합적으로 논의하고자 한다.

을 중심으로」, 『고시가문학연구』제27집(한국고시가문학회, 2011), 37-68쪽. ; 고순희, 「만주망명가사와 디아스포라」, 『한국시가연구』제30집(한국시가학회, 2011), 165-193쪽. ; 고순희, 「만주망명과 여성의 힘」, 『한국고전여성문학연구』제22집(한국고전여성문학회, 2011), 103-132쪽.

5　고순희, 「만주망명인을 둔 고국인의 가사문학-자료 및 작가를 중심으로」, 『고시가연구』제29집(한국고시가문학회, 2012), 33-66쪽. ; 고순희, 「만주망명인을 둔 고국인의 가사 - 미학적 특질을 중심으로」, 『우리어문연구』제44집(우리어문학회, 2012), 125-152쪽.

2. 망명지 만주

1) 혁신유림의 망명과 만주

경술국치가 임박해오자 혁신유림을 중심으로 한 당대 우국지사
들은 국내에서의 항일운동이 한계에 봉착했음을 인식하고 해외 망
명과 독립운동을 기획했다. 이러한 기획은 경술국치 직후 본격적으
로 실행에 옮겨졌다. 당대 각 향촌에서 지도적 위치에 있었던 혁신
유림들은 모든 기득권을 포기하고 솔선수범하여 문중을 이끌고 망
명을 주도했다. 이후 많은 한국인이 해외로 망명하여 신한민촌에서
독립운동을 전개하도록 하기 위해서였다. 이들이 초창기 신한민촌
을 건설하기로 설정한 곳은 우리 역사의 옛 터이자 조선의 국경과
가까운 서간도였다.

그렇다면 내가 무엇 때문에 이 번 길을 작정하여 전답과 가택을 헌
신짝처럼 버리고 일가친척을 길가는 사람처럼 아무 상관없는 사람처
럼 치부하며, 신산한 흉회를 억지로 참고 스스로 궁벽하고 황폐한 간
도 땅에 투신하려고 하는가? 아아, 나는 구차히 목숨을 훔치려는 부류
가 아니다. --- 작년(1910) 가을에 이르러 나라 일이 마침내 그릇되었
다. 이 7척 단신을 돌아보니 다시 도모할 만한 일이 없는데, 아직 결행
하지 못한 것은 다만 한 번의 죽음일 뿐이다. 어떤 경우에든 '바른 길을
택한다'는 것은 예로부터 우리 유가에서 날마다 외다시피 해온 말이

다. 그렇다면 마음에 연연한 바가 있어서 결단하지 못한 것이 아니며, 마음에 두려운 바가 있어서 결정하지 못한 것이 아니다. 다만 대장부의 철석과 같은 의지로써 정녕 백번 꺾이더라도 굽히지 않는 태도가 필요할 뿐이다. 어찌 속수무책의 희망 없는 귀신이 될 수 있겠는가? 고공단보[6]는 아내를 이끌고 기산의 아래로 옮겼고, 전횡[7]은 무리를 이끌고 海島로 들어갔다. 예로부터 뜻을 가진 선비가 자신의 뜻을 이루지 못할진대, 일가를 온전히 하여 은둔하는 것도 또한 한 가지 방도였다. 하물며 만주는 우리 단군 성조의 옛터이며, 항도천은 고구려의 國內城에서 가까운 땅이었음에랴? 요동은 또한 箕씨가 봉해진 땅으로서 漢四郡과 二府의 역사가 분명하다. 거기에 거주하는 백성이 비록 복제가 다르고 언어가 다르다고는 하나, 그 선조는 동일한 종족이었고, 같은 강의 남북에 서로 거주하면서 아무 장애 없이 지냈으니, 어찌 異域으로 여길 수 있겠는가? 이에 이주하기로 뜻을 결정하고 전지를 팔아 약간의 자금을 마련한 후, 장차 신해년(1911) 1월 5일 먼저 서쪽으로 출발하기로 하였다[8].

위는 독립운동가 李相龍이 쓴 〈西徙錄〉의 서두 부분이다. 자신이

---

6 古公亶父 : 周나라의 太王. 文王의 조부. 처음 邠에 거주할 때 狄人이 침략하자 岐山 아래로 옮기니 빈땅 사람들이 따라왔다. 그래서 그 땅에 나라를 세워 周라고 했다.

7 田橫 : 秦나라 말년 齊王 田榮의 아우. 한 고조가 항우를 멸하자, 그의 무리 5백 여인과 해도로 도망해 들어갔다. 한 고조가 그를 부르자 같은 임금의 처지에서 굴복하기 싫다고 자결했다.

8 안동독립운동기념관 편, 『국역 석주유고 하』, 〈西徙錄〉(경인문화사, 2008), 14-15쪽. 〈西徙錄〉은 이상룡이 안동에서 서울을 거쳐 만주에 도착하기까지의 망명과정을 일기체로 기록한 것이다. 1911년 1월 4일부터 4월 13일까지를 기록했다.

무엇 때문에 간도 땅에 망명하려는 지를 스스로 묻고 답했다. 자신은 구차히 목숨을 부지하려는 부류가 아니고, 어떠한 경우에도 '바른 길을 택한다'는 유가의 신조를 날마다 외우다시피 해온 사람이라고 했다. 경술국치 후 자신이 단 하나 결행하지 못한 것이 있다면 자결인데, 자신이 자결하지 않은 것은 목숨이 아까워서가 아니라 속수무책으로 죽어서 희망 없는 귀신이 될 수 없어서이기 때문이라고 했다. 그래서 비록 백번 꺾일지라도 굽히지 않는 태도만 있다면 조국의 독립을 위해 서간도로 가는 것이 더 옳은 길이라고 했다.

이 글에서 이상룡이 강조하고자 한 점은 망명이 죽음 대신 선택한 길이라는 것이다. 이상룡은 실제로 조국의 독립이 없는 한 살아서는 절대로 한반도에 돌아가지 않겠다고 하여 만주에서 사망했다. 임종 시에도 그 아들에게 **"국토를 회복하기 전에는 내 해골을 고국에 싣고 돌아가서는 안 되니 우선 이곳에 묻어두고서 기다리도록 하라[9]"**는 유언을 남기기까지 했다.

그가 서간도를 망명지로 선택한 이유는 서간도가 역사상 우리 민족의 옛터로서 이역이 아니기 때문이었다. 서간도가 단군 조선의 옛터이고, 항도촌[10]이 고구려의 도읍지인 국내성과 가깝기도 하고, 그리고 요동이 기씨 조선이 봉해진 땅이었다고 했다. 그러니 이곳 사람들은 우리와 선조가 동일한 종족이라고 했다. 그래서 서간도는 압록강을 사이에 두고 서로 거리낌 없이 왕래해 왔던 친숙한 곳이라는

---

9 〈先府君遺事〉, 같은 책, 611-612쪽.
10 항도촌은 일제강점 초창기에 만주망명인들이 임시 집결지로 결정한 곳이다.

것이다. 이상룡이 항도촌에 도착한 후 얼마 지나지 않아 역사서를 읽기 시작한 것은 우리 민족의 역사지로서 서간도의 의미를 재확인하고 싶어서였다고 할 수 있다[11]. 이상룡과 같이 망명한 독립운동가 金大洛도 〈西征錄〉에서 서간도가 우리의 옛터로서, 역사적·지역적으로 친숙한 곳이기 때문에 망명지로 선택했음을 말하고 있다[12].

이렇게 일제강점 초창기에 만주 망명지는 주로 서간도 지역에 집중되었다. 이후 망명자들의 이동에 따라 망명지는 점차 북간도와 동간도로 퍼져가 만주 전역이 되었다. 이상룡만 하더라도 사망하기까

---

11 〈서사록〉에 의하면 이상룡은 2월 7일 항도촌에 임시로 정착하고, 22일부터 역사서를 읽기 시작한다. 그가 읽은 역사서는 숙신사, 부여사. 본국사, 고구려사, 신라사, 발해사 등 모든 것을 망라하면서도 만주 지역과 관련한 것에 중점이 있었다. 그리하여 2월 29일 기록에 "우리 역사가들은 다만 신라만을 알고 발해를 알지 못하여 마침내 3천년 조국의 후신을 먼 이역의 오랑캐의 반열에 떠밀어 넣고 끝내 국내의 역사기록에 단 한 글자도 전해지지 못하도록 하였으니, 이것이 어찌 공평한 의리를 주장한 信筆이라 하겠는가? 나의 어리석은 식견으로는 오직 고구려의 왕통은 마땅히 발해를 적전으로 삼아야 하며, 신라·백제·가락은 삼한의 대 뒤를 이은 하나의 계파라고 한 후에야 우리나라 역사가 마침내 바른 데로 귀착하리라 본다(〈서사록〉, 앞의 책, 37쪽)"고 적고 있다. 우리의 역사를 고구려의 정통을 이은 역사로 파악하고 서간도의 의미를 재확인하고 있다.

12 "더구나 이 땅이 어느 땅이며 이때가 어떤 때인가? 이 兩白(백두산과 白河를 가리키는 것으로 보이나 단정할 수는 없다. 백하는 만리장성과 가까운 沽源 근처에서 발원해 남동쪽으로 흘러 북경 동쪽에 있는 통현을 지난 다음 영정하와 합류한다.)의 사이는 바로 부여의 옛터이다. 압록강은 다만 띠처럼 가늘게 경계가 되었으나 닭 우는 소리와 개 짖는 소리가 서로 들리며, 그 속에 누른 길[黃裏]은 옛 사신들이 지나던 통로로 수레 먼지와 말발굽이 서로 이어지던 곳이다."〈勸諭文〉, 안동독립운동기념관 편, 『국역 백하일기』(경인문화사, 2011), 124쪽. ; "오호라! 우리 대한의 경술년(1910) 변고는 천하가 함께 분개하고 안타까워 하는 바이다. 바야흐로 이에 만리 원방도 이웃처럼 지내는 세상에 自靖 은둔하려고 한다면 어디인들 마땅하지 않겠는가마는, 한 곳으로 가기를 도모하지 않았으면서도 遼寧省으로 달려 온 것은 箕子의 팔조법이 있던 곳이요, 고구려의 10세 동안 남은 송덕이 있기 때문이다. 하물며 200년 事大의 땅으로 詔使를 보내준 恩禮가 넉넉하였고, 행인의 왕래가 서로 이어져 玉帛으로 조공하던 곳이라, 일찍이 구역을 나누어 구별하지 않았음에랴."〈共理會趣旨書〉, 같은 책, 327쪽.

지 항도촌을 거쳐 삼원포·추가가·합니하·고산자·마록구·소배차·이도구·대사탄 등의 유하현과 통화현 지역, 반석의 파리하, 하얼빈의 취원창, 길림성의 서란시와 소과전자 등지로 옮겨 다녔다. 이렇게 만주망명자들은 만주의 전지역을 떠돌아 다니다가 마지막 근거지에서 사망했다.

2) 20세기 초 남성 작 가사문학에 나타난 만주

조선인은 중국과 우리의 국경에 대한 인식을 분명하게 지니고 있었다. 압록강을 경계로 하여 의주 쪽은 한국, 안동 쪽은 중국이라는 국경 인식을 철저하게 지니고 있었다.[13] 그리하여 20세기 초에도 한국인에게 만주는 분명히 해외였다.

가사문학에서 망명 및 만주와 관련한 내용이 처음 드러나는 작품은 도산 안창호가 쓴 것으로 알려진 〈去國行〉이다. 〈去國行〉은『대한매일신보』1910년 5월 12일 자에 실렸는데, 경술국치 전에 이미 애국지사들의 해외 망명이 기획되고 있었음을 알 수 있다. 〈거국행〉은 작가의 망명 의지와 한반도에 대한 사랑을 표현했는데, 여기에는 동포

---

13 1870년 경에 창작된 것으로 추정되는 〈북궐중건가〉에도 압록강을 중심으로 한국과 중국이 구분되는 국경 인식은 분명하게 드러난다. "허야허허야허(許耶許許耶許) 좌히청구(左海青邱) 별건곤(別乾坤)의 / 빅두산(白頭山)이 틱됴(太祖)되야 천쟝만헌(千嶂萬巇) 버려잇다 / 챵챵(蒼蒼)헌 일딕지(大地)는 화돈뇌아(火燉雷兒) 근원 갓치 / 한쥴기 흑농강(黑龍江)은 녀진국(女眞國)을 둘너잇고 / 쏘한쥴기 두만강(豆滿江)은 동히(東海)로 드러가고 / 쏘한쥴기 압녹강(鴨綠江)은 만절서류(萬折西流) 흐야 / 발히(渤海)로 드러가니 텬한동셔(天限東西) 되엿고나" 이우성 편,『(서벽외사해외수일본 15) 운하견문록 외 5종』(아세아문화사, 1990), 609-642쪽.

들의 해외 망명을 고취시키려는 의도도 깔려 있다. '간다 간다 나는 간다 너를 두고 나는 간다'는 구절을 반복하면서 4연을 구성했는데, 다음은 그 중 제 3, 4연이다.

> 간다 간다 나는 간다 너를 두고 나는 간다 / 닉가 너를 作別혼 後 太平洋과 大西洋을 / 건널 쌔도 잇슬지며 西比利와 滿洲쓸에 / 둔닐 쌔도 잇슬지라 나의 몸은 浮萍굿치 / 어느 곳에 가 잇던지 너를 싱각홀 터이니 / 너도 나를 싱각ᄒ라 나의 ᄉ랑 韓半島야
> 간다 간다 나는 간다 너를 두고 나는 간다 / 卽今 離別 홀 쌔에는 뷘 쥬먹만 들고 가나 / 以後 相逢홀 쌔에는 긔를 들고 올터이니 / 눈물 흘닌 이 離別이 깃분 마지 되리로다 / 淫風暴雨 甚혼 이 쌔 부듸부듸 잘 잇거라 / 훗날 다시 맛나 보쟈 나의 ᄉ랑 韓半島야[14]

3연에서 작가는 자신이 '太平洋과 大西洋을 건널 때도 있고, 시베리아와 滿洲를 다닐 때도 있을 것이다'라고 하면서, '浮萍 같이 어느 곳에 가 있던지' 한반도를 생각할 것이라고 했다. 4연에서는 지금 한반도를 떠나지만 다시 만날 때는 독립기를 들고 만날 것이라고 하면서 훗날을 기약했다. "간다 간다 나는 간다 너를 두고 나는 간다"에서 작가가 반복적으로 상기하고 있는 점은 한반도를 떠나는 이유가 역설적이게도 한반도를 사랑하기 때문이라는 것이다. 이와 같이 망

---

14 강명관·고미숙 편, 『근대계몽기 시가 자료집 3』(성균관대학교 대동문화연구원, 2000), 319-320쪽.

명객은 해외에서 떠돌 것을 비장하게 결심했으며, 그들의 의식 속에는 오로지 사랑하는 한반도가 있었다. 여기서 만주는 부평 같이 떠도는 어느 한 나라의 하나로 나타난다. 그리하여 '만주, 배회, 해외'가 '한반도, 안주, 고국'과 의미적으로 대비되어 있다.

> ① 속졀업시 싱각ᄒ니 檀公上策 一走字라 / 南走越에 北走胡에 四面八方 살펴보니 / 그리ᄒ도 난은곳디 長白山下 西間島라 / 檀祖當年 開國處오 句麗太祖 創業地라

> ② 鳳凰城과 吉林省에 從某至某 다다르니 / 雨萍風絮 根着입시 안는 곳디 ᄂᆡ딥이라 / --- / 廓淸區宇 하온후에 自由種을 울니치며 / 오던 길로 도라셔셔 凱歌하며 춤을추니 / 二千萬人 歡迎소리 地中人도 起舞한덧 / 宇宙에 빗치나고 日月이 開朗한덧

위는 내앞김씨 문중의 만주망명과 독립운동을 주도한 김대락이 쓴 〈분통가〉의 구절이다. ①에서 김대락은 해외망명을 결심하고 난 후 갈 곳을 생각하니 그래도 나은 곳이 백두산 아래 서간도였다고 했다. 이곳은 단군이 개국하고 고구려가 창업한 우리의 옛 터이기 때문이라는 것인데, 앞서 살펴본 이상룡의 것과 같은 견해이다. ②에서 김대락은 만주의 자신을 비바람에 떠도는 부평초와 버드나무꽃 [雨萍風絮]으로 비유했다. 그래서 뿌리를 내릴 것도 없이 앉는 곳이 자기 집이라고 했다. 그리고 가사의 말미에서 김대락은 일제를 물리치고 개선하는 광경을 꿈꾸었다. 독립하는 그 날에 자유종을 울리면

331

서 "오던길로 도라셔셔" 돌아갈 때 이천만의 환영 소리가 울려 퍼진다고 했다. 작품의 전편을 통해 김대락은 자신이 비록 노구의 몸이지만 오로지 조국의 독립만을 생각하며 만주에서 떠돌 것이며, 만주에 들어온 청년들에게도 그렇게 하기를 역설하고 있다. 여기서 만주는 한민족의 옛터로 나타난다. 그리하여 '만주, 투쟁, 옛터'가 '한반도, 자유, 고국'과 의미적으로 대비되어 있다.

3. 망명자의 만주

1) 독립의 꿈이 떠도는 장소

만주망명가사의 여성 작가들은 남성 독립운동가를 따라 만주에 동반 망명한 것이었다. 그렇다고 해서 그들의 독립운동의식이 동반한 남성보다 못한 것은 아니었다. 작가들은 모두 조국이 독립되어 고국의 육친을 다시 볼 수 있기를 간절히 희구하고 있다. 조국의 독립이 없다면 고국으로 돌아가지 못한다는 사실을 내면화하고 있었기 때문에 나온 표현이라서 이러한 희구에는 비장함이 들어 있다.

> 어딜ㄹ들 븐겨줄가 어딜ㄹ들 오ㄹ홀가 / ㄱ는고시 늬집이요 ㄱ는고시 늬ㅼ 이ㄹ / --- / 어느띠ㄴ 고향갈ㅋ 주군고혼 고향갈ㅋ / ㅋ막ㅋ치 밥이될ㅋ 어너짐승 밥이될ㅋ 〈신세타령〉

　위는 독립운동가 윤희순이 쓴 가사이다. 위에서 윤희순은 만주에서 어딜 가든지 반겨주는 사람은 없지만 가는 곳이 내 집이고 내 땅이라고 했다. 그런 떠돌이 생활이 서러워 제목도 〈신세타령〉이라 했다. 그런 작가가 오직 바라고 있는 것은 독립된 고국에 돌아가는 것뿐이었다. 그러나 작가는 고향에 돌아갈 날이 어느 때가 될 지 몰랐다. '죽은 고혼이 되어 고향에 돌아갈지, 죽어서 까막까치나 짐승의 밥이나 될지'에 생각이 미치게 되면 살아서는 고국에 돌아가지 못할 것을 예감하는 슬픔과 비장함이 드러난다. 오로지 독립된 고국에 돌아가기를 꿈꾸며 만주를 떠도는 작가의 모습이 잘 드러나고 있다.

> 화려강산 한반도야 오날날 이별ᄒ면 / 언졔다시 맛ᄂ볼고 부듸부듸 잘잇거라 / 오날우리 ᄯ나갈쎡 쳐량하게 이별ᄒ나 / 이후다시 상봉할쎡 틱평가로 맛나리라 / ---(중략)--- / 쥬츌만령 되는몸이 / 어듸을 못 가사리 동화현이 죠타ᄒ니 / 그리로 가봅시다 마츠을 ᄌ바타고 / 동화현을 ᄎᄌ오니 십이기 셩에 / 물화 번셩ᄒ다 이곳셔 일쥬연을 / 지ᄂ고 ᄯ또반ᄒ야 유하현 쥬짓갈을 / ᄎᄌ가니 졔일죠흔 낙지로다 / 우리민족 쾌히 살만한 곳지로다 / 불힝즁 다힝이 안인가 　　　　〈원별가라〉

　위는 〈원별가라〉에서 고국을 이별하는 부분과 만주 생활을 서술한 부분이다. 작가는 고국땅을 떠나면서 한반도를 향해 오늘 이별하면 언제 다시 만나볼 수 있겠느냐며 비장함에 빠지고 있다. 그러한 비장함은 한반도에게 '부디부디' 잘 있으라는 발언으로 이어졌다. 그리고 다시 상봉할 때는 지금의 '이별가'가 아닌 '태평가'를 부르면서 만나자고 했다. 조국의 독립이 있는 그날에나 한반도에 다시 돌아올 수 있을 것임을 분명히 하고 있는 것이다.

중략 이후의 서술은 작가의 만주생활을 읊은 것이다. 통화현으로 이주할 때 "어듸을 못가사리"라고 서술한 데서 떠돌이 생활에 이골이 난 작가의 면모를 잘 알 수 있다. 그리고 유하현에 도착해서 살만하다고 여기고 "불힝즁 다힝이 안인가"라고 자신을 위로하는 서술에서는 떠돌이의 구차한 삶이지만 살아 돌아다니는 것만으로도 위안을 삼는 작가의 심정을 잘 알 수 있다. 이렇게 만주망명가사의 작가들은 만주의 이곳저곳을 떠돌며 생활했는데, 독립운동가와 마찬가지로 나라의 독립에 대한 의지와 희망을 간직하고서였다.

그런데 작가들은 만주의 경치, 풍속, 문물, 사람 등에는 거의 주의를 기울이지 않았다. 처음 만주에 도착해서도 만주의 산하나 사람들에 대해서 전혀 관심을 주지 않아 여행 견문적 성격의 서술을 거의 남기지 않았다. 그리고 작가들은 중국에서 생활했음에도 불구하고 모든 작품에서 중국인에 시선이 가 있는 부분이 드러나지 않았다. 위에서 인용한 〈원별가라〉의 구절에서도 '동화현'에 대해 "물화 번성ᄒ다"라는 언급 정도만 간단히 있을 뿐이다.

한편 작가들은 살림을 도맡아야 했던 여성이었기 때문에 구체적인 일상생활이 작품에 수용되는 것이 어쩌면 자연스러운 일이었을 것이다. 그러나 작품 안에는 만주에서 살아갔던 일상적인 삶의 모습이 거의 드러나지 않았다. 구체적인 일상생활의 면모는 〈간운사〉에서 조금 보이기만 하고[15], 대부분의 작품에서는 생활한 지명이나 그곳의 추위를 서술하는 정도에 그치고 있다.

　이렇게 만주망명가사의 작가들은 만주에 들어가 살고 있었음에
도 불구하고 만주의 산하 및 중국인에 대한 시선이 거의 없고, 일상
생활의 구체적 경험을 거의 서술하지 않고 있다는 특징을 드러낸다.

　여성 작가들이 만주라는 이국에 대해 시선을 두지 않고, 이국에서
의 일상생활을 거의 서술하지 않은 이유[16]는 무엇일까. 그 이유로는
첫째, 작가들이 뜻하지 않게 준비도 없이 만주로 이주하게 되어 여
행의 시각으로 만주를 들여다볼 여유가 없었다는 점을 들 수 있다.
그리고 둘째, 여성 작가들의 만주 생활이 신한민촌의 교포사회에 한
정되어 있었다는 점을 들 수 있다.

　하지만 이 두 가지 이유보다 더 중요한 이유로는 셋째, 여성 작가들

15　"중국의 명순대천 / 횟두른 구경ᄒᄉ 경치도 웅장ᄒ고 / 물순도 풍부ᄒᄉ 어와 우
습도다 / 이몸이 엇지ᄒ여 타국인와 구ᄂ거시 / 고이ᄒ고 이상ᄒ니 비희상반 ᄒ계
구나 / 빅여리식 보힝ᄒ나 ᄌ역이 강강ᄒ니 / 이들ᄯᅩ한 천운인가"라 하여 하루에
백여리 씩이나 걷는 일상이 나타난다. "일등명순 ᄌ진들은 동동촉촉 효순ᄒ고 / 명
문숙여 나의효부 입문지초 그긔로다 / 산슈두고 자을짓고 결계두고 글을지어 / 심
심홀적 을펴내여 잠견으로 위로ᄒ니 / 존중ᄒ신 노군ᄌᄂ 시ᄭ럽다 증을내고 / 긔
화보벽 손아들은 노리한다 조롱ᄒ니 / 단인ᄒ던 내마음이 취광거인 되엇구나"라
하여 가사를 짓는 일상이 나타나기도 했다.

16　우선 뜻하지 않은 만주 이주로 생활고와 추위, 일경의 감시 등을 극복해야 하는 스
트레스를 생각할 수 있다. 대다수 여성 작가들은 제대로 갖춰지지 않은 세간을 가
지고 감시를 피해 만주로 여행하고 만주에서 살림을 꾸려야 했다. 이러한 부담 속
에서는 여행의 시각으로 만주를 들여다볼 겨를이 없었다고 할 수 있다. 다음으로
여성 작가들의 생활이 신한민촌의 교포사회에 한정되어 있었다는 점을 생각할 수
있다. "만약 이 곳에 살고자 한다면 마땅히 말을 배우는 것을 제일 중요한 일로 삼
아야 할 것이다."(안동독립운동기념관 편, 『국역 석주유고 하』, 《西徙錄》, 앞의 책,
42쪽)라고 하여 이상룡과 같은 지도자는 현지 중국인과의 상대를 위해 중국말도
배우고, 중국 각지를 여행하는 일도 많았다. 반면에 대부분의 동반 망명 여성들은
가족과 함께 동포사회 안에서만 남성들의 뒷바라지를 하면서 생활해야 했다. 만
주로 경황 없이 들어왔고, 들어온 이후에도 만주 산하나 중국인을 제대로 접할 기
회가 없었다고 할 수 있다.

이 지닌 조국 독립에 대한 중압감이 너무나 컸다는 점을 들 수 있다. 여성 작가들은 생전 처음 고향을 떠나온 것이었다. 오로지 조국의 독립을 위해 조국을 버리고 비장하게 만주로 들어온 터라 독립운동의 책임감에 남성 못지 않게 짓눌려 있었던 것으로 보인다. 독립운동 의식이 너무나 철두철미하게 이데올로기화하여 가슴에 새겨질 경우 세계를 바라보는 태도가 경직될 수 있다. 오로지 조국의 독립을 위해 온 만주이기에 만주를 여행의 시각으로 바라보는 것은 사치이며 용납할 수 없는 일이었을 것이다. 이러한 경직성으로 인하여 여행 견문이나 구체적인 일상생활의 서술이 차단되었던 것이라고 할 수 있다.

이렇게 만주망명가사의 작가들에게 만주의 장소성은 일상생활의 구체성이 배제된 장소, 즉 한반도의 독립을 위한 장소로만 부각되어 나타난다. 작가들은 나라의 독립이 되지 않는 한 만주를 떠돌 예정이었다. 그런 의미에서 만주를 떠도는 작가 자신은 자신이 한반도에서 뿌리고 와 한반도로 다시 돌아올 수밖에 없는 운명을 지닌 부메랑이었다. 그 부메랑이 동력이 다하거나 외부 충격이 가해져 만주의 어느 언덕에 추락해 스러질지도 몰랐다. 그러나 떠도는 부메랑은 자신이 던져진 한반도로 다시 돌아오기를 꿈꾸었다. 그리고 부메랑의 운명은 아무도 몰랐다. 이렇게 작가들에게 만주는 독립된 한반도로 돌아오기를 꿈꾸며 떠도는 부메랑의 장소였다.

2) 기회의 장소

젊은 여성들에게 만주는 기회의 땅이기도 했다. 망명 당시 20대

초반이었던 〈위모사〉와 〈원별가라〉의 작가는 만주로 가는 과정에서 일개 여성에서 독립운동가로 그 정체성의 변화를 보여준다. 이들은 출발에서부터 만주를 대하는 태도가 여타 작가와 다른 점을 보였다.

> ① 하물며 셔간도로 단군이 긔긔ᄒᆞ신 / 우리나라 옛터이라 강산은 화도갓고 / 긔후도 적당한듸 즁고의 쇠약ᄒᆡ셔 / 빅두산 이셔지로 지라예 샤양ᄒᆞ고 / 인물이 미벽ᄒᆡ셔 풍속이 야미ᄒᆞ니 / 쳐음으로 듯난사람 귀셜고 싱슈ᄒᆞ나   〈위모사〉

> ② 죠흔구쳐 잇스니 엇졀난가 / ᄂᆡ말ᄃᆡ로 힝할난가 은밀이 하는말이 / 쳥국에 만쥬란 ᄯᅡᆼ은 세계 유명한 ᄯᅡᆼ이요 / 인심이 슌후하고 물화가 풍죡하고 / 사람살기 죳타ᄒᆞ니 그리로 가자ᄒᆞᄂᆡ
>   〈원별가라〉

①에서 작가는 서간도가 단군이 나라를 연 우리의 옛 터인데, 중고에 백두산 이셔지를 중국에 사양했던 곳이라고 하여 서간도에 관한 이상룡 및 김대락의 견해를 이었다. 그런데 작가는 서간도에 관해 부연 설명을 덧붙였다. 서간도의 강산이 그림 같으며 기후도 적당한 곳인데, 사는 사람들이 깨우치지를 못하여 풍속이 野昧하여 처음 듣는 사람들은 생소하게 느낄 것이라고 했다. 작가가 서간도를 가능하면 좋게 생각하고자 했던 것을 알 수 있다. 서간도를 좋게 생각하고자 한 것은 ②에서도 나온다. 만주가 세계에서 유명한 땅으로 인심이 淳厚하고 물화가 풍족하여 사람이 살기 좋다는 것이다. 이것은 작가

의 남편이 만주로 가자고 작가를 꾀이면서 한 말로서 아내가 좋아할 만한 수준으로 윤색하여 서간도를 말한 것이다.

그런데 사실 〈원별가라〉의 작가가 서간도로 따라 나선 것은 살기 좋다는 남편의 말에 혹해서가 아니었다. 작가는 무의식적으로 서간도가 살기 힘든 곳이지만 이왕 가야하는 곳이라면 가능하면 좋은 곳이라는 인식을 자신에게 심어줄 필요가 있었다. 그리하여 남편의 말을 빌어 그것을 서술한 것이라고 할 수 있다. 이와 같이 두 가사 작품에서 여성 작가들은 가능하면 만주를 좋은 곳으로 애써 인식하고자 했음을 알 수 있다. 이들의 만주행은 남성의 결정에 따른 동반 망명이었다. 하지만 이와 같이 이들이 망명에 임하는 자세는 수동적인 것이 아니라 적극적인 것이었음을 알 수 있다.

특히 만주를 대하는 태도에 있어서 가장 적극적인 양상을 보이고 있는 작품은 〈위모사〉이다. 〈위모사〉에서 작가는 친정어머니에게 서간도로 가는 이유를 네 가지나 들고 있는데, 그 중 한 가지가 남녀평등론이다. 작가는 당차게도 이제는 시대가 바뀌어 여성도 자유롭게 여행할 수 있고, "지분딕로 사업"을 함에 있어서 "남여가 다르"지 않다는 것[17]을 주장했다. 작가는 당대 개화사상의 하나로 급부상했던

---

17 "하물며 신평심이 / 남녀가 평등딕니 심규인 부인네도 / 금을 버셔불고 이목구비 남과갓고 / 지각경뉸 마챵인딕 직분딕로 사업이야 / 남여가 다르기소 극분할사 이 젼풍속 / 부인닉 일평싱은 션악을 물논ᄒ고 / 압직밧고 구속ᄒ미 젼즁살이 그안니요 / 사룸으로 삼겨나셔 흥낙이 무어시오 / 세계을 살펴보니 눈ᄉ구역이 변젹ᄒ고 / 별별이리 다잇구나 구라파 주열강국 / 예여도 만흘시고 법국이 나란부인 / 딕쟝긔을 압셰우고 독입젼칭 성공ᄒ고 / ○○○○ ○○○○ ○○의 집을써나 / 동셔양 뉴롬ᄒ고 딕학교이 졸립ᄒ서 / 쳔한월겁 봉식하니 여학교을 살펴보면 / 긔졀한 직화들이 남즈보다 ○○○○ / ○○○○ ○○이야 말홀긋도 업지마ᄂ / 발고발근 이세샹이 부인예로 싱겨나셔 / 이젼풍속 직히다가 무ᄉ죄로 고샹할고"

남녀평등론이 구호적 선언에 불과하다는 생각을 추호도 지니지 않았던 것으로 보인다. 남녀평등론을 맹목적으로 수용한 작가는 만주에 도착하면 자신도 독립운동 사회에 참여할 수 있다고 확신했던 듯하다. 작가는 만주망명객으로서 남성과 마찬가지로 조국의 독립에 헌신할 기회가 올 것이라고 생각했다. 이렇게 작가에게 만주는 남성과 마찬가지로 사회에 참여할 수 있는 기회의 장소로 다가온 것이다.

작가는 이후의 서술에서 독립운동 사회에 편입된 한 독립운동가로서 당당하게 자신의 목소리를 내고 있다. 고국을 떠나며 부른 이별가에서 먼저 부모님께 만수무강을 축원한 다음, 동기친척에게는 자제를 교육하여 조국정신을 배양시킬 것을, 동포들에게는 신문물을 흡수하고 자제들을 교육시킬 것을 권고했다. 그리고 "산아산아", "물아물아", 그리고 "초목금슈"를 하나 하나 부르면서 본색을 잃지 말고 있다가 "우리환국 ᄒᄂᆞᆫ날"에 환영하라고도 했다. 만주에 도착하면서 벌써 독립운동가로서의 정체성을 지니고 당당하게 구성원들을 향해 자신의 견해를 피력하고 있는 것이다.

고국고향 이별ᄒᆞ고 허위허위 가서보ᄉᆡ / 경부션 즙아타고 남ᄃᆡ문이 졍긔ᄒᆞ여 / 한양도셩 구경ᄒᆞ니 오ᄇᆡᆨ년 ᄉᆞ직종묘 / 예의동방 우리나라 본면목은 어ᄃᆡ가고 / 호빈작쥬 어인일고 견화줄 젼긔등은 / 쳔지가 휘황ᄒᆞ고 ᄌᆞ힝거 ᄌᆞ동ᄎᆞᄂᆞᆫ / 이목이 현요ᄒᆞ고 삼층양옥 각국젼방 / 물희지슨 능ᄂᆞᆫ ᄒᆞ다 굼난거ᄉᆞᆫ 우리ᄇᆡᆨ셩 / 쥭난거ᄉᆞᆫ 우리동포 가난거신 우리동ᅙᆡᆼ / ᄂᆡ비록 녀ᄌᆞ라도 이지경을 살펴보니 / 철셕갓한 간쟝이도 눈물이 졀노난다 / ---(중략)--- / 이다음 슌풍부러 환고국 하올젹이 / 그리

든 부모동싱 악슈샹환 할거시이 / 니밧게 다못할말 원근간 붕우님닉 /
닉입만 처다보소 독닙연회 게설ᄒ고 / 일쟝연셜 하오리라 ᄉᆞᆺ

    작가는 고국 고향을 이별하고 '허위허위' 만주로 가자고 했다. 작가의 이전 서술이 있어서인지 몰라도 작가가 만주로 어서 가고 싶어 한다는 느낌이 든다. 경의선을 갈아 타기 위해 서울에 도착한 작가는 서울의 화려한 문물에 놀라움을 감추지 못했다. 그리고 '굶는 것은 우리 백성이고 떠나가는 것은 우리 동행'이라고 절규하며 일제의 강점 현실을 통찰하며 감회에 젖었다. 그러다가 작가는 '자신이 비록 여자라도 이 지경을 당하고 보니 철석 같은 간장에도 눈물이 절로 난다'고 했다. 자신이 비록 여성이지만 '철석 같은 간장'을 지니고 만주로 가고 있다는 작가의 자세가 드러난다. 중략 이후 부분은 가사의 마지막 서술이다. '이 다음에 순풍이 불어 환고국한다면 그리던 부모와 동생을 만나볼 수 있을 것이라'고 했다. 그리고 붕우님네를 부르면서 '연회를 개설하고 일장 연설'을 할 것이니 '자기 입만 처다보'라고 끝을 맺었다.

    이와 같이 〈위모사〉에는 작가의 독립운동사회에 편입하고자 하는 욕망, 결연한 자세, 지도자적 역량 등이 잘 드러나고 있다. 실제로 이후 작가에게 독립운동가 내지 지도자로서 동포사회에 참여할 수 있는 기회가 보장되었는지는 의문이다. 하지만 작가에게 만주가 사회에 참여할 수 있는 기회의 장소로 다가왔던 것만은 분명하다.

4. 망명인을 둔 고국인의 만주

1) 가신 뜻이 머무는 숭고한 장소

'만주망명인을 둔 고국인의 가사'는 만주로 간 남편, 아들, 친정 식구, 부친을 기다리며 그들을 사무치게 그리워하는 서정의 세계를 중점적으로 서술했다. 작가들에게 만주는 그리는 육친이 가 있는 곳으로서 특별한 의미를 지녔다. 그리하여 작가의 몸은 고향집에 있었지만 그들의 의식은 언제나 만주를 지향하고 있었다.

> 철석난망 너늬위 셔간도가 무순일고 / 삼쳘이 멀고먼길 몃쳘이느 가즈말고 / 오랑키 스는곳의 인것은 조슈갓고 / 풍셜이 혹독ᄒ니 츕긔는 오죽ᄒ며 / 셔국밥 강낭쥭은 연명은 어이ᄒ노 / 산쳔은 적막ᄒ고 풍속은 싱소한듸   〈송교행〉

〈송교행〉의 작가는 서간도로 떠나는 딸을 걱정했다. 삼천리 머나먼 길을 가는 것에서부터 만주에 도착해 생활해나가는 것까지 모든 것에 대해 여간 걱정이 되는 것이 아니었다. 그곳에 사는 사람들이 짐승 같이 사나울 것같고, 추위가 매서우며, 쌀이 없는 곳이라 서국밥과 강낭죽으로 연명해야 하며, 허허벌판인데다가 풍속조차 생소하여 딸이 어찌 살지 걱정이었다. 작가는 딸을 생각하는 어머니의 시선으로 먹고 사는 일상적 생활과 관련하여 서간도를 바라보았다.

이러한 작가의 시선은 당대 일반인의 서간도에 대한 사회적 통념을 그대로 반영하는 것이기도 하다.

그런데 〈송교행〉의 작가 외에 나머지 작가들은 만주에 대한 이러한 통념적 사고를 가사에 적지 않았다. 다만 만주는 "만슈청산 멀고 먼듸〈답사친가〉", "海外萬里, 北寒天 不毛之地〈감회가〉", "쳔의변방〈별한가〉", "말리타국〈사친가〉" 등과 같이 추상적이고 관념적인 용어로 표현되었을 뿐이다. 이렇게 만주에 대한 추상적·관념적 표현은 작가들이 서간도에 관한 사회적 통념을 모르고 있었던 데에서, 혹은 만주에 한 번도 가보지 못한 데에서 기인한 것으로 볼 수는 없다. 작가들에게 만주는 큰 뜻을 지닌 육친이 가 있는 곳이었기 때문에 감히 만주를 일상적인 생활공간으로 인식하려 하지 않았던 데에 기인한다고 할 수 있다.

> 장하신 우리야야 큰뜻은 품어시고 / 북으로 압녹강을 훌훌니 건너시니 / 당신의 가신뜻과 가신곳 어대런가 / 만사를 쩔치시고 즁원의 너른산하 / 포부를 펼치시려 협소한 죠선강산 / 뒤이두고 가셧건만
>
> 〈사친가〉

위에서 〈사친가〉의 작가는 '장하신' 부친이 '큰 뜻을 품으시고' 만주로 건너갔다고 했다. 그리고 '당신이 가신 뜻과 가신 곳이 어디인가'라고 반문하며 뜻과 만주를 연결하여 말했다. 작가에게 만주는 부친이 독립운동이라는 큰 뜻을 가지고 간 곳이었다. 그리하여 중원의 넓은 산하에서 포부를 펼치기 위해 협소한 조선강산을 뒤에 두고

가셨다는 표현까지 나올 수 있었다. 이렇게 작가에게 만주는 부친의 '뜻이 머무는 숭고한 곳'이었다.

〈답사친가〉에서 작가는 조부가 "위국편심"을, 그리고 부친은 "위국정친"을 지녔다고 했다. 그리하여 작가는 두 분이 간 만주를 소부·허유 및 백이·숙제가 간 기산, 영수, 수양산으로 비유했다[18]. 〈감회가〉에서도 작가는 남편을 "魯仲連을 欽慕"하여 "血淚뿌"린 "英雄"[19]으로 생각했다. 그리하여 작가는 만주는 그런 남편이 "依託"해 있는 곳이었다. 〈단심곡〉에서 작가는 남편을 "쮜여난 포부지화"를 지닌 사람으로 보았다. 그리하여 작가에게 만주는 그런 남편이 가 있는 곳이었다. 이렇게 '만주망명인을 둔 고국인의 가사'에서 만주는 작가가 그리워하고 존경하는 남편, 아들, 부친, 조부 등이 독립운동을 하고 있었기 때문에 '가신 뜻이 머무는 숭고한 장소'의 의미를 지니는 것이었다.

2) 가고 싶은 장소

만주망명인을 둔 고국인인 작가들은 육친의 생환고국을 가장 염원했다. 하지만 그들이 쉽게 돌아오지 못할 것도 잘 알고 있었다. 작가들은 육친을 사무치게 그리워하며 그 서정을 가사의 전편을 통해 거듭거듭 표현했다. 그런데 작가들은 가사 속의 서정을 통해 만주의

---

18 "안이로다 이힘차난 / 기산영슈 괴씨슴과 슈양산 치미가알 / 우리父母 효측ᄒᆞ여 三角山아 다시보자 / 堂闕三拜 통곡ᄒᆞ니 日月도 無光ᄒᆞ고 / 山川도 장읍ᄒᆞ니"
19 "當時에 英雄없어 輔國安民 할길없어 / 속절없이 血淚뿌려 魯仲連을 欽慕하니 / 海外萬里 依託하여"

육친이 하루 빨리 돌아오기를 간절히 기원할 수도 있었다. 그러나
그 수많은 '그리움과 한탄'의 서정 속에서도 육친의 환고국을 염원
한 경우는 극히 일부분에서만 드러난다. 대신 대부분의 작가는 육친
이 고국으로 돌아오기를 기원하기보다는 자신들이 만주로 가서 육
친을 만나보기를 소원했다.

그리하여 작가들은 가사에서 '학이 되어 가고 싶다', '학이 되어 날
아가고 싶지만 날개가 없어 못간다', '명월이 되어 보고 싶다', '바람
이 되어 보고 싶다', '꿈에서나마 보고 싶다', '운산을 넘고 넘어 하수
를 건너건너 님을 찾아 가고 싶다' 등과 같은 관습적인 표현을 거듭
해서 서술함으로써 만주의 육친과 상봉하기를 원했다.

> 하일 하시에 기려기 줄을이어 / 소식이나 아라볼고 천슈만한 이닉
> 회포 / 몽혼이나 가고져라 부모슬하 가고져라 / 자손지명 다가면서 나
> 난엇지 못가난고 / 지졍친쳑 다가면서 나난엇지 못가난고 / 연아쳑당
> 다가면서 나난엇지 못가난고 / 닉모양 닉우름을 오싴단쳥 진케그려 /
> 일족화폭 만드려셔 부모임젼 보나고져 / ---(중략)--- / 우리존구 자의
> 시로 / 허물을 용서ᄒ사 놉고넙히 훈계ᄒ되 / 우지말고 밥먹어라 온야
> 온야 나도간다 / 닉아모리 연류ᄒ되 부지사회 하련만은 / 션딕은혜 싱
> 각ᄒ니 일월졍충 우리션죠 / 문츙공에 후손으로 셰셰상젼 국녹지신 /
> 되엿다가 가통지원 이세상에 / 영웅지긔 업ㅇ스ㅇ 보국안민 간장업고
> / 보고듯난 쵹쳐마다 졀치부심 하여셔라 / 죠죠에 삼십육게 쥬의상칙
> 쏀을바다 / 삼연효도 탈상후ㅇ 가난이라 가난이라 / 피난길노 가난이
> 라   〈답사친가〉

〈답사친가〉에서 작가는 날아가는 기러기에게 부모의 소식이나 알아볼까 하다가 다시 꿈에나 부모가 계신 만주에 가고 싶다고 했다. 급기야 작가는 "자손지명, 지정친척, 연아척당" 등을 세 번이나 반복해 거론하면서 친척들의 만주행을 읊었다. 이어서 이렇게 친정 식구들은 모두 만주로 가는데, 자신은 왜 못가는 지를 읊었다. 마치 자신이 만주로 가지 못하는 이유를 이해할 수 없다는 투여서 만주에 가고 싶어 하는 작가의 처절함과 간절함을 느낄 수 있다.

중략 이후의 부분은 친정 식구를 이별하고 낙담하는 며느리에게 그 시아버지가 한 발언이다. '울지 말고 밥 먹어라, 오냐 오냐 나도 간다'고 하면서 자신도 만주로 가겠노라는 것이다[20]. 이때 시아버지는 상중이었기 때문에 삼년 탈상의 기간이 필요했던 것이다. 이러한 시아버지의 발언에서 사정상 망명 대열에 합류하지 못한 사람들 중에는 언젠가는 자신도 만주에 가야한다는 책임의식을 지니고 있었던 사람들이 많았음을 알 수 있다.

① 북쳔을 쳑망하니 산박게 산이잇고 / 물건너 쏘물이라 져산을 넘어가면 / 기산도 잇스리라 져물을 건너가면 / 영수도 잇스리라 기산영수 차자가셔 / 소부허유 만나보고 우리야야 놉흔자최 / 반드시 아련마는 이들다 여자행지 / 일보가 극난하니 기산을 갈거시냐

〈사친가〉

---

20 〈송교행〉에서도 작가는 딸에게 만주가 살기 좋다고 하면 자신도 가겠노라고 말하는 부분이 나온다. "그곳소문 드러보고 싱이가 죳타하면 / 우리역시 갈것시이 낙토가 아니되고 / 고국이 무스흐면 너익너의 볼것이니"

② 규중을 썰쳐나셔 남복을 기착ㅎ고 / 일쳑챵마 치을쳐서 운산을 넘고넘고 / 하슈을 건너건너 님을ㅊㅈ 닉가가셔 / 쳔슈만슈 미친원 망 낫낫치 풀어볼가 〈단심곡〉

③ 애들 此身이여 女化僞男하야 / 不遠千里 빨리가서 이情懷를 풀렸마는 / 속절없난 長恨일다 遺恨遺恨 나의遺恨 / 어서죽어 後生가서 丈夫身이 못되거든 / 버금이 될지라도 숙웅이 되오리라 〈감회가〉

①에서 작가는 부친의 높은 뜻을 소부와 허유에 비유했다. 그리하여 북쪽 산을 넘고 또 넘으면 기산과 영수가 있을 터이니 그곳에서 부친의 높은 자취를 알고 싶다고 했다. 부친이 계신 만주로 가고 싶은 마음을 이렇게 표현한 것이다. 그러나 자신은 여자이기 때문에 일보도 나설 수 없는 처지여서 기산을 갈 수 없다고 했다. 만주에 있는 부친을 보러 가지 못하는 것이 시댁에 매인 여성의 처지 때문인 것을 인식하고 있는 것이다.

②에서 작가는 규중을 떨쳐나 차라리 남복을 하고 산을 넘고 물을 건너 만주에 있는 남편을 만나 맺힌 원망을 풀어 보고 싶다고 했다. 당시에는 여성이 홀로 여행하는 데 한계가 있었으므로 남복을 하고 간다면 어떨까 하고 생각해본 것이다. 작가는 그 만큼 남편이 있는 만주에 가고 싶은 마음이 간절했다고 할 수 있다.

만주에 가고 싶다는 욕망은 남복의 충동으로까지 치달았지만 여기서 더 나아가 ③에서는 남자가 되고 싶다는 쪽으로 생각이 미치게 되었다. 작가는 남자가 될 수만 있다면 불원천리하고 만주까지 가서 남편과 아들을 볼 수 있으련만 하고 생각했다. 그러나 이것은 속절없는 생각에 불과함을 곧 깨닫게 된다. 그리하여 작가는 차라리 어서 죽어서 후생에라도 남자로 태어났으면 좋겠다는 쪽으로 생각을 선회하고 말았다. 만주에 가고 싶은 마음이 그만큼 간절했음을 알 수 있다.

이렇게 '만주망명인을 둔 고국인의 가사'에서 여성 작가들은 만주에 가서 돌아오지 않는 육친을 그리워하면서 그들이 있는 만주로 간절히 가고 싶어 했다. 만주에 가고 싶은 마음은 규중에 갇힌 여성의 처지에 대한 한탄과 연결된 것이었다. 만주에 가고 싶다는 욕망과 여성의 처지에 대한 한탄은 동전의 양면과 같은 것이었다. 이렇게 작가들에게 만주는 간절히 '가고 싶은 장소'였다.

5. 일제강점기 망명 관련 가사문학과 만주의 장소성

20세기 초 만주는 낯선 민족이 살고 있어 풍속이 생소하고, 허허벌판의 매서운 추위가 맹위를 떨치고, 쌀이 생산되지 않아 먹을 것도 여의치 않은 척박한 곳이었다. 이러한 만주에 대한 생각은 당대 한국인 사이에서 사회적 통념으로 자리하고 있었던 것이었다. 그러나 정치적인 이유로 만주에 이주한 망명객은 만주에 대한 사회적 통념보다는 만주가 지니는 명분이 더욱 중요했다. 그리하여 만주망명객들은 만주를 단군과 고구려로 이어지는 우리의 옛 역사지로 재발견하고 만주에 명분을 부여했다. 그리고 만주에 조국 독립의 새역사를 창조하기 위한 장소라는 장소성을 부여했다. 그리하여 만주망명 애국지사들에게 만주는 독립기를 휘날리며 돌아갈 한반도를 꿈꾸며 떠돌아야만 하는 장소였다. 이들에게 만주는 조국의 미래를 준비하는 역사적 장소였다.

이러한 만주의 장소성은 비단 망명을 주도한 남성 애국지사에게만 수용된 것이 아니었다. 남성과 함께 동반 망명한 여성 작가들은 망명길의 경험을 통해 적극적인 자세로 독립운동 의식을 내면화했다. 그리하여 남성과 함께 만주에 도착한 여성들은 처음으로 만주라는 해외를 구체적으로 경험할 수 있게 되었다. 그리고 이들은 만주에서 고국에서와 마찬가지로 살림을 꾸려나가는 구체적인 일상생활을 영위하게 되었다. 그러나 여성 작가들은 작품 안에 중국의 산하 및 중국인, 일상 생활의 모습 등을 드러내지 않았다. 그리하여 만주로 망명한 여성 작가들에게 만주의 장소성은 일상적인 생활의 구체성을 지닌 개인적 장소로서의 의미는 배제된 채 조국의 미래를 준비하는 숭고한 역사적 장소로서의 의미만이 부각되어 나타났다.

이러한 점은 만주망명인을 둔 여성 작가들에게서도 마찬가지로 나타났다. 만주망명인을 둔 고국인 여성에게 만주는 '큰 뜻을 지닌 육친이 가 있는 곳'이었다. 그리하여 이들에게도 만주의 장소성은 조국 독립의 큰 뜻을 펼치는 숭고한 역사적 장소라는 의미만이 강조되었다.

망명하여 만주에 있는 여성들에게 만주는 비록 처참하게 떠돌지언정 조국의 독립이 없다면 떠날 수 없는 장소였다. 만주망명가사에서 여성 작가들은 끊임없이 고국의 육친을 그리워하며 애끓는 서정을 표현하고 있으면서도 고국으로 가고 싶은 마음을 표현하지는 않았다. 그리고 여성이기 때문에 고국에 가지 못한다는 여성의 처지에 대한 한탄을 서술하지 않았다. 이들은 애초부터 남편과 함께 만주에 있었고, 조국의 독립이 되지 않는 한 고국에 돌아가지 않겠다는 신념을 지니고 있었기 때문에 고국에 가고 싶다는 표현이 있을 수 없었다고 할 수 있다.

반면 만주망명인을 둔 고국의 여성들은 망명한 여성과는 입장이 달랐다. 이들은 한반도의 독립이 없다면 만주에 간 남편 혹은 부친과 재회할 수 있는 가능성이 매우 희박하다는 것을 잘 알고 있었다. 그리하여 이들은 자신이 만주로 가서 육친을 만나는 쪽으로 생각을 돌렸다. 그리하여 만주가 가고 싶어 하는 장소가 되었다. 그런데 가고 싶어도 갈 수가 없는 처지였으므로 여성의 처지에 대한 한탄이 서술되었다. 육친이 독립운동이 아닌 다른 개인적 사정으로 만주에 가 있는 것이었다면, 여성 작가들은 어디에도 갈 수 없는 여성의 처지에 대한 한탄보다는 육친의 조속한 귀향을 바라는 기원을 서술했을 것이다. 이들 여성들은 만주의 장소성을 조국 독립을 준비하는 역사적 장소로 인식했기 때문에 자신이 만주로 가고 싶어 했다고 할 수 있다.

만주를 일상적 공간이 아닌 역사적 장소로 인식한 일부 젊은 망명 여성은 만주를 역사, 사회에 참여할 수 있는 기회의 장소로 인식하기도 했다. 두 젊은 여성은 일상적 공간이었다면 불가능했던 사회 참여의 기회가 만주라는 역사적 공간에서는 가능할 수 있다고 믿었다. 이 두 여성 작가는 처음으로 규방을 벗어나 이역만리 만주를 여행하는 경험을 가지게 되었다. 그러면서 두 여성은 스스로 독립운동 사회에 참여하는 자신을 형성해 나갔다. 그런 의미에서 만주는 여성의 활동 영역을 개인적·일상적 차원에서 역사적·사회적 차원의 영역으로 확대시킨 데 결정적인 역할을 담당했다고 할 수 있다. 고국에서는 가능하지 않았던 여성의 확장된 역할이 만주에서는 가능했다고 할 수 있다.

〈위모사〉의 작가가 망명 초창기에 지녔던 사회 참여의 의욕을 이후에 지속적으로 실현화시킬 수 있었는지는 의문이다[21]. 그런데 윤희순의 경우는 1920년대 조선독립단의 지도자로 활동하는 등 독립운동 사회에서 중요한 역할을 담당했다. 이 외에도 만주에서 활동한 독립운동가로 인정을 받은 여성이 상당수 있다. 이런 점으로 보아 비상 시국의 상황에서 만주가 여성에게는 일정 정도 사회에 참여할 수 있는 기회의 장소로 작용했던 것만은 분명하다. 이렇게 일제강점기에 만주는 애국지사 집안의 여성에게는 역사적 장소이자 기회의 장소이기도 했다.

6. │ 맺음말

만주망명 관련 가사문학의 여성 작가들은 애국지사 문중의 일원으로 매우 특수한 집단이었다. 이들은 향촌사회나 만주교포사회에

---

21 실제로 〈위모사〉의 작가 이호성은 만주에 간지 얼마 되지 않아 안동으로 돌아왔다. 이어 1941년 경에 다시 만주 안동현으로 온가족이 들어갔지만, 다시 해방 직전에 내앞마을로 돌아왔다. 아마도 작가는 초창기에 지닌 사회참여 의욕을 지속적이고 순탄하게 발현시킬 수 없었던 것이 아닌가 생각된다. 고순희, 「만주 망명 여성의 가사 〈위모사〉 연구」, 앞의 글, 34-35쪽.

서 지도자적 위상을 점하고 있던 애국지사의 아내 혹은 모친이었다. 만주에 이주한 초창기 구성원으로서 이들이 만주망명 관련 가사문학을 통해 보여준 만주의 장소성은 일제강점기 초기에 국내외 한국인이 지니고 있었던 만주의 장소성을 전형적으로 반영해준다는 의미가 있다.

한국인에게 만주라는 공간이 지니는 장소성의 변화가 가장 심했던 또다른 역사적 시기가 있다. 만주의 장소성의 변화를 보여주는 또다른 시기는 1945년 전후를 들 수 있다. 해방 직후 조선인의 정체성이 대한민국인, 조선민주주의인민공화국인, 중국의 조선족으로 분화되는 전환기였기 때문이다[22]. 해방 직후 만주에 살던 한국인은 귀국 대열에 합류하여 남한에 들어온 자와 북한으로 들어간 자, 그리고 현지에 남아 현재 중국 조선족을 구성하게 된 자 등으로 나뉘었다. 따라서 만주의 장소성은 망명형, 생활형, 동원형 등과 같은 만주이주자의 성격과 해방 이후의 행보에 따라서 다르게 나타날 수 있다. 이후 만주 이주자의 성격과 해방 이후의 행보에 따른 만주의 장소성 탐색이 보다 세밀하게 이루어지길 기대한다.

---

22 "한국인에게 만주라는 공간은 시기에 따라 매우 다양한 의미로 다가왔다. 의미 변화가 가장 심했던 역사적 시기는 1910년 전후와 1945년 전후일 것이다. 주지하듯이 1910년은 대한제국의 국민에서 일본제국주의의 지배를 받는 망국인으로 전락한 시기이고, 1945년은 조선인의 정체성이 대한민국인, 조선민주주의인민공화국인, 중국의 조선족으로 분화되는 전환기였기 때문이다." 신주백, 앞의 글, 233쪽.

고전 詩·歌·謠의
시학과 활용

참고문헌

[자료]

가람문고본 〈만언ᄉᆞ〉.

가장본, 『曾祖姑詩稿』

강명관·고미숙 편, 『근대계몽기 시가 자료집 3』, 성균관대학교 대동문화연구원, 2000.

구미문화원, 『규방가사집』, 도서출판 대일, 1984.

권영철 편, 『규방가사 1』, 한국정신문화원, 1979.

권영철 편, 『규방가사-신변탄식류』, 효성여대출판부, 1985.

규장각소장, 『百聯抄』

김근수 편, 『한국개화기 시가집』, 태학사, 1985.

김성배 외 편저, 『가사문학전집』, 집문당, 1961.

김씨부인 저, 송창준 번역, 『浩然齋遺稿』, 송용억 발행, 1995.

김학길, 『계몽기 시가집』, 문예출판사, 1995.

독립기념관(http://www.i815.or.kr) 〉 한국독립운동사 정보시스템.

디지털안동문화대전(http://andong.grandculture.net/)

류윤경·조위 등 언해, 『重刊 杜詩諺解』, 이회문화사, 1989.

문경문화원, 『우리 고장의 민요가사집(향토사료 제 10집)』, 문경문화원, 1994.

참고문헌

문화방송, 『한국민요대전2 전라남도 민요 해설집』, 비매품, 1993.

민족문화추진회, 『국역 동문선』, 1968, 1982년 수정 중판.

민족문화추진회, 『국역 동문선Ⅱ 詩』, 고전국역총서 26, 1968.

박요순, 「호연재와 그의 문학유산」, 『浩然齋遺稿』, 송용억 발행, 1995.

백호 임제 저, 신호열·임형택 공역, 『譯註 白湖全集 상』, 창작과 비평사, 1997.

안동독립운동기념관 편, 『국역 백하일기』, 경인문화사, 2011.

안동독립운동기념관 편, 『국역 석주유고 하』, 경인문화사, 2008.

영천시 문화공보실 편, 『규방가사집』, 영천시, 1988.

울진문화원, 『울진민요와 규방가사』, 울진문화원, 2001.

유윤겸, 의침 공역, 『分類杜工部詩諺解』1~권, 홍문각, 1985.

이대준, 『낭송가사집 2』, 한빛, 1995.

이대준, 『낭송가사집』, 세종출판사, 1986.

이대준, 『안동의 가사』, 안동문화원, 1995.

이상보, 『한국가사선집』, 집문당, 1979.

이우성 편, 『(서벽외사해외수일본 15) 운하견문록 외 5종』, 아세아문화사, 1990.

이정옥 편, 『영남내방가사』(전 5권), 국학자료원, 2003.

이창배, 『한국가창대계』, 홍인문화사, 1976.

이화여자대학교 한국어문학연구회, 「내방가사자료-영주·봉화 지역을 중심으로
　　　　한」, 『한국문화연구원논총』 제15집, 이화여대 한국문화연구원, 1970.

임기중 편, 『역대가사문학전집 13』, 여강출판사, 1994.

임기중 편, 『역대가사문학전집 2』, 동서문화원, 1987.

임기중 편, 『역대가사문학전집』48권, 아세아문화사, 1998.

임동권, 『한국민요집Ⅰ』, 집문당, 1961.

정약용저, 송재소 역주, 『茶山詩選』, 창작과 비평사, 1981.

조선문학예술총동맹, 『우리나라 고전 작가들의 미학 견해자료집』, 조선문학예술
　　　　총동맹 출판사, 1964.

최태호, 『교주 내방가사』, 형설출판사, 1980.

홍순석 편, 『岸曙金億全集』3, 한국문화사, 1987.

『遺閑雜錄』

『溪陰漫筆』

『百聯抄解』(동경대학교 소장본), 『국문학연구』제4집, 효성여자대학교, 1973.

『成宗實錄』

『松江全集』

『旬五志』下

『學之光』第拾四號, 태학사, 1983.

Horace Grant Underwood, 『찬양가』(『한국찬송가전집 1권』), 한국교회사문헌연
　　구원, 1991.

[연구논저]

Finnegan, 『Oral Poetry』, New York, Cambridge Univ.Press, 1977.

Horace Grant Underwood, 『韓英文法 한영문법(An Introduction to the Spoken
　　Korean Languages)』, Yokohama, Shanghai, Hongkong, Singapore, Kelly &
　　Walsh, Ltd, 1890.

Ruth Finnegan, 『Oral Poetry』, Cambridge University Press, 1977.

Underwood H,G, 『鮮英文法 션영문법(An Introduction to the Spoken Korean
　　Languages)』, 朝鮮耶蘇教書會, 京城, 1915(1sted. 1890).

Walter J. Ong, 『Orality and Literacy』, Methuen, London and NeW York, 1982.

강명관·고미숙 편, 『근대계몽기 시가 자료집 3』, 성균관대학교 대동문화연구원,
　　2000, 319-320쪽.

강윤정, 「백하 김대락의 민족운동과 그 성격」, 『백하 김대락 선생-추모학술강연회』,
　　안동향교·안동청년유도회, 2008, 27-42쪽.

고순희, 「〈경복궁영건가〉 연구」, 『조선후기 가사문학연구』, 박문사, 2016.

고순희, 「〈경복궁중건승덕가〉와 〈북궐중건가〉의 작품세계와 형식적 변모」, 『조선
　　후기 가사문학연구』, 박문사, 2016.

고순희, 「19세기 중엽 상층사대부의 가사 창작」, 『조선후기 가사문학연구』, 박문
　　사, 2016.

고순희, 「한국전쟁과 가사문학」, 『한국고시가문화연구』제34집, 한국고시가문화
　　학회, 2014, 5-32쪽.

고순희, 『만주망명과 가사문학 연구』, 박문사, 2014.

참고문헌

고순희,『만주망명과 가사문학 자료』, 박문사, 2014.

고영근,「현대국어의 존비법에 대한 연구」,『어학연구』제10권 2호, 서울대학교, 1974.

고영근,「현대국어의 문체법에 대한 연구」,『어학연구』제12권 1호, 서울대학교, 1976.

고정옥,『조선민요연구』, 수선사, 1947.

고혜경,「전통민요 사설의 시적 성격 연구」, 이화여자대학교 박사학위논문, 1990.

구지현,『계미통신사 사행문학 연구』, 보고사, 2006.

권영철,『규방가사각론』, 형설출판사, 1986.

권영철,『규방가사연구』, 이우출판사, 1980.

김건태,「독립·사회운동이 전통 동성촌락에 미친 영향-1910년대 경상도 안동 천
        전리의 사례」,『대동문화연구』제54호, 성균관대학교 대동문화연구원, 2006.

김민수·하동호·고영근 편,『한국문법대계』제2부 제3책, 탑출판사, 1977.

김대행,「가사 양식의 문화적 의미」,『한국시가연구』제3집, 한국시가학회, 1998년.

김대행,「고전시가의 문체」,『국어문체론』, 박갑수 편저, 대한교과서, 1994.

김대행,「옛노래의 문법을 찾아서」,『노래와 시의 세계』, 역락, 1999.

김대행,『한국시가구조연구』, 삼영사, 1976.

김대행,『한국시의 전통연구』, 개문사, 1980.

김동욱,「허강의 서호별곡과 양사언의 미인별곡」,『한국가요의 연구·속』, 이우출
        판사, 1980.

김명희,「난설헌시 선집의 흐름 양상과 번역의 실제」,『국어국문학』127호, 국어국
        문학회, 2000.

김문기,「12가사의 한역양상과 그 의미」,『국어교육연구』제32집, 국어교육학회,
        2000.

김문기,「서민가사에 나타난 토박이말과 표현의 특성」,『한글』제214호, 한글학회,
        1991.

김병국,「가사의 활용과 활성화 방안」,『한국고시가문화연구』제35집, 한국고시가
        문화학회, 2015.

김병철,「찬송가번역사」,『한국근대번역문학사 연구』, 을유문화사, 1975.

김병철,「초기 한국 찬송가가 초기 애국가류에 끼친 영향」,『한국근대번역문학사
        연구』, 을유문화사, 1975.

김석중·백수인,『장흥의 가사문학』, 장흥군, 2004.

김성기, 「사대부 가사에 나타난 우리말의 아름다움」, 『한글』 제214호, 한글학회, 1991.

김성기, 「장흥지역의 가사 연구」, 『한국언어문학』 제35집, 한국언어문학회, 1995.

김시업, 「근대민요 아리랑의 성격 형성」, 『전환기의 동아시아문학』, 창작과비평사, 1985.

김신중·박영주 외, 『가사 : 담양의 가사 기행』, 담양문화원, 2009.

김신중, 「장흥 가사의 특성과 의의-작품현황과 연구동향을 중심으로」, 『고시가연구』 제27집, 한국고기사문학회, 2011, 119-140쪽.

김억, 「漢詩譯에 對하야」, 『안서김억전집 3』, 한국문화사, 1987.

김열규, 『아리랑, …역사여, 겨레여, 소리여』, 조선일보사, 1987.

김옥희, 「슬로시티 철학 구현에 기반을 둔 도시재생 사례 분석을 위한 탐색적 고찰」, 『관광연구논총』 제27권 3호, 한양대학교 관광연구소, 2015.

김용찬, 「상사별곡의 성격과 연행양상」, 『조선후기 시가문학의 지형도』, 보고사, 2002.

김은희, 「담양의 장소성에 대한 일고찰-〈면앙정가〉와 〈성산별곡〉을 중심으로」, 『한국고시가문화연구』 제35집, 2015, 83-117쪽.

김은희, 「상사별곡 연구 – 연행환경의 변화에 주목하여」, 『반교어문연구』 제14집, 반교어문학회, 2002.

김일근, 「가사 거창가」, 『국어국문학』 39·40합병호, 국어국문학회, 1968.

김정화, 「원촌의 규방가사」, 『안동의 원촌마을-선비들의 이상향』, 안동대학교 안동문화연구소 지음, 예문서원, 2011.

김종수, 「삼죽금보 서와 범례」, 『민족음악학』 제19호, 서울대학교 동양음악연구소, 1997.

김종우, 「懶翁과 그의 歌辭에 대한 研究」, 『논문집』 제17집, 부산대학교, 1974.

김준영, 「정읍군민란시여항청요」, 『국어국문학』 29호, 국어국문학회, 1965.

김파, 『중국시의 창작과 번역』, 한국문화사, 1993.

김팔남, 「가사 승가와 한시 삼첩승가의 상관성 고찰」, 『낙은강전접선생 화갑기념논총』, 창학사, 1992.

김팔남, 「연정가사의 형성시기와 작가층」, 『어문연구』 제30집, 어문연구학회 1998.

김팔남, 「춘면곡 고찰」, 『어문연구』제26집, 어문연구학회, 1995.

김호성, 이강근 편저, 『한국의 전통음악』, 삼성언어연구원, 1986.

김효중, 『번역학』, 민음사, 1998.

나정순, 「한시의 시조화에 나타난 시조의 특성 연구」, 이화여자대학교 석사학위논문, 1980.

노명환, 「지역학의 개념과 방법론」, 『국제지역연구』3권 1호, 한국외국어대학교 국제지역연구센터, 1999.

담양군, 『담양권 가사와 그 유적의 조사분석 및 활용방안 연구』, 담양군, 2000.

류연석, 『한국가사문학사』, 국학자료원, 1994.

박경수, 『한국근대민요시연구』, 한국문화사, 1998.

박경주, 『고려시대 한문가요연구』, 태학사, 1998.

박병채, 「역대전리가에 나타난 구결에 대하여」, 『어문논집』제19·20집, 고려대학교 국어국문학연구회, 1977.

박수진, 『문화지리학으로 본 문림고을 장흥의 가사문학』, 보고사, 2012.

박수천, 「근체시의 율격과 번역」, 『한국한시연구』제1호, 한국한시학회, 1993.

박원재, 「후기 정재학파의 사상적 전회의 맥락」, 『대동문화연구』제58호, 성균관대학교 대동문화연구원, 2007.

박유리, 「오늘날 한국의 한문 번역의 문제점과 개선 방향에 대하여」, 『부산한문학연구』제8호, 부산한문학회, 1994.

박준규·최한선, 『담양의 가사문학』, 담양군, 2001.

박철희, 『한국시사연구 – 한국시의 구조와 배경』, 일조각, 1980.

백두현, 「일본군에 강제 징병된 김중욱의 춘풍감회록에 대하여」, 『영남학』제9호, 경북대학교 영남문화연구원, 2006.

백순철, 「문화콘텐츠 원천으로서 〈화전가〉의 가능성」, 『한국고시가문화연구』제34집, 한국고시가문화학회, 2014.

봉화문화원, 『우리고장의 민요와 규방가사』, 봉화문화원, 1995.

서중석, 『신흥무관학교와 망명자들』, 역사비평사, 2001.

성무경, 「상사별곡의 사설짜임과 애정형상의 보편성」, 『고전시가 엮어 읽기 하』, 박노준 편, 태학사, 2003.

성호경, 「16세기 국어시가의 연구」, 서울대학교 박사학위논문, 1986.

송준호, 「해석과 번역을 위한 몇가지 제요」, 『한국명가한시선』, 문헌과 해석사, 1999.

신대철, 『한국민족문화대백과사전』제11권, 한국정신문화연구원, 1991.

신은경, 「사설시조와 가사의 서술방식 대비」, 『고전시 다시 읽기』, 보고사, 1997.

신주백, 「한인의 만주 이주 양상과 동북아시아: 농업이민의 성격 전환을 중심으로」, 『역사학보』제213집, 역사학회, 2012.

안동독립운동기념관 편, 『국역 백하일기』, 경인문화사, 2011.

안동독립운동기념관 편, 『국역 석주유고 하』, 경인문화사, 2008.

안병희, 「諺解의 史的 考察」, 『민족문화』제11호, 민족문화연구소, 1985.

안병희, 「중세어의 한글 자료에 대한 종합적인 고찰」, 『규장각』제3호, 서울대학교 도서관, 1979.

오세영, 『한국낭만주의시연구』, 일지사, 1983.

劉若愚, 『中國詩學』, 이장우 역, 범학도서, 1976.

유재영, 「금릉세덕돈목가에 대한 고찰」, 『국어국문』제25집, 전북대 국어국문학회, 1985.

윤사순, 『한국유학사상론』, 열음사, 1988.

윤영옥, 「상사계가사연구-상사별곡」, 『어문학』제46호, 한국어문학회, 1985.

이경희, 「시적 언술에 나타난 한국현대시의 병렬법 연구」, 이화여자대학교 박사학위 논문, 1989.

이남호, 「민요와 현대시의 어휘에 대하여」, 『제3세대 비평문학』, 역민사, 1987.

이능우, 『가사문학론』, 일지사, 1977.

이동영, 「申得淸의 歷代轉理歌攷」, 『사대논문집』, 부산대학교, 1995.

이상보 편저, 『韓國歌辭選集』, 집문당, 1979.

이상보, 「김상직의 죽국헌가사」, 『한국고전시가연구·속』, 태학사, 1984.

이상보, 「이방익의 홍리가」, 『한국고전시가연구·속』, 태학사, 1984.

이상보, 『한국가사문학의 연구』, 형설출판사, 1983.

이상원, 「문학, 역사, 지리-담양과 장흥의 가사문학 비교」, 『한민족어문학』제69집, 한민족어문학회, 2015.

이상주, 「춘면곡과 그 작자」, 『우봉정족복박사화갑기념논문집』, 간행위원회, 1990.

이상호, 「안동지역 퇴계학파의 소학 교육에 나타난 철학적 특징」, 『안동학연구』제

7집, 한국국학진흥원, 2008.

이우성 편, 『(서벽외사해외수일본 15) 운하견문록 외 5종』, 아세아문화사, 1990.

이우성, 『한국의 역사상』, 창작과비평사, 1982.

이재수, 『내방가사연구』, 형설출판사, 1976.

이정옥, 「내방가사의 전승과정과 향유층의 의식연구」, 계명대학교 박사학위논문, 1992.

이정옥, 『내방가사의 향유자연구』, 박이정, 1999.

이종묵, 「두시의 언해 양상」, 『두시와 두시언해 연구』, 한국정신문화연구원 인문연구실 편, 태학사. 1998.

이종인, 『전문번역가로 가는 길』, 을파소, 1998.

이철원, 「지역학의 개념과 현재성」, 『지역학의 현황과 과제』, 한국외국어대학교출판부, 1996.

이현희, 「중세국어자료」, 『국어의 시대별 변천·실태 연구 1-중세국어』, 국립국어연구원, 1996.

이형대, 「기행가사 기반의 전자문화지도의 구축과 그 활용 방안」, 『한국고시가문화연구』제34집, 한국고시가문화학회, 2014.

이혜순, 「歌詞·歌辭論」, 서울대 국문학연구회, 1966.

이혜순, 「번역연구」, 『비교문학 I』, 중앙출판, 1981.

이혜화, 「해동유요 소재 가사고」, 『국어국문학』제96호, 국어국문학회, 1986.

임기중, 「불교가사에 나타난 우리 글말의 쓰임새」, 『한글』제214호, 한글학회, 1991.

임동권, 『한국민요연구』, 선명문화사, 1974.

임재욱, 「가사의 형태와 향유 방식 변화의 관련 양상 연구」, 『국문학연구』제137집, 서울대학교 국문학연구회, 1998.

임재해 외, 『안동양반의 생활문화』, 안동대학교 민속학연구소, 2000.

임형택, 「국문시의 전통과 도산십이곡」, 『한국문학사의 시각』, 창작과 비평사, 1984.

장경희, 『현대국어의 양태범주 연구』, 탑출판사, 1985.

정동화, 『한국민요의 사적 연구』, 일조각, 1981.

정재호, 「가사문학의 사적 개관」, 『한국가사문학연구』, 상산정재호박사 화갑기념논총 간행위원회 편, 태학사, 1995.

정재호, 「상사별곡고」, 『한국가사문학론』, 집문당, 1990.

정홍교, 박종원, 『조선문학개관 Ⅰ』, 북한문예연구자료 Ⅰ, 인동, 1988.

조규익, 「조선조 장가 가맥의 일단」, 『한국가사문학연구』, 상산정재호박사화갑기념 논총간행위원회, 태학사, 1995.

조규익, 「한국 고전시가사 서술 방안(2)」, 『한국시가연구』창간호, 한국시가학회, 1997.

조동걸, 「백하 김대락의 망명일기(1911-1913)」, 『안동사학』제5집, 안동사학회, 2000.

조동걸, 「전통 명가의 근대적 변용과 독립운동 사례 - 안동 천전 문중의 경우」, 『대동문화연구』제36호, 성균관대학교 대동문화연구원, 2000.

조동일, 「가사의 장르 규정」, 『어문학』 제21집, 한국어문학회, 1969.

조동일, 「민요의 형식을 통해 본 시가사의 전개」, 『한국시가연구』, 형설출판사, 1981.

조동일, 『서사민요연구』, 계명대학교출판부, 1972.

조성일, 『민요연구』, 연변인민출판사, 1983.

좌혜경, 『민요시학연구』, 국학자료원, 1996.

주승택, 「안동문화권 유교문화의 현황과 진로모색」, 『안동학연구』제3집, 한국국학진흥원, 2004.

川島藤也, 「안동의 대가세족 : 문화귀족의 정립을 중심으로」, 『안동학연구』제1집, 한국국학진흥원, 2002.

최상은, 「조선전기 사대부 가사의 미의식」, 성균관대학교 박사학위 논문, 1991.

최익한, 「高麗歌詞 歷代轉理歌를 紹介함」, 『正音』제22호, 1938.

최한선, 「송강가사의 문화콘텐츠화 방향」, 『고시가연구』제33집, 한국고시가문학회, 2014.

최현재, 「연작가사 승가의 원형과 구조적 특징」, 『한국문화』, 제26집, 서울대학교 한국문화연구소, 2000.

한국구비문학회, 『구비문학개설』, 일조각, 1977.

한국민족문화대백과사전 편찬부, 『한국민족문화대백과사전』13, 한국정신문화연구원, 1991.

한길, 『국어 종결어미 연구』, 강원대학교출판부, 1991.

황병기, 「안동의 오늘을 만든 사상적 배경, 퇴계의 마음 이론」, 『안동학연구』제12집, 한국국학진흥원, 2013.

저 자 약 력

▋고 순 희

부경대학교 국어국문학과 교수
한국고시가문화학회 부회장
한국고전여성문학회 회장(2014~2015)

저서 『고전시 이야기 구성론』
  『교양 한자 한문 익히기』
  『만주망명과 가사문학 연구』
  『만주망명과 가사문학 자료』
  『조선후기 가사문학 연구』

공저 『규방가사의 작품세계와 미학』
  『우리문학의 여성성·남성성(고전문학편)』
  『국문학의 구비성과 기록성』
  『세계화 시대의 국어국문학』
  『고전시가론』
  『한국고전문학강의』
  『우리말 속의 한자』
  『부산도시이미지』